PETRA JOHANN

Wem du traust

atb aufbau taschenbuch

PETRA **JOHANN**

Wem du traust

Kriminal**roman**

aufbau taschenbuch

MIX
Papier | Fördert
gute Waldnutzung
FSC® C083411

ISBN 978-3-7466-4250-5

Aufbau Taschenbuch ist eine Marke
der Aufbau Verlage GmbH & Co. KG

2. Auflage 2026

www.aufbau-verlage.de
10969 Berlin, Prinzenstraße 85

Bei Fragen zur Sicherheit unserer Produkte wenden Sie sich bitte an
produktsicherheit@aufbau-verlage.de.
Satz Greiner & Reichel, Köln
Druck und Binden CPI books GmbH, Leck, Germany

Printed in Germany

Prolog

Sie lag so still, wie es ihr irgend möglich war, in der Dunkelheit auf dem schmalen Bett, während die Schmerzen in ihr anschwollen, als würde Luft in einen Ballon geblasen. Immer mehr Schmerzen wurden in sie hineingepumpt, an all die Stellen, an denen er sie gepackt, getreten, geschlagen hatte. Doch sie schrie nicht. Sie weinte nicht. Sie gab keinen Laut von sich, denn er war immer noch da draußen, nur wenige Meter von ihr entfernt, und schlimmer als ihre Schmerzen war ihre Angst. Angst, dass er sie hörte, dass er aus seiner Starre erwachte, dass er sich an sie erinnerte. In diesem Moment wünschte sie nichts sehnlicher, als dass er sich nie mehr an sie erinnerte, dass niemand sich jemals wieder an sie erinnerte, dass die Welt sie einfach aus ihrem Gedächtnis löschte, so dass sie sich auflösen konnte in ein schmerzfreies, angstfreies Nichts.

TEIL I

1

Eva

Ich bin ein ruhiger Mensch, schon immer gewesen. Es ist das, was meine Familie, meine Freunde und auch meine Kundinnen und Kunden bei *Die Brille* am häufigsten über mich sagen. »Sie hat so eine ruhige, angenehme Art. Supergeduldig. Kann auch toll mit Kindern.« Sofia meint immer, bei mir sei ihr »Lieblingsruheplatz«, Susanne nennt mich ihren Fels in der Brandung, für Daniel bin ich sein Fixstern.

Doch als Kriminaloberkommissar Kaczmarek uns von dem Blut und den Einstichen erzählt und den richterlichen Beschluss vorzeigt, ist es mit meiner Ruhe vorbei. Ich möchte laut schreien, so laut wie noch nie, ich möchte schreien, dass die Wände wackeln. Ich möchte mein Entsetzen und meinen Frust hinausbrüllen, bis das Haus, in das Daniel und ich unsere Träume investiert haben, über uns zusammenstürzt. Ich möchte alles darunter begraben, die Angst der letzten Tage, die Ungewissheit, das verdammte Hoodie, den ganzen verdammten Alptraum.

Ziemlich genau zwölf Stunden bevor der Alptraum beginnt, werde ich zum Beat irgendeines grauenvollen Ballermann-Disco-Knallers über eine Tanzfläche gewirbelt, dass ich mich fühle wie eine Marionette in den Händen eines betrunkenen Puppenspielers. Ich drehe mich um mich selbst, bis mir Hören und Sehen vergeht. Das Einzige, was ich in aller Deutlichkeit wahrnehme, ist Ilkays linke Hand, die meine rechte fest gepackt hat und mich eine Pirouette nach der anderen ausführen lässt, bevor Ilkay mich wieder zu sich zieht und meinen Körper mit schnellen Schritten in eine neue Richtung bugsiert. Während meine Füße noch mühsam zu folgen versuchen, packt Ilkay mich plötzlich mit starken Armen, hebt mich hoch und wirbelt mich durch die Luft. Erschreckt kreische ich auf, doch das geht im Lärm der Musik genauso unter wie mein Flehen, Ilkay möge mich sofort wieder absetzen. Das tut er erst, als der Song endet. Ganz der verantwortungsbewusste Kavalier, der er außerhalb der Tanzfläche ist, geleitet er mich zurück an meinen Tisch, bevor er sich unter den weiblichen Gästen seiner Geburtstagsfeier ein neues Opfer sucht.

Außer Atem streiche ich meinen Rock glatt, lasse mich auf den nächsten Stuhl sinken und greife zu meinem Weinglas, das jedoch leer ist.

»Durst?«, fragt Daniel auf der anderen Tischseite aufmerksam. Als ich nicke, reicht er mir sein halb volles Glas Apfelschorle, das ich in zwei Zügen leere.

»Soll ich Nachschub besorgen?«

»Ja bitte!« Ich habe kaum Puste für eine Antwort. »Und könntest du ein Sauerstoffzelt mitbringen?«

»Ich werde sehen, was ich tun kann.« Daniel lächelt mich an, bevor er zur Bar geht.

»Ich wusste gar nicht, dass Ilkay mittlerweile auch Hebefiguren draufhat«, kommentiert Susanne, meine beste Freundin, die mit ihrem neuen Lebensgefährten Axel ebenfalls am Tisch sitzt. Wie immer sieht sie umwerfend aus, auch wenn ihr schwarzer Jumpsuit weniger sexy ist als die Minikleider, die sie sonst mit Vorliebe trägt, um ihre unendlich langen Beine herzuzeigen, um die ich sie als Teenager heiß beneidet habe.

»Ich auch nicht«, stöhne ich, »aber ich hätte es mir denken können. Er steigert sich von Jahr zu Jahr. Vielleicht sollten wir seinen nächsten Geburtstag schwänzen, bevor er die Todesspirale zum Einsatz bringt.«

Doch das meine ich nicht ernst. Ilkay ist Daniels bester Freund, über ihn haben wir uns kennengelernt, er war Trauzeuge bei unserer Hochzeit und ist Onkel ehrenhalber unseres fünfjährigen Sohnes. An dreihundertvierundsechzig Tagen im Jahr ist Ilkay Demiray ein seriöser Rechtsanwalt für Strafrecht, nur an seinem Geburtstag lässt er die Sau raus wie kein Zweiter.

»Sieht so aus, als wäre er ohnehin schon kurz davor«, bemerkt Axel, als Ilkays derzeitige Tanzpartnerin auf ihren Highheels ins Rutschen kommt. Wir halten unwillkürlich den Atem an, doch bevor die große Blonde zu Boden geht, rettet Ilkay sie und macht aus dem Beinahesturz eine komplizierte Tanzfigur. »Vielleicht sollte er doch lieber bei Partnerinnen in seiner Größe bleiben«, fährt Axel fort. »Allerdings müsste er dann den ganzen Abend mit dir tanzen.«

Axel lächelt mich an, doch ich lächle nicht zurück. Ich habe mich zwar längst damit abgefunden, dass ich auch mit hohen Absätzen nur ein Meter fünfundsechzig erreiche, doch ich schätze Bemerkungen über meine fehlende Größe nicht.

»Tja, dummerweise steht Ilkay auf große Frauen, und seine Freundin wäre wohl nicht begeistert, wenn er nur mit mir tanzt.«

»Ilkay hat schon wieder eine Neue?«, fragt Susanne interessiert.

»Sie ist Staatsanwältin. Die Rothaarige dort.«

Susanne und Axel verdrehen die Köpfe.

»Die Hübsche in dem blauen Kleid?«, fragt Axel. »Bei der konnte Ilkay landen?« Er klingt so verblüfft, dass es mich irritiert.

»Warum hätte er keinen Erfolg bei ihr haben sollen? Immerhin …«

In dem Moment trifft mich unterm Tisch ein Tritt, und Susanne wirft mir einen warnenden Blick zu, bevor sie laut sagt: »Ich bin sicher, die beiden sind ein tolles Paar. Wo bleibt eigentlich Daniel? An der Bar ist es ziemlich voll. Schatz, könntest du mir wohl noch ein Glas Roten holen?«

Susanne wirft Axel einen betörenden Blick zu, der prompt aufsteht. Er gibt Susanne einen leidenschaftlichen Kuss, bei dem ich peinlich berührt zur Seite blicke, dann geht er zur Bar.

»Was sollte das?«, frage ich, als er weg ist.

Susanne schneidet eine Grimasse. »Sorry, aber du sahst aus, als wolltest du erwähnen, dass ich auch mal mit Ilkay zusammen war. Mir wäre es lieber, wenn Axel das nicht erfährt.«

»Du hast es ihm nicht erzählt? Warum nicht?«

Susanne hebt ihre schmalen Schultern und lässt sie wieder fallen. »Erzählst du Daniel alles?«

»Zumindest kennt er die Namen meiner Exfreunde.«

»Das waren auch nur zwei. Wenn ich Axel von jedem kleinen Techtelmechtel erzählen würde …«

»Du musst ihm ja nicht aktiv davon erzählen, aber dass ich es nicht mal erwähnen darf … Komm schon, was steckt dahinter?«

»Nichts.«

Susanne sieht mir direkt in die Augen, wie immer, wenn sie flunkert, und wie immer reagiere ich mit dem Blick, den Susanne und Sofia meinen »strengen Nonnenblick« nennen. Schließlich gibt Susanne nach.

»Axel ist eifersüchtig«, sagt sie mit gesenkter Stimme.

Ich pruste los. »Ja, klar. Axel, der Stararchitekt, der per Du mit dem Oberbürgermeister und jedem ist, der in der Stadt etwas zu sagen hat. Der aussieht wie Daniel Craig an einem guten

Tag und vom Lokalblatt mal zum begehrtesten Junggesellen Ü50 gewählt wurde.«

»Genau das ist das Problem. Axel macht sich Gedanken wegen des Altersunterschieds zwischen uns.« Susanne scheint es tatsächlich ernst zu meinen.

»Darauf wäre ich nicht gekommen. Er wirkt immer so …«

»Selbstbewusst?«

Ich hatte arrogant gedacht, doch ich nicke.

»Das ist er auch. Nur in Bezug auf sein Alter hat er diesen Tick. Wieso lachst du? Lach ihn bloß nicht aus deswegen. Wenn er das mitbekommt …«

Susanne klingt so alarmiert, dass ich abwehrend die Hände hebe. »Keine Sorge, das tue ich nicht. Ich lache, weil ich mich freue, dass du zur Abwechslung mal etwas Negatives über ihn erzählst. Ich fand es langsam verdächtig, wie du ihn ständig über den grünen Klee lobst. Schieß los, was hat er noch für Macken?«

»Keine.«

»Ach, komm schon. Ihr wohnt jetzt fast ein halbes Jahr zusammen. Dir muss doch etwas aufgefallen sein.«

Susanne schüttelt den Kopf. »Nein, alles ist gut. Das einzig Doofe ist, dass die Wohnung so klein ist.«

»Ihr habt ein Zweihundert-Quadratmeter-Penthouse.«

»Aber Sofias Zimmer ist keine zweihundert Meter von unserem Schlafzimmer entfernt – wenn du verstehst, was ich damit sagen will.« Susanne sieht mich bedeutungsvoll an. »Deswegen freut Axel sich übrigens sehr, dass sie heute bei euch übernachtet.«

»Tut sie das? Das wusste ich gar nicht.«

»Sie sagte, sie wolle mal wieder Waffeln zum Frühstück. Außerdem …«

Doch was außerdem ist, erfahre ich nicht, denn in dem Augenblick wechselt der DJ zum nächsten Ballermannkracher, und wie aus dem Nichts steht Ilkay neben unserem Tisch. Susanne lehnt sich abwehrend auf ihrem Stuhl zurück, doch sie hat keine Chance.

Während Ilkay und Susanne sich auf der Tanzfläche verausgaben – wobei Susanne eine bessere Figur macht als ich –, kommen Daniel und Axel zurück. Ich trinke meinen Weißwein, dann entdecke ich zwei Tische weiter einige Bekannte und unterhalte mich mit ihnen, bis der DJ anfängt, ältere Platten unter die Ballermannhits zu mischen. Als er den Song auflegt, zu dem Susanne und ich vor fast achtzehn Jahren auf unserer Abifeier getanzt haben, werde ich erneut auf die Tanzfläche geholt, dieses Mal von Susanne. Wir tanzen ausgelassen, und ich merke, wie die Anspannung, die ich unbewusst mit auf die Party gebracht habe, nachlässt. Ich fühle mich gelöster als in den letzten Wochen, die ziemlich anstrengend waren.

Ich schaue zu Daniel hinüber, der mit einigen Freunden zusammensitzt, die mit Ilkay und ihm zur Schule gegangen sind. Als er meinen Blick bemerkt, winkt er mir zu. Auch er wirkt heute Abend entspannt, was allerdings nicht bedeutet, dass er auf die Tanzfläche kommt. Erst als irgendwann nach Mitternacht der DJ das Tempo drosselt und schließlich »Perfect« von Ed Sheeran auflegt, steht Daniel plötzlich neben mir, fasst meine Hand, legt seine linke in meinen Rücken und führt mich sanft und sicher über die Tanzfläche.

»Perfect« war unser Hochzeitssong und die Choreografie, die wir jetzt wiederholen, Daniels Geschenk an mich. Obwohl er ein fürchterlicher Tanzmuffel ist, hat er extra eine Tanzlehrerin engagiert, die erst mit ihm, dann mit uns beiden die Choreografie einstudiert hat. Und er hat so lange trainiert, bis er die Schritte so vollkommen beherrschte, dass ich an unserem Hochzeitstag nichts weiter tun musste, als mich führen zu lassen und den Moment zu genießen. Das tue ich jetzt wieder, bis der letzte Takt verklungen ist. Dann bleiben wir mitten auf der Tanzfläche stehen und sehen uns tief in die Augen. Daniels sind braun, er hat so einen treuen Dackelblick, den ich unendlich liebenswert finde.

»Immer wieder kitschig«, sagt er lächelnd.

»Immer wieder schön«, entgegne ich. »Ich würde den Song sofort wieder auswählen.«

»Und ich würde dich sofort wieder auswählen.«

»Dito.«

Wir küssen uns. Dann räuspert Daniel sich. »Sollen wir nach Hause fahren?«

Ich frage mich, ob er denselben Gedanken hat wie ich. Ich hoffe es, denn es ist schon eine ganze Weile her, dass wir miteinander geschlafen haben.

»Wir müssen uns erst von Ilkay verabschieden, und ich sage Susanne Bescheid, dass wir gehen.«

»Sie und Axel sind schon weg. Sie schienen es eilig zu haben.«

Während Daniel seinen VW Golf durch die regennasse Januarnacht steuert, lege ich meinen Kopf an seine Schulter. Das Brummen des Motors wiegt mich in eine friedliche, schläfrige Stimmung.

»Axel hat uns übrigens zum Essen eingeladen«, sagt Daniel nach einer Weile. »Er schlägt den ersten oder dritten Samstag im Februar vor.«

Die Information reißt mich aus meiner friedlichen Stimmung. »Was hast du geantwortet?«

»Dass ich dich fragen werde.« Daniel deutet mein Schweigen richtig und fügt hinzu: »Was hätte ich sonst sagen sollen? Ich konnte schlecht erwidern, dass du dich nach der letzten Einladung zwei Stunden nonstop über ihn beschwert hast.«

Ich hebe meinen Kopf und knuffe spielerisch Daniels Schulter. »Es waren höchstens zwanzig Minuten – und es war völlig berechtigt. Axel hat den ganzen Abend lang mit seinen Kochkünsten geprotzt.« Ich zitiere mit Gusto. »›Diesen Trick habe ich von einem Sternekoch, der normalerweise keiner Menschenseele seine Geheimnisse verrät. Er hat mir auch den Kontakt zu dem Trüffelhändler vermittelt, der die beste Qualität in Deutschland verkauft. Und die getrockneten Tomaten sind von einem Biohof in der Toskana, den ich vor zwei Jahren bei einem Urlaub entdeckt habe. Sie kosten dreimal so viel wie die aus dem Feinkostgeschäft, aber sie sind es wert.‹«

Daniel lacht. »Du musst zugeben: Sie waren es wert. Es hat köstlich geschmeckt.«

»Es hätte noch besser geschmeckt, wenn Axel nicht für jede Zutat einen Herkunftsnachweis geliefert hätte. Ich frage mich, wie Susanne und Sofia das ertragen, wenn er das täglich macht.«

»Omnia vincit amor.«

Ich runzele die Stirn. »Susannes Liebe mag Axel alles verzeihen, aber Sofia liebt ihn nicht, sie akzeptiert ihn bloß.«

»Das ist doch ein Fortschritt.«

»Stimmt«, gebe ich zu. Dann lege ich wieder meinen Kopf an Daniels Schulter, bis wir das Neubaugebiet am Stadtrand erreichen, wo wir vor einigen Jahren eine Doppelhaushälfte ergattert haben. Während Daniel den Wagen im Carport parkt, schließe ich die Haustür auf. Drinnen ist alles still, doch durch die angelehnte Wohnzimmertür fällt ein bläulicher Lichtstreifen. Sofia ist also noch nicht hoch ins Gästezimmer gegangen, sonst hätte sie das Licht gelöscht. Susannes Tochter ist zwar erst fünfzehn, aber für einen Teenager ungeheuer gewissenhaft. In vielerlei Hinsicht ist sie ihren Altersgenossinnen voraus, intellektuell auf jeden Fall, während das in sozialer und emotionaler Hinsicht allerdings ein bisschen anders aussieht.

Ich hänge meinen Dufflecoat in die Garderobe und öffne die Wohnzimmertür. Sofia liegt bäuchlings auf dem Sofa und tippt im Schein ihres Bildschirms auf ihrem Laptop herum. Als ich das Deckenlicht einschalte, klappt sie ihn zu und springt auf.

»Das hat ja eine Ewigkeit gedauert«, sagt sie vorwurfsvoll, während sie ihre Arme um mich schlingt.

Ich drücke sie fest. Ich liebe Sofia fast so sehr wie Linus. Während der ersten acht Jahre von Sofias Leben haben Susanne und ich zusammengewohnt. Wir haben sie gemeinsam großgezogen, Sofia betrachtet mich als eine Art Zweitmutter, und ich betrachte sie als Linus' große Schwester.

»Das soll schon mal vorkommen, wenn man auf eine Party geht.«

»Es ist schon drei Minuten vor halb zwei. Ich bin müde.«

Ich werfe unwillkürlich einen Blick auf die Standuhr aus Kastanienholz, die Daniel von seinen früh verstorbenen Eltern geerbt hat und mit der ich hadere, weil sie überhaupt nicht mit unserer ansonsten modernen Einrichtung harmoniert. Doch der Blick ist unnötig. Wenn Sofia sagt, es ist drei Minuten vor halb zwei, kann man danach die Atomuhr stellen. »Du hättest schon ins Bett gehen können, Liebes.«

»Hä?« Sofia zieht schniefend ihre Nase hoch. Dann nimmt sie ihren Kopf zurück. »Hast du etwa Alkohol getrunken?« Sie hat nicht nur einen Sinn für Genauigkeit, sondern auch eine feine Nase.

»Ja.«

»Das ist ungesund.«

»Nur in zu großen Mengen.«

»Für Frauen ist schon ein halbes Glas Wein täglich schädlich. Das haben wir in Bio gelernt.«

In dem Moment kommt Daniel herein. »Hallo, Sofia, noch auf?«

Mir entgeht nicht, dass Sofia zusammenzuckt. Sie nickt bloß.

»War hier alles in Ordnung?«

Sofia nickt wieder.

»Hat Linus durchgeschlafen?«, frage ich.

Sofia schüttelt den Kopf. »Er ist aufgewacht und hat ein bisschen geknöttert, aber nur kurz, dann habe ich ihm Asterix et Obelix vorgelesen. Er ist nach sieben Minuten eingeschlafen.«

»Und was hast du gemacht?«

Sofia deutet mit dem Daumen auf ihren Laptop. »Und ich habe Chips gegessen. Aber der Geschmack war komisch. Anders.«

»Vielleicht haben sie die Rezeptur geändert«, beschwichtige ich. »Also, Sofia, du bist müde, und wir sind es auch. Möchtest du zuerst ins Bad? Dann überziehe ich in der Zwischenzeit das Bett im Gästezimmer. Ich wusste nicht, dass du hier übernachtest, aber wir freuen uns darüber.«

Sofia zieht erneut ihre Nase hoch. »Ich schlafe nicht hier. Wie kommst du darauf?«

»Susanne hat es erzählt. Sie hat gesagt, dass du Waffeln zum Frühstück möchtest.«

»Nicht morgen. Ich muss nach Hause.«

»Aber Susanne sagte …« Ich breche irritiert ab. »Du kannst wirklich gern hier schlafen, Sofia. Ich fände es schön, mal wieder zusammen zu frühstücken.«

»Ich habe nichts dabei.«

»Ich kann dir ein Nachthemd von mir geben.«

»Darauf bin ich nicht vorbereitet.«

Damit ist die Sache entschieden. Sofia hängt an ihren Routinen, für spontane Einfälle lässt sie sich nicht begeistern. Ich werfe einen Blick zu meinem Mann, der mit den Achseln zuckt. »Okay, Sofia, dann bringt Daniel dich nach Hause. Ich kann nicht fahren, wie gesagt, ich habe Wein getrunken.«

Fünf Minuten später hat Sofia ihren Laptop in ihrem Rucksack verstaut und drückt mich noch einmal, bevor sie Daniel zur Tür hinaus folgt. Ich greife zum Handy, um Susanne anzurufen, überlege es mir jedoch anders. Entweder schläft sie schon, oder sie ist gerade mit Axel zugange, und ich möchte bei beidem nicht stören. Also schicke ich ihr eine WhatsApp, dann gehe ich nach oben, um nach Linus zu sehen.

2

Eva

Der nächste Morgen beginnt perfekt, denn ich wache in den Armen meines Mannes auf und habe meine Arme um meinen Sohn geschlungen. Ich habe nicht mitbekommen, wie Daniel in der Nacht nach Hause zurückgekehrt ist. Eigentlich hatte ich wach bleiben wollen, doch ich war zu müde. Genauso wenig habe ich mitbekommen, wie Linus zu uns ins Bett gekrabbelt ist. Bei den meisten Fünfjährigen könnte man das wohl kaum verpassen, doch Linus ist in vieler Hinsicht wie sein Vater. Er bewegt sich leise und behutsam durch diese Welt, als wäre ihm klar, wie kostbar und zerbrechlich sie ist. Ich finde das wunderbar, dennoch habe ich mir deswegen eine Zeit lang Sorgen gemacht, ob mein kleiner Junge vielleicht zu zart oder zumindest zu zartbesaitet ist. Aber dann erhielt ich einen Anruf von einer Erzieherin im Kindergarten, weil Linus einen Spielkameraden verdroschen hatte, nachdem dieser absichtlich seinen liebevoll konstruierten Bauklotzturm zerstört hatte. Natürlich habe ich Linus erklärt, dass er andere Kinder nicht hauen darf, doch insgeheim war ich auch ein bisschen stolz auf ihn.

Nachdem wir im Bett ausgiebig gekuschelt haben, gehe ich duschen, während Daniel und Linus Frühstück machen. Als ich nach unten komme, ist es schon halb zehn, und es riecht nach Kaffee und frisch Gebackenem. Linus steht auf seinem Hocker vor der Arbeitsplatte in unserer offenen Küche und malt mit

Grütze Smileys auf Waffeln. Daniel stellt zwei Tassen Milchkaffee auf den Tisch, meinen ziert ein perfektes Kakaoherz, seinen ein Kakaostern.

»Setz dich schon mal, wir bringen alles.«

Ich komme der Bitte gern nach. Dass Daniel und Linus das Sonntagsfrühstück zubereiten, ist eines unserer Familienrituale.

Als ich Platz nehme, klingelt mein Smartphone. Es juckt mich in den Fingern, danach zu greifen, doch ich verkneife es mir. »Kein Handy am Esstisch« ist eine unserer Familienregeln. Zwar ist Linus noch Jahre von einem eigenen Handy entfernt, aber die Regel gilt auch für Daniel und mich. Ich finde Eltern unmöglich, die mehr Augen für ihre Displays haben als für ihren Nachwuchs.

»Guck mal, Mama, ich habe Smiley-Waffeln gemacht.«

Stolz platziert Linus sein Werk vor mir auf dem Esstisch, während Daniel die übrigen Teller bringt. Doch kaum sitzen die beiden, klingelt das Telefon im Flur. Daniel und ich sehen uns an. Wir haben den Festnetzanschluss hauptsächlich für die Internetverbindung beantragt. Fast die Einzigen, die uns darauf anrufen, sind meine Eltern, und die gehen sonntagvormittags noch immer in die Kirche.

»Vielleicht hat sich jemand verwählt«, meint Daniel.

»Ich mach's kurz.«

Ich gehe in den Flur und nehme das Telefon von der Ladestation. Es ist Susanne, und sie klingt gereizt.

»Verdammt, Eva, wieso gehst du nicht ans Handy?«

»Auch dir einen schönen guten Morgen, liebste Freundin. Und da du so charmant nachfragst: Weil wir gerade frühstücken. Was gibt's denn?«

Susanne atmet hörbar aus. »Ihr seid noch beim Frühstück? Sehr gut, dann ist Sofia noch nicht losgefahren, und es erklärt, warum sie auch nicht an ihr Handy geht. Kannst du ihr bitte sagen, dass sie bei euch auf mich warten soll? Ich komme gleich. Hast du Zeit? Ich muss dir etwas sagen.«

»Klar, wir haben keine Pläne. Aber wie meinst du das, dass Sofia hier warten soll? Daniel hat sie längst nach Hause gebracht. Ich habe dir eine WhatsApp geschickt.«

»Ich hatte noch keine Zeit, meine Nachrichten zu lesen. Aber was soll das heißen: Daniel hat Sofia nach Hause gebracht? Wann denn? Du meinst, die beiden sind gerade unterwegs?«

»Nein, heute Nacht schon, sie sind kurz nach halb zwei los. Sofia wollte doch nicht bei uns schlafen.« Als mir klar wird, was das bedeutet, wird mein Mund trocken, und meine Hand klammert sich um das Telefon. »Heißt das, Sofia ist nicht nach Hause gekommen? Das ist doch ausgeschlossen. Sie *muss* da sein.«

»Aber das ist sie nicht.« Susannes Stimme geht hoch. »Sie ist nicht da!«

»Bist du sicher? Hast du überall nachgesehen?«

»Nein, aber ich war die ganze Nacht wach. Ich habe nicht gehört, dass sie gekommen ist.«

Meine Hand lockert ihren Griff ums Telefon, und ich kriege wieder Luft. »Du wirst es überhört haben.«

»Bestimmt nicht!«, sagt Susanne entschieden.

»Natürlich hast du es überhört, altes Haus. Sofia *muss* da sein. Hast du schon in ihr Zimmer geguckt? Nein? Worauf wartest du? Wahrscheinlich schläft sie noch, es ist immerhin spät geworden gestern.«

Susanne zögert. »Ja, du hast recht«, sagt sie dann. »Ich sehe mal nach.«

»Ich bleibe dran.«

»Nicht nötig. Ich muss erst wieder hoch, ich sitze in meinem Wagen. Ich melde mich wieder.«

Susanne drückt das Gespräch weg. Nachdenklich, mit dem Telefon in der Hand, kehre ich ins Wohnzimmer zurück.

»Alles in Ordnung?«, fragt Daniel.

»Ich denke schon. Kannst du dich erinnern, wann genau du Sofia zu Hause abgesetzt hast?«

Daniel überlegt. »Ich habe nicht auf die Uhr geschaut, aber es muss gegen zwei gewesen sein.«

»Und wo hast du sie abgesetzt?«

»Auf dem Parkplatz, der zur Wohnanlage gehört. Wieso fragst du?«

»Susanne hat nicht mitgekriegt, wie Sofia nach Hause gekommen ist, und macht sich Sorgen. Dabei schläft Sofia bestimmt noch.« Ich lächle Linus an, der mich fast genauso aufmerksam beobachtet wie Daniel. »Sollen wir mal deine Waffeln probieren, Spätzchen?«

Während Daniel und Linus ihre Waffeln in Angriff nehmen, nippe ich nur an meinem Milchkaffee und versuche dabei, in Gedanken auszurechnen, wie lange Susanne benötigt, um von der Tiefgarage ihrer Wohnanlage ins Penthouse in der fünften Etage zu gelangen und von der Wohnungstür bis zu Sofias Zimmer zu gehen. Vier Minuten? Fünf Minuten? Sechs Minuten? Sicherlich doch weniger als die acht Minuten, die mittlerweile vergangen sind?

Nach dreizehn Minuten klingelt endlich das Telefon.

»Ja? Ist sie da?«

Susannes Stimme klingt verzerrt. »Nein, Eva, das ist sie nicht. Sofia ist verschwunden.«

Ich bemühe mich, gleichmäßig ruhig zu atmen, während ich durch die januartristen, grauen Straßen quer durch die Stadt brause. Susannes Stimme schrillt in meinem Kopf, doch ich sage mir, dass meine beste Freundin bestimmt unrecht hat. Sofia ist nicht verschwunden, wir wissen nur gerade nicht, wo sie ist. Wie damals, als sie zwei Stunden zu früh in die Schule geradelt ist, um in einer Nacht-und-Nebel-Aktion Flyer zu verteilen. Oder damals, als sie sich stundenlang im Keller versteckt hielt, weil sie sich verraten fühlte, nachdem ich angekündigt hatte, mit Daniel zusammenzuziehen.

Dennoch habe ich ein flaues Gefühl im Magen, als ich schließlich meinen Renault Zoe in der Willy-Brandt-Allee abstelle und durch den Nieselregen auf die neue fünfgeschossige Wohnanlage zugehe, in der Susanne und Sofia seit einem halben Jahr leben. Susanne steht vor der Haustür im Schutz des Überdachs und wischt auf ihrem Smartphone herum. Über ihrer dünnen Bluse trägt sie nur eine Strickjacke.

Als ich sie in die Arme schließe, spüre ich, wie sie zittert. »Und?«

Susannes Augen sind weit aufgerissen. »Nichts. Wir haben alles abgesucht, aber Sofia ist nicht hier. Nicht im Keller, nicht in der Tiefgarage. Und ihr Fahrrad ist weg, Eva! Ihr Fahrrad ist weg!«

Susannes Stimme droht zu kippen, und ich lege beruhigend eine Hand auf ihren Arm. »Das ist doch ein gutes Zeichen. Es bedeutet, dass Sofia auf eigene Faust losgezogen ist. Vermutlich hat sie mal wieder irgendeinen Plan ausgeheckt und vergessen, Bescheid zu sagen.«

»Aber doch nicht nachts um zwei! Und wieso geht sie nicht an ihr Handy? Ich habe sie schon fünfmal angerufen.«

Ich mustere Susanne. »Bist du wirklich sicher, dass Sofia heute Nacht nicht nach Hause gekommen ist? Vielleicht ist sie ganz leise ins Bett gegangen und heute Morgen ganz früh aufgestanden.«

»Ausgeschlossen! Ich hätte sie gehört. Ich war wach.«

»Aber warst du auch aufmerksam? Du hast mir doch gestern erzählt, dass Axel für die Nacht gewisse Pläne hätte. Vielleicht warst du abgelenkt?«

»Bestimmt nicht. Um zwei Uhr hat Axel längst geschlafen.«

»Und du warst wach? Die ganze Nacht?«

»Ja, verdammt noch mal!«, platzt es aus Susanne heraus. »Ich war die ganze Nacht wach. Ich hatte Kopfschmerzen, wenn du es genau wissen willst. Reicht das jetzt? Was soll das Verhör?«

»Hey, ich versuche nur, mir ein Bild zu machen.«

Susanne lenkt ein. »Natürlich, entschuldige bitte. Aber ich schwöre dir, dass Sofia nicht nach Hause gekommen ist.«

»Okay, ich glaube dir«, sage ich, während mir gleichzeitig durch den Kopf schießt, dass das alles andere als okay ist. Wenn Sofia tatsächlich schon heute Nacht losgezogen ist, was treibt sie dann so lang? Und wieso ignoriert sie Susannes Anrufe? Einer spontanen Eingebung folgend zücke ich mein Smartphone und wähle Sofias Nummer, doch ich lande ebenfalls nur auf der Mailbox.

»Das bedeutet dennoch nicht, dass Sofia etwas zugestoßen ist«, sage ich laut, um uns beide zu beruhigen. »Lass uns einfach versuchen, sie zu finden. Hast du irgendeine Idee, was sie gestern Nacht noch vorgehabt haben könnte?«

Susanne holt tief Luft. »Nein. Es ist mir ein absolutes Rätsel. Sofia zieht ja ständig allein los, aber doch nicht mitten in der Nacht!«

»Und was hast du schon unternommen?«

»Ich habe die Wohnung und das ganze Haus abgesucht. Axel ist gerade im Park.« Susanne nickt in Richtung des schmiedeeisernen Tores auf der anderen Straßenseite, hinter dem sich der Stadtpark erstreckt. Seine Nähe ist der Grund, warum die Wohnungen in der Umgebung so teuer sind. »Außerdem habe ich Sofias Freundinnen angerufen. Na ja, du weißt schon …«

»Was heißt das konkret?«

»Ich habe unsere alten Nachbarn angerufen und Amelie aus Sofias alter Klasse, aber die sagen alle, sie hätten Sofia seit Wochen nicht gesehen. Zu Amelie hatte sie seit dem Umzug überhaupt keinen Kontakt. Nebenan wohnt ein Mädchen aus Sofias neuer Klasse, mit dem sie manchmal zur Schule radelt. Sie weiß auch nicht, wo Sofia stecken könnte, hat aber versprochen, in der Klassen-WhatsApp-Gruppe nachzufragen. Und gerade als du kamst, habe ich ihren neuen Klassenlehrer angerufen. Sofia macht doch seit einigen Monaten bei der Schulzeitung mit. Im Zusammenhang damit hat sie ein paarmal eine ältere Schülerin erwähnt, die sie ziemlich cool findet. Mir fällt bloß gerade der Name nicht ein.«

»Nele«, werfe ich ein. »Sie ist die Chefredakteurin.«

»Genau. Ich habe gehofft, Sofias Klassenlehrer könnte mir ihre Kontaktdaten geben, aber ich bin auf der Mailbox gelandet.«

»Wir bekommen die Kontaktdaten bestimmt auch anders. Vielleicht …«

Ich breche ab, als Axel über die Straße auf uns zukommt. Er trägt einen teuren Kaschmirmantel, doch keinen Regenschirm.

»Nichts«, sagt er auf Susannes bangen Blick hin. »Sie ist definitiv nicht im Park, niemand ist dort bei dem Wetter. Hier etwas Neues?«

Susanne schüttelt stumm den Kopf.

Ich sage: »Susanne hat gerade versucht, die Kontaktdaten einer gewissen Nele herauszufinden, die am Marie-Curie-Gymnasium das Projekt Schulzeitung leitet. Sagtest du nicht neulich, dass du den Schulleiter kennst?«

»Zumindest flüchtig, ich kann bestimmt seine Handynummer herausfinden und ihn anrufen. Aber lasst uns dazu nach oben gehen. Susanne, Schatz, du zitterst ja vor Kälte.«

Axel schließt die Haustür auf. Im Aufzug legt er tröstend einen Arm um Susanne, doch kaum sind wir am Penthouse angekommen, macht sie sich los. Axel verzieht sich in sein Arbeitszimmer, während Susanne und ich ins riesige Wohnzimmer mit

Blick über die Dächer der Stadt gehen. Es ist ein beeindruckender Raum – teures Leder, Glas und moderne Kunst –, allerdings in meinen Augen ziemlich ungemütlich.

Einige Minuten lang stehen wir unschlüssig da.

»Was hältst du davon, wenn wir mal in Sofias Zimmer nachsehen?«, schlage ich schließlich vor. »Vielleicht finden wir einen Hinweis, wohin sie heute Nacht wollte.«

Susanne geht voraus. Die Einrichtung in Sofias Zimmer bildet einen starken Kontrast zum sonstigen Stil der Wohnung. Hellgelbe Wände, zerschrammte Kiefernholzmöbel. Allerdings herrscht dieselbe Ordnung, nur das Bett ist überraschenderweise nicht gemacht.

Während Susanne das Whiteboard überprüft, auf dem Sofia gern herumkritzelt und an das sie mit Magneten alle möglichen Zettel gehängt hat, gehe ich zum Schreibtisch. Er besteht aus einer einfachen lackierten Holzplatte auf höhenverstellbaren Metallbeinen. Sofia macht seit zehn Jahren ihre Hausaufgaben daran, sie, Susanne und ich haben den Tisch gemeinsam bei IKEA gekauft.

Auch der Schreibtisch ist ordentlich aufgeräumt, ich finde keinen Hinweis auf Sofias Pläne. Über dem Schreibtisch hängt Sofias Stundenplan an der Wand, darüber ist ein Board mit einigen wenigen Büchern angebracht. Sofia ist zwar eine Leseratte, doch sie liest hauptsächlich auf ihrem Laptop oder ihrem Handy. Typischerweise lange Wikipediaartikel zu Themen, die sie interessieren, manchmal Science-Fiction- oder Fantasyromane. Entsprechend stehen auf dem Bord die drei Bände von *Der Herr der Ringe* und zwei Bücher aus der Schulbibliothek zum Thema Genetik. Sofias erster Artikel für die Schulzeitung behandelte den genetischen Fingerabdruck und Methoden zur DNA-Analyse, Anlass war ein Massengentest, der wegen des sogenannten Discomordes durchgeführt wurde. Vor über fünfzehn Jahren wurde eine junge Frau aus der Stadt nach einem Discobesuch vergewaltigt und ermordet. Der Täter läuft bis heute frei herum. Bei dem Gedanken daran läuft mir ein Schauer den Rücken hinunter.

»Wenn diese Nele nicht weiß, wo Sofia ist, gehe ich zur Polizei.« Susanne ist zu mir getreten, ihre Hand krampft sich um die Tischkante.

»Ich komme mit.«

»O ja, bitte.«

Wir stehen einen Augenblick schweigend beieinander. »Verdammt!«, platzt es aus Susanne heraus. »Was macht Axel so lange?«

»Er beeilt sich bestimmt.«

»Ja, bestimmt.« Susanne nagt an ihrem Daumen. Das ist eine uralte schlechte Angewohnheit, die sie sich eigentlich längst abgewöhnt hat, doch heute ist der Nagellack schon abgeplatzt. Als sie sieht, dass es mir auffällt, steckt sie die Hand hinter den Rücken.

»Darf ich dich etwas fragen?«, sagt sie. »Und versteh mich bitte nicht falsch, ich möchte hier keine Schuld verteilen, aber: Wieso zur Hölle habt ihr Sofia überhaupt mitten in der Nacht nach Hause gefahren? Wieso hast du sie nicht einfach bei dir übernachten lassen?«

»Weil sie nicht wollte.«

»Aber du lässt ihr so etwas doch sonst auch nicht durchgehen. Schließlich war es so geplant, und du bist in diesen Dingen viel konsequenter als ich.«

Ich schüttele den Kopf. »Nein, Susanne, meines Wissens war es gerade nicht geplant. Ich hatte ursprünglich angenommen, Sofia würde bei uns übernachten, weil sie es meistens so macht, wenn es spät wird, aber sie hat mir extra schon vor Tagen gesagt, dass sie hinterher nach Hause gebracht werden möchte. Und sie hatte nichts dabei, keinen Pyjama, keine Zahnbürste.«

»Das verstehe ich nicht. Ich bin sicher, sie hatte vor, bei euch zu übernachten.«

»Hat sie das explizit gesagt?«

»Bevor sie gestern Abend los ist. Sie sagte, dass sie heute Morgen spätestens um halb zwölf zurück wäre.«

Susanne schiebt den Ärmel ihrer Strickjacke zurück und wirft einen Blick auf die Armbanduhr von Tissot, die Axel ihr zum Geburtstag geschenkt hat. Es ist zehn vor zwölf. Wir sehen einander entsetzt an. Sofia hat einen Dickkopf und oft ganz eigene Vorstellungen davon, was richtig ist, aber wenn es um Termine geht, ist sie absolut zuverlässig. Sie kommt nie zu spät.

In dem Moment erscheint Axel in der Zimmertür. »Ich habe den Direktor erreicht. Er durfte keine Kontaktdaten herausgeben, doch er hat sich von zu Hause in den Schulcomputer eingeloggt und dann selbst bei Neles Eltern angerufen. Nele war nicht zu Hause, doch die Eltern haben sie angerufen, und sie hat sich dann beim Direktor gemeldet. Sie hat keine Ahnung, wo Sofia steckt.«

TEIL II

1

Sie wusste nicht, wie lange sie schon auf dem schmalen Bett lag, und die Information hätte ihr ohnehin nichts genutzt. Zeit verliert die Bedeutung, wenn fünfzehn Minuten sich wie eine Ewigkeit anfühlen. Die Schmerzen schwollen noch immer an, und sie fragte sich unwillkürlich, ob es ein Maximum an Schmerz gab, dass ein Mensch ertragen konnte. Würde sie irgendwann platzen wie ein Ballon, in den zu viel Luft gepumpt worden war?

Jeder Atemzug tat weh, also versuchte sie, so flach wie möglich zu atmen. Und so leise wie möglich. Er durfte sie nicht hören. Alles, damit er sie nicht hörte. Alles, damit es nicht erneut begann. Alles, damit er ihr nicht erneut bewies, wie naiv sie gewesen war.

Wie hatte sie ihm glauben können? Wieso war sie geblieben? Wieso war sie nicht gegangen? Wie hatte sie so unglaublich dumm sein können?

2

Verdammt, Larry, wie lange dauert das noch?« Kriminalhauptkommissarin Heidi Westphal trommelte mit den Fingerknöcheln gegen die Badezimmertür, obwohl sie wusste, dass das vergebliche Liebesmüh war. Mit ihren fünfzehn Jahren hatte ihre jüngste Tochter in der Kunst des Ich-höre-nur-was-mir-passt eine Meisterschaft erreicht, die ihresgleichen suchte. Entsprechend gab es keine Antwort, auch nicht, als Heidi ein weiteres Mal rief.

Verdammt! Heidi lehnte sich gegen die himmelblau gestrichene Wand im schmalen Flur ihrer Dreizimmerwohnung, die sie nach der Scheidung vor drei Jahren gekauft hatte. Damals hatte sie die Wohnung für perfekt gehalten und über ihren einzigen Nachteil – nur ein Bad, kein separates Gäste-WC – hinweggesehen, weil sie dachte, dass dieses Manko in einem Zweipersonenhaushalt nicht ins Gewicht fallen würde. So konnte man sich irren.

»Larry?«

Schweigen. Eine weitere Minute verstrich.

»Larry, ich muss!«

Mehr Schweigen, und langsam kam Heidi das verdächtig vor. Versuchsweise drückte sie die Klinke. Es war abgeschlossen.

»Larissa, würdest du endlich …?«

In dem Moment wurde der Schlüssel im Schloss gedreht,

und dann erschien das gerötete Gesicht von Heidis Tochter im Türrahmen.

»Mensch, Mama, ich sagte doch, es dauert noch fünf Minuten.«

»Das war vor einer Viertelstunde.«

»Echt? Das kann nicht sein, auf der Packung steht, es dauert fünf Minuten.«

»Was dauert fünf Minuten? Und hattest du nicht gesagt, du willst dich schminken?«

»Ich sagte, ich habe eine neue Faceroutine. Gua Sha.«

»Gua was?«

»Gesichtsmassage. Ich habe dir davon erzählt. Hörst du denn nie zu? Ich schreibe darüber einen Artikel. Und wolltest du nicht aufs Klo?«

»Du blockierst die Tür.«

Sie benötigten eine halbe Minute, um sich zu sortieren. So viel zur Mutter-Tochter-Harmonie, dachte Heidi, als sie sich mit einem Seufzer der Erleichterung auf der Toilette niederließ. Während sie den Dingen ihren Lauf ließ, fiel ihr Blick auf eine leere Verpackung, die auf der Fensterbank stand. Dem Bild nach hatte sie einen grünen, herzförmigen Stein enthalten. Heidi studierte den Text. *Gua-Sha-Stein aus Jade zur sanften Gesichtsmassage – das Beautytool für den perfekten Glow. Entspannend, anregend, beruhigt Entzündungen, reduziert Schwellungen und Fältchen.*

Kopfschüttelnd stellte Heidi die Packung weg und griff zum Toilettenpapier. Sie wusste nicht, was sie irrer finden sollte: dass die Kosmetikindustrie dreist genug war, einen Stein als Wunderwaffe gegen Falten und Schwellungen zu verkaufen, oder dass ihre Tochter so einen Schrott erwarb.

Doch als Heidi beim Händewaschen in den Spiegel sah, ertappte sie sich bei dem Gedanken, dass sie im Gegensatz zu ihrer Tochter ein Antifaltenmittel durchaus brauchen konnte.

Andererseits: Woher zum Teufel sollte sie die Zeit nehmen, ihr Gesicht mit einem Stein zu bearbeiten?

Heidi schüttelte den Gedanken ab und griff zum Handtuch, als ihr Smartphone klingelte, ihr privates, nicht ihr Diensthandy. Sie warf einen Blick aufs Display. Jürgen.

»Hi«, begrüßte sie ihren Exmann. »Das ist eine Überraschung. Wolltest du nicht übers Wochenende die Bettcouch einbauen? Oder war es die Standheizung?«

Heidi und Jürgen hatten sich scheiden lassen, nachdem Jürgen in eine veritable Midlifecrisis geraten war, in der er alles infrage stellte und ständig davon redete, dass es neben Arbeit und Familie noch etwas anderes im Leben geben müsse – ein nicht näher definiertes »Mehr« –, während Heidi der Meinung gewesen war, die Zeit, nachdem ihre zwei älteren Töchter zum Studieren ausgezogen waren, wäre eine gute Gelegenheit, sich von den Strapazen der Kindererziehung zu erholen. Seit der Scheidung war Jürgen ständig unterwegs, hatte mit Tennis und Golf angefangen und sich als Krönung einen VW T5 gekauft, um ihn eigenhändig zum Camper umzubauen.

»Ich möchte dich um einen Gefallen bitten.«

»Jetzt bin ich gespannt.«

»Um einen beruflichen. Wir haben einen Vermisstenfall.«

Heidi streckte ihrem Spiegelbild die Zunge raus. »Mein Team hat keine Bereitschaft.«

»Das weiß ich, und wenn du Nein sagst, rufe ich Famke an. Aber es wäre mir lieber, du übernimmst das persönlich. Eine Fünfzehnjährige ist heute Nacht von einem Babysitterjob nicht nach Hause gekommen. Sie hat den kleinen Sohn von Freunden ihrer Mutter gehütet, während die Eltern auf einer Party waren. Danach hat der Vater sie nach Hause gefahren und vor ihrem Wohnhaus abgesetzt. Allerdings scheint sie noch einmal auf eigene Faust losgezogen zu sein.«

»Und warum soll ich mich darum kümmern? Es klingt nicht kompliziert, und Famke hat genug Erfahrung.«

»Das stimmt, aber die Mutter des Mädchens hat nach dir gefragt. Das heißt, genau genommen nicht die Mutter, sondern ihr Lebenspartner. Er hat mich angerufen. Privat.«

Bei Heidi fiel der Groschen. »Du kennst ihn? Ich auch?«

»Nein, wir haben uns im Golfklub getroffen. Es handelt sich um Axel Thürmer, den Architekten. Du weißt schon: der die Neugestaltung des Krone-Areals geplant hat.«

Heidi erinnerte sich an die jahrelangen Diskussionen um das Grundstück am Stadtpark, auf dem früher der Gasthof Zur Krone gewesen war, allerdings nicht an den Namen des Architekten. »Und wieso sollte Axel Thürmer ausgerechnet nach mir fragen?«

»Weil ich ihm einmal von dir erzählt habe. Wir saßen im Klub zusammen, jemand erzählte vom Fall Marvin, ich erwähnte dich … wie das halt so läuft.«

Also daher wehte der Wind. Der Fall Marvin – Heidis fünf Minuten Ruhm. Der nur wenige Tage alte Säugling war von einer psychisch kranken Frau mit unerfülltem Kinderwunsch aus dem Krankenhaus entführt und von Heidi binnen vierundzwanzig Stunden wiedergefunden worden. Der Fall war aus Ermittlersicht nicht kompliziert gewesen, doch die Presse hatte Heidi als Heldin gefeiert.

»Es läuft allerdings auch so, dass es bei uns eine Reihenfolge gibt. Famkes Team ist dran. Wieso müssen wir für Axel Thürmer eine Extrawurst braten?«

»Er ist ein einflussreicher Mann, gut vernetzt. Ich würde ihm den Gefallen gern tun. Die Sache klingt nicht kompliziert, vermutlich ist das Mädchen bei einem Freund. Wenn sie wieder auftaucht, schuldet Thürmer dir was.«

Und dir, dachte Heidi. Sie überlegte. Sie hatte heute ohnehin nichts vor, außer einen Stapel Wäsche zu bügeln und die Küche zu putzen. Sie hatte auf Quality-Time mit Larissa gehofft, aber die hatte schon angekündigt, mit Freundinnen ins Kino zu gehen. Und wenn Heidi den Fall übernahm, dann schuldete ihr nicht nur dieser Architekt etwas, sondern vor allem Jürgen.

»Meinetwegen. Wo muss ich hin?«

»Zur Kriminalpolizeiinspektion. Ich habe Axel gesagt, die Mutter des Mädchens müsse als Erstes eine Vermisstenanzeige aufgeben.«

Eine halbe Stunde später blickte Heidi in ein Paar dunkelbraune Augen, die sie von einem Computerbildschirm so durchdringend anstarrten, dass sie sich an einen Strafverteidiger erinnert fühlte, der sie einmal als junge Polizistin vor Gericht befragt und einzuschüchtern versucht hatte. Die dunkelbraunen Augen lagen unter schwarzen, struppigen Brauen, die über einer schmalen Nase fast zusammenwuchsen. Augen und Brauen gehörten zu einem ovalen Gesicht mit leicht vorgeschobenem Kinn, das von strähnigen schwarzen Haaren umrahmt wurde. Heidi musste unwillkürlich an die Fotos denken, die Larissa von sich auf Instagram postete. Auf ausnahmslos allen war Larissa sorgfältig geschminkt und frisiert und lächelte oder nahm eine andere Pose ein, die sie besonders hübsch aussehen ließ.

»Entweder, das Mädchen hat schon gelernt, dass das Leben kein Ponyhof ist, oder sie steht auf besonders coole Posen«, brummte Heidi. »Du sagtest, du hättest mehrere Bilder. Guckt sie auf den anderen genauso finster?«

»Auf allen, auf denen sie frontal in die Kamera blickt. Ihre Mutter sagt, sie hasse es, fotografiert zu werden.«

Kriminaloberkommissarin Carina Ricci, die die Vermisstenanzeige zu Sofia Ziemiak aufgenommen hatte, klickte mit der Maus ein weiteres Bild an. Auf diesem stand Sofia in einem

Park, ihr Gesichtsausdruck war jedoch derselbe wie auf dem ersten Foto, und das galt auch für das nächste Bild, auf dem Sofia einen kleinen Jungen auf dem Schoß hielt. Den Jungen gab es auch auf dem vierten Bild, doch hier blickte Sofia nicht in die Kamera, sondern auf das Kind. Ihr Gesichtsausdruck war entspannt, fast verträumt. Auf dem nächsten Foto kniete Sofia neben einem Fahrrad, an dessen Rücklicht sie herumschraubte. Ihre kinnlangen Haare waren nach vorn geschwungen und verdeckten einen Teil ihres Gesichts, doch es war nicht zu übersehen, dass ein Lächeln um ihre Lippen spielte. Das letzte Bild zeigte Sofia wieder von vorn. Sie hatte ein Stück Kuchen im halb geöffneten Mund und lachte aus vollem Hals, während sie spielerisch eine kleine, blonde Frau abwehrte, die – ebenfalls lachend – versuchte, mit einem Geschirrtuch einen Klecks Sahne von Sofias Nase zu wischen.

»Ihre Mutter?«, fragte Heidi.

»Deren beste Freundin, Eva Kramer. Sie hat Frau Ziemiak hierherbegleitet. Ich habe sie in den Konferenzraum gesetzt. Marcel ist bei ihnen. Er ist zehn Minuten vor dir gekommen.«

Das wunderte Heidi nicht. Sie hatte Marcel Kaczmarek von zu Hause aus angerufen. Der Kriminaloberkommissar war der jüngste Neuzugang im Kommissariat und in einem Alter, in dem man sich noch wichtig und unentbehrlich fühlte, wenn man sonntags in den Dienst gerufen wurde.

»Alles klar, danke. Gib Bescheid, wenn sich etwas ergibt.«

Susanne Ziemiak und Eva Kramer waren eine Überraschung. Die Worte »beste Freundin« hatten in Heidis Ohren die Assoziation »ähnlich« ausgelöst, doch das war eine Fehlannahme. Susanne Ziemiak war eine große, sehr schlanke, sehr attraktive Frau mit schwarzen Haaren, die sich bis auf ihre Schultern lockten. In ihrem teuren Kaschmirmantel wirkte sie zu elegant für die triste

Umgebung. Eva Kramer war klein und etwas pummelig. Sie besaß ein freundliches, rundes Gesicht mit Hamsterbacken, die sie mit einem fransig geschnittenen Bob zu kaschieren suchte. Sie trug ein türkisfarbenes Wollkleid und eine modische zweifarbige Brille, wirkte neben ihrer Freundin aber dennoch bieder.

Als Heidi den Besprechungsraum betrat, saß Susanne Ziemiak mit auf den Bauch gepressten Händen leicht zusammengekrümmt da, dann jedoch sprang sie auf und sah Heidi mit nervöser Erwartung entgegen.

»Nehmen wir Platz«, schlug Heidi vor, nachdem sie sich vorgestellt hatte. Sie nickte Marcel Kaczmarek zu, der mit aufgeklapptem Laptop am Kopfende des langen Besprechungstisches saß, bevor sie sich einen Stuhl heranzog und die üblichen einleitenden Sätze sprach. »Frau Ziemiak, wie mir mitgeteilt wurde, vermissen Sie Ihre Tochter Sofia. Ich verstehe, dass Sie sehr beunruhigt sind, und ich versichere Ihnen, wir bemühen uns, Sofia möglichst schnell zu finden. Ich weiß, dass Sie bei Oberkommissarin Ricci bereits Angaben gemacht haben, doch ich möchte Sie bitten, mir weitere Fragen zu beantworten. Das wird eine Weile dauern. Gewinnen Sie bitte nicht den Eindruck, es sei Zeitverschwendung. Während wir hier zusammensitzen, hat Oberkommissarin Ricci bereits erste Maßnahmen eingeleitet, zum Beispiel versuchen wir, Sofias Handy zu orten. Das heißt, die Suche hat bereits begonnen. Verstehen Sie das? Dann erzählen Sie mir bitte noch einmal, wie es dazu kam, dass Sie Sofia vermissen.«

Während der nächsten Minuten hörte Heidi aufmerksam zu, wie Susanne Ziemiak berichtete. Die Frau war offenbar beunruhigt, sie sprach in kurzen, abgehackten Sätzen und so schnell, dass sie sich ein- oder zweimal verhaspelte. Als ihr das zum ersten Mal passierte, legte ihre Freundin ihr tröstend eine Hand auf den Arm und ließ sie dann dort.

Schließlich klappte Heidi ihren Laptop auf, loggte sich ein und öffnete ein Kartenprogramm. »Ist das Ihre Wohnanlage?« Sie drehte den Laptop so, dass Susanne Ziemiak und Eva Kramer ebenfalls den Bildschirm sehen konnten. Sie hatte die Satellitenansicht gewählt. Von oben blickten sie auf die Willy-Brandt-Allee, die im Osten der Stadt ziemlich genau von Nord nach Süd verlief. Östlich davon erstreckte sich der Stadtpark, westlich standen etwas versetzt vier mehrstöckige Gebäude mit quadratischen Grundrissen, aus denen in einem unregelmäßigen Muster Balkone ragten. »Welcher ist Ihr Hauseingang?«

Susanne Ziemiak tippte mit einem leuchtend rot lackierten Fingernagel auf das Gebäude, das am weitesten von der Straße entfernt lag. »Vierzehn d.«

»Und wissen Sie, wo Herr Kramer gehalten hat, um Ihre Tochter abzusetzen?«

Susanne Ziemiak blickte fragend zu Eva Kramer, die sich vorbeugte und auf einige Parkplätze deutete, die am Straßenrand eingezeichnet waren. Ihr Nagellack war türkis wie ihr Kleid.

»Und Ihr Mann hat Sofia nicht zur Haustür gebracht? Das ist nur eine Frage, kein Vorwurf«, fügte Heidi hinzu, als Eva Kramers Miene sich schuldbewusst verzog.

Die Frau nickte. »Das mache ich auch immer so. Als ich Sofia das erste Mal zu ihrem neuen Zuhause brachte, wollte ich sie zur Haustür begleiten, aber sie sagte, sie sei kein Baby mehr. Sie war regelrecht beleidigt. Und der Fußweg ist ja nicht lang, und überall stehen Laternen.«

Eva Kramer biss sich auf die Unterlippe, und Heidi konnte mühelos erraten, was in ihrem Kopf vorging. Kurzer Fußweg hin, Laternen her – die Frau machte sich in diesem Moment dennoch Vorwürfe.

Heidi wandte sich wieder an Susanne Ziemiak. »Und Sie

sind absolut sicher, dass Sofia heute Nacht nicht nach Hause gekommen ist?«

»Wie gesagt, ich konnte nicht schlafen. Ich hätte es mitbekommen.«

»Haben Sie Herrn Kramers Auto gehört?«

»Nein, unser Schlafzimmer geht nach hinten raus.«

»Und heute Morgen war das Rad Ihrer Tochter nicht im Fahrradkeller in der Tiefgarage? Könnte sie es woanders abgestellt haben?«

Susanne Ziemiak schüttelte den Kopf. »Sofias letztes Rad wurde gestohlen, sie sperrt das neue immer weg.«

»Ich verstehe.« Heidi dachte einen Augenblick lang nach, dann klappte sie den Laptop wieder zu und faltete ihre Hände darauf. »Also, Frau Ziemiak, so wie sich die Sache darstellt, ist Ihre Tochter heute Nacht gegen zwei Uhr noch einmal auf eigene Faust mit dem Fahrrad losgezogen. Sie haben das ja selbst bereits vermutet. Haben Sie irgendeine Idee, wohin sie gefahren sein könnte?«

Susanne Ziemiak knetete nervös ihre Hände in ihrem Schoß. »Ich zerbreche mir schon die ganze Zeit den Kopf darüber, aber mir fällt nichts ein. Sofia macht ständig Ausflüge mit dem Fahrrad, sie liebt Radfahren. Aber doch nicht mitten in der Nacht!«

»Könnte sie sich mit jemandem verabredet haben?«

»Ich wüsste nicht, mit wem.«

»Hat sie einen Freund?«

Susanne Ziemiak schüttelte den Kopf. »Sie ist noch nicht so weit.«

»Sie ist fünfzehn«, entgegnete Heidi.

Susanne Ziemiak lächelte schief. »Und heutzutage sind viele Mädchen in dem Alter sexuell aktiv, gucken Pornos und versenden Nudes – ich weiß. Doch Sofia ist in der Hinsicht …«, sie suchte nach dem passenden Wort, »... ziemlich hintendran. Sie ist in manchen Dingen überdurchschnittlich reif, aber sie hat noch nie Interesse an romantischen Dingen oder gar an Sex gezeigt.«

Susanne Ziemiak schien daran keinen Zweifel zu hegen, dennoch blickte Heidi zu Eva Kramer hinüber, ob die das genauso sah. Ihrer Ansicht nach waren Eltern oft erstaunlich naiv, wenn es um den eigenen Nachwuchs ging – sie nahm sich dabei selbst nicht aus. Eva Kramer nickte jedoch bestätigend.

»Aber Sofia hat doch gewiss Freundinnen, mit denen sie etwas unternimmt. Vielleicht hat sie sich mit einer von denen getroffen? Vielleicht gab es eine Party? Eine Party, von der Sie nicht wollten, dass sie hingeht?«

Susanne Ziemiak schüttelte bei allen Vorschlägen den Kopf. »Nein, das kann es auch nicht sein.«

»Und warum nicht?«

Zum ersten Mal zögerte Susanne Ziemiak bei einer Antwort. Sie fasste sich an den Hals, um den sie einen bunten Seidenschal geschlungen hatte, und ließ die Hand dann wieder sinken. »Weil Sofia keine Freundinnen hat«, sagte sie abrupt. Sie schien noch etwas hinzufügen zu wollen, überlegte es sich jedoch anders und lehnte sich auf ihrem Stuhl zurück.

Heidi wartete einen Augenblick lang. »Und wie kommt das?«, fragte sie schließlich.

Susanne Ziemiak starrte auf ihre Hände und rieb mit dem Zeigefinger der rechten Hand über den Nagellack ihres Daumens, der deutliche Nagespuren aufwies. »Wirklich klar ist mir das nicht. Es ist etwas, das mich ehrlicherweise irritiert, obwohl Sofia immer behauptet, es mache ihr nichts aus, sie sei ohnehin lieber für sich.« Sie blickte seufzend auf. »Es liegt wohl hauptsächlich daran, dass Sofia ganz andere Interessen hat als andere Mädchen ihres Alters. Wie gesagt interessiert sie sich noch nicht für Jungs oder Sex, auch nicht für Mode oder Make-up oder irgendwelche Trends. Sofia geht am liebsten ihren eigenen Projekten nach.«

»Was sind das für Projekte?«

»Ganz unterschiedliche.« Ein Lächeln huschte über Susanne Ziemiaks Gesicht. »Sofia fährt gern Fahrrad und fotografiert gern mit ihrem Smartphone. Eine Zeit lang hat sie jede Woche zur selben Zeit immer an denselben Orten Fotos gemacht, zum Beispiel vor unserer alten Wohnung oder auf einem nahe gelegenen Grünstreifen. Sie wollte damit dokumentieren, wie Orte sich im Wechsel der Jahreszeiten verändern. Und als sie nach unserem Umzug feststellte, dass sie sich in unserem neuen Stadtviertel überhaupt nicht auskennt, hat sie sich vorgenommen, jede Straße in der Stadt mindestens einmal zu befahren. Sie hat schon die meisten geschafft, sie führt Buch darüber auf ihrem Laptop.« Susanne Ziemiak hob abwehrend die Hände, als ahnte sie, was Heidi sagen wollte. »Aber das würde sie nicht mitten in der Nacht machen. Sofia ist noch nie nachts allein losgezogen.« Sie ballte ihre Hände zu Fäusten.

Neben ihr sagte Eva Kramer leise: »Das stimmt aber nicht ganz, Susanne. Denk mal an die Sache mit Helena Berger.«

Susanne Ziemiak drehte den Kopf und musterte ihre Freundin stirnrunzelnd. »Du meinst die Flugblätter? Das war doch etwas ganz anderes.«

»Worum ging es da?«, mischte Heidi sich ein.

Susanne Ziemiak machte eine auffordernde Handbewegung, und Eva Kramer beugte sich vor.

»Es war vor etwa einem Jahr«, erzählte sie mit ihrer weichen, leisen Stimme. »Vor dem Umzug ging Sofia aufs städtische Gymnasium. Es gab dort eine ältere Schülerin, Helena Berger, die die jüngeren Kinder schikanierte. Sofia stritt sich deswegen einmal mit ihr und meldete Helenas Verhalten auch einer Lehrerin, doch nichts änderte sich. Sofia ärgerte das so sehr, dass sie beschloss, selbst aktiv zu werden. Sie bastelte ein Flugblatt und fuhr an einem Tag morgens zwei Stunden früher zur Schule, um zweihundert Kopien davon im ganzen Gebäude zu verteilen. Als Susanne aufstand und feststellte, dass Sofia nicht da war, hat sie sich ziemlich erschrocken.«

»Was stand auf dem Flugblatt?«

»Es gab verschiedene. Alle zeigten ein Foto Helenas von ihrem Instaccount, auf dem sie besonders hübsch zurechtgemacht war. Darunter standen Sachen wie: ›Ich bin zwar schön, aber sonst habe ich nichts drauf! Lass Dich nicht von mir mobben!‹ Oder: ›Scharfe Schale, matschiger Kern‹«

Heidi unterdrückte ein Schmunzeln. »Klingt, als sei Sofia Gerechtigkeit ein wichtiges Anliegen«, kommentierte sie.

»Ein sehr wichtiges«, bestätigte Eva Kramer.

»Und halten Sie es für möglich, dass Sofia heute Nacht wieder aus einem ähnlichen Grund losgezogen ist?«

Eva Kramer nahm sich einen Moment Zeit, ihre Gedanken zu ordnen. »Ja«, sagte sie schließlich. »Allerdings müsste es ein in Sofias Augen wirklich triftiger Grund sein. Und sie würde deswegen nicht zu spät nach Hause kommen. Sie ist wirklich extrem zuverlässig, sie verpasst niemals Termine. Dass sie um halb zwölf nicht zu Hause war und dass sie nicht an ihr Handy geht …« Sie schluckte und griff nach der Hand ihrer Freundin.

Eine Weile herrschte Schweigen, während Heidi nachdenklich in der Vermisstenanzeige blätterte, die Carina Ricci für sie ausgedruckt hatte. Sie suchte eine bestimmte Stelle und fand sie auch: Bei der Frage nach einer möglichen Suizidalität der vermissten Person hatte Carina Ricci Nein angekreuzt. Heidi war sicher, dass die Kollegin das nicht leichtfertig getan hatte, dennoch wollte sie noch einmal nachhaken.

»Ich möchte zurück auf den Punkt kommen, dass Sofia keine

Freundinnen hat. Wie äußert sich das? Ist sie eine Einzelgängerin, die einfach ihr eigenes Ding macht, oder gibt es Konflikte zwischen ihr und Gleichaltrigen? Wie haben zum Beispiel ihre Mitschüler auf die Flugblattaktion reagiert? Und wie die Schulleitung?«

Die beiden Frauen sahen einander an.

»Die Schulleitung hat gar nicht reagiert«, erklärte Susanne Ziemiak dann, »weil sie nicht wusste, dass Sofia verantwortlich war. Sie war nicht die Einzige, die mit Helena in den Wochen zuvor aneinandergeraten war. Aber natürlich haben einige Schüler Sofia dennoch verdächtigt. Manche fanden die Aktion cool, doch Helenas Freundinnen machten Sofia das Leben danach teilweise schwer. Das war auch einer der Gründe, warum wir zu Axel gezogen sind. Axel Thürmer, mein Partner.« Sie errötete. »Das klang jetzt vermutlich seltsam. Natürlich sind wir nicht umgezogen, damit Sofia eine neue Schule besuchen kann, aber als Axel den Vorschlag machte, habe ich mich gefragt, ob das gut für Sofia wäre. Ein möglicher Schulwechsel erschien mir als Plus.« Sie strich sich eine dunkle Haarsträhne hinters Ohr. »Und das war er auch. Sofia gefällt es auf der neuen Schule besser als auf der alten. Sie macht zum Beispiel bei der Schulzeitung mit. Sie hat einen Artikel über Genetik geschrieben. Und sie mag die Chefredakteurin, Nele, ein älteres Mädchen, dreizehnte Klasse, glaube ich. Allerdings weiß Nele auch nicht, wo Sofia steckt. Axel hat mit ihr telefoniert.«

»Meinen Sie Nele Klostermann?«, fragte Heidi überrascht. »Geht Sofia auf das Marie-Curie-Gymnasium? In welche Klasse?«

»Zehn a.« Susanne Ziemiak musterte Heidi. »Kennen Sie Nele?«

»Ich habe von ihr gehört.« Heidi fügte nicht hinzu, dass ihre Tochter ihr von Nele erzählt hatte. Larissa ging ebenfalls auf

Marie-Curie-Gymnasium, in die Zehn c, und schrieb ebenfalls Artikel für die Schulzeitung, allerdings nicht über Genetik, sondern über Schönheitsprodukte. Für einen flüchtigen Augenblick löste die Ähnlichkeit – beide Mädchen fünfzehn, beide auf derselben Schule, beide schrieben für die Schulzeitung – ein flaues Gefühl in Heidis Magen aus.

»Und Sie sind sicher, dass es Sofia nichts ausmacht, keine Freundinnen zu haben? Dass sie nicht unglücklich deswegen ist? War sie aus einem anderen Grund in letzter Zeit unglücklich? Oder aufgewühlt? Ist irgendetwas Ungewöhnliches vorgefallen? Gab es Stimmungsschwankungen oder Ähnliches? Einen Streit oder eine Auseinandersetzung?«

Heidi richtete die Fragen an beide Frauen, doch beide verneinten.

»Und wie kommt Sofia mit der neuen Wohnsituation zurecht?«

»Sehr gut.« Susanne Ziemiaks Antwort kam noch schneller als die Antworten zuvor.

»Können Sie das näher beschreiben?«

Susanne Ziemiak blinzelte. »Ich bin nicht sicher, worauf Sie hinauswollen.«

»Beschreiben Sie mir Ihre neue Wohnsituation mit Ihrem neuen Partner. Das muss für Sie und Ihre Tochter doch eine große Umstellung gewesen sein, wenn Sie vorher zu zweit zusammengelebt haben. Wie sieht Ihr Alltag zu dritt aus? Was klappt gut? Wo gibt es Reibungspunkte? Versteht sich Sofia gut mit Ihrem Lebensgefährten?«

»O ja. Und es gibt kaum Reibungspunkte.« Susanne Ziemiak lächelte. »Ehrlich gesagt, sind wir alle immer ziemlich viel unterwegs. Axel ist Architekt, er ist typischerweise den ganzen Tag in seinem Büro oder auf einer Baustelle. Er hat zwar zu Hause ein Arbeitszimmer, aber das nutzt er nur am Wochenende. Ich bin ebenfalls den ganzen Tag außer Haus. Ich bin Immobilienmaklerin und habe eine Firma mit drei Angestellten. Und Sofia geht in die Schule und verfolgt nachmittags ihre Projekte.«

»Und abends? Und an den Wochenenden? Was machen Sie da? Unternehmen Sie Ausflüge zu dritt?«

»Manchmal. Manchmal hat Sofia keine Lust, manchmal muss ich arbeiten.«

»Und unternehmen Ihre Tochter und Ihr Partner dann auch mal etwas zu zweit?«

Susanne Ziemiak blinzelte irritiert. »Nein. Wieso sollten sie?«

»Wenn sie sich doch gut verstehen.«

»Ach so.« Susanne Ziemiak überlegte. »Nun ja, um ehrlich zu sein, haben sie nicht viel gemeinsam.« Sie errötete. »Aber Axel hat sich sehr um Sofia bemüht. Er wollte ihr zum Einzug eine komplett neue Zimmereinrichtung schenken. Und er kennt den Direktor vom MCG. Als ich Sofia dort anmeldete, hat er seinen Einfluss genutzt, damit sie direkt einen Termin beim Schulsozialarbeiter bekam. Axel meinte, Sofia benötige vielleicht Unterstützung, um sich besser zu integrieren. Der Sozialarbeiter hat auch vorgeschlagen, dass Sofia bei der Schulzeitung mitmacht, weil sie so wissbegierig ist.«

»Und mag Sofia Herrn Thürmer? War sie für den Plan, zu ihm zu ziehen?«

Susanne Ziemiak schwieg einen Augenblick lang. »Na ja, zuerst nicht«, gab sie zu. »Aber nicht, weil Sofia etwas gegen Axel hatte. Sie mag bloß keine Veränderungen. Doch schließlich war sie einverstanden, und sie fühlt sich in der neuen Umgebung sehr wohl. Sie mag die neue Schule und die Nähe zum Park. Sie sagt immer, bei schlechtem Wetter, wenn wenig los ist, ist er ihr Privatgarten.«

Bei den letzten Worten lächelte Susanne Ziemiak, doch Heidi entging nicht, dass die Frau ihre Frage nicht beantwortet hatte. Aber bevor sie nachhaken konnte, wurde an die Tür geklopft, und Carina Ricci erschien.

»Wir haben Sofias Handy geortet. In der Neubausiedlung im Westen, Bereich Dachsweg Ecke Fuchsbau.«

3

Eva

Als Linus drei Jahre alt war, musste er am Herzen operiert werden. Es war nur ein Routineeingriff, doch ich war tagelang vorher so nervös, dass ich nichts essen konnte und zwei Kilo abnahm, ohne mich darüber freuen zu können. Ich fühlte mich wie in ein zu enges Korsett gezwängt, so dass ich kaum Luft bekam.

Genauso fühle ich mich seit dem Moment, als Susanne sagte, Sofia habe versprochen, um halb zwölf zu Hause zu sein. Als läge ein eiserner Ring um meine Brust – bis Kriminaloberkommissarin Ricci sagt, dass Sofias Handy geortet wurde. Und wo.

Susanne ergeht es genauso. Aufgeregt dreht sie sich zu mir um. »Dachsweg Ecke Fuchsbau? Da wohnt ihr. Heißt das, Sofia ist bei euch?«

Ich nicke erleichtert. Es muss so sein, auch wenn ich nicht verstehe, wieso Daniel nicht angerufen hat. Ich fische mein Smartphone aus meiner Handtasche und wähle seine Nummer. Beim dritten Klingeln geht er dran, doch ich lasse ihn nicht zu Wort kommen.

»Wie geht es ihr? Geht es ihr gut? Ist sie unverletzt? Was ist denn passiert? Wieso ist sie bei uns? Wieso hast du nicht angerufen? Kann ich sie sprechen, bitte?«

Die Fragen sprudeln entgegen meiner üblichen Redeweise aus mir heraus. Als ich innehalte, herrscht für einen Moment

Stille, dann sagt Daniel: »Du denkst, dass Sofia hier bei mir ist? Aber das ist sie nicht, Eva. Wie kommst du darauf?«

»A… Aber sie muss da sein«, stottere ich, während ich sehe, wie sich meine Enttäuschung in Susannes Augen spiegelt. »Ihr Handy ist da. Wir sind in der Kriminalpolizeiinspektion. Susanne hat eine Vermisstenanzeige aufgegeben, und die Polizei hat Sofias Handy geortet. Sie ist bei uns, Ecke Dachsweg und Fuchsbau.«

»Wer ist dort? Sofia oder das Handy?«

Ich benötige einen Moment, um die Tragweite von Daniels Worten zu erfassen, dann zieht sich der Ring um meine Brust wieder zu. »Ich … ich weiß es nicht. Sie haben das Handy geortet. Aber wenn das bei uns ist, dann muss doch auch Sofia da sein, oder?« Ich werfe einen unsicheren Blick zu Hauptkommissarin Westphal, die erst auf mein Smartphone deutet, dann auf sich. »Die Polizei möchte mit dir sprechen.«

Ich reiche der Beamtin mein Smartphone. Meine Hand fühlt sich seltsam leer an, und ich greife nach Susannes. Sie ist eiskalt und zittert, während wir gemeinsam zuhören.

»Herr Kramer? Mein Name ist Westphal. Ich bin Kriminalhauptkommissarin und untersuche den Vermisstenfall Sofia Ziemiak. Wir haben Sofias Handy geortet und festgestellt, dass es zumindest bis vor wenigen Minuten im Bereich Dachsweg Ecke Fuchsbau gewesen sein muss. Sie wohnen dort? Im Fuchsbau elf? Sie sagen, Sofia sei nicht bei Ihnen. Habe ich das richtig verstanden? Haben Sie das überprüft? Haben Sie das ganze Haus abgesucht? Dann bitte ich Sie, dies jetzt zu tun. Und noch etwas: Haben Sie Sofias Handynummer? Gut. Während Sie durchs Haus gehen, rufen Sie bitte die Nummer an. Einmal in jedem Raum. Wenn Sofias Handy bei Ihnen ist, sollten Sie es klingeln hören. Falls Sie es finden, berühren Sie es bitte nicht. Wir kommen gleich zu Ihnen.«

Daniel benötigt nur wenige Minuten, alle Räume zu durchsuchen, dennoch sind Susanne und ich längst unterwegs, als er zurückruft. Kriminalhauptkommissarin Westphal hat gesagt, es würde eine Viertelstunde dauern, bis sie und ihr Kollege bereit zum Aufbruch sind, doch so lang wollen Susanne und ich nicht warten. Während ich meinen Wagen so schnell wie erlaubt durch Nieselregen und Verkehr steuere, sitzt Susanne vorgebeugt auf dem Beifahrersitz und spielt unablässig mit ihrem Sicherheitsgurt. Sie zieht das Band nach vorn, lässt es wieder los, zieht es nach vorn, lässt es wieder los. Die Bewegung macht mich nervös, doch ich verkneife mir einen Kommentar.

»Echt jetzt, Eva, ist das dein Ernst? Wieso bremst du?« Susannes Frage bezieht sich auf die Tatsache, dass ich vor einer Ampel anhalte.

»Es ist rot.«

»Die Straße ist frei.«

Ich atme einmal tief durch, dann nehme ich meine Hand vom Lenkrad und lege sie auf Susannes. »Hör mal, altes Haus, ich verstehe dich, ich mache mir auch Sorgen. Aber Sofia hat nichts davon, wenn wir in einen Unfall verwickelt werden, okay?«

Susanne erwiderte nichts. Als ich wieder anfahre, beginnt sie erneut, am Sicherheitsgurt zu zerren – bis mein Smartphone klingelt, das in der Mittelkonsole liegt. Susanne greift danach. »Ja? Daniel?«

Mehr sagt sie nicht, sie lauscht eine Weile, dann drückt sie das Gespräch weg und legt das Handy mit einem Fluch zurück. »Nichts.«

Verdammt! Meine Hände krampfen sich um das Lenkrad. Doch dann wird mir klar, dass es zwar eine schlechte Nachricht ist, dass Sofia nicht bei uns ist, dass es jedoch eine gute Nachricht ist, dass Daniel auch Sofias Handy nicht gefunden hat. Sie bedeutet, dass Sofia es nicht einfach bei uns vergessen hat. Sie bedeutet, dass das Handy irgendwo draußen in der Nähe ist – zusammen mit Sofia!

Als ich das ausspreche, lässt Susanne abrupt den Sicherheitsgurt los. »Du hast recht. Sofia muss in der Nähe sein, wir müssen sie nur suchen. Daniel soll schon mal anfangen.«

Sie greift erneut zu meinem Smartphone, und ich lasse sie gewähren, obwohl ich weiß, dass der Anruf sich nicht lohnt. Bis Daniel Linus Winterjacke und Stiefel angezogen hat, sind wir zu Hause.

So ist es auch. Als ich wenige Minuten später meinen Wagen vor dem Carport parke, in dem schon Daniels Golf steht, kommen Daniel und Linus gerade aus dem Haus. Allein ihr Anblick tut mir gut. Ich eile auf die beiden zu und schlinge meine Arme so fest um meinen Sohn, dass er protestiert.

»Und? Wie gehen wir vor?«, fragt Susanne ungeduldig.

Ich richte mich wieder auf. »Ich schlage vor, einer sucht den südlichen Bereich der Siedlung ab, einer den nördlichen, und einer wartet hier mit Linus auf die Polizei.«

»Ich warte«, erklärt Daniel, »und klingele in der Zwischenzeit bei den Nachbarn, ob jemandem Sofia bemerkt hat. Die meisten kennen sie ja zumindest vom Sehen.«

»Gute Idee, dann teilen Susanne und ich uns auf. Möchtest du …«

Doch Susanne ist schon in Richtung Süden losgerannt. Als sie um die Straßenecke in den Dachsweg einbiegt, höre ich sie laut Sofias Namen rufen. Ich berühre noch einmal kurz Daniels Arm, ziehe mir die Kapuze meines Dufflecoats über den Kopf und laufe ebenfalls los.

Die Suche dauert nicht lange, denn unsere Siedlung ist nicht groß. Unsere Siedlung ist auch nicht alt. Vor sechs Jahren verkaufte ein Bauer einen Teil seiner Felder im Westen an die

Stadt, die darauf ein Wohnraumbeschaffungsprojekt für Einheimische startete. Einheimische Bürger sollten das Bauland vergünstigt erwerben können, wenn sie gewisse Kriterien erfüllen. Auch Daniel und ich kamen in den Genuss dieser Förderung: weil wir beide unser ganzes Leben in der Stadt verbracht haben – ich bin in einer Dreizimmerwohnung im Kleine-Leute-Viertel aufgewachsen, Daniel in einer Art Villa Kunterbunt in der Nähe des Stadtparks; weil wir uns beide ehrenamtlich engagieren – Daniel im Heimatmuseum, ich beim Weihnachtsmarktausschuss der lokalen Geschäftsinhaber; weil ich damals mit Linus schwanger war. Wir hatten sogar das Glück, ein Haus im ersten Bauabschnitt zu bekommen – auch wenn wir damals nicht wussten, wie groß dieses Glück tatsächlich war. Denn wir haben noch vor dem Überfall Russlands auf die Ukraine gebaut, bevor die Preise für Baustoffe ebenso in die Höhe schossen wie die Kreditzinsen. Als vor drei Jahren der zweite Bauabschnitt starten sollte, hatte sich die Welt und damit die Lage auf dem Immobilienmarkt grundlegend verändert. Einige der Familien, die Grundstücke erworben hatten, gaben diese zurück, sie sollen demnächst neu vergeben werden. Einige beschlossen, den Bau ihres Eigenheims zu verschieben. Andere fingen an zu bauen, doch bis heute sind erst eine Handvoll Häuser fertiggestellt. Die anderen vertrauten ihr Geld und ihre Lebensträume zwei regionalen Bauträgern an, von denen einer in der Zwischenzeit Insolvenz anmelden musste, während der andere noch versucht, diese Katastrophe abzuwenden. Das führt dazu, dass vom zweiten Bauabschnitt gerade fünf Häuser fertig sind, zwei stehen im Rohbau da, und es gibt ein Dutzend Baugruben, in denen sich das Wasser sammelt. Der Anblick ist so trist, dass wir die Gegend, »die Ödnis« nennen.

Doch zunächst laufe ich in die andere Richtung, während ich laut Sofias Namen rufe. Ich bekomme keine Antwort. Die Straßen in der Siedlung sind wie leer gefegt. Bei schönem Wetter ist hier sonntags viel los. Unsere ganze Nachbarschaft ist verkehrsberuhigt, einige Straßen sind als Spielstraßen ausgewiesen. Kinder malen mit Kreide Himmel-und-Hölle-Felder darauf, spielen Federball, fahren Inlineskates oder kurven wackelig auf ihren Laufrädern herum, während die Erwachsenen sich über den Gartenzaun hinweg unterhalten. Doch nicht an einem nasskalten Tag wie heute.

Während ich durch den Nieselregen laufe, der die Welt mit einem feuchten, grauen Schleier überzieht, als betrachte man sie durch eine schmutzige Fensterscheibe, begegne ich nur einer alten Frau, die in der einen Hand einen durchsichtigen Regenschirm hält und mit der anderen einen wurstförmigen Dackel an einer Leine hinter sich her zieht. Ich kenne sie vom Sehen, sie wohnt in dem Nachkriegswohngebiet, das an unsere Siedlung angrenzt, und scheint zu denken, dass das Neubaugebiet eine Art öffentliche Toilette ist. Ich hatte mal eine Auseinandersetzung mit ihr, weil sie die Hinterlassenschaften ihres Fiffis nicht einsammeln wollte. Als ich wieder laut Sofias Namen rufe, wirft sie mir einen missbilligenden Blick zu, also frage ich sie, ob sie ein fünfzehnjähriges Mädchen mit schwarzen Haaren und dunkelgrünem Anorak gesehen habe, doch sie schüttelt bloß den Kopf und zerrt ihren Hund weiter.

Auch ich laufe weiter, kreuze den Otterweg, schaue suchend in beide Richtungen, eile weiter bis zum Hasenwinkel. Warum die Straße so heißt, weiß niemand, sie ist schnurgerade und begrenzt die Siedlung im Norden. Dahinter liegen Felder. Ich wende mich nach links und erreiche schließlich die Eulenstraße, wo die Ödnis beginnt.

Mein erster Gedanke, wenn ich hierherkomme, ist jedes Mal derselbe: Gut, dass wir nicht hier gelandet sind. Ursprünglich hatten Daniel und ich ebenfalls damit geliebäugelt, in die

Eulenstraße zu ziehen, weil die Grundstücke dort größer sind und wir damals noch Pläne für weitere Kinder hatten. Doch wir konnten uns die zusätzlichen Quadratmeter nicht leisten, und mittlerweile bin ich froh darüber, nicht jedes Mal die Ödnis sehen zu müssen, wenn ich aus dem Fenster schaue. Der Anblick der umzäunten Baugruben und halbfertigen Häuser, bei denen nichts weitergeht, ist nicht nur hässlich, sondern deprimierend. Ein Mahnmal geplatzter Träume und zerstörter Hoffnungen und sichtbares Zeichen, dass Deutschland in der Krise steckt.

Und heute ist der Anblick noch deprimierender. Die Eulenstraße ist die letzte Straße auf meiner mentalen Liste, und ich sehe auf einen Blick, dass Sofia nicht hier ist. Der einzige Ort, wo sie sich verstecken könnte, wäre eines der beiden halbfertigen Häuser. Aber Sofia würde sich schließlich nicht vor mir verstecken.

Ich vergrabe meine kalten Hände in den Taschen meines Dufflecoats, während ich langsam weitergehe, außer Atem von der ungewohnten Rennerei. Nein, Sofia würde sich nicht vor mir verstecken. Natürlich nicht. Wieso sollte sie? Andererseits: Vor einer halben Stunde muss sie in der Nähe gewesen sein, sonst hätte die Polizei ihr Handy nicht hier geortet. Aber wenn sie in der Nähe war, warum ist sie dann nicht zu uns gekommen? Sie kennt doch außer uns niemanden hier. Wieso verhält sie sich so eigenartig?

Ich gehe noch langsamer und bleibe schließlich vor einem der beiden Rohbauten stehen, der geplanten Hausnummer dreizehn. Die leeren Fenster glotzen mich an wie die Augenhöhlen in einem Totenschädel, das Loch für die Eingangstür gähnt mir entgegen wie ein klaffender Schlund. Es ist nicht einmal durch eine provisorische Baustellentür gesichert, das ganze Grundstück ist nicht gesichert.

Noch während ich denke, wie verantwortungslos das ist, bahnen meine Füße sich bereits einen Weg über den unebenen, aufgeweichten Boden, vorbei an einer rostigen Schubkarre und an Holzbrettern aus denen Nägel ragen, zu den nackten Betonstufen, die zur Eingangstür führen. Zaghaft stecke ich meinen Kopf durch das Loch in der Mauer. »Sofia? Liebes, bist du hier? Ich bin's, Eva.«

Ich komme mir blöd vor, als ich das rufe, dennoch lausche ich mit angehaltenem Atem auf eine Antwort. Als keine kommt, zögere ich, dann betrete ich das Halbdunkel.

Es ist nichts zu hören außer dem leisen Knirschen meiner Winterstiefel auf dem Beton, als ich von einem Raum in den anderen gehe. Es riecht nach Mörtel und Staub, aber wenigstens ist es hier drinnen trocken. Als ich in den Raum komme, der wohl das Wohnzimmer werden soll, flattert etwas auf. Ich fahre erschrocken zusammen, doch es ist nur eine Taube, die Schutz vor dem Regen gesucht hat.

Ich gehe zurück in den düsteren Hausflur und setze meinen Fuß auf die erste Treppenstufe, die ins Obergeschoss führt, halte jedoch erneut inne. Ich finde es schon reichlich dreist von mir, dass ich auf ein fremdes Grundstück und in ein fremdes Haus eingedrungen bin. Ins Obergeschoss zu gehen wäre noch unverschämter. Ich achte selbst sehr genau darauf, wen ich bei uns nach oben bitte, wo unsere Schlafzimmer sind. Andererseits haben die aber natürlich mehr zu bieten als nur nackte Wände.

Ich schüttele meine Skrupel ab und nehme die Treppe. Doch auch oben ist Sofia nicht, niemand ist hier. Ich bin allein mit meiner Angst – und mit Ed Sheeran, der plötzlich losschmettert: »Baby, I'm dancing in the dark – with you between my arms«.

Das Geräusch ist so unerwartet in der Stille, dass ich mir erschrocken an die Brust greife. Dann nestele ich mein Smartphone aus der Tasche meines Dufflecoats. »Ja? Daniel? Hat jemand sie gesehen?«

»Leider nein, aber die Polizei fährt gerade vor.«

Vom Eulenweg zum Fuchsbau ist es nicht weit. Als ich in unsere Straße einbiege, steht Daniel mit Susanne und Hauptkommissarin Westphal und ihrem Kollegen auf dem Bürgersteig vor unserer Doppelhaushälfte. Linus versteckt sich hinter Daniels Beinen, doch als er mich kommen sieht, läuft er mir entgegen, und ich hebe ihn hoch.

Als ich mit meinem Sohn auf dem Arm die anderen erreiche, ahne ich sofort, dass etwas vorgefallen ist. Daniel hat seine Augenbrauen zusammengeschoben, Zeichen, dass ihn etwas irritiert. Susanne kaut an ihrem Daumennagel.

Ich drücke Linus fester. »Ist etwas passiert? Habt ihr eine Spur von Sofia? Ist sie …?«

Bevor meine Phantasie mit mir durchgehen kann, klärt Daniel mich auf. »Hauptkommissarin Westphal hat uns gerade erzählt, dass die Polizei noch einmal Sofias Handy geortet hat – beziehungsweise, dass sie das laufend tut.«

Ich verstehe nicht, warum das ein Grund für irritierte Mienen ist. »Oh, gut, wo ist es?«

»Immer noch hier. Das Handy wurde seit der ersten Ortung nicht bewegt.«

»Aber dann hätten wir Sofia doch finden müssen.« Ich versuche zu verstehen, was das bedeutet. »Glauben Sie, Sofia ist bei einem unserer Nachbarn?«, frage ich die Polizisten. »Aber bei denen hat Daniel schon geklingelt.«

Daniel nickt zustimmend.

Frau Westphal wendet sich an ihn. »Sie sind sicher, dass Sofias Handy nicht im Haus ist? Sie haben alle Zimmer durchsucht und das Handy dabei regelmäßig angerufen?«

»Ja.«

»Haben Sie auch den Vorgarten abgesucht?«

»Den Vorgarten? Nein, wieso …«

»Das Handy könnte Sofia aus der Tasche gefallen sein, als sie zu Ihrem Wagen ging. Oder es könnte in Ihrem Wagen sein. Haben Sie dort nachgesehen?«

Daniel wird blass. »Daran habe ich nicht gedacht.«

»Mit welchem Wagen haben Sie Sofia denn gefahren?«

»Mit meinem Golf Kombi.«

Während Daniel das sagt, holt er schon sein Handy aus der Tasche seiner Winterjacke und wählt Sofias Nummer. Wir lauschen alle mit angehaltenem Atem. Zunächst hören wir nichts, doch als wir gemeinsam Richtung Carport gehen, vernehme ich die nervige, vertraute Melodie der Science Cops, Sofias Lieblingspodcast.

4

Eva

Ich stehe in unserer Küche, koche Kräutertee und esse möglichst unauffällig die Waffel, die ich zum Frühstück nicht hinuntergebracht habe. Es ist mir peinlich, ausgerechnet in diesem Moment Heißhunger zu verspüren, aber ich muss einfach noch etwas anderes im Magen haben als diesen kalten Klumpen Angst, der sich dort breitmacht, seit Hauptkommissarin Westphal Sofias Handy unter dem Beifahrersitz von Daniels Wagen gefunden hat. Es ist nicht nur die Bestürzung darüber, dass die Polizei Sofia jetzt nicht mehr orten kann, es fühlt sich an, als sei unsere letzte Verbindung zu ihr gekappt. Es geht mittlerweile auf drei Uhr zu. Sofia ist seit fast dreizehn Stunden verschwunden, und mir fällt dafür nur eine Erklärung ein: Ihr ist etwas zugestoßen.

Ich versuche, den Gedanken abzuwehren, in dem ich mich auf Hauptkommissarin Westphal und Daniel konzentriere, die einander gegenüber am Esstisch sitzen, und auf die Fragen, die Hauptkommissarin Westphal stellt und die Daniel mit der für ihn typischen Freundlichkeit und Geduld beantwortet, obwohl die Fragen so detailliert sind, dass es schon etwas lächerlich anmutet. Frau Westphal möchte jede Kleinigkeit über die zwanzig Minuten wissen, in denen Daniel Sofia heute Nacht nach Hause gebracht hat. Wann genau Daniel hier losgefahren und wann er in der Willy-Brandt-Allee angekommen ist – kurz nach halb zwei und kurz vor zwei, an die exakten Uhrzeiten erinnert Daniel sich nicht mehr; wo Sofia gesessen hat – auf dem Beifahrersitz; ob Daniel und Sofia sich unterwegs unterhalten haben und worüber – nur Small Talk; ob Sofia unterwegs ihr Handy benutzt hat – nein – oder es in der Hand hielt – möglicherweise; wo ihr Rucksack war – auf ihrem Schoß – und so weiter und so fort.

Mir kommen viele Fragen überflüssig vor. Wenn Sofia Daniel gegenüber ihre Pläne angedeutet hätte, hätte er das längst gesagt. Aber bestimmt weiß die Hauptkommissarin, was sie tut. Axel behauptet, sie sei unglaublich erfahren. Er hat extra seine Beziehungen spielen lassen, damit sie sich der Sache annimmt. In Gedanken leiste ich Abbitte bei ihm. Unter vier Augen mit Daniel habe ich einige Male über Axel gelästert, über seine in meinen Augen überhebliche Art und sein nerviges Namedropping. Jetzt bin ich froh über seine Kontakte.

Während Frau Westphal Daniel am Esstisch befragt, sitzen Susanne und Oberkommissar Kaczmarek in unserer Sofaecke und scrollen gemeinsam durch Sofias Handy, das Susanne entsperrt hat – die PIN ist zwei eins null sechs, Linus' Geburtstag –, auf der Suche nach irgendeinem Hinweis auf Sofias nächtliche Pläne. Wider besseres Wissens bete ich, dass die beiden etwas finden. Die meisten Menschen – und besonders die meisten Fünfzehnjährigen – könnten sich wohl ein Leben ohne Handy nicht vorstellen, ihr Handy ist quasi ihr Leben oder zumindest enthält es ihr Leben. Sofia mit ihrer Aversion gegen enge Kontakte nutzt ihr Smartphone allerdings hauptsächlich zum Fotografieren. Ihr Leben ist in ihrem Laptop, doch der steckt in ihrem Rucksack, und den trägt sie bei sich.

Als der Tee fertig ist, stelle ich je eine Tasse vor Daniel und Frau Westphal, dann trage ich zwei zur Sitzecke. Oberkommissar Kaczmarek bedankt sich, Susanne schiebt ihre Tasse zur

Seite. Ich werde dennoch dafür sorgen, dass sie den Tee trinkt. Ich habe extra Zucker hineingerührt, obwohl sie das nicht mag. Aber sie braucht die Energie, ich möchte nicht, dass sie zusammenklappt.

Anschließend öffne ich die Wohnzimmertür und lausche kurz in den Flur hinein, ob Linus oben noch friedlich spielt, dann setze ich mich an den Esstisch. Daniel und Frau Westphal sind in der Befragung mittlerweile in der Willy-Brandt-Allee angekommen.

»Auf welchem der Stellplätze haben Sie gehalten?«, fragt Frau Westphal.

»Auf dem zweiten von Süden aus gesehen.«

»Haben Sie sich dann noch unterhalten, oder ist Sofia sofort ausgestiegen?«

Daniel überlegt. »Sie ist sofort ausgestiegen. Sie hat sich bedankt und verabschiedet. Das war's.«

»Und Sie sind im Wagen sitzen geblieben?«

Unterm Tisch sucht Daniel meine Hand und drückt sie kurz. »Ich hielt es nicht für nötig, sie zur Haustür zu bringen.«

»Haben Sie ihr hinterhergesehen?«

»Nicht wirklich. Ich kann Ihnen nicht sagen, wohin sie gegangen ist.« Daniel räuspert sich. »Ehrlich gesagt, ich war müde, ich wollte nach Hause.«

»Sind Sie direkt nach Hause gefahren?«

Ich sehe Daniel an, dass Frau Westphals kleinteilige Fragerei ihn mittlerweile ziemlich nervt. Sein Blick wird immer ausdrucksloser. Manche Menschen werden laut, wenn sie negative Gefühle verspüren, aggressiv oder sarkastisch. Oder sie fangen an, hektisch zu gestikulieren. Daniel wird immer ruhiger, seine Miene wird so ausdruckslos, als hätte er ein Visier herabgelassen.

»Natürlich. Ich muss gegen halb drei hier gewesen sein, aber ich habe nicht auf die Uhr gesehen.«

Die Hauptkommissarin wendet sich an mich. »Wissen Sie, wann das genau war, Frau Kramer?«

Ich schüttle meinen Kopf. »Ich habe schon geschlafen. Aber ist das überhaupt wichtig? Was hat das mit Sofias Verschwinden zu tun?«

»Wir sind einfach gern gründlich.« Frau Westphal lächelt mich an. Es ist ein freundliches Großmutterlächeln. Ich schätze sie auf Mitte fünfzig, doch ungeschminkt und mit den vielen grauen Strähnen sieht sie älter aus. »Allerdings waren das tatsächlich meine Fragen. Herr Kramer, ich danke Ihnen für Ihre Geduld. Frau Kramer, ich würde Ihnen gern etwas zeigen. Wären Sie so freundlich, mich nach draußen vors Haus zu begleiten?«

Während ich in meinen Dufflecoat schlüpfe, frage ich mich, was die Hauptkommissarin mir zeigen will. Und wieso nur mir? Wieso nicht Daniel? Wieso nicht Susanne?

Die Antwort bekomme ich, als ich Frau Westphal zu unserem Carport folge. »Also? Was gibt es hier?«, frage ich, nachdem sie neben Daniels Golf stehen geblieben ist.

»Gar nichts.« Frau Westphal lächelt beschwichtigend, als sie meinen irritierten Blick sieht. »Ich möchte unter vier Augen mit Ihnen sprechen und mir mit Ihrer Hilfe ein genaueres Bild über Sofias derzeitige Lebenssituation machen.«

Ich benötige einen Augenblick, in dem ich meinen Ärger darüber hinunterschlucke, unter einem Vorwand nach draußen gelockt worden zu sein. Ich hasse Unaufrichtigkeit. Außerdem frage ich mich, warum Frau Westphal das nicht in Daniels Gegenwart ansprechen wollte. Doch dann wird mir klar, dass sie wohl eher Susannes Gegenwart gestört hat. Unser Wohnzimmer ist nicht so groß, dass man in der Sofaecke nicht mitbekommt, was am Esstisch geredet wird.

»Und wozu? Susanne hat ihre häusliche Situation doch bereits geschildert.«

»Ich möchte ihre Schilderung durch eine Perspektive von außen ergänzen – falls man Sie überhaupt als Außenstehende betrachten kann. Ich habe den Eindruck, dass Sie sowohl zu Frau Ziemiak als auch zu Sofia ein sehr enges Vertrauensverhältnis haben.«

Frau Westphal sieht mich fragend an, und ich nicke. »Aber ich werde dieses Vertrauen bestimmt nicht beschädigen, indem ich mit Ihnen über Susanne und Sofia klatsche.«

Frau Westphal hebt abwehrend eine Hand. »Sie verstehen mich falsch, Frau Kramer. Ich interessiere mich nicht für Klatsch, doch je mehr ich über Sofia erfahre, desto effektiver kann ich die Suche nach ihr leiten. Vielleicht fangen wir damit an, dass Sie mir über Ihre Beziehung zu ihr erzählen. Wie kommt es, dass sie so ungewöhnlich eng ist?«

Ich habe kein Problem damit, *diese* Geschichte zu erzählen. Sie ist ohnehin kein Geheimnis, weil Susanne damit immer offen umgegangen ist. Zumindest mit den nackten Fakten.

Die nackten Fakten sind folgende: Als Susanne zwanzig und im zweiten Semester ihres BWL-Studiums war, begann sie eine Affäre mit einem verheirateten Mann. Es war keine ernste Angelegenheit, nach wenigen Monaten machte Susanne Schluss, nur um kurz darauf festzustellen, dass sie schwanger war. Im ersten Moment war sie entsetzt, genauso wie der werdende Vater, der umgehend klarmachte, dass er nicht gewillt war, eine wie auch immer geartete Verantwortung für die Folgen seines Seitensprungs zu übernehmen, und wie Susannes Eltern, die ihr dringend zu einer Abtreibung rieten. Daraufhin entschloss Suanne sich, das Kind allein großzuziehen – bis ich ihr sagte, dass sie das nicht müsse.

Ich war damals im ersten Lehrjahr meiner Ausbildung zur

Augenoptikerin, lebte noch bei meinen Eltern und hatte ohnehin den Wunsch, auf eigenen Füßen zu stehen. Also suchten Susanne und ich uns die günstigste Zweizimmerwohnung, die wir finden konnten, und zogen zusammen. Wir waren schon seit dem Übergang zum Gymnasium – als einzige Nichtakademikerkinder in der Klasse – beste Freundinnen gewesen, doch von dem Tag an machten wir alles gemeinsam. Wir gingen gemeinsam zu den Vorsorgeuntersuchungen und zu den Geburtsvorbereitungskursen. Wir renovierten gemeinsam die Wohnung, dekorierten gemeinsam das Kinderzimmer und kauften gemeinsam auf Flohmärkten und in Secondhandläden das Babyzubehör, das Susanne nicht geschenkt bekam. Schließlich fuhren wir gemeinsam ins Krankenhaus, wo Susanne fast meine Hand zerquetschte, während sie ein winziges Leben aus sich herauspresste.

Nach Sofias Geburt teilten wir uns ihre Betreuung. Tagsüber, während ich im Geschäft oder in der Berufsschule war, kümmerte Susanne sich um ihre Tochter, nahm sie mit zu Vorlesungen oder brachte sie in die Unikrippe. Abends und am Wochenende, wenn Susanne lernte oder jobbte, kümmerte ich mich um Sofia. Wir änderten auch nichts an unserer Wohnsituation, als Sofia in den Kindergarten und später in die Grundschule kam oder als ich nach Abschluss meiner Ausbildung meine erste Stelle antrat oder als Susanne ihr Studium schmiss und Vollzeit bei einem Immobilienmakler einstieg. Wir änderten erst etwas, als ich mich in Daniel verliebte. Als Sofia acht war, heiratete ich, und Susanne, die mittlerweile gut verdiente, zog mit Sofia in eine kleine, aber feine Dreizimmereigentumswohnung.

So weit die nackten Fakten. Zu den weniger nackten Fakten gehören zum Beispiel die Panikattacken, die Susanne durchlitt, während ihr Bauch immer dicker und uns immer klarer wurde, dass wir keine Ahnung hatten, was da auf uns zukam.

Die Streitereien, in die Susanne und ich uns aus schierer Überforderung verstrickten. Meine Vorwürfe, weil Susanne während der Schwangerschaft nicht auf Kaffee verzichten wollte. Ihre Vorwürfe, dass ich sie nicht verstehen könne, weil es schließlich ihr Leben sei, das durch ein fremdes Wesen ruiniert würde, und dass ohnehin alles meine Schuld sei, weil ich ihr die Abtreibung ausgeredet hatte. Die Geldsorgen, die an unseren Nerven zerrten. Aber auch das Gefühl der nackten, überwältigenden, völlig irrwitzigen Seligkeit, das ein unzerreißbares Band zwischen Susanne und mir knüpfte, als ich ihr das winzige, wunderschöne, nur in ein Tuch gehüllte Bündel in den Arm legte, das Sofia war.

Frau Westphal hört mir interessiert zu. »Das erklärt, wieso Sie Frau Ziemiak heute Mittag begleitet haben«, sagt sie schließlich. »Eine Frage habe ich allerdings: Sie sagten, dass Sofias Vater vor fünfzehn Jahren nicht bereit war, Verantwortung für seine Tochter zu übernehmen. Frau Ziemiak hat bei der Vermisstenanzeige angegeben, dass Sofias Vater in den USA lebt und Sofia jeden Kontakt ablehnt. Ist das nicht ein Widerspruch?«

Ich schüttele den Kopf. »Als Sofia zwölf war, meldete sich ihr Vater aus heiterem Himmel bei Susanne. Seine Ehe war in die Brüche gegangen, deshalb wollte er seine Tochter doch noch kennenlernen. Susanne war nicht begeistert, stimmte aber zu, weil sie Sofia die Möglichkeit nicht verwehren wollte, eine Beziehung zu ihrem Vater aufzubauen. Doch das Treffen war kein Erfolg. Sofia hatte anschließend keine Lust, sich noch einmal mit ihrem Erzeuger, wie sie ihn nannte, zu treffen, und er lernte kurz darauf eine Amerikanerin kennen, woraufhin sein Interesse an Sofia wieder erlahmte. Wie gesagt lebt er mittlerweile in den USA.«

»Hat Sofia nie eine Vaterfigur vermisst?«

Ich schüttele den Kopf. »Sie hat Susanne und mich.«

»Was ist mit Ihrem Mann?«

»Was soll mit ihm sein?«

»Sieht Sofia in ihm einen Vaterersatz? Wie hat sie denn reagiert, als Sie sagten, dass Sie heiraten würden? Hat sie sich gefreut, oder war sie dagegen, weil sie, wie ihre Mutter sagte, keine Veränderungen mag?«

Ich blicke an der Hauptkommissarin vorbei auf die Straße. Der Regen ist stärker geworden. Plötzlich fällt mir auf, wie laut er ist. Unbarmherzig trommelt er auf das Carportdach.

»Sie war dagegen«, gebe ich schließlich zu. »Sie hat wochenlang geschmollt und sich geweigert, mit Daniel zu reden. Dabei mochte sie ihn anfangs sehr gern, weil er ihr Backgammon beibrachte und immer bereitwillig mit ihr spielte. Aber damit war es schlagartig vorbei, weil sie ihm die Schuld gab, dass sie mich verlieren würde – so nannte sie das damals. Sie wollte nicht einmal zur Hochzeit kommen, Susanne musste mit Engelszungen auf sie einreden.« Die Erinnerung an diese schmerzhafte Zeit und daran, was Sofia getan hat, um Daniel und mich auseinanderzubringen, versetzt mir noch immer einen Stich.

»Und wie verträgt sie sich heute mit ihm?«

Ich entspanne mich wieder. »Oh, gut, seit der Geburt unseres Sohnes sogar sehr gut. Sofia liebt Linus, seine Geburt hat sie mit der Hochzeit versöhnt. Eine Zeit lang haben sie und Daniel sogar wieder Backgammon gespielt.«

»Aber in letzter Zeit nicht?«

Ich schüttele meinen Kopf. »Mein Mann hatte in letzter Zeit beruflich ziemlich viel Stress.«

»Und wie hat Sofia reagiert, als ihre Mutter Herrn Thürmer kennenlernte? Wann war das eigentlich?«

»Vorletzten Sommer.«

»Dann sind Frau Ziemiak und Herr Thürmer nach nur einem Jahr Bekanntschaft zusammengezogen? Scheint eine stürmische Romanze gewesen zu sein.«

Ich nicke bloß.

»Und wie hat Sofia darauf reagiert?«

Ich runzele meine Stirn. »Das hat Susanne Ihnen doch schon gesagt: Sie war zuerst dagegen. Sie mochte Axel zwar, aber ihr ging das zu schnell.«

»Wäre es da nicht besser für Sofia gewesen, wenn Frau Ziemiak noch etwas gewartet hätte?«

Die Unterstellung, dass Sofia für Susanne nicht an erster Stelle gestanden haben könnte, ärgert mich – umso mehr, da ich damals derselben Ansicht war. Doch ich falle Susanne nicht in den Rücken. Nicht hier, nicht jetzt, niemals. »Das war nicht möglich. Axel bekam kurzfristig die Gelegenheit, das Penthouse zu erwerben, weil der vorherige Käufer abgesprungen war. Sie mussten sich schnell entscheiden.«

»Sofia wurde also überrumpelt?«

»So würde ich es nicht gerade formulieren«, behaupte ich. »Allerdings verstehe ich nicht, warum Sie darauf herumreiten. Wie Susanne gesagt hat, hat Sofia sich an die neue Umgebung gewöhnt. Sie findet die Nähe zum Park toll, und die neue Schule gefällt ihr viel besser als die alte.«

»Das heißt nicht, dass sie zu Hause glücklich ist.«

»Worauf wollen Sie hinaus?«

»Halten Sie es für möglich, dass Sofia weggelaufen ist?«

Ich runzle meine Stirn. »Auf keinen Fall.«

Frau Westphal lehnt sich an Daniels Golf Kombi. »In meinen Augen spricht leider einiges dafür. Sofia hat Sie und Frau Ziemiak extra angelogen, um sich ein Zeitfenster zu verschaffen, indem sie nicht vermisst werden würde. Und in letzter Zeit gab es einen großen Umbruch in ihrem Leben. Ihre Lebenssituation änderte sich drastisch, und zwar in ihren Augen zu ihren Ungunsten. Glauben Sie mir, ich habe viel Erfahrung. Probleme zu Hause sind das Hauptmotiv, warum Jugendliche ausreißen.«

Ich schüttele entschieden den Kopf. »Sofia hat keine Probleme zu Hause. Sie kommt mit Axel klar, und sie liebt Susanne. Sie hat eine sehr gute Beziehung zu ihr. Ich kann das beurteilen, ich habe mit den beiden acht Jahre zusammengelebt, wie ich Ihnen gerade erklärt habe.«

»Beziehungen ändern sich, insbesondere, wenn ein neuer Partner ins Spiel kommt. Sofia war gegen den Umzug, konnte sich jedoch nicht durchsetzen, weil ihre Mutter sich auf die Seite ihres neuen Partners stellte. Vielleicht hatte Sofia in letzter Zeit das Gefühl, dass ihre Mutter und ihr neuer Partner eine Front gegen sie bilden.« Frau Westphal hebt die Hand, als ich zu Protest ansetze. »Ich sage nicht, dass es so ist, sondern nur, dass Sofia es so wahrgenommen haben könnte. Halten Sie das für ausgeschlossen?«

»Ja«, sage ich wie aus der Pistole geschossen, obwohl ich vermutlich überzeugender wirken würde, wenn ich wenigstens so täte, als würde ich über die Frage nachdenken. Aber ich ärgere mich zu sehr über diese Unterstellungen. »Es ist ausgeschlossen, weil Susanne ihre Tochter über alles liebt – was Sofia auch weiß. Und sollte sie je daran zweifeln, würde sie nicht weglaufen, sondern zu mir kommen. Weil sie weiß, dass auch ich sie liebe.«

5

Nach ihrem Gespräch mit Eva Kramer fuhr Heidi Westphal zunächst zur Kriminalpolizeiinspektion zurück, wo sie Marcel Kaczmarek absetzte. Der Fund von Sofias Smartphone hatte die Lage verändert. Da es nicht mehr möglich war, das Mädchen darüber zu orten, mussten andere Maßnahmen ergriffen werden. Kaczmarek sollte diese einleiten, während Heidi Nele Klostermann aufsuchen wollte.

Heidi war aus zwei Gründen gespannt auf das Mädchen oder vielmehr die junge Frau. Zum einen hoffte sie, dass Nele vielleicht einen Hinweis auf Sofias nächtliche Pläne geben konnte. Der andere Grund war persönliche Neugier. Nicht nur Sofia Ziemiak fand die Chefredakteurin der Schulzeitung cool, auch Larissa hatte schon von ihr geschwärmt, und Heidi wollte die junge Frau kennenlernen, die von zwei so unterschiedlichen Fünfzehnjährigen angehimmelt wurde.

Nele Klostermann wohnte mit ihren Eltern im Glockenbachviertel im Osten der Stadt, in einer Villa aus der Zeit der vorletzten Jahrhundertwende, wie sie dort das Straßenbild prägten. Das Glockenbachviertel war die begehrteste Wohngegend der Stadt, auch wenn die Beliebtheit zuletzt nachgelassen hatte. In Zeiten hoher Energiekosten zogen viele Leute lieber in gut gedämmte Neubauten als in Häuser der Energieeffizienzklasse G oder H, deren Sanierung sich nur wenige leisten konnten. Familie Klostermann gehörte offenbar zu Letzteren, und beim Blick auf die Messingschilder, die neben der imposanten Eingangstür angebracht waren, wunderte Heidi das nicht: »Dr. Gisela Klostermann, Praxis für internistische Medizin« und »Robert Klostermann-Speyer, psychologischer Psychotherapeut«. Vermutlich waren die Praxen im Erdgeschoss untergebracht, während die Familie die oberen Stockwerke bewohnte.

Die Annahme erwies sich als richtig, wie Heidi feststellte, als auf ihr Klingeln hin ein asketisch wirkender Mann mit ergrauendem Haar die schwere Haustür öffnete. Er stellte sich als Robert Klostermann vor und führte Heidi durch den Flur im Erdgeschoss an einem Empfangstresen vorbei in ein Arztwartezimmer, das an diesem Sonntag jedoch als Werk- anstatt als Warteraum diente. Vier junge Frauen waren damit beschäftigt, Plakate aus altem Karton zu basteln. Die Slogans reichten von »Schikaniert lieber Frauenschläger als Frauen!« über »Mein Bauch gehört mir!« bis hin zu einem durchgestrichenen Paragrafen zweihundertachtzehn.

Heidi konnte sich denken, wozu die Vorbereitungen dienten. Einige Monate zuvor war der Gynäkologe, der die Frauen der Stadt in den letzten vierzig Jahren betreut und auch Heidis drei Schwangerschaften begleitet hatte, in den Ruhestand gegangen und hatte seine Praxis einer jungen engagierten Kollegin übergeben, die auch Schwangerschaftsabbrüche durchführte. Das hatte sofort einige selbst ernannte Lebensschützer auf den Plan gerufen, die seitdem regelmäßig vor der Praxis Kreuze und Fotos von Embryos hochhielten und die Patientinnen einschüchterten, allen Verboten und verhängten Bußgeldern zum Trotz. Für den nächsten Nachmittag war daher eine Solidaritätskundgebung vor der Praxis geplant. Heidi hatte vor hinzugehen, so es ihr Dienstplan zuließ. Es hing davon ab, ob sie Sofia Ziemiak bis dahin gefunden hatte.

Die vier Frauen waren so in ihr Tun vertieft, dass sie erst auf die Neuankömmlinge reagierten, als Robert Klostermann sie ansprach und Heidi vorstellte. Eine kleine, zierliche Achtzehn- oder Neunzehnjährige mit so kurz rasiertem Buzzcut, dass die Haarfarbe kaum erkennbar war, sagte: »Polizei? Ich habe die Demo ordentlich angemeldet. Wollen Sie mir etwa noch mehr Last-Minute-Auflagen machen? Was ist es diesmal? Wir haben bereits kapiert, dass wir Abstand zu den Kreuzschwenkern halten müssen, obwohl die sich ihrerseits einen Dreck um Abstandsgebote scheren.«

Die junge Frau blitzte Heidi herausfordernd aus großen blauen Augen an. Die Augen lagen unter schön geschwungenen Brauen in einem zarten Elfengesicht. Der Kontrast zwischen den fein gezeichneten Zügen und dem grimmigen Ausdruck unter dem rasierten Schädel war so frappant, dass Heidi kurz innehielt. Dann lächelte sie freundlich und klärte das Missverständnis auf, was den grimmigen Gesichtsausdruck allerdings kaum milderte.

»Sie suchen nach Sofia Ziemiak? Haben Sie nichts Besseres zu tun? Kein Wunder, dass vor der Praxis von Doktor da Silva jeden Tag der Ausnahmezustand herrscht, wenn die Polizei lieber nach Teenagern sucht, nur weil die nicht pünktlich nach Hause kommen. Ich habe dem Direx schon gesagt, dass ich keine Ahnung habe, wo Sofia steckt.«

»Ich würde Ihnen dennoch gern einige Fragen stellen.« Heidi entschied spontan, die junge Frau zu siezen, in der Hoffnung, diese Höflichkeit würde als Schmiermittel für das weitere Gespräch dienen.

Nele kommentierte das mit einem Verdrehen der Augen. »Meinetwegen. Kannst du das fertig machen?« Sie drückte ihrem Vater ihr halb fertiges Pappplakat in die Hand, das dieser bereitwilliger nahm, als Heidi es getan hätte, dann drehte sie einen der Stühle herum und setzte sich rittlings darauf, die Arme auf der Rückenlehne gekreuzt.

Heidi nahm ebenfalls Platz und fasste zusammen, was passiert war. Dabei betonte sie, welche Sorgen sich Susanne Ziemiak machte und dass sie Sofias Verschwinden ernster nahm als bloßes jugendliches Über-die-Stränge-Schlagen.

Die Taktik erreichte ihr Ziel – oder vielleicht hatte Nele ohnehin nur demonstrieren wollen, dass sie sich von einer Kriminalhauptkommissarin nicht beeindrucken ließ. Sie legte ihren sarkastischen Tonfall ab und erklärte, dass ihr Sofias Verschwinden leidtue, sie allerdings keine Ahnung habe, wo das Mädchen sein könnte.

»Woher auch? Ich kenne Sofia nur von unseren Redaktionssitzungen. Sie schreibt für die *Curieosity*, unsere Schulzeitung, aber das wissen Sie ja schon.«

»Erzählen Sie mir dennoch, was Sie von ihr halten. Wie kam es, dass sie bei der *Curieosity* mitmacht? Hat sie sich bei Ihnen gemeldet?«

Nele nickte. »Sie hat sich bei mir gemeldet, aber mich hat auch ihr Klassenlehrer angesprochen, Doktor Brakel. Er meinte, Sofia könne Unterstützung brauchen, um Anschluss zu finden. Ob ich versuchen könne, sie einzubinden. Ich fand das nicht schwierig. Sofia redet zwar manchmal ohne Punkt und Komma, wenn sie etwas interessiert, dann sitzt sie wieder stumm da. Nicht die besten Social Skills, ziemlich nerdig, aber eigentlich eine coole Kleine.«

»Inwiefern?«

»Weil sie ihr eigenes Ding macht. Sie interessiert sich für ihren eigenen Kram, nicht für das oberflächliche Glitzerzeug wie der restliche Hühnerhaufen in ihrer Jahrgangsstufe. Sie hat auch coole Ideen für Artikel. Gerade schreibt sie über die Schlagloch-App. Kennen Sie die? Der Landkreis hat sie programmieren lassen. Man kann damit melden, wenn man irgendwo in der Stadt Gefahrenpunkte für Radfahrer:innen entdeckt. Radwege, die einfach abbrechen oder im Winter nicht geräumt werden, solche Sachen.«

»Sofia hat auch einen Artikel über Genetik geschrieben, nicht wahr? Hat sie das Thema auch selbst aufgebracht?«

Nele wackelte mit dem fast kahlen Kopf. »Das haben wir uns zusammen überlegt. Ich hatte im letzten Mai einen Artikel über den Discomord geschrieben, zum fünfzehnten Todestag von Jennifer Mann. Als die Polizei im September die DNA-Reihenuntersuchung startete, wollte ich ein Follow-up machen. Ich bot Sofia an, mir dabei zu helfen, aber sie interessierte sich weniger für den Mord an Jennifer als für die wissenschaftlichen Aspekte der DNA-Analyse, also sagte ich, sie könne darüber schreiben. Sie musste sich natürlich erst einlesen, aber das Ergebnis war super. Ich habe den Artikel meiner Biolehrerin gezeigt, die war sehr beeindruckt. Sofias Schreibe war nur ziemlich trocken, deshalb habe ich mit ihr zusammen den Artikel überarbeitet. Moment!« Neles Handy klingelte. Sie zog es aus der Gesäßtasche ihrer Jeans, wischte blitzschnell darüber und steckte es wieder weg.

»Haben Sie Sofia während der gemeinsamen Arbeit näher kennengelernt?«, fragte Heidi.

»Nee, so lang hat das ja nun auch nicht gedauert. Wir haben uns zweimal nach der Schule zusammengesetzt.«

»Haben Sie sich bei der Gelegenheit auch über andere Dinge unterhalten? Darüber, wie es Sofia auf der Schule gefällt, irgendetwas?«

Nele schob ihre Unterlippe vor, während sie überlegte. »Ich glaube, Sofia sagte, es gefalle ihr gut. Sie hat mir erzählt, wieso sie überhaupt neu auf der Schule ist, dass sie mit ihrer Mutter zu deren Freund gezogen ist.«

»Hat sie erwähnt, wie ihr die neue Lebenssituation gefällt?«

»Direkt gesagt hat sie nichts. Ich hatte den Eindruck, dass sie zu ihrer Mutter ein gutes Verhältnis hat, aber mit deren neuem Partner nicht viel anfangen kann. Ach ja, und sie erzählte, dass sie quasi mit zwei Müttern aufgewachsen ist. Das fand ich echt cool. Frauen sollten zusammenhalten. Dafür ist ja auch morgen die Kundgebung. Frauenrechte sind bedroht – weltweit, nicht erst seit Roe versus Wade in den USA gekippt wurde. Sie sollten kommen.«

»Zunächst muss ich Sofia finden. Wann haben Sie sie zuletzt gesehen?«

»Letzten Donnerstag bei der Redaktionskonferenz.«

»Und war sie irgendwie anders als sonst? Wirkte sie vielleicht bedrückt?«

Nele zuckte bloß mit den Achseln.

»Wissen Sie, ob sie einen Freund hat?«

»Einen Freund?« Nele klang überrascht. »Wenn, dann ist er nicht auf der Schule.«

»Warum nicht?«

»Weil Sofia in den Pausen meist allein abhängt.« Ihr Handy klingelte schon wieder. Sie zog es hervor. »War's das? Ich habe noch was vor.«

»Eine letzte Frage noch: Wer entscheidet, welche Artikel in die Schulzeitung kommen? Sie?«

»Das wäre ja total undemokratisch. Jeder darf vorschlagen, was er machen möchte, dann stimmen wir darüber ab.«

»Kommt es schon mal vor, dass Artikel abgelehnt werden?«

»Selten. Wir hatten mal einen rechten Spinner, der wollte uns so einen undemokratischen, antifeministischen Scheiß unterjubeln, aber dem haben wir seine Grenzen aufgezeigt. Seit Kurzem ist sogar eine Schülerin dabei, die eine Beautyreihe schreibt. Einige waren dagegen, weil das Thema Frauen auf ihr Aussehen reduziert und schwachsinnigen Konsum anheizt, aber es bringt die jüngeren Schülerinnen dazu, das Heft überhaupt zu lesen.«

6

Als Heidi in die Kriminalpolizeiinspektion zurückkehrte, war es schon dunkel draußen, doch im Büro des stellvertretenden KPI-Leiters brannte Licht, und als Heidi an der Tür vorbeiging, wurde diese geöffnet.

»Hi«, sagte Heidi überrascht. »Ich dachte, du würdest an deinem Bus herumschrauben.«

Jürgen Westphal grinste das gespielt verlegene Ich-bin-zwar-mittlerweile-der-Oberboss-aber-immer-noch-einer-von-euch-Grinsen, das er nach seiner letzten Beförderung zwei Monate zuvor vermutlich vor dem Spiegel geübt hatte. »Nachdem ich dich gebeten hatte, deinen freien Tag zu opfern, wollte ich wenigstens vorbeikommen und dir einen Kaffee kochen. Es ist schon nach fünf, also einen einfachen Espresso?«

Heidi folgte ihrem Exmann in sein Büro und ließ sich auf einen der Stühle in der Konferenzecke sinken. Es hatte eine Zeit gegeben, in der hätte sie Jürgen um dieses Büro – und um die Highend-Kaffeemaschine, die dazugehörte – heiß beneidet, doch sie hatte längt ihren Frieden mit dem unterschiedlichen Verlauf ihrer Karrieren gemacht.

Verglichen mit anderen Paaren Anfang fünfzig hatten Heidi und Jürgen die Sache mit der Gleichberechtigung immer gut hinbekommen. Sie hatten sich während der Ausbildung kennengelernt, waren erst Kollegen, dann ein Paar, dann ein Ehepaar gewesen. Jeder hatte seinen Job gemacht, zu Hause hatten sie sich die Arbeit fifty-fifty geteilt. Das hatten sie auch nach der Geburt der ersten Tochter so handhaben wollen. Sie nahmen beide Elternzeit und stiegen beide bald wieder voll ein. Doch sie merkten schnell, dass sich ihre speziellen Jobs mit den Bedürfnissen eines Kindes nicht besonders gut vereinbaren ließen, geschweige denn zweier Kinder. Als ihre zweite Tochter geboren wurde, reduzierten beide ihre Arbeitszeit, Heidi allerdings mehr als Jürgen. Als sie wieder voll einsteigen wollte, merkte sie, dass sie mit Larissa schwanger war. Jürgen war begeistert, Heidi weniger, doch sie stemmten auch diese Herausforderung. So gut und partnerschaftlich, dass viele Freundinnen Heidi um den Mann beneideten, der doch im Haus und bei der Kindererziehung und überhaupt so eine tolle Hilfe war. Auch Heidi war mit der Situation immerhin so zufrieden gewesen, dass sie nicht bemerkt hatte, wie sie beruflich immer weiter ins Hintertreffen geriet. Das war ihr erst klar geworden, als Jürgen wieder und wieder befördert wurde, während ihr Limit wohl eine Kommissariatsleitung sein würde. Der Neid hatte sich allerdings längst verflüchtigt, denn Jürgen schlug sich seit Jahren ausschließlich mit Führungsaufgaben und Verwaltungsarbeit herum. Er war ewig nicht mehr an der Front gewesen.

»Also, wie läuft die Sache? Schon eine Spur von dem Mädchen?«

Heidi trank ihren Espresso, bevor sie ihre Ermittlungsergebnisse zusammenfasste. »Ich gehe davon aus, dass Sofia heute Nacht auf eigene Faust losgezogen ist«, schloss sie, »und zwar einem Plan folgend, den sie mindestens seit Montag verfolgt hat, da sie an dem Tag Frau Kramer erzählt hat, dass sie nicht bei ihr übernachten wolle – obwohl das eigentlich üblich ist. Die Frage ist, was das für ein Plan war.«

Jürgen hatte aufmerksam zugehört, das Kinn auf seine Fäuste gestützt. »Und du bist sicher, dass sie keinen Freund hat, bei dem sie heimlich übernachten wollte, und dass sie keine Party besuchen wollte, die ihre Mutter verboten hatte? Du sagtest zwar, Sofia sei eine Einzelgängerin und nicht an Jungs interessiert, aber das Mädchen ist fünfzehn. Larry würde eine Party nicht mal auslassen, wenn wir sie bestechen würden.«

»Sofia ist ein ganz anderer Typ.« Heidi hob einen Zeigefinger, als Jürgen widersprechen wollte. »Das sagt nicht nur die Mutter. Marcel hat sich Sofias Smartphone angesehen. Ich bezweifle, dass es eine zweite Fünfzehnjährige in der Stadt gibt, die so wenig Kontakte hat. Sofia ist nur in zwei WhatsApp-Gruppen – die Gruppe der Schulklasse und die der Redaktion der Schulzeitung –, wo sie meist nur passiv mitliest. Ansonsten textet sie fast nur mit ihrer Mutter und Frau Kramer. Sie ist auch nicht bei Facebook, Instagram oder TikTok. Sie benutzt das Smartphone hauptsächlich zum Fotografieren.«

»Was ist mit Onlineforen? Gamingcommunitys et cetera? Ist Sofia da irgendwo aktiv?«

»Nicht mit ihrem Handy. Allerdings besitzt sie auch einen Laptop, den sie intensiv nutzt. Die Mutter weiß nicht, was sie damit macht.«

»Also wäre es möglich, dass jemand sie online angechattet und sich mit ihr für letzte Nacht verabredet hat. Verdammt!«

»Es wäre zumindest eine Erklärung für ihren nächtlichen Ausflug.«

Und keine unwahrscheinliche, dachte Heidi. Cybergrooming nahm immer schlimmere Ausmaße an. Weltweit machten Pädokriminelle, Sadisten oder sonstwie Gestörte online Jagd auf Kinder und Jugendliche. Sie schlichen sich in eigentlich harmlosen Foren in ihr Vertrauen, umschmeichelten sie zunächst, boten sich als Freunde an und manipulierten ihre Opfer nach und nach, bis diese sich immer weiter öffneten und schließlich sogar zu Treffen in der realen Welt bereit waren. Das gelang den Tätern oft auch deswegen mit erschreckender Leichtigkeit, weil sie sich gezielt an schwache, unglückliche Kinder und Jugendliche heranmachten, an jene, die ohnehin auf der Suche nach Freundschaft, Bestätigung und Aufmerksamkeit waren. Die Frage war: Gehörte die Einzelgängerin Sofia Ziemiak in diese Kategorie? Alle, mit denen Heidi heute gesprochen hatte, hatten behauptet, es mache Sofia nichts aus, keine Freunde zu haben, sie wolle es so. Aber war das realistisch? Bei einer Fünfzehnjährigen?

»Was ist mit Ausreißen?«, unterbrach Jürgen Heidis Gedanken. »Schließt du das wenigstens aus?«

Heidi beugte sich vor und stellte ihre Espressotasse ab. »Momentan schließe ich gar nichts aus, und die Ausreißertheorie ist statistisch gesehen am wahrscheinlichsten. Zwar hat Sofia wenig mitgenommen, nur einen Rucksack mit Laptop, Geld et cetera, keine Kleidung, doch mir gibt die häusliche Situation zu denken. Susanne Ziemiak hat sich ein wenig zu sehr bemüht, das Zusammenleben mit Axel Thürmer als reibungslosen Patchworktraum zu schildern. Zumindest war Sofia ursprünglich gegen den Umzug.« Heidi dachte einen Augenblick nach. »Du hast Axel Thürmer getroffen. Was ist er für ein Typ? Abgesehen davon, dass er ein erfolgreicher Architekt ist?«

»Ich würde sagen, das charakterisiert ihn schon ganz gut.« Jürgen überlegte. »Er ist auf jeden Fall ein Macher und ein Alphatier, wobei er allerdings lieber auf Charme setzt, statt mit dem Kopf durch die Wand zu gehen. Sehr interessiert an allem Möglichen, belesen – was er gern durchblicken lässt. Er liebt es, Anspielungen auf irgendwelche Theaterstücke oder Ausstellungen zu machen, die ich nicht gesehen habe. Du weißt ja, was für ein Kulturbanause ich bin.«

Jürgen grinste schief, doch Heidi wusste, dass er sich ärgerte, die Anspielungen nicht verstanden zu haben.

»Außerdem ist er beneidenswert sportlich«, fuhr Jürgen fort, »spielt ausgezeichnet Tennis und ist so fit wie ein Dreißigjähriger. Das ist ihm wichtig, in der Hinsicht ist er ziemlich eitel.«

Beim letzten Wort grinste Jürgen erneut. Es war eine Anspielung auf ihre gemeinsamen Jahre. Früher hatten sie sich gern über die Eitelkeiten anderer lustig gemacht, vor allem während der Zeit, als die Kinder klein waren und sie weder Energie noch Geld für eigene Extravaganzen hatten. Doch Heidi fand, dass Jürgen ebenfalls immer eitler wurde. Vor der Scheidung hatte er sich mit Chinos und Hemden begnügt, seither trug er taubengraue Anzüge und Krawatten. Keine maßgeschneiderten Anzüge natürlich, aber auch keine Billigmarken. Und während es auf Heidis Kopf immer grauer wurde, war bei Jürgen das Gegenteil der Fall. Vielleicht sollte sie ihn nach seinem Tönungsgeheimnis fragen.

»Hat er irgendeine Theorie, warum Sofia nicht nach Hause gekommen ist?«

»Ich hatte ehrlich gesagt nicht den Eindruck, dass er sich überhaupt große Sorgen machte, sondern im Wesentlichen Frau Ziemiak zuliebe etwas unternehmen wollte. Allerdings war das heute Mittag, mittlerweile kann das anders aussehen.« Jürgen kratzte sich am Hinterkopf. »Ich möchte ihn übrigens später noch anrufen, um ihn auf den neuesten Stand zu bringen.«

Heidis Augen wurden schmal. »Warum das? Ich leite die Ermittlungen, also halte ich Kontakt zu den Angehörigen, in diesem Fall zur Mutter.«

»Nur aus Höflichkeit.« Jürgen zuckte mit den Achseln, doch Heidi verzog keine Miene, und schließlich gab er nach. »Du hast recht. Und? Was wirst du heute noch unternehmen?«

Heidi zuckte ebenfalls mit den Achseln. »Was wohl? Ich schreibe einen Bericht. Sollte Sofia allerdings bis morgen früh nicht wieder da sein, starten wir das volle Programm. Marcel hat bereits Einsatzkräfte und ein Mantrailingteam angefordert. Außerdem hat er angefangen, das Videomaterial der öffentlichen Kameras anzufordern, die in einem Zwei-Kilometer-Radius um die Willy-Brandt-Allee installiert sind. Und natürlich vom Bahnhof. Wenn Sofia ausgerissen ist, dann ist die Wahrscheinlichkeit hoch, dass sie einen Zug genommen hat.«

Jürgen nickte zustimmend. »Dann soll Marcel auch überprüfen, ob der Wagen von diesem Daniel Kramer auf den Aufnahmen auftaucht. Wenn ich das richtig verstanden habe, haben wir nur sein Wort dafür, dass er Sofia heute Nacht wirklich vor ihrem Wohnhaus abgesetzt hat, oder nicht?«

»Und Sofias Fahrrad. Wenn Kramer sie nicht nach Hause gebracht hätte, müsste Sofias Fahrrad noch im Fahrradkeller stehen.«

»Stimmt, das hatte ich vergessen. Das heißt, der Mann ist aus dem Schneider?«

Heidi zögerte mit der Antwort. »Jein«, erwiderte sie schließlich. »Es gibt einen Punkt, der mich irritiert. Ich sagte doch, dass wir Sofias Smartphone unter dem Beifahrersitz in seinem VW Golf gefunden haben. Kramer meint, Sofia müsse es verloren haben, vermutlich während des Aussteigens. Es könnte beispielsweise aus ihrer Jackentasche gefallen sein. Allerdings habe ich das Smartphone weit hinten unter dem Sitz gefunden, quasi schon im Fußbereich der Rückbank, und ich frage mich, ob es wirklich von vorn dorthin gefallen sein kann. Ich könnte mir eher vorstellen, dass es zufällig dorthin gelangt wäre, wenn Sofia hinten gesessen hätte.«

»Aber Kramer sagt, sie habe auf dem Beifahrersitz gesessen?«

Heidi nickte.

Jürgen dachte einen Augenblick lang nach. »Was ist er für ein Typ?«, stellte er dann Heidis Frage von zuvor.

»Ich bin mir nicht sicher.« Heidi überlegte. »Er ist einer von der ruhigen, leisen, undurchschaubaren Sorte. Ich habe ihn ziemlich gelöchert über die Fahrt zu Sofias Zuhause. Er hat gut reagiert, freundlich, zuvorkommend. Er wirkte glaubwürdig – aber stille Wasser sind tief.«

»Und was schlussfolgerst du daraus?«

»Nur das Offensichtliche: Entweder Kramer ist ein guter Lügner, oder Sofia hat ihr Smartphone absichtlich ›verloren‹.« Heidi malte Gänsefüßchen in die Luft. »Vielleicht weil sie weiß, dass man sie damit orten könnte. Das würde allerdings bedeuten, dass sie nicht vorhat, zurückzukehren.«

7

Sie lag noch immer bewegungslos im Dunkeln auf dem Bett, eingehüllt in einen Kokon aus Schmerzen und Stille. Die Stille gab ihr ein Gefühl von Sicherheit. Sie wusste, dass dieses Gefühl trügerisch war, dennoch versuchte sie, an ihm festzuhalten – bis ein Geräusch die Illusion zerstörte. Ein leises, schwaches Geräusch, das in ihren Ohren dennoch klang wie ein Pistolenschuss. Ihr Herz fing an zu rasen, und Schweiß brach ihr aus allen Poren.

Was war das? Woher kam es? Von der Tür?

Das Geräusch ertönte noch einmal, und jetzt erkannte sie es. Es war das entfernte, gedämpfte Klingeln eines Handys. Wessen Handy? Seines? Ihres? Ihres musste im Flur liegen, oder? Es war in ihrer Tasche, zumindest hatte sie es dort zuletzt gesehen.

Das Handy klingelte ein drittes Mal, dann war alles wieder still. Doch nicht für lang, dann hörte sie erneut ein Geräusch. Sie lauschte mit angehaltenem Atem, doch sie konnte es nicht einordnen. Weitere Geräusche und schließlich etwas, das sie zu identifizieren vermochte: Schritte. Schritte, die auf ihren Zufluchtsort zukamen. Im nächsten Moment hörte sie, wie die Klinke der Tür nach unten gedrückt wurde.

8

Am nächsten Morgen hatte Heidi, die eine klassische Nachtigall war, die üblichen Schwierigkeiten, sich aus tiefem, traumlosem Schlaf emporzukämpfen und für einen neuen Tag zu wappnen. Wie üblich war sie versucht, die Snoozetaste zu drücken und sich noch eine Viertelstunde Schlaf zu gönnen – und dann noch eine und noch eine –, und wie ebenfalls üblich war es der Gedanke an ihre Tochter, der sie davon abhielt. Seit Larissa die Welt der Kosmetik und der Beautyanwendungen entdeckt hatte, stand sie morgens eine halbe Stunde früher auf, um Gesicht und Haar und ihre ganze Person in ein Kunstwerk zu verwandeln, das bei einer Hollywoodgala enthüllt werden könnte. Heidi wusste: Wenn sie nicht ihr Zeitfenster vor zwanzig nach sechs erwischte, würde sie ungewaschen aus dem Haus gehen müssen, daher schälte sie sich grummelnd aus ihrer Bettdecke und trottete ins Bad, um ihr Gesicht unter kaltes Wasser zu halten. Doch erst als sie am Küchentisch den ersten Kaffee des Tages trank, fühlte sie sich wach genug, um ihre Nachrichten zu checken. Es gab keine. Sofia Ziemiak war nicht nach Hause gekommen. Verdammt!

Heidi schüttete Milch über ihr Müsli und griff zum Löffel, doch in dem Moment klingelte ihr Diensthandy. Das Display zeigte eine unbekannte Nummer. Als Heidi sich mit einem koffeininduzierten knackigen »Ja?« meldete, drang für einen Augenblick nur Stille an ihr Ohr, dann sagte eine leise Stimme:

»Frau Westphal? Entschuldigen Sie bitte, dass ich so früh anrufe. Sie haben mir Ihre Nummer gegeben und …« Die Stimme brach unsicher ab.

Heidi wagte eine Vermutung. »Frau Ziemiak?«

»Ja, natürlich. Habe ich vergessen …? Entschuldigen Sie bitte …« Ein Räuspern, dann klang die Stimme laut und fest. »Ja, Ziemiak hier. Entschuldigen Sie bitte die frühe Störung. Ich wollte eigentlich bis sieben warten, aber ich hab es nicht ausgehalten. Sie sagten gestern, ich könne jederzeit anrufen.«

»Haben Sie etwas von Sofia gehört?«

»Nein, deswegen rufe ich an. Ich wollte fragen, ob Sie …«

»Leider nicht, Frau Ziemiak. Es tut mir sehr leid.«

»Oh, mein Gott, ich hatte so gehofft … Dabei war mir natürlich klar, dass Sie mich sofort anrufen würden, aber dennoch …« Sie brach erneut ab, und Heidi glaubte, ein unterdrücktes Schluchzen zu hören.

»Frau Ziemiak, bitte glauben Sie mir, wir tun alles, um Ihre Tochter zu finden. Wir haben für heute umfangreiche Maßnahmen eingeleitet. Ich komme später vorbei und erkläre Ihnen alles. Bleiben Sie zu Hause?«

»Ja, natürlich. Ich versuche, hier zu arbeiten.«

»Gut. Bevor ich zu Ihnen komme, wird ein Kollege klingeln. Wir haben einen Personenspürhund angefordert, der nach Sofia suchen soll. Wir benötigen dazu eine Geruchsprobe von ihr. Würden Sie den Kollegen bitte reinlassen, damit er sich etwas Geeignetes aussuchen kann?«

»Ja, natürlich. Soll ich etwas bereitlegen?«

»Nein, bitte fassen Sie von den Sachen Ihrer Tochter so wenig wie möglich an. Am besten betreten Sie ihr Zimmer gar nicht. Schaffen Sie das?«

»Na… Natürlich. Ich meine … Ich gehe sofort raus. Ich wusste nicht …«

»Sie müssen sich nicht entschuldigen, Frau Ziemiak. Bis später.«

Heidi drückte das Gespräch weg und griff erneut zum Löffel, doch bei der Vorstellung, wie Susanne Ziemiak zwischen Hoffnung und Angst schwankend im Zimmer ihrer Tochter saß, war ihr der Appetit vergangen. Sie schob die Schüssel von sich, nahm sich eine zweite Tasse Kaffee und stellte sich ans Fenster. Es war noch stockdunkel draußen, doch in etlichen Fenstern brannte Licht. Die Stadt erwachte – und irgendwo vielleicht auch Sofia Ziemiak? Oder nicht?

Heidi stand noch am Fenster, als Larissa in die Küche kam und statt eines »Guten Morgen« ein angeekeltes »Was ist das denn?« von sich gab.

Heidi drehte sich um. »Was ist was?«

Larissa – heute mit glitzerndem blauem Lidschatten, passend zu dem flauschigen Pullover, den Jürgen ihr zu Weihnachten geschenkt hatte, und eingehüllt in irgendeinen fruchtigen Duft, der Heidi in der Nase kitzelte – deutete mit spitzen Fingern auf die Müslischüssel. »Das ist eingeweicht, das esse ich nicht.«

»Das ist meins. Ich habe keinen Appetit. Ich mache dir frisches.«

Heidi nahm eine Müslischüssel aus dem Schrank, doch Larissa zog einen Flunsch.

»Wenn du nichts essen musst, muss ich auch nicht. Ich habe auch keinen Appetit.«

Sie wollte auf dem Absatz kehrtmachen, doch Heidi fasste sie an den Schultern und dirigierte sie zu ihrem Stuhl.

»Larry, wir diskutieren das nicht. Ohne Frühstück gehst du nicht aus dem Haus.«

»O prima, dann verpasse ich Chemie und …«

»Larissa!«

Heidi wusste, dass der Anschiss zu scharf ausgefallen war, als ihre Tochter sich versteifte. Wortlos setzte sie sich, nahm ihren Löffel und begann, extra laut schmatzend Müsli in sich hineinzuschaufeln. Heidi schenkte ihr ein Glas Orangensaft ein, bevor sie sich dazusetzte.

»Entschuldige bitte!«

Larissa aß wortlos weiter.

»Entschuldige bitte, bitte!«

Larissa aß wortlos weiter.

»Entschuldige bitte, bitte, bitte!«

Jetzt sah Larissa auf. »Okay, dreimal reicht.«

Sie grinste, und Heidi grinste zurück.

»Was ist denn los?«, fragte Larissa. »Wird ein Kind vermisst?«

»Eine Jugendliche.«

»Das tut mir leid. Wie alt ist sie denn?«

»Fünfzehn.« Heidi räusperte sich. »Sie geht auf deine Schule.«

Larissa ließ den Löffel sinken. »Davon weiß ich ja gar nichts. Wieso hat keiner geschrieben?« Ihre Hand griff zu ihrem Smartphone, und bevor Heidi sie daran hindern konnte, scrollte sie schon durch ihre Nachrichten. »Nichts. Wer ist es denn? Vielleicht kenne ich sie.«

»Du kennst sie ganz sicher. Sofia Ziemiak.«

»Sofia wer?«

»Ziemiak. Sie schreibt auch für die Schulzeitung.«

»Häh?« Larissa zerknautschte ihr Gesicht in angestrengtem Nachdenken. Es war eine groteske kleine Grimasse, die sie früher absichtlich gemacht hatte, um ihre Eltern und Schwestern zum Lachen zu bringen. Mittlerweile schnitten ihre Gesichtszüge sie automatisch. »Da ist keine Sofia. Wir haben Nele und Emily und Franzi und zweimal Maja. Ach ja, und Emma, aber … O mein Gott, meinst du etwa Aspie? Die heißt eigentlich Sofia oder so ähnlich, aber das hatte ich total vergessen. Franzi nennt sie Aspie. Die wird vermisst? Ist sie abgehauen?«

»Das versuche ich herauszufinden. Wieso nennst du sie Aspie?«

Im nächsten Moment errötete Larissa so heftig, dass sie selbst mit ihrer dicken Make-up-Schicht wie eine Tomate leuchtete. »Ach, nur so. Das ist nur so'n Nickname. Franzi hat damit angefangen.«

»Und was bedeutet er?«

»Nichts, gar nichts. Ich habe aufgegessen. Kann ich gehen?«

Larissa schob ihren Stuhl zurück, doch Heidi ergriff ihre Hand.

»Nun sag schon!«

»Dann bist du sauer.«

»Das heißt, es ist ein abwertender Spitzname? Okay, was …?« Doch in dem Moment wurde es Heidi selbst klar, und Zorn schoss in ihr hoch. »Steht Aspie etwa für Asperger?«

Larissas Hand in ihrer wurde schlaff. Sie nickte.

»Und wieso nennt ihr sie so? Nur weil sie etwas anders ist? Larissa, du weißt genau, dass man Bezeichnungen für Krankheiten oder psychische Störungen nicht als Beleidigungen verwendet. Es wäre nicht einmal okay, wenn Sofia wirklich am Asperger-Syndrom litte, und …«

Ihre Tochter unterbrach sie. »Aber das tut sie doch. Ich habe gehört, wie sie mit Nele darüber geredet hat. Sie hat sich selbst ›Aspie‹ genannt.«

9

Als Heidi zu Susanne Ziemiak fuhr, war es halb zehn, und der Regen machte ausnahmsweise eine Pause. Sie war allein unterwegs, obwohl sie lieber zu zweit arbeitete, doch das gaben die knappen Ressourcen der Polizei nicht her. Das kleine Team, das Heidi beim Kriminalkommissariat elf leitete, bestand nur aus fünf Mitarbeitern, Heidi eingerechnet. Nachdem Heidi ihre Kollegen bei der Frühbesprechung über den neuen Fall informiert hatte, hatte sie zwei von ihnen zu Sofias Schule geschickt, um Lehrer und Klassenkameradinnen zu befragen. Eine sollte mit der Auswertung der Videoaufnahmen beginnen, Marcel Kaczmarek sollte die Analyse von Sofias Smartphone fortsetzen. Von den zusätzlichen Einsatzkräften, die Jürgen zur Verfügung gestellt hatte, hatte Heidi vier eingeteilt, die sich in der Nachbarschaft der Willi-Brandt-Allee vierzehn umsehen und umhören sollten. Weitere Kräfte würde sie erst anfordern, wenn sie eine Idee hatte, wo sie sie sinnvollerweise einsetzen konnte. Dazu wollte sie das Ergebnis des Mantrailings abwarten.

Als Heidi in der Willy-Brandt-Allee ankam, war der Transporter der Diensthundestaffel bereits da, er parkte auf dem nördlichsten der Parkplätze, die vor der Wohnanlage entlang der Straße eingerichtet waren. Auf dem Gehsteig zwischen diesem Parkplatz und der Einbuchtung für eine Bushaltestelle standen zwei Männer in dunkelblauer Dienstkleidung und dunkelblauen Westen mit weißer Aufschrift »Polizei«. Der ältere, ein kleiner Stämmiger, war Hauptkommissar Kevin Göller, den jüngeren kannte Heidi nicht, doch als sie sich zu den beiden gesellte, stellte Kevin ihn als Kommissar Milan Horak vor.

»Und? Habt ihr schon begonnen?«, fragte Heidi, nachdem sie auch Major begrüßt hatte, den Hannoverschen Schweißhund, der zu Kevins Füßen im Platz saß.

»Wir sind fertig«, entgegnete Kevin. »Ich wollte dich gerade anrufen.«

»Schon?« Das klang nicht gut. »Gab's ein Problem?«

Kevin stemmte in gespielter Entrüstung die Hände in die Hüften. »Heidi, hat dein Lieblingsteam dich je im Stich gelassen? Alles lief wie geschmiert. Wir sind vor einer halben Stunde hier eingetroffen. Frau Ziemiak hat uns als Geruchsträger den Pyjama gegeben, den ihre Tochter zuletzt getragen hat, und Major hat die Spur problemlos verfolgt. Ich habe ihn wie besprochen am zweiten Stellplatz von Süden aus angesetzt. Er hat sofort Witterung aufgenommen und uns hierhergeführt.«

»Hierher? Was soll das heißen?«

»Das, was es im Allgemeinen heißt. Hierher.« Kevin stampfte mit dem rechten Fuß auf, woraufhin sein Hund fragend zu ihm aufschaute.

»Hierher?«, wiederholte Heidi perplex. Dann bemerkte sie Kevins zufriedenes Grinsen. »Haha, sehr witzig, fast hattest du mich. Also, wohin hat Major euch geführt?«

Kevin runzelte die Stirn. »Das war kein Witz. Major hat uns hierhergeführt und sich dann ins Platz gelegt. Die Spur endet hier.« Er musterte Heidi. »Was irritiert dich daran so? Das Mädchen ist hier entweder in einen Bus oder in ein anderes Fahrzeug gestiegen.«

»Aber das kann nicht sein.«

»Klär mich auf!«

»Das sollte ich wohl besser.«

Im Allgemeinen erzählte Heidi den Führern von Personensuchhunden möglichst wenig über die Fälle, für die sie angefordert wurden, zumindest so lang, bis deren vierbeinige Partner ihren Job erledigt hatten. Ein Geruchsträger, an dem DNA der gesuchten Person haftete, und ein Startpunkt, typischerweise der Ort, an dem die Person zuletzt gesehen worden war – mehr Informationen benötigten die Hundeführer nicht, und mehr Informationen wollten sie auch nicht, um das Ergebnis der Suche nicht versehentlich zu beeinflussen. Denn Mantrailing war keine exakte Wissenschaft, die auf exakten, fälschungssicheren Messungen basierte. Ein Hundeführer musste das Verhalten seines Hundes immer deuten, und dazu sollte er möglichst unvoreingenommen sein. Hatte er zum Beispiel einen Hinweis erhalten, in welche Richtung die gesuchte Person sich möglicherweise bewegt hatte, konnte das seine Interpretation verzerren.

Jetzt fasste Heidi zusammen, was sie über Sofias nächtliche Aktivitäten wusste. »Sie kann also nicht vom zweiten Stellplatz direkt hierhergegangen sein«, schloss sie. »Sie muss zunächst ihr Fahrrad aus dem Fahrradkeller geholt haben.«

»Wo ist der Fahrradkeller?«

»In der Tiefgarage.« Heidi nickte in Richtung Süden. Die Zufahrt zur Tiefgarage zweigte wenige Meter vor dem ersten Stellplatz von der Straße ab. Die Einfahrt war überdacht, darüber befand sich ein kleines Gebäude – ein kleiner, weißer Würfel, quasi eine Miniaturausgabe der Wohnhäuser –, in dem vermutlich die Mülltonnen der Wohnanlage standen oder ähnliches.

Kevin runzelte die Stirn. »Bist du sicher, dass das Fahrrad im Keller stand? Vielleicht hatte das Mädchen es auf einem der Stellplätze geparkt.«

»Die Mutter sagt, dass Sofia das Rad immer wegsperrt, weil ihr das Vorgängermodell geklaut wurde.«

Kommissar Horak mischte sich ein. »Ist das wirklich ein Widerspruch? Wäre es nicht möglich, dass Sofia vom zweiten Stellplatz zunächst zur Tiefgarage gegangen ist und ihr Fahrrad geholt hat und dann auf demselben Weg zurück bis hierher gegangen oder gefahren ist?«

Heidi versuchte, den Weg nachzuvollziehen, den der Kommissar beschrieb. »Hätte Major dann nicht der Spur entsprechend folgen müssen?«

»Nicht, wenn Sofia auf dem Weg vom Fahrradkeller hierher wieder am zweiten Stellplatz vorbeigekommen wäre. Dann würden zwei Spuren von dort wegführen, und Major hätte die erste ignoriert und sich auf die frischeste konzentriert. Hunde verfolgen Spuren niemals rückwärts.«

Heidi blickte Kevin fragend an. »Stimmt das?«

»Absolut.« Kevin holte aus und schlug dem jungen Kollegen auf die Schulter, dass der einen Schritt nach vorn machte. »Guter Junge! Ich sagte doch, aus dir wird noch was. Problem gelöst.«

Doch Heidi war weniger zufrieden. Horaks Szenario erklärte zwar das Verhalten des Hundes, aber nicht das des Mädchens. Wieso hätte Sofia nachts um zwei Uhr, nachdem Daniel Kramer sie abgesetzt hatte, extra ihr Fahrrad holen sollen, um dann in ein anderes Fahrzeug zu steigen? Und in was für ein Fahrzeug? Einen Bus schloss Heidi aus. Erstens fuhren die Busse der Stadt nur bis Mitternacht, zweitens nahmen sie keine Fahrräder mit. War Sofia also in einen privaten Pkw gestiegen? Doch wenn sie mit jemandem verabredet gewesen war, der oder die einen Wagen besaß – wozu dann das Rad? Oder war Sofia nicht freiwillig in das Fahrzeug gestiegen? Lag hier eine Entführung vor? Doch wieso hätte ein Entführer Sofias Rad mitnehmen sollen? Hätte er nicht mit einer widerspenstigen Fünfzehnjährigen alle Hände voll zu tun gehabt?

Heidi blickte sich nachdenklich um, über die Fußwege, die von den Stellplätzen zu den weißen Würfeln führten, Willy-Brandt-Allee vierzehn a bis d, dann die Straße entlang und zur Tiefgarage. Schließlich wandte sie sich an Kevin. »Ich möchte etwas überprüfen. Kannst du Major noch einmal ansetzen?«

»Klar, er ist ohnehin nicht ausgelastet, nachdem der erste Einsatz keine Minute gedauert hat. Was, Alter?« Kevin beugte sich zu dem Rüden hinunter und kraulte das rotbraune Fell. »Wo denn?«

»Am Fahrradkeller. Ich gehe zu Frau Ziemiak und besorge einen Schlüssel. Nein, nicht nötig. Folgt mir mit dem Geruchsträger.«

Bei den letzten Worten sprintete Heidi los in Richtung Tiefgarage, in deren Zufahrt in diesem Moment ein schwarzer BMW einbog. Als Heidi dort ankam, sah sie gerade noch die Rücklichter in der Tiefgarage verschwinden. Das Tor war bereits im Begriff, sich zu schließen, doch Heidi schlüpfte schnell hindurch und ging zu dem BMW, dessen Fahrerin gerade ausstieg. Sie war eine unglaublich gepflegte Frau in den Sechzigern. Als Heidi auf sie zuging, runzelte sie missbilligend die hohe Stirn und öffnete den Mund, möglicherweise um Heidi wegen ihres unerlaubten Eindringens in die Tiefgarage zur Rede zu stellen, deswegen hielt Heidi ihr ihren Dienstausweis unter die Nase und erklärte ihr Anliegen.

Zehn Minuten später stand Heidi mit Milan Horak vor dem Fahrradkeller im hinteren Teil der Tiefgarage und beobachtete, wie Kevin Göller Major erneut auf die Spur von Sofia Ziemiak ansetzte. Der Hauptkommissar hatte bereits die lange Führleine in das Geschirr des Rüden eingeklinkt, jetzt hielt er ihm den geöffneten Beutel mit Sofias Pyjama vor die Nase.

»Riech!«

Major tat wie geheißen.

»Such!«

Der Hund ließ sich das nicht zweimal sagen. Er senkte seinen Kopf so tief, dass seine Schlappohren nach vorn fielen, schnüffelte, machte einige Schritte, schnüffelte an der Kellertür, lief dann einen kleinen Kreis und zog dann plötzlich in Richtung Tiefgaragenausfahrt davon.

Kevin setzte sich in Bewegung, Milan Horak folgte, Heidi bildete das Schlusslicht. An der Ausfahrt mussten sie warten, bis die Sensoren der Lichtschranke den Toröffner auslösten, dann zog Major mit den drei Menschen im Gefolge die Rampe hoch. Oben angekommen senkte er die Nase erneut, schnüffelte an den Pflastersteinen, dann wandte er sich nach rechts, weg von den Parkplätzen.

Na bitte, dachte Heidi, während sie hinterhersah, wie Hund, Herrchen und Begleiter der Willy-Brandt-Alle nach Süden folgten und in die nächste Seitenstraße einbogen. Dann ging sie in die entgegengesetzte Richtung und klingelte an Haus Nummer vierzehn d.

10

Susanne Ziemiak hatte es weit gebracht – dieser Gedanke kam Heidi, als sie den Neubau betrat. Ohne bis jetzt eine von innen gesehen zu haben, wusste Heidi, dass die Wohnungen hier am anderen Ende der Immobilienwertskala lagen als die »günstigste Zweizimmerwohnung«, die Susanne Ziemiak und Eva Kramer sich mit zwanzig hatten leisten können. Alles in diesem Foyer schrie »nicht günstig«. Die Videosprechanlage am Eingang; die breite Marmortreppe, die sich nach oben wand, als wäre Platz keine teure Ressource; der Aufzug, der Heidi ruckelfrei in den fünften Stock brachte – und auch der Mann, der sie in der offenen Tür des Penthouses erwartete.

Heidi hatte im Büro noch eine kurze, aber ergiebige Internetrecherche durchgeführt. Axel Thürmer war in der Stadt ein bekannter Mann. Nicht nur weil er Inhaber eines Architekturbüros war, sondern weil er in den letzten zwei Jahrzehnten diverse Rollen im öffentlichen Leben gespielt hatte, vom Sprecher der Initiative »Rettet die alte Glockenbachbrücke« bis zum Vorstand eines Vereins, der talentierte Nachwuchskünstler aus der Region förderte. Darüber hinaus war er Mitglied bei den Rotariern und – wie Jürgen schon erwähnt hatte – ein begeisterter Tennisspieler. Letzteres sah man ihm an. Axel Thürmer war groß und schlank, jedoch mit breiten Schultern, die in einem maßgeschneiderten Anzug steckten.

Er kam mit ausgestreckter Hand auf Heidi zu. »Guten Morgen, Kriminalhauptkommissarin Westphal. Ich freue mich, Sie kennenzulernen, Jürgen hat mir viel Positives über Sie berichtet. Wir sind sehr dankbar, dass Sie sich der Sache angenommen haben. Wir machen uns große Sorgen um Sofia. Bitte kommen Sie doch herein, möchten Sie Ihre Jacke ablegen?«

Heidi folgte dem Hausherrn durch einen großen, indirekt beleuchteten Flur über einen dunklen, glänzenden Granitboden ins Wohnzimmer. Der ohnehin sehr große Raum wirkte noch größer, weil er nur spärlich möbliert war. An einem Ende gab es eine Insel mit Sofas und Sesseln aus weißem Leder, am anderen einen Esstisch aus dunklem Holz mit schwarzen Lederstühlen. Eine lange Fensterfront, die nach Westen hinausging, gab den Blick auf die Dachterrasse und die Aussicht über die Häuser der Stadt frei. An den Wänden hingen mehrere großformatige, abstrakte Gemälde. Originale, keine Drucke.

Susanne Ziemiak saß am Esstisch und arbeitete an einem Laptop. Es war ihr anzusehen, dass sie nicht geschlafen hatte. Sie war sorgfältig gestylt – schmale, graue Businesshose, weiße Seidenbluse – und geschminkt, doch unter ihren Augen lagen dunkle Schatten. Sie bot Heidi einen der weißen Ledersessel an und nahm auf dem Sofa gegenüber Platz. Als Axel Thürmer sich zu ihr gesellen wollte, sah sie zu ihm hoch.

»Du musst nicht bleiben, Schatz. Sagtest du nicht, dass auf deinem Schreibtisch Arbeit wartet?«

Axel Thürmer runzelte die Stirn. »Natürlich unterstütze ich dich, Liebling.« Er setzte sich neben sie und drückte kurz ihre Schulter, bevor er sich an Heidi wandte. »Erzählen Sie! Haben Sie schon eine Spur?«

Während der nächsten Minuten berichtete Heidi, welche Maßnahmen sie und ihr Team ergriffen hatten. Wie üblich tat sie es ausführlich, weil sie die Erfahrung gemacht hatte, dass freigebige Informationen das Vertrauen von Zivilisten in die Polizei stärkten, und Vertrauen war in Vermisstenfällen eine harte Währung. Nur als sie über den Mantrailingeinsatz sprach, ließ sie Majors ersten Versuch aus.

Susanne Ziemiak und Axel Thürmer hörten aufmerksam zu. Der Architekt nickte immer wieder, als wollte er Anerkennung signalisieren, Sofias Mutter hingegen saß vorgebeugt still da, nur ihre Hände waren ständig in Bewegung. Sie rieb sie aneinander, als wollte sie sie waschen, und kratzte an ihrem Nagellack, schien es jedoch nicht zu bemerken.

»Und wie lang dauert es üblicherweise, bis ein Spürhund ein Ergebnis meldet?«, fragte sie schließlich.

»Das hängt davon ab, wie weit er der Spur folgen muss. Möglicherweise braucht er zwischendurch eine Pause, denn Spürarbeit ist für die Tiere anstrengend. Aber danach macht er weiter«, fügte Heidi hinzu, als sie Susanne Ziemiaks entsetzten Gesichtsausdruck sah. »Sie müssen sich leider in Geduld üben.«

Die Frau rang sich ein verkrampftes Lächeln ab. »Geduld ist leider keine Stärke von mir.«

»Wir schaffen das.« Axel Thürmer legte einen Arm um seine Partnerin. Dann wandte er sich wieder an Heidi. »Aber Sie rechnen sicher damit, dass der Hund Sie zu Sofia führt?«

Heidi machte eine wiegende Kopfbewegung. »Auch das hängt von verschiedenen Faktoren ab. Deswegen verlassen wir uns nicht nur auf das Team der Hundestaffel, und deswegen würde ich auch Ihnen gern einige Fragen stellen.«

»Selbstverständlich.«

Thürmer lehnte sich zurück und breitete seine Arme auf der Rückenlehne aus. Als Heidi ihn als Erstes nach den Ereignissen von Samstagnacht fragte, bestätigte er, was Susanne Ziemiak am Vortag erzählt hatte. Die beiden waren am Samstagabend auf einer Geburtstagsparty gewesen und gegen halb eins zurückgekommen. Sie waren noch eine Weile wach gewesen, dann jedoch ins Bett gegangen. Um zwei Uhr hatte Thürmer bereits geschlafen.

»Aber ich bin sicher, dass Sofia nicht nach Hause gekommen ist«, erklärte er. »Susanne war wach und hätte sie gehört. Sofia muss noch einmal auf eigene Faust losgezogen sein, nachdem Daniel sie abgesetzt hat. Aber was sie vorhatte oder wohin sie wollte …« Er zuckte beredt mit den Achseln.

»Sie haben keine Idee?«, hakte Heidi nach.

»Leider nein, Sofia hat sich mir nicht anvertraut. Wir haben leider kein so enges Verhältnis – noch nicht.«

»Und wie würden Sie Ihr Verhältnis zu Sofia beschreiben?«

Thürmer schlug ein Bein über das andere, während er nachdachte. »Als gut. Sofia ist ein tolles Mädchen, und Susanne ist eine tolle Mutter. Sie hat das unter schwierigen Umständen wirklich gut hinbekommen. Ich mag Sofia sehr.«

»Glauben Sie, dass Sofia Sie umgekehrt auch mag?«

Die Frage schien Thürmer zu überraschen. »Ich habe ihr zumindest noch nie Anlass gegeben, es nicht zu tun«, erklärte er dann lächelnd.

»Unternehmen Sie viel zusammen?«

Thürmer schüttelte bedauernd den Kopf. »Ich bin beruflich leider sehr eingespannt und arbeite in der Regel auch am Wochenende. Aber wir essen zum Beispiel an jedem Abend zusammen. Darauf lege ich großen Wert. Ich bin ein leidenschaftlicher Koch – im Gegensatz zu Susanne.«

»Und wie ist die Stimmung bei diesen Abendessen?«

»Ganz normal.«

»Können Sie das näher beschreiben?«

Axel Thürmer runzelte die Stirn. »Ich bin mir nicht sicher, worauf Sie hinauswollen. Wir essen zusammen und unterhalten uns dabei über alles Mögliche.«

»Und sind diese Unterhaltungen harmonisch? Diskutieren Sie auch? Gibt es Meinungsverschiedenheiten? Oder Streitereien?«

»Streitereien? Wieso sollten wir uns streiten? Natürlich sind wir nicht alle immer derselben Meinung, aber ich würde sagen, es geht bei uns recht harmonisch zu.«

»Ich habe gehört, Sofia war zuerst gegen den Umzug hierher.«

Thürmer nickte. »Das stimmt. Es gab gewisse Startschwierigkeiten – was aber nicht überraschend ist. Nachdem Sofia jahrelang allein mit Susanne zusammengelebt hatte, war sie zunächst nicht begeistert, einen Stiefvater zu bekommen. Ich denke, sie war eifersüchtig. Aber ich habe mich sehr um sie bemüht, und ich glaube fest, dass wir auf einem guten Weg sind.« Bei diesen Worten griff er zur Hand seiner Partnerin. »Meinst du nicht auch, Schatz?«

Susanne Ziemiak nickte.

»Sie würden also sagen, dass Sofia glücklich ist?«, hakte Heidi nach.

»Ich wüsste zumindest keinen Grund, warum sie es nicht sein sollte.« Axel Thürmer musterte Heidi. »Aber ich verstehe ehrlich gesagt nicht, worauf Sie abzielen, Frau Westphal. Offenbar ist Sofia gestern Nacht etwas zugestoßen. Ich sehe keinen Zusammenhang zur Frage, ob sie glücklich ist.«

»Der Zusammenhang liegt in der Statistik. Die meisten Jugendlichen, die vermisst werden, sind von zu Hause ausgerissen.«

»Bitte?« Thürmer klang empört. »Sofia hatte keinen Grund wegzulaufen. Susanne, denkst du das etwa?«

Susanne Ziemiak rieb sich ihre Stirn. »Nein.« Sie musterte Heidi anklagend. »Das habe ich gestern schon gesagt – und Eva ebenfalls.«

Heidi lächelte freundlich. »Ich weiß, Frau Ziemiak, doch leider muss ich diese Fragen auch Herrn Thürmer stellen, um sicher zu sein, nichts zu übersehen. Irgendeinen Grund muss Sofia schließlich dafür gehabt haben, am Sonntag früh um zwei Uhr nicht ins Haus zu kommen. Daher auch noch einmal an Sie, Herr Thürmer, die Frage: Ist Ihnen in letzter Zeit irgendetwas an Sofia aufgefallen? War sie verändert? Unruhig? Euphorisch? Irgendetwas?«

Er schüttelte den Kopf.

»Und wie war das vorgestern? Wann haben Sie sie denn zuletzt gesehen?«

Thürmer überlegte. »Beim Abendessen. Wir hatten Pizza bestellt, weil wir nur eine Kleinigkeit essen wollten, bevor Susanne und ich zu der Party aufbrachen.«

»Und beim Essen war Sofia wie immer?«

Thürmer nickte. »Wir saßen allerdings nicht lang zusammen, weil Susanne und ich uns für die Party umziehen mussten und Sofia zu den Kramers wollte. Bevor sie losfuhr, kam sie noch einmal ins Wohnzimmer, um sich zu verabschieden. Susanne sagte, sie solle vorsichtig fahren und am nächsten Tag bitte pünktlich zurück sein. Alles war wie immer. Nicht wahr, Schatz?«

Susanne Ziemiak nickte, doch Heidi hakte noch einmal nach. »Sie sagten, Sofia solle vorsichtig fahren? Was meinten Sie damit? Wieso vorsichtig?«

Susanne Ziemiak strich sich eine dunkle Haarsträhne hinter ihr Ohr. »Sofia fährt manchmal wie ein Henker – wie man so sagt. Sie hält sich zwar an die Verkehrsregeln, aber sie will immer beweisen, dass man mit dem Fahrrad in der Stadt schneller ist als mit dem Auto.« Sie brach ab, als sie Heidis Gesichtsausdruck sah. »Glauben Sie, meine Tochter hatte einen Unfall? Aber Sie sagten doch, es sei keiner gemeldet worden und dass Sie die Krankenhäuser überprüft hätten.«

Heidi verfolgte einen anderen Gedankengang. »Wollen Sie damit sagen, dass Sofia mit dem Fahrrad zu den Kramers gefahren ist?«

»Natürlich. Was dachten Sie denn?«

Heidi hatte über diesen Punkt gar nicht nachgedacht – was offenbar ein Versäumnis gewesen war. »Lassen Sie mich das noch einmal ganz klarstellen. Sie haben Sofia nicht zu den Kramers gefahren, die Kramers haben sie auch nicht abgeholt, und sie hat auch nicht den Bus genommen, sondern ihr Fahrrad. Das Fahrrad, das verschwunden ist, korrekt?«

Susanne Ziemiak nickte. »Sofia fährt immer mit dem Rad, wenn es irgendwie geht. Sie findet Busfahren umständlich, und sie lehnt Autofahren aus Umweltschutzgründen ab. Wenn es nach ihr ginge, würde sie auch nachts mit dem Rad vom Babysitten zurückfahren, aber das habe ich verboten. Deshalb bringt Eva oder Daniel sie zurück, wenn sie nicht dort übernachtet.«

»Und was geschieht in diesen Fällen mit dem Fahrrad?«

»Das legt Sofia in den Kofferraum. Daniel hat einen Golf Kombi, das Rad passt gut hinein.« Susanne Ziemiak blinzelte irritiert. »Das scheinen Sie irgendwie bemerkenswert zu finden.«

»Das haben Sie bisher nicht erwähnt.«

»Nicht? Das tut mir leid, ich habe nicht daran gedacht. Ist es denn wichtig? Spielt es eine Rolle?«

Eine große sogar, dachte Heidi. Diese neue Information stellte ihren Fall vom Kopf auf die Füße. Und sie bedeutete, dass Daniel Kramer sie angelogen hatte.

11

Er stand draußen vor der Tür und rief ihren Namen. Dann probierte er erneut die Klinke, rüttelte daran und rief schließlich noch einmal ihren Namen. Doch sie antwortete nicht. Starr vor Angst lag sie im Bett und fragte sich, ob die Tür halten würde, falls er beschloss, sich dagegenzuwerfen.

12

Eva

Um halb fünf in der Früh sehe ich zum vierten Mal nach Linus. Der Drang, mich zu vergewissern, dass mein kleiner Sohn da ist, dass er sicher in seinem Bettchen liegt, dass er nicht verschwunden ist, ist so groß, dass ich mich nicht zurückhalten kann. Vorsichtig, um Daniel nicht zu wecken, der auch erst spät eingeschlafen ist, schlage ich meine Bettdecke zurück, nehme meine Brille vom Nachttisch und schleiche in den Flur. Als ich an der Tür zu Linus' Zimmer lausche, die einen Spaltbreit offen steht, ist es ruhig. Zu ruhig, denke ich in einem Anflug von Panik. Ich drücke die Tür ganz auf und gehe leise zum Bett. Alles ist in Ordnung. Im Schein des Nachtlichts sehe ich meinen Sohn, der auf dem Bauch liegt, den Kopf zur Seite gedreht, Borgo, den Teddy, den Sofia ihm zur Geburt geschenkt hat, im Schwitzkasten. Und als ich den Atem anhalte, kann ich auch seinen hören, leise und regelmäßig, das schönste Geräusch der Welt.

Ich bleibe eine Weile still stehen. Am liebsten würde ich den Rest der Nacht hier verbringen, doch ich möchte Linus nicht wecken. Also verlasse ich das Zimmer wieder und gehe hinunter ins Erdgeschoss, wo ich mir ein Glas Wasser nehme und mich aufs Sofa setze. Ich bin so müde, dass ich bereits Kopfschmerzen bekomme, aber im Bett würde ich mich nur weiter hin und her wälzen.

Im Wohnzimmer ist es kalt, weil die Heizungssteuerung die Temperatur heruntergeregelt hat, also kuschele ich mich auf dem Sofa unter eine Decke. Doch sie hilft nur gegen das äußere Frösteln, gegen das innere ist sie machtlos. Wo ist Sofia? Wo um alles in der Welt kann sie sein? Wohin wollte sie gestern Nacht? Wieso ist sie nicht nach Hause gekommen? Wieso hat sie Susanne und mich angelogen?

Die Fragen kreisen unablässig in meinem Kopf, überholen sich gegenseitig, beißen sich in den Schwanz, doch ich finde keine Antworten. Dabei sollte ich in der Lage sein, Antworten zu geben. Ich sollte wissen, was in Sofias Kopf vorgeht, was sie beschäftigt, was sie plant. Ich bin überzeugt, dass es etwas in ihren Augen sehr Wichtiges war, weswegen sie Susanne und mich angelogen hat und weswegen sie in der vergangenen Nacht losgezogen ist. Doch was?

Wieder und wieder gehe ich in Gedanken die Themen durch, mit denen Sofia sich zuletzt beschäftigt hat. Eine Zeit lang hat sie viel über den Mord an Jennifer Mann gesprochen, als sie den Artikel über DNA-Analyse schrieb. Doch dann hat ihr Interesse daran abrupt nachgelassen – so ist es oft bei ihr –, und zuletzt hat sie meistens über ihr Mit-dem-Rad-durch-alle-Straßen-der-Stadt-Projekt geredet, über Nele und die Schulzeitung, über den neuen Mathelehrer, den sie mag, weil er Mathe anders erklärt, über die Deutschlehrerin, die sie für ihren Artikel gelobt hat. Doch wieso hätte sie wegen ihrer neuen Lehrer nachts um zwei zu einer Exkursion aufbrechen sollen? Und ist es überhaupt wichtig, was Sofia plante?

Was auch immer es war – sie hatte bestimmt vor, sofort danach nach Hause zu fahren. Dass sie es nicht getan hat, kann nur bedeuten, dass ihr etwas zugestoßen ist. Ein Unfall? Doch es wurde keiner gemeldet. Bedeutet das, dass Sofia irgendwen getroffen hat, der … Dass sie irgendwem in die Hände gefallen ist, der … Ich versuche mit aller Kraft, diesen Gedanken zu bannen. Ich darf ihn nicht zu Ende denken. Ich darf diese Tür nicht öffnen. Ich darf die Möglichkeiten, die dahinter lauern, nicht einmal in Erwägung ziehen.

Ich atme einmal tief durch, um mein schnell klopfendes Herz zu beruhigen, dann greife ich zu meinem Smartphone. Doch da ist nichts, keine Nachricht. Ich frage mich, wie es Susanne geht. Schläft sie? Dumme Frage, bestimmt nicht.

Wie von selbst huschen meine Finger über das Handy. *Bist du wach?*

Ich muss nur Sekunden auf das leise Klingeln warten, das Susannes Antwort ankündigt.

Ja.

Wie geht es dir? Natürlich kenne ich die Antwort.

Ich habe Angst.

Ich auch. *Möchtest du telefonieren?*

Diesmal dauert es länger, ich sehe die kleinen Punkte tanzen, die anzeigen, dass Susanne tippt. Schließlich:

Ich möchte die Leitung freihalten.

Das verstehe ich nur zu gut.

Susanne schreibt weiter. *Ich liebe sie so sehr.*

Ich liebe sie auch.

Ich wünschte, du wärst hier. Kommst du später vorbei?

Sobald Linus im Kindergarten ist und ich einen Ersatz fürs Geschäft organisiert habe.

Irgendwann nicke ich doch noch ein und wache erst auf, als Daniel zwei Tassen Milchkaffee vor mir auf den Couchtisch stellt. Er beugt sich nach unten und küsst mich. »Guten Morgen.«

Für den Bruchteil einer Sekunde glaube ich ihm, doch dann fällt mir auf, wo ich bin, und ich greife hastig zu meiner Brille und meinem Smartphone. Keine Nachricht von oder über Sofia. Nein, es ist kein guter Morgen.

»Wie spät ist es?« Die Rollläden sind noch unten, Daniel hat nur das Licht über dem Küchentresen eingeschaltet.

»Fast sechs.«

»Ich muss mich fertig machen.«

Ich will mich aus der Decke wickeln, doch Daniel sagt: »Wir haben ein paar Minuten.«

Er reicht mir meine Tasse, dann setzt er sich neben mich und greift meine freie Hand. Schweigend und händchenhaltend trinken wir unsere Milchkaffees. Danach fühle ich mich etwas besser. Das Koffein vertreibt meine Kopfschmerzen. Daniels Gegenwart kann zwar meine Sorgen nicht verscheuchen, aber sie lockert zumindest etwas den Druck auf meiner Brust.

»Was wirst du heute tun?«, fragt Daniel schließlich. »Fährst du zu Susanne?«

Wie gut er mich kennt. »Sobald ich alles organisiert habe. Ich hoffe, dass Claudia für mich einspringen kann.« Claudia ist wie ich Augenoptikermeisterin. Gemeinsam leiten wir die örtliche Filiale von *Die Brille*. Üblicherweise arbeite ich vormittags, sie nachmittags, aber da ihre Kinder schon aus dem Haus sind, ist sie flexibel. »Kannst du ausnahmsweise früher Schluss machen und Linus vom Kindergarten abholen? Ich möchte möglichst den ganzen Nachmittag bei Susanne bleiben. Je nachdem …« Den Rest schlucke ich hinunter.

Daniel schüttelt bedauernd den Kopf. »Ich fürchte nein. An jedem anderen Tag, aber heute ist das Abteilungsleitermeeting. Es beginnt um zwei, und es gilt Präsenzpflicht.«

Das hatte ich vergessen. Daniel hat Stadtplanung studiert, seit dem Sommer leitet er die Abteilung für Denkmalpflege beim Bauamt. Wir waren damals beide dafür, dass er den Job annimmt, aber seitdem muss er so viele Überstunden machen und hat so viel Stress, dass ich mittlerweile denke, dass es ein Fehler war – auch wenn Daniel das anders sieht. Er hat seit Monaten Schlafstörungen und plagt sich mit allen möglichen Sorgen. Wenn ich nachbohre, spielt er sie zwar herunter, doch es ist offensichtlich, dass er sich nicht wohl in seiner Haut fühlt. Auch jetzt sehe ich ihm an, dass er ein schlechtes Gewissen hat, deshalb sage ich schnell: »Kein Problem, ich organisiere etwas anderes. Vielleicht kann Linus mit Robin nach Hause gehen.«

Wie sich herausstellt, ist es schwieriger als gedacht, meinen Tag zu organisieren. Claudia hat einen Zahnarzttermin, doch sie verspricht mir, sofort danach ins Geschäft zu kommen. Noch komplizierter ist es, jemanden zu finden, der Linus am Nachmittag betreut. Als ich mit ihm am Kindergarten ankomme und nach Robin und seiner Mutter Ausschau halte, erzählt die Erzieherin mir, dass Robin positiv auf Corona getestet wurde. Also spreche ich mit der Mutter von Linus' bester Freundin Ronja, doch Ronja hat einen Termin beim Logopäden. Kein Problem, denke ich, ich bin gut vernetzt, und Linus ist ein beliebtes Kind. Wir haben sehr nette schwule Nachbarn mit einer Tochter. Einer der Väter arbeitet ebenfalls halbtags. Wir helfen uns oft gegenseitig aus.

Ich gebe Linus zum Abschied einen Eskimokuss, dann setze ich mich in meinen Wagen und zücke mein Smartphone. Wenige Minuten später lasse ich es wieder sinken. Mein Nachbar hat ebenfalls einen Termin. Und jetzt? Ich gehe im Kopf meine Möglichkeiten durch. Meine Eltern? Ungern. Ich habe zwar ein halbwegs gutes Verhältnis zu ihnen – besser als Susanne zu ihren –, doch sie sind nie sonderlich kinderlieb gewesen und im Alter hat sich das nicht geändert. Sie würden zwar meine Bitte um Hilfe nicht ablehnen, sich aber allein mit Linus genauso wenig wohlfühlen wie er.

Während ich darüber nachdenke, welche Option ich noch aus meinem Mamazauberhut ziehen kann, klingelt mein Smartphone. Mein Herz macht einen gewaltigen Satz, doch es ist nicht Sofia – die ohnehin ihr Handy nicht hat – und auch nicht Susanne oder eine unbekannte Nummer, sondern Thomas.

Das überrascht mich. Thomas ist Daniels acht Jahre älterer Bruder, und wir sind nicht gerade beste Freunde. Ich habe es nie geschafft, eine gute Beziehung zu ihm aufzubauen, obwohl ich es versucht habe. Die Beziehung zwischen Thomas und Daniel hingegen ist sehr eng, weil Thomas Daniel großgezogen hat, nachdem seine Eltern bei einem Verkehrsunfall gestorben waren. Ich habe immer den Eindruck gehabt, dass Thomas mich ablehnt, auch wenn ich nicht sicher weiß, warum. Ich habe lediglich zwei Theorien, Klassendünkel und Eifersucht. Klassendünkel, weil die Kramers seit Generationen im Glockenbachviertel wohnen und alle Akademiker sind – Thomas selbst ist Ingenieur und lehrt seit einem Burn-out an der hiesigen Fachhochschule –, während ich aus dem Arbeitermilieu der Südstadt stamme. Eifersucht, weil Daniel seit der Hochzeit natürlich nicht mehr so viel Zeit mit Thomas verbringt – obwohl es meiner Meinung nach mehr als genug ist. Thomas kam von Anfang an mindestens einmal pro Woche als eingeladener Gast zu uns und fast ebenso oft als uneingeladener. Daniel und ich streiten selten, aber wenn, dann typischerweise wegen Thomas. Das hat sich erst in den letzten Monaten geändert. Seit Daniel so viel Stress im Büro und damit weniger Freizeit hat, verbringt er diese fast ausschließlich mit Linus und mir, so dass Thomas' letzter Besuch einige Wochen zurückliegt. Dass er mich jetzt anruft, überrascht mich. Ich gehe davon aus, dass Daniel ihm von Sofia erzählt hat, doch Thomas würde nicht mich anrufen, um sich nach Neuigkeiten zu erkundigen.

»Ja, hallo, Thomas, was kann ich für dich tun?«

Mein Schwager scheint irritierend gute Laune zu haben. »Hi, Eva, gut, dass ich dich erwische. Ich hoffe, ich störe nicht, du bist vermutlich gerade auf dem Weg ins Geschäft. Aber ich dachte, für eine gute Nachricht ist es immer der richtige Zeitpunkt. Ich habe den kleinen Astronauten gefunden.«

Mein Herz, das bei den Worten »gute Nachricht« angefangen hat zu hüpfen wie ein Flummi, verlangsamt seine Schlagfrequenz wieder, während ich mich frage, wovon zum Teufel Thomas spricht. »Was hast du gefunden?«

»Den kleinen Astronauten. Du weißt schon, das Kinderbuch, das Daniel als kleiner Junge so geliebt hat. Wir haben neulich darüber geredet. Ich sagte, ich würde versuchen, es bei den alten Sachen auf dem Speicher zu finden. Für Linus. Soll ich es heute Abend vorbeibringen?«

»Heute Abend ist schlecht.«

»Dann vielleicht morgen?«

»Ich weiß nicht, ob es da besser ist.«

»Oh.«

In der einen Silbe liegt eine Mischung aus Irritation und Enttäuschung, die mir unter anderen Umständen vielleicht leidtäte, aber in diesem Moment bin ich selbst viel zu irritiert über Thomas' Mangel an Sensibilität. »Mensch, Thomas, glaubst du wirklich, ich interessiere mich ausgerechnet heute für ein Kinderbuch?«

»Ausgerechnet heute? Was meinst du damit?«

Mir wird einiges klar. »Heißt das, Daniel hat dich nicht informiert? Sofia ist verschwunden.«

Ich erzähle Thomas, was passiert ist, und dieses Mal kann ich mich nicht über einen Mangel an Sensibilität beschweren.

»Du meine Güte, Eva, das ist wirklich schlimm. Ich hatte keine Ahnung. Kann ich irgendetwas tun?«

»Nein, vielen Dank. Wir haben Sofia als vermisst gemeldet.

Die Polizei wird heute die Suche fortsetzen. Ich fahre nachher zu Susanne und …« In dem Moment fällt bei mir endlich der Groschen. »Sag mal, Thomas, könntest du dir heute Nachmittag eventuell freinehmen?«

13

Es gibt noch etwas, das ich mit Ihnen besprechen möchte«, sagte Heidi, als sie von der Penthouseterrasse ins Wohnzimmer zurückkehrte.

Sie hatte die Befragung unterbrochen, um einige Anrufe zu tätigen. Die Tatsache, dass Sofia Ziemiak mit dem Fahrrad zum Babysitting zu den Kramers gefahren war, warf ein ganz neues Licht auf ihr Verschwinden. Eine erste Erkenntnis war, dass Kevin Göller und Major vermutlich gerade einen überflüssigen Einsatz leisteten, da die letzte Spur, die vom Fahrradkeller wegführte, mit hoher Wahrscheinlichkeit nicht erst in der Nacht von Samstag auf Sonntag um zwei Uhr entstanden war, sondern am Samstagabend gegen sieben oder halb acht. Dennoch entschied Heidi, den Einsatz nicht abzubrechen. Zwar führte die Spur, der das Mantrailingteam gerade folgte, höchstwahrscheinlich zu den Kramers, aber möglicherweise nicht auf direktem Weg. Falls Sofia einen Abstecher gemacht hatte, wollte Heidi wissen, wohin.

Die zweite Erkenntnis war deutlich brisanter: Daniel Kramer hatte gelogen – oder zumindest absichtlich etwas verschwiegen. Heidi bezweifelte nicht, dass Susanne Ziemiak die aus ihrer Sicht unwichtige Tatsache, dass Sofia mit dem Rad zu den Kramers gefahren war, schlicht zu erwähnen vergessen hatte. Doch bei Daniel Kramer sah die Sache anders aus: Heidi war mit dem Mann detailliert die Fahrt zur Willy-Brandt-Allee durchgegangen, sie hatte ihn detailliert schildern lassen, wie er Sofia vor der Wohnanlage abgesetzt hatte. Dennoch hatte er mit keinem Wort das Fahrrad erwähnt. Wieso nicht? Heidi würde ihn danach fragen, doch zuvor standen zwei andere Punkte auf ihrer To-do-Liste.

Sie schloss die Terrassentür und setzte sich wieder. Axel Thürmer hatte ihre Abwesenheit genutzt, um Kaffee zu kochen, er stellte gerade drei Tassen auf den Glastisch. Susanne Ziemiak war ebenfalls aufgestanden. Sie ging ruhelos vor einem der abstrakten Gemälde auf und ab. Ein schmales Rechteck in Schwarz, Weiß und Gold. Sie setzte sich auch nicht, als Axel Thürmer Platz nahm und einladend seine Hand ausstreckte.

»Ich bin zu unruhig. Frau Westphal, Sie möchten noch etwas besprechen?« Sie blieb hinter einem der Sessel stehen und legte ihre Hände auf die Rückenlehne. Der leuchtend rote Nagellack an den Fingern, an denen sie ihn noch nicht abgekratzt hatte, hob sich von dem weißen Leder ab wie Blut.

»Es geht um Sofias Gesundheit«, erklärte Heidi. »Oberkommissarin Ricci hat Ihnen gestern bei der Annahme der Vermisstenanzeige dazu Fragen gestellt. Sie sagten, dass Sofia keine Medikamente benötige und dass keine Diagnose vorliege, die für uns relevant ist.«

Susanne Ziemiak nickte.

»Ich möchte das noch einmal präzisieren. Für uns sind nicht nur körperliche Diagnosen relevant, sondern auch solche, die die Psyche betreffen.«

Susanne Ziemiak nickte erneut. »Das dachte ich mir schon. Es gibt keine Diagnose.«

»Auch nicht aus dem Autismus-Spektrum?«

Es dauerte einige Augenblicke, bis Susanne Ziemiak antwortete. Sie warf einen Blick in Richtung Axel Thürmer, in dem deutlicher Ärger aufblitzte. »Nein, selbstverständlich nicht. Wie kommen Sie darauf?«

»Jemand hat es ausgesagt.«

»Das ist Bullshit. Wer hat das behauptet?«

»Eine Schülerin aus der Parallelklasse …«, begann Heidi, doch Susanne Ziemiak schnitt ihr das Wort ab.

»Ernsthaft?« Ihre Finger bohrten sich in die Sessellehne. »Sie fragen mich ernsthaft, ob meine Tochter an Autismus leidet, weil eine Mitschülerin das behauptet? Nur weil irgendeine dumme, kleine Fünfzehnjährige sich anders nicht erklären kann, warum Sofia nicht genauso ist wie sie und sich nicht für den gleichen Mädchenschwachsinn interessiert?«

Sie beugte sich aufgebracht vor, doch Heidi ließ sich davon nicht beeindrucken.

»Das Mädchen ist nicht selbst auf den Gedanken gekommen. Sie hat zufällig gehört, wie Sofia sich selbst als ›Aspie‹ bezeichnet hat.«

»Sie hat was?« Einen Augenblick lang stand Susanne Ziemiak starr da, dann schüttelte sie vehement den Kopf. »Das Mädchen lügt.«

»Ich glaube ihr.«

»Ach, und mir glauben Sie nicht? Ich bin Sofias Mutter, ich weiß wohl besser Bescheid über meine Tochter als irgendeine Fünfzehnjährige, die irgendetwas gehört haben will – oder als irgendwelche Erwachsenen, die mal eine Doku gesehen haben und deshalb glauben, sie könnten Diagnosen stellen.«

Bei den letzten Worten warf Susanne Ziemiak ihrem Partner einen funkelnden Blick zu. Dann wandte sie rasch den Kopf ab und starrte aus dem Fenster. Heidi wartete eine Weile, doch die Frau schien nicht gewillt, mehr zu dem Thema zu sagen.

Es war schließlich Axel Thürmer, der das Schweigen brach. »Das ist doch unsinnig. Susanne, ich denke, du solltest …«

Doch Susanne Ziemiak schnitt auch ihm das Wort ab. »Ich entscheide, was ich sollte oder nicht. Sofia ist meine Tochter.«

Axel Thürmer seufzte. »Ich möchte nur helfen.«

»Dann halt den Mund!« Im nächsten Moment weiteten sich ihre Augen vor Entsetzen, und sie schlug sich eine Hand vor den Mund. »Das meinte ich nicht so. Entschuldige bitte!«

Axel Thürmer erwiderte nichts. Er musterte seine Partnerin eine geschlagene Minute lang mit versteinerter Miene, dann wandte er sich an Heidi. »Frau Westphal, haben Sie noch Fragen an mich? Falls nein, werde ich mich verabschieden. Ich habe sehr viel zu tun, und da ich hier nicht hilfreich sein kann ...« Er stand auf und ging hinaus. Sein Gang war eckig, seine breiten Schultern waren steif vor Ärger.

Susanne Ziemiak sah ihm hinterher, bevor sie sich an Heidi wandte. »Ich möchte mich auch bei Ihnen entschuldigen. Es ist nur ... Das Thema berührt einen wunden Punkt. Außerdem ...« Sie brach ab, als ihre Augen sich mit Tränen füllten. Hastig suchte sie ein Taschentuch in ihrer Hose und betupfte ihre Augen.

»Außerdem haben Sie Angst«, beendete Heidi den Satz.

Susanne Ziemiak nickte.

»Erzählen Sie mir, warum es ein wunder Punkt ist?«

Susanne Ziemiak schüttelte den Kopf. »Es hat nichts mit Sofias Verschwinden zu tun. Können wir über etwas anderes sprechen?«

Heidi nickte langsam. Doch aufgeschoben war nicht aufgehoben. »Ich würde gern Sofias Zimmer durchsuchen. Außerdem benötigen wir vorsorglich eine DNA-Probe von ihr. Könnte ich ihre Zahn- oder Haarbürste mitnehmen?«

Das Penthouse besaß zwei Badezimmer, eines für Sofia, eines für ihre Mutter und deren Partner. Heidi packte Zahn- und

Haarbürste des Mädchens ein, dann folgte sie Susanne Ziemiak zu Sofias Zimmer, wo die Frau sich mit den Worten entschuldigte, dass sie sich unwohl fühle. Heidi kam das zupass. Zimmerdurchsuchungen waren für die Angehörigen von Vermissten oft belastend, allein konnte sie gründlicher und schneller arbeiten.

Das Erste, was Heidi auffiel, als sie sich in die Mitte des Raumes stellte, um eine Dreihundertsechzig-Grad-Videoaufnahme mit ihrem Smartphone zu machen, war die Ordnung. Heidi hatte schon erlebt, dass Durchsuchungen, besonders bei den Zimmern von abgängigen männlichen Teenagern, eher archäologischen Ausgrabungen glichen, bei denen sie sich durch Berge alter Wäsche, Süßigkeitenverpackungen und sonstigen Müll wühlen musste, doch Sofia Ziemiaks Zimmer sah aus wie frisch aufgeräumt. Nur das Bett war nicht gemacht. Das Zweite, was Heidi auffiel, war der Kontrast zwischen diesem Raum und dem Rest der Wohnung, in der alles neu und glänzend und aufeinander abgestimmt war. Heidi erinnerte sich, dass Susanne Ziemiak erzählt hatte, Axel Thürmer habe ihrer Tochter eine neue Zimmereinrichtung kaufen wollen. Offenbar hatte Sofia abgelehnt. Die Kiefernholzmöbel mit diversen Macken sahen aus, als hätten sie schon mehrere Generationen Jugendzimmer geziert. Das einzige Neue war ein schlichter, hellgrauer Teppich, der den dunklen Granit bedeckte, der in der ganzen Wohnung verlegt war.

Nachdem sie ihr Smartphone wieder eingesteckt und Einmalhandschuhe übergezogen hatte, nahm Heidi sich das Whiteboard vor, das an der Wand gegenüber dem Bett hing. Es war zwei Meter breit und einen Meter hoch, doch jeder Quadratzentimeter war bedeckt. Fotos waren mit Magneten daran befestigt, außerdem diverse Zettel. Letztere sah Heidi zuerst durch, fand jedoch nichts Ungewöhnliches. Hauptsächlich hingen hier

Informationsbriefe von Sofias Schule, einige alte Eintrittskarten (unter anderen für einen Besuch im Planetarium) und eine aus dem Internet ausgedruckte Anleitung zur Einstellung einer Shimano-27-Gang-Schaltung. Die Fotos waren bis auf drei Ausnahmen Schnappschüsse von Susanne Ziemiak, Eva Kramer und Linus Kramer. Die drei Ausnahmen zeigten Sofias Fahrrad – ein dunkelgraues Scale 970 von Scott mit roten Griffen und Pedalen. Zwei Aufnahmen waren vor dem Haus entstanden, auf einer lehnte das Rad an einem Baum im Park.

Die Bereiche des Whiteboards, die nicht mit Fotos oder Zetteln bedeckt waren, hatte Sofia mit einem abwaschbaren Stift beschrieben. Heidi überflog die Notizen, bevor sie sie fotografierte. Es schienen Aufzeichnungen für Sofias nächsten Artikel für die Schulzeitung zu sein, dennoch würde Heidi jemanden aus ihrem Team beauftragen, sie komplett zu lesen, für den unwahrscheinlichen Fall, dass sich darin ein Hinweis auf Sofias Verbleib verbarg.

Als Nächstes nahm Heidi sich den Schreibtisch vor und blätterte durch Sofias Schulhefte, fand jedoch wenig überraschend nichts Hilfreiches. Überrascht wurde sie erst, als sie die Türen des Kleiderschranks öffnete. Der Inhalt war weniger akkurat geordnet als der Rest des Zimmers, doch das war nicht das Überraschende. Das Überraschende waren die Farben: Wenn man von Socken und Unterwäsche absah, trug Sofia offenbar nichts außer Dunkelblau (hauptsächlich bei ihren Jeans), Dunkelgrün (bei T-Shirts und Pullovern) und gelegentlich Schwarz (eine Jeans, ein T-Shirt und die einzigen Bluse). Der Anblick war so trist, dass Heidi nicht umhinkam, an Larissas Kleiderschrank zu denken, der fast überquoll von allen möglichen Stoffen und Farben, von Accessoires und Tüchern, von Glitzerndem hier und Flauschigem da. Ein Blick in Larissas Schrank war wie ein Blick in Barbies bunte Welt.

»Haben Sie etwas Hilfreiches gefunden?« Susanne Ziemiak stand in der offenen Tür. Sie hatte eine champagnerfarbene Kaschmirstrickjacke über ihre weiße Bluse gezogen, die sie jetzt noch enger um sich wickelte.

»Nein, leider nicht.«

»Darf ich fragen, wonach Sie überhaupt suchen?«

»Nach allem, was mir weiterhilft, Sofia zu finden. Außerdem vermittelt das Zimmer mir einen Eindruck von ihrer Persönlichkeit. Sie ist sehr ordentlich. Oder haben Sie hier aufgeräumt?«

Susanne Ziemiak schüttelte den Kopf. »Nein, das würde Sofia sich verbitten. Sie ist viel ordentlicher als ich, das hat sie von Eva.«

»Nur ihr Bett hat sie nicht gemacht.«

»Oh, das war nicht Sofia, das war ich. Ich habe mich heute Morgen hineingelegt, weil ich … na ja, ich wollte ihr nahe sein.« Bei den letzten Worten errötete Susanne Ziemiak. Dann ging sie zum Bett, nahm das Kopfkissen und schüttelt es auf. Doch sie legte es nicht zurück, sondern drückte es an sich. Als sie aufblickte, hatte sie Tränen in den Augen. »Sie werden Sofia doch finden, oder?«

»Wir tun unser Bestes«, versicherte Heidi. »Ich habe noch eine Frage: Sie haben nun mehrfach erwähnt, wie eng die Beziehung zwischen Sofia und Frau Kramer ist. Gilt das auch für Herrn Kramer?«

Susanne Ziemiak nickte. »Natürlich ist die Beziehung nicht ganz so eng, aber die beiden verstehen sich gut. Wieso fragen Sie?«

»Mir ist aufgefallen, dass kein Foto von Herrn Kramer hier hängt. Es gibt nur welche von Ihnen, von Frau Kramer und ihrem Sohn.«

»Wirklich?« Susanne Ziemiak trat ans Whiteboard. »Wie eigenartig. Ich hätte schwören können, dass hier mal eines von

Daniel und Linus hing, das Sofia im letzten Sommer am See gemacht hat.«

Sie wandte sich ab, schüttelte noch einmal das Kissen auf und wollte es zurücklegen, doch Heidi sagte: »Darf ich mir das Kissen einmal ansehen?«

»Natürlich.«

Susanne Ziemiak streckte es ihr entgegen. Heidi nahm das Kopfkissen mit behandschuhten Händen, ging damit ans Fenster und hielt es ans Licht. Der Bezug war blau-weiß kariert, doch an mehreren Stellen gab es bräunliche Anhaftungen. Sie sahen aus wie getrocknetes Blut.

14

Eva

Es ist schon nach elf, als Claudia mich endlich im Geschäft ablöst, und fast halb zwölf, als ich nach einem kurzen Zwischenstopp beim Bäcker bei Susanne klingele und sie den Türsummer betätigt. Ich will gerade den Aufzug anfordern, als sich seine Türen öffnen und Hauptkommissarin Westphal herauskommt. Sie hat ein Handy am Ohr, doch als sie mich sieht, unterbricht sie das Gespräch.

»Frau Kramer, wie gut, dass ich Sie treffe. Sie wollen sicherlich zu Ihrer Freundin, aber hätten Sie zuvor ein paar Minuten Zeit für mich?«

Ich ziehe die Kapuze meines Dufflecoats von meinem Kopf, die ich wegen des Nieselregens für den Weg vom Auto hierher aufgesetzt habe. »Natürlich. Haben Sie schon eine Spur?«

»Wir arbeiten mit Hochdruck daran.« Sie lächelt mich an. »Ich habe nur zwei kurze Fragen. Die erste: Hat Sofia oft Nasenbluten?«

Selbst wenn ich ewig überlegt hätte, was die Hauptkommissarin mich fragen möchte, wäre ich darauf sicherlich nicht gekommen. »Sie hatte früher oft welches, in letzter Zeit nicht mehr.«

»Die zweite Frage lautet: Wo kann ich Ihren Mann erreichen?« Frau Westphal schneidet eine entschuldigende Grimasse. »Ich habe gestern vergessen, ihm eine wichtige Frage zu stellen.«

Ich kann mir beim besten Willen nicht vorstellen, was Frau Westphal noch von Daniel wissen möchte, aber ich sage ihr, wo sie ihn finden kann. Dann geht sie in den Regen hinaus, während ich den Fahrstuhl betrete.

Als ich oben ankomme, ist Susanne nicht zu sehen, doch die Tür zum Penthouse steht offen. Ich betrachte das als Einladung und betrete die Wohnung. Im selben Moment höre ich Axels Stimme. Sie klingt verärgert.

»Du hast mich aussehen lassen wie einen Idioten. Ich habe alle Hebel in Bewegung gesetzt, damit die Frau den Fall übernimmt, und du beantwortest ihre Fragen nicht.«

»Ich habe eine einzige Frage nicht beantwortet – weil sie nicht relevant war.«

»Das ist nicht deine Entscheidung. Dein Verhalten war peinlich. Und was den anderen Punkt betrifft: Das war vollkommen inakzeptabel und …«

»Lass mich los! Ich habe mich entschuldigt. Und jetzt muss ich zur Tür, Eva müsste längst oben sein.«

Im nächsten Moment kommt Susanne um die Ecke und in die geräumige Diele. Bei meinem Anblick stutzt sie, doch dann beschleunigt sie ihren Schritt, und eine Sekunde später liegen wir uns in den Armen.

Wir stehen lange einfach so da und halten uns fest. Ich kann Susannes Herzschlag spüren, der zu schnell und zu unregelmäßig ist.

»Ich bin so froh, dass du hier bist«, flüstert sie an meinem Ohr. »Wie lang kannst du bleiben?«

»Den ganzen Tag.«

»Gott sei Dank!«

»Den können wir da raushalten.«

Es ist ein alter Insiderscherz, doch statt ihre Standardantwort zu geben, sagt Susanne inbrünstig: »Heute würde ich sogar seine Hilfe annehmen. Aber leg erst mal ab, dein Mantel ist feucht. Regnet es schon wieder?« Sie hängt meinen Dufflecoat in den verspiegelten Garderobenschrank. »Kommst du direkt vom Geschäft?«

Ich halte die Tüte vom Bäcker hoch. »Ich habe noch Schokocroissants besorgt.«

»Ich habe keinen Hunger.«

»Du wirst dennoch etwas essen.«

Eine Viertelstunde später sitzen wir mit Croissants und Kräutertee auf dem weißen Sofa im Wohnzimmer. Susanne wollte einen Kaffee, aber ich finde, dass sie schon nervös genug ist.

»Warum lasse ich mich eigentlich immer von dir bevormunden?«, fragt sie, nachdem sie ein Stück Croissant mit einem Schluck Tee hinuntergespült hat. »Das lasse ich mir doch sonst nicht gefallen.«

»Weil von immer keine Rede sein kann und weil es kein Bevormunden ist, sondern ein Bemuttern. Und weil du das gerade brauchst.«

Susanne nickt bloß und isst schweigend weiter, doch ich ertrage das Schweigen nicht gut. In der Stille ist es schwer, meine Gedanken zu kontrollieren. »Ich habe Frau Westphal im Foyer getroffen«, sage ich daher. »Sie hat mich etwas Eigenartiges gefragt: ob Sofia oft Nasenbluten hat.«

Susanne stellt abrupt ihren Teller auf den Glastisch. »Was hast du gesagt?«

»Was wohl? Dass sie als Kleinkind oft welches hatte. Weißt du, was die Frage sollte?«

Susanne streift ihre Pumps ab und zieht ihre Füße auf die Couch. »An Sofias Kopfkissen war Blut«, erklärt sie. »Guck nicht so entsetzt! Es war nicht viel. Frau Westphal wollte wissen, wie es dahin gekommen ist, und ich vermutete, dass Sofia Nasenbluten hatte. In letzter Zeit kam das wieder öfter vor.«

»Das hat Sofia gar nicht erzählt.«

Susanne zuckt mit den Achseln.

»Und was hat Frau Westphal noch gesagt?«

Während Susanne berichtet, esse ich mein Croissant auf. Ich würde auch gern meine Stiefel ausziehen und meine Füße hochlegen, doch ich traue mich in dieser Umgebung nicht. Ich habe es Susanne nie gesagt, dass ich ihr neues Zuhause zwar sehr beeindruckend, allerdings auch ziemlich ungemütlich finde. Jedes Mal, wenn ich hier bin, vermisse ich Susannes Dreizimmerwohnung, die sie seit ihrem Umzug vermietet hat, und mehr noch unsere alte Zweizimmerwohnung. Wir hatten ein Sofa, dessen Bezug völlig verschlissen und dessen Federung völlig durchgesessen war, aber wir haben es geliebt, zusammen darauf abzuhängen. Jede in einer Ecke, mit verschränkten Beinen, haben wir über Gott und die Welt diskutiert. Zumindest während Susannes Schwangerschaft, nach Sofias Geburt hatten wir selten Zeit und Muße, über etwas anderes zu reden als darüber, wo es Windeln im Sonderangebot gibt oder ob es an der Zeit wäre, Sofia auf feste Nahrung umzustellen.

»Und wann erwartet Frau Westphal Ergebnisse?«, frage ich schließlich.

»Das konnte sie nicht sagen.«

»Bockmist!«

Susanne drückt sich ein Zierkissen auf den Bauch. »Wenn ich wenigstens etwas tun könnte! Das Rumsitzen macht mich wahnsinnig. Ich habe auch Frau Westphal danach gefragt, aber sie meinte, es sei das Beste, hierzubleiben und nachzudenken. Sie hofft, dass mir noch eine Idee kommt, wohin Sofia gefahren sein könnte. Aber ich weiß es einfach nicht! Ich habe keine Ahnung, wohin sie wollte. Ich weiß nur, dass ihr etwas zugestoßen sein muss. Sonst wäre sie nach Hause gekommen.«

Ich würde gern widersprechen, doch das kann ich nicht. Ich neige mich zur Seite und greife zu Susannes Hand. »Wir dürfen nicht den Mut verlieren.« Mehr als die Floskel fällt mir nicht ein.

Eine Weile sitzen wir schweigend da. Meine Haltung ist ziemlich ungemütlich, doch ich möchte Susannes Hand nicht loslassen.

»Darf ich dich etwas fragen?«, sage ich schließlich.

»Klar.«

»Ist alles in Ordnung zwischen Axel und dir?«

»Natürlich.« Susanne zieht ihre Hand zurück. »Wieso?«

»Ich habe euch vorhin gehört.«

»Oh.« Susanne beißt sich auf die Unterlippe, dann zuckt sie mit den Achseln. »Wir haben uns gestritten.«

»Schon klar. Und worüber?«

»Nichts Besonderes. Axel ist bloß um sein Image als ›Mister Perfect‹ besorgt.« Susanne neigt ihren Kopf zur Seite und versucht das schiefe kleine Grinsen, mit dem sie gern Dinge herunterspielt – eine vierspurige Hauptstraße vor einer Wohnung ohne Schallschutzfenster, die sie vermieten will, oder eine zweistündige Verspätung beispielsweise.

»Und was heißt das?«, frage ich nach.

»Na ja, dass ihm sein Image wichtig ist.«

»Und wieso hat Axel sich beschwert, dass du nicht alle Fragen von Frau Westphal beantwortet hast?«

Susanne zögert, doch dann erklärt sie es mir. »Frau Westphal wollte wissen, ob Sofia an einer Autismus-Spektrum-Störung leidet.«

»Bitte?«

Susanne zeigt mit einem Zeigefinger auf mein Gesicht. »Genau so habe ich auch reagiert. Ich fand die Frage unverschämt und habe mich geweigert, über das Thema zu reden.«

»Und deswegen war Axel sauer? Natürlich ist es übergriffig von Frau Westphal, Sofia Autismus zu unterstellen. Wie kommt sie dazu?«, frage ich empört.

Nun ist es an Susanne, mich zu beschwichtigen. »Ganz so war es nicht. Eine Mitschülerin von Sofia hat behauptet, dass Sofia Asperger habe, beziehungsweise, dass sie sogar selbst gesagt habe, ein ›Aspie‹ zu sein. Ich verstehe schon, dass Frau Westphal nachfragen musste. Aber ich habe mich geärgert, weil sie offenbar dieser Mitschülerin mehr Glauben schenkt als mir. Was ist los? Wieso guckst du so komisch? Und wieso fängst du an zu schwitzen?«

Mir bricht wirklich der Schweiß aus. Das tut er immer, wenn ich mich unbehaglich fühle, weil ich mich zu einer Unehrlichkeit gezwungen sehe – oder bei einer ertappt werde. »Ich muss dir etwas erzählen. Sofia hat mich vor einiger Zeit gefragt, ob sie eventuell Asperger habe.«

»Bitte? Wie kam sie denn darauf?«

»Ich habe keine Ahnung. Natürlich habe ich sie gefragt, aber sie druckste nur herum. Sie behauptete, sie hätte irgendwo von dem Thema gehört, und sie sei doch auch ein bisschen wie diese Menschen, weil sie soziale Kontakte anstrengend finde und so viele ungewöhnliche Interessen habe. Ich hatte den Eindruck, dass mehr dahintersteckte, aber sie wollte nicht mit der Sprache raus.«

»Und was hast du gesagt?« Susanne beugt sich vor. »Hast du ihr etwa von dem Test erzählt?«

»Ich fand, das wäre deine Aufgabe. Ich habe Sofia erklärt, dass ich nicht glaube, dass sie an Asperger leidet, weil Menschen mit Autismus Schwierigkeiten haben, die Gefühle anderer richtig zu deuten, dass sie das aber könne, auch wenn es nicht ihre größte Stärke sei. Ich habe ihr auch erklärt, dass Menschen mit Asperger zwar anders seien, doch in keiner Weise schlechter, und dass manche Menschen das sogar als Superkraft begreifen, Greta Thunberg zum Beispiel.«

Susanne atmet erleichtert aus. »Und was hat Sofia daraufhin gesagt?«

»Die Idee gefiel ihr. Sie meinte, vielleicht sei ihr Anderssein auch eine Superkraft, woraufhin ich …« Ich muss schlucken und setze dann neu an. »Woraufhin ich ihr sagte, dass sie auf jeden Fall Superkräfte habe, weil allein ihre Anwesenheit mich glücklich macht.« Während ich das sage, tupfe ich mit den Fingern an meinen Augen herum, doch ich kann die Tränen nicht zurückhalten.

Susanne schwingt ihre Füße vom Sofa, rutscht zu mir herüber und schließt mich in ihre Arme. Sie hält mich fest, während wir darauf warten, dass meine Tränen versiegen.

»Ich wünschte, du hättest es mir erzählt«, sagt Susanne schließlich, nachdem ich meine Nase geputzt habe.

»Das hätte ich gern, aber Sofia bat mich, es nicht zu tun, und ich wollte ihr Vertrauen nicht missbrauchen.«

»Das verstehe ich.« Susanne schweigt eine Weile, bevor sie mir ins Ohr flüstert: »Ich glaube auch, dass Sofia Superkräfte hat – und die werden sie zu uns zurückbringen.«

15

Heidi fuhr von Susanne Ziemiak direkt zum Arbeitsplatz von Daniel Kramer. Die untere Bauaufsichtsbehörde lag in der Nähe der Kriminalpolizeiinspektion, direkt neben dem Sozialamt. In Letzterem waren nach einem Vorfall einige Jahre zuvor, als ein unzufriedener Klient mit einem Klappmesser auf einen Mitarbeiter losgegangen war, die Sicherheitsmaßnahmen verschärft worden: Einlasskontrollen und Securitypersonal, das durch das Gebäude patrouillierte, verhinderten mittlerweile, dass Besucher unangemeldet zu den Sachbearbeitern vordrangen. Im Gegensatz dazu war der Zutritt zum Bauamt problemlos möglich. Statt am Empfang nach dem Weg zu fragen, orientierte Heidi sich am Gebäudeplan, der im Treppenhaus hing, und klopfte kurz darauf an die Tür des Büros des Leiters der Abteilung für Denkmalpflege.

Ihr Plan, Daniel Kramer zu überraschen, ging auf. Als sie auf ein kurzes »Herein!« die Tür öffnete, blickte er ihr von seinem Platz hinter seinem Schreibtisch erstaunt entgegen. Er trug ein hellgraues Hemd und eine akkurat gebundene weinrote Krawatte, sein Jackett hing an einem Garderobenständer in der Ecke.

»Hauptkommissarin Westphal, das ist ein eigentümliches Zusammentreffen.« Er legte den Hörer des Festnetztelefons, den er in der Hand hielt, zurück auf die Gabel.

Heidi schloss die Tür hinter sich. »Guten Tag, Herr Kramer, ich habe noch ein oder zwei Fragen an Sie, und da ich gerade in der Gegend war, dachte ich, ich komme vorbei. Ich hoffe, ich störe nicht.«

»Ganz im Gegenteil. Es passt sehr gut. Ich wollte Sie gerade anrufen.«

»Ach, tatsächlich?«

»Mir ist aufgefallen, dass ich Ihnen gestern versehentlich eine falsche Information gegeben habe. Bitte, setzen Sie sich doch.«

Er kam um den Schreibtisch herum und schob den Besucherstuhl für Heidi zurecht. Dann nahm er sein Jackett vom Garderobenhaken, schlüpfte hinein und knöpfte es zu, bevor er sich wieder auf seinen Bürostuhl setzte.

»Und was für eine falsche Information war das?«, fragte Heidi, während sie die Ledertasche neben sich auf den Linoleumboden stellte, die sie seit zwanzig Jahren mit in den Dienst nahm.

Daniel Kramer schlug eine offene Akte auf seinem Schreibtisch zu, bevor er seine Hände faltete und genau in der Mitte darauf legte. »Eine sehr unbedeutende Information, die ich dennoch richtigstellen möchte.« Er schenkte Heidi ein entschuldigendes Lächeln. »Als ich gestern schilderte, wie ich Sofia nach Hause gebracht habe, sagte ich, ich sei im Wagen sitzen geblieben, als Sofia ausstieg. Das ist nicht korrekt, wie mir heute eingefallen ist. Sofia hatte ihr Fahrrad dabei. Es lag im Kofferraum, und ich half ihr, es herauszuheben.« Er öffnete seine Hände in einer entschuldigenden Geste. »Bitte verzeihen Sie, dass ich das gestern falsch dargestellt habe. Ich hoffe, es hat die Suche nach Sofia nicht behindert.« Er sah Heidi ernst an.

Heidi erwiderte den Blick ebenso ernst, während sie überlegte, wie sie reagieren sollte. Sie glaubte dem Mann kein Wort. »Und das ist Ihnen heute eingefallen?«

Er nickte.

»Und gestern hatten Sie es vergessen? Obwohl das Ereignis, über das wir sprachen, nur einen halben Tag zurücklag?«

Er nickte erneut. »Ich kann es mir nur durch die Aufregung erklären, die gestern bei uns herrschte. Und dadurch, dass auch ich mir große Sorgen um Sofia mache. Ich habe sie sehr gern.«

»Ich habe gehört, es habe Schwierigkeiten zwischen Ihnen beiden gegeben.«

Daniel Kramer zog eine Augenbraue hoch. »Zwischen Sofia und mir? Gewiss nicht. Wie kommen Sie darauf?«

»Ihre Frau hat es erwähnt.«

Daniel Kramer musterte Heidi skeptisch, doch dann glätteten sich seine Gesichtszüge. »Wegen der Hochzeit? Sofia war in der Tat zunächst dagegen, aber das ist sieben Jahre her. Wir haben uns längst wieder vertragen. Wie gesagt, ich habe Sofia gern. Sie gehört zur Familie.«

»Sieht sie das genauso?«

»Natürlich. Sofia ist gern bei uns und besucht uns regelmäßig. Sie weiß, dass sie immer willkommen ist und immer ein offenes Ohr findet – egal, ob sie von einem neuen Projekt erzählen möchte oder sich vielleicht mit Susanne gestritten hat. Nicht dass es oft vorkommt«, setzte er schnell hinzu. »Sofia liebt Susanne sehr. Und fast ebenso sehr liebt sie Eva und Linus.«

»Und Sie?«, hakte Heidi nach.

Daniel Kramer schüttelte den Kopf. »Das wäre wohl eine übertriebene Formulierung.« Er neigte seinen Kopf ein wenig zur Seite und musterte Heidi. »Sind Sie hergekommen, um mich das zu fragen?«

»Unter anderem. Ich versuche, mir ein genaues Bild von Sofia zu machen. Apropos: Wussten Sie, dass sie ein Bild von Ihnen in ihrem Zimmer aufgehängt hatte?«

Heidi hatte Daniel Kramer Jürgen gegenüber als undurchschaubar beschrieben, doch jetzt war sie sicher, jähes Erschrecken in seinen Gesichtszügen zu entdecken.

»Ein Bild von mir? Das kann ich mir nicht vorstellen.«

»Ein Foto von Ihnen und Ihrem Sohn an Sofias Whiteboard.«

»Ach, das meinen Sie.« Kramers Erleichterung war hörbar. »Das stimmt, das ist mir ebenfalls aufgefallen, als Sofia uns kurz nach dem Einzug ihr neues Zimmer zeigte. Das Foto war allerdings nur eines von vielen. Wenn Sie es gesehen haben, müsste Ihnen das aufgefallen sein.«

»Ich habe es nicht gesehen. Sofia hat das Foto irgendwann in letzter Zeit abgenommen.« Heidi musterte ihr Gegenüber. »Können Sie sich einen Grund dafür denken?«

»Ich vermute, sie arrangiert die Sachen gelegentlich um.«

»Aber sie hat Ihr Foto nicht an eine andere Position verschoben, sondern ganz entfernt. Als hätte sie sich über Sie geärgert.«

Heidi sah Daniel Kramer fragend an, doch er erwiderte nichts.

»Haben Sie sich mit ihr gestritten?«

»Nein.«

»Ihre Frau hat mir erzählt, Sie hätten früher regelmäßig mit Sofia Backgammon gespielt, in letzter Zeit jedoch nicht mehr.«

Kramer runzelte die Stirn. »Aber nicht, weil wir uns gestritten haben. Ich habe vor einem halben Jahr diese Stelle angetreten. Die Arbeit bereitet mir große Freude, ist aber auch sehr anspruchsvoll. Ich hatte zuletzt nicht so viel Zeit für andere Dinge, wie ich mir das wünschen würde.« Er warf einen Blick auf die Uhr, die über seiner Bürotür hing, bevor er hinzufügte: »Das gilt übrigens auch für Besuche von der Kriminalpolizei. Falls Sie also noch weitere Fragen haben, müssen wir deren Beantwortung auf einen späteren Zeitpunkt verschieben.«

Daniel Kramer erhob sich, doch Heidi blieb sitzen.

»Noch eine letzte Frage. Als Sie Sofia Samstagnacht in der

Willy-Brandt-Allee absetzten – sind Ihnen da auf den Stellplätzen noch andere Fahrzeuge aufgefallen?«

Kramer überlegte, dann nickte er.

»Können Sie sich an Details erinnern?«

»Lassen Sie mich nachdenken.« Kramer stützte sich auf seinem Schreibtisch ab und sah an Heidi vorbei. »Ich erinnere mich an einen silbernen VW Passat Kombi. Er stand auf dem südlichsten Stellplatz, im Schein der Straßenlaterne, ich habe mich danebengestellt. Der Platz auf meiner rechten Seite war frei, danach kam ein schwarzer Kleinwagen, glaube ich.«

»Erinnern Sie sich, ob auch auf dem nördlichsten Stellplatz ein Fahrzeug stand?«

Kramer schüttelte den Kopf. »Ich glaube, es waren mehrere Plätze belegt, doch welche genau, kann ich nicht sagen. Wieso fragen Sie das?«

»Ich habe mich gewundert, dass Sie so weit südlich geparkt haben, immerhin kamen Sie doch aus nördlicher Richtung.«

»Das stimmt. Aber die Tiefgarage mit dem Fahrradkeller liegt im Süden. Ich wollte Sofias Weg verkürzen.«

»Sehr fürsorglich. Und haben Sie gesehen, wie Sofia mit ihrem Rad zur Tiefgarage fuhr?«

»Leider nein. Sie stand auf dem Bürgersteig, bis ich wegfuhr.«

Als Heidi die untere Baubehörde verließ, war es bereits halb eins, und sie hatte Hunger. Sie beschloss, nicht selbst zum Marie-Curie-Gymnasium zu fahren, um mit Nele Klostermann über Sofias Bemerkung, sie sei ein Aspie, zu sprechen, sondern die Kollegen damit zu betrauen, die ohnehin in der Schule waren. Sie rief die beiden an, dann holte sie sich ein belegtes Brötchen und aß es auf dem Weg in die KPI.

Dort ging Heidi als Erstes zu den Kollegen der Kriminaltechnik und übergab ihnen die Beweismittelbeutel mit Sofias Zahnbürste, Haarbürste und Kopfkissen, dann holte sie sich einen Kaffee. Als sie ihre Bürotür aufschloss, klingelte ihr Smartphone. Es war Kevin Göller.

Heidi stellte ihr Smartphone auf laut, so dass sie ihren Laptop hochfahren und ein Kartenprogramm aufrufen konnte, während sie dem Hundeführer zuhörte. Wie erwartet hatten Kevin und Major Sofia Ziemiaks Spur vom Fahrradkeller in der Willy-Brandt-Allee zu den Kramers im Fuchsbau im Westen der Stadt verfolgt. Heidi zeichnete den Weg, den Kevin beschrieb, auf ihrem Laptop nach. Es war die direkte Route, Sofia hatte keinen Abstecher gemacht, obwohl es natürlich theoretisch möglich war, dass sie zwischendurch angehalten und jemanden besucht hatte, der direkt an der Strecke wohnte.

»Danke«, sagte Heidi schließlich. »Ihr wart mal wieder super. Gib Major ein Extraleckerli von mir.«

»Mach ich«, versicherte Kevin. »Hilft dir diese Spur denn mehr als die erste?«

»Ich fürchte nein. Es hat sich etwas ergeben. Sofia hatte ihr Fahrrad dabei.« Heidi erklärte die Zusammenhänge. »Tut mir leid, dass der zweite Sucheinsatz vergebliche Liebesmüh war.«

Kevin nahm es gelassen. »So hatten Major und ich wenigstens etwas Training. Aber wenn das Mädchen vom Stellplatz, wo sie abgesetzt wurde, doch nicht zum Fahrradkeller gegangen ist – war Majors erste Spur dann doch die richtige?«

»Es sieht ganz so aus.«

»Dann hat er sich zwei Leckerli verdient. Ich werde sie ihm zukommen lassen. Dir viel Glück bei der Suche!«

Kevin drückte das Gespräch weg, und Heidi legte ihr Smartphone auf den Schreibtisch. Während sie ihren Kaffee trank, dachte sie nach.

Ja, es sah so aus, als wäre Majors erste Spur die richtige gewesen, und daraus ergaben sich verschiedene Konsequenzen.

Die erste war, dass sie die klassische Ausreißertheorie streichen konnte. Sofia war nicht wegen der neuen Wohnsituation weggelaufen, um auf sich allein gestellt woanders ihr Glück zu versuchen. Nachdem Daniel Kramer sie abgesetzt hatte, war sie zum nördlichsten Stellplatz gegangen und dort in ein anderes Fahrzeug gestiegen – und zwar freiwillig, davon ging Heidi aus. Zwar war es theoretisch denkbar, dass ein Fremder auf der Suche nach einem Gelegenheitsopfer Sofia zufällig entdeckt und entführt hatte, doch ein solcher Täter hätte sich nicht die Mühe gemacht, das Fahrrad mitzunehmen. Heidi war überzeugt, dass Sofia sich verabredet hatte, mit einer Person, die einen Führerschein und ein Fahrzeug oder zumindest Zugang zu einem besaß. Doch mit wem? Mit jemandem aus ihrem persönlichen Umfeld? Oder mit jemandem, der sich online in ihr Vertrauen geschlichen hatte? Und zu welchem Zweck hatte Sofia sich mit der Person getroffen? Und wieso hatte sie ihr Fahrrad mitgenommen? Weil sie es dort, wo sie hinfuhr, benötigte? Weil sie nicht vorhatte wiederzukehren und ihr geliebtes Rad nicht zurücklassen wollte? Und wie hatte Sofia sich eigentlich verabredet? Nicht mit ihrem Smartphone – so viel hatte die Auswertung bereits ergeben. Es sei denn natürlich, sie besaß ein zweites Handy, von dem niemand wusste.

Fragen über Fragen. Und es gab weitere, die Heidi beschäftigten. Da waren die Blutspuren an Sofias Kopfkissen. Rührten sie wirklich von Nasenbluten her, wie Susanne Ziemiak behauptete? Die Frau hatte ziemlich nervös gewirkt, als Heidi die Spuren entdeckte, und Eva Kramer hatte gesagt, dass Sofia in letzter Zeit nicht an Nasenbluten gelitten habe. Außerdem stellte sich die Frage, warum Sofia den Kissenbezug nicht gewechselt hatte. Für einen Teenager war sie schließlich ungewöhnlich ordentlich. Hatte Susanne Ziemiak also gelogen? So wie Daniel Kramer?

Heidi war überzeugt, dass der Mann sie heute zum zweiten Mal angelogen hatte. Seine Behauptung, er habe bei der Befragung am Vortag Sofias Fahrrad schlicht vergessen gehabt, war Bullshit. Der Mann hatte sich heute noch an die Autos erinnern können, zwischen denen er in der Nacht von Samstag auf Sonntag geparkt hatte. Wenn er den gesamten Vorfall nicht erfunden hatte, war sein Gedächtnis hervorragend. Doch warum hatte er gelogen? Weil er Sofia gar nicht nach Hause gebracht hatte? Weil er etwas anderes mit ihr gemacht hatte? Auf der Rückbank seines VWs? War deshalb Sofias Smartphone dort gelandet, wo Heidi es gefunden hatte?

Doch wenn Daniel Kramer Sofia nicht nach Hause gebracht hatte, woher kam dann die Spur, die Major gefunden hatte? War Sofia in den letzten ein oder zwei Wochen schon einmal an genau der Stelle abgesetzt worden, an der Kramer sie angeblich abgesetzt hatte, von dort zum nördlichsten der Parkplätze gelaufen und dort abgeholt worden? Es erschien Heidi unwahrscheinlich. Es wäre ein erstaunlicher Zufall. Es sei denn …

Heidi kam ein Gedanke. Was hatte Kevins neuer Kollege noch gesagt? Dass Hunde Spuren niemals rückwärts verfolgten? Wäre es also möglich, dass …? Heidi griff zu ihrem Smartphone und wählte noch einmal die Nummer des Hundeführers.

16

Eva

Wir haben beide Angst vor der Stille, doch wir schaffen es nicht, eine normale Unterhaltung zu führen. Wir sitzen schon seit Stunden zusammen und warten, ohne genau zu wissen, worauf. Susanne hat zwischendurch zweimal bei Hauptkommissarin Westphal angerufen, ohne etwas Neues zu erfahren. Irgendwann koche ich frischen Tee, doch als ich ein zweites Croissant auf Susannes Teller legen will, schüttelt sie den Kopf.

»Ich kann nicht, Eva, ich bringe nicht noch eines runter.«

»Dann trink wenigstens etwas.«

Ich reiche ihr ihren Tee, und sie nimmt einige Schlucke, bevor sie die Tasse wieder abstellt und ihr Smartphone hervorzieht.

»Schon drei Uhr. Meinst du, es gibt etwas Neues?«

»Dann hätte Frau Westphal dich angerufen.«

»Vielleicht geschieht gerade jetzt etwas. Ich könnte nachfragen.«

Bevor Susanne das tun kann, nehme ich ihr sanft das Handy ab und lege es auf den Glastisch. »Ich weiß, es ist die Hölle, aber lass die Frau ihre Arbeit tun, okay?«

Einen Moment lang sieht es so aus, als wollte Susanne sofort wieder zu ihrem Smartphone greifen, dann führt sie bloß zum hundertsten Mal ihren linken Daumen an ihre Zähne. Vom Nagellack ist schon nichts mehr übrig. Ich überlege, wie ich sie ablenken könnte, doch natürlich mir fällt nichts ein.

»Was wolltest du mir eigentlich am Sonntag sagen?«, frage ich schließlich.

Susanne kaut an ihrem Daumen. »Hm?«

»Als du am Sonntagmorgen anriefst, sagtest du, dass du mir etwas sagen möchtest. Bevor wir Sofia vermisst haben.«

Es dauert einige Augenblicke, bis Susanne antwortet. »Ich habe keine Ahnung. Ich kann mich nicht erinnern. Vermutlich nichts Wichtiges.« Sie verfällt wieder in Schweigen, dieses Mal allerdings nicht für lange. Dann hebt sie ruckartig den Kopf. »Ach, du meine Güte, wir haben Linus vergessen. Hättest du ihn nicht längst aus dem Kindergarten holen müssen?«

»Thomas passt auf ihn auf.«

Susanne blinzelt. »Du hast Thomas gebeten, auf Linus aufzupassen?« Sie klingt so überrascht, dass ich mich sofort schuldig fühle.

»Sonst hatte niemand Zeit.«

»Hat er Urlaub?«

»Nein, aber er hat heute Nachmittag keine Vorlesungen. Er sagte, er müsse Klausuren korrigieren, und das könne er auf abends verschieben.«

»Nett von ihm.«

Wie oft, wenn es um Thomas geht, fühle ich mich kritisiert, vermutlich zu Unrecht. »Ich hatte den Eindruck, dass er sich über meine Frage freute.«

»Es ist dennoch nett.« Susanne greift zu ihrer Teetasse. »Wie läuft es denn zurzeit mit ihm? Du hast ihn länger nicht erwähnt.«

»Weil er in letzter Zeit selten da war – und nur, wenn wir ihn eingeladen haben.«

»Echt? Keine ungebetenen Besuche mehr? Wie hast du das geschafft?«

Gute Frage. So genau weiß ich das selbst nicht. Ich habe Daniel in den letzten Jahren bestimmt hundertmal gebeten, mit Thomas über seine unangemeldeten Besuche zu reden, doch er hat das höchstens halbherzig gemacht und immer die Er-ist-mein-großer-Bruder-dem-ich-viel-verdanke-und-den-ich-nicht-rauswerfen-kann-Karte gespielt. Mit einem gewissen Recht: Daniel war dreizehn, als seine Eltern starben, während Thomas damals bereits in München Physik studierte. Doch Thomas zog sofort zurück ins Elternhaus, um sich um seinen kleinen Bruder zu kümmern. Er wechselte an eine Fernuniversität und nahm parallel zum Studium einen Job an, außerdem schmiss er den Haushalt und versuchte, Daniel eine möglichst unbeschwerte Jugend zu bieten. Ilkay, der damals oft bei Daniel und Thomas zu Besuch war, hat mir einmal erzählt, dass Thomas für Daniel jahrelang quasi alle persönlichen Bedürfnisse auf Eis gelegt hat.

»Es hat viel mit Daniels neuer Stelle zu tun. Seit er so viel Stress hat, hat er seine Prioritäten neu geordnet. Außerdem …«

»Außerdem?«, hakt Susanne nach.

Ich zögere. Ich habe die Sache bisher Susanne gegenüber nicht erwähnt, weil ich nicht illoyal Daniel gegenüber sein wollte, doch jetzt bin ich froh über jede Ablenkung. »Ich habe mich gefragt, ob Daniel und Thomas sich möglicherweise gestritten haben.«

Susanne stellt überrascht ihre Tasse ab. »Zwist bei den Harmony Brothers?«

»Ich bin mir nicht sicher. Ich war doch vor ein paar Monaten eine Woche zur Fortbildung in Plön. Als ich zurückkam, hatte ich den Eindruck, dass zwischen den beiden etwas vorgefallen war. Sie wirkten irgendwie steif, wenn sie zusammen waren. Und seitdem kommt Thomas seltener.«

»Hast du Daniel danach gefragt?«

»Er meint, da sei nichts. Er hätte Thomas mir zuliebe gebeten, nicht mehr unangemeldet zu kommen. Und natürlich glaube ich ihm das«, füge ich hinzu, als Susanne skeptisch eine Augenbraue hochzieht. »Aber Thomas war schon immer ein heikler Punkt zwischen Daniel und mir, deshalb erzählt er mir nicht unbedingt alles, was ihn betrifft. Interessanterweise hat sich meine Beziehung zu Thomas seitdem verbessert. Er lässt nicht mehr bei jeder Gelegenheit raushängen, dass ich nicht gut genug für Daniel bin, und er ruft mich sogar manchmal an. Ich habe den Eindruck, dass er sich auch Sorgen um Daniel macht. Wegen des Jobwechsels«, füge ich erklärend hinzu, als Susanne überrascht guckt.

»Hat Daniel etwa immer noch Stress deswegen?«

»Es wird immer schlimmer. Mittlerweile schläft er sogar schlecht. Er geht oft spätabends noch spazieren, weil er nicht einschlafen kann.«

Susanne runzelt die Stirn. »Wegen des neuen Jobs? Ich dachte, die Abläufe in seiner Abteilung hätten sich längst eingespielt.«

Ich schneide eine Grimasse. »Du weißt doch, wie Daniel ist. Er will alles hundertprozentig machen. Warte mal kurz!«

Mein Smartphone hat geklingelt. »Hallo, Thomas! Alles okay bei Linus und dir?« Ich stelle mich ans Fenster. Es hat aufgehört zu regnen, die Wolken wirken nicht mehr ganz so dunkelgrau und drückend. Ein positives Omen?

»Alles bestens. Wir gehen gerade spazieren. Nachdem ich Linus im Kindergarten abgeholt habe, wollte er nicht schlafen, also habe ich ihm aus dem kleinen Astronauten vorgelesen. Als es aufklarte, sind wir rausgegangen.«

»Hast du Linus auch die Mütze aufgesetzt und die Handschuhe angezogen? Es ist kalt.«

Kaum sind die Worte raus, beiße ich mir auf die Lippen. Thomas kann ziemlich sarkastisch werden, und er lässt dumme oder ignorante oder in seinen Augen aus anderen Gründen überflüssige Bemerkungen selten unkommentiert.

Doch er reagiert erstaunlich milde. »Das habe ich schon selbst gemerkt. Weswegen ich anrufe: Gibt es etwas Neues von Sofia?«

»Nein.«

»Fuck! In dem Fall muss ich dir etwas erzählen. Linus und ich haben gerade etwas entdeckt. Wir sind auf der Straße, die von eurer Siedlung am Spielplatz vorbei nach Westen verläuft. Sie führt zwischen den Feldern entlang, über eine Brücke über einen Entwässerungsgraben.«

»Die Mühlenstraße?«

»Kann sein. Jemand hat ein Fahrrad in den Graben geworfen. Linus meint, es sei das Rad von Sofia.«

»Bitte?« Mein Herz hämmert plötzlich so stark, als wollte es meinen Brustkorb sprengen.

»Natürlich kann er sich irren«, fährt Thomas fort. »Aber eigentlich ist er ja immer sehr aufmerksam bei allem, was sich dreht.«

Das ist untertrieben. Linus ist absolut fasziniert von allem, was Räder oder Reifen hat. »Kannst du das Fahrrad beschreiben?«

»Deswegen rufe ich an. Es ist ein dunkelgraues MTB von Scott mit Diamantrahmen und Straßenausrüstung. Es hat einen roten Schriftzug SCALE, außerdem rote Griffe und …«

»… rote Pedalen«, beende ich den Satz. »Könnt ihr bitte dortbleiben? Susanne und ich sind in zwanzig Minuten bei euch.«

17

Heidi erhielt den Anruf, als sie mit ihrem Team im Konferenzraum die Ergebnisse des Tages besprach. Kriminalhauptkommissarin Esther Sikorski, eine Mittfünfzigerin, die sich schon länger nach dem Ruhestand sehnte, als Heidi vertretbar fand, machte den Anfang. Sie war zusammen mit ihrem Kollegen Lars Winter am Marie-Curie-Gymnasium gewesen und hatte Sofias Lehrer und Klassenkameraden befragt.

»Im Großen und Ganzen bestätigen alle, was die Mutter gesagt hat. Sofia ist eine Einzelgängerin, die diese Rolle selbst gewählt hat und mit ihr gut zurechtzukommen scheint. Ich habe mit drei Lehrern gesprochen. Alle drei sagen, dass Sofia im Unterricht unauffällig ist und sich mündlich kaum beteiligt, dennoch scheint sie den durchgenommenen Stoff gut zu verstehen, denn meistens schreibt sie Zweien oder Dreien. Ihr bestes Fach ist Bio, ihr schlechtestes Kunst.«

Esther wischte über ihr Tablet, in dem sie sich Notizen gemacht hatte. »Die meisten Lehrer kennen Sofia lediglich aus dem Unterricht, nur ihr Klassenlehrer, Doktor Lennart Brakel, Mathe und Sport, hat Sofia auch außerhalb der Schulstunden beobachtet. Er sagt, dass sie üblicherweise die Pausen allein verbringt und sich gern mit ihrem Laptop in irgendeine Ecke verzieht. Die einzige Ausnahme: Es gibt einige Schüler aus verschiedenen Jahrgangsstufen, die gerne Backgammon spielen und sich regelmäßig in der Pause vor der Bibliothek treffen. Sofia spielt manchmal ebenfalls mit, doch auch mit diesen Schülern hat sie darüber hinaus keinen Kontakt.«

»Habt ihr die Backgammonspieler befragt?«, hakte Heidi nach.

»Die meisten. Die übrigen kommen morgen dran.«

»Irgendwelche Hinweise, dass Sofia gemobbt wird?«

»Keine – was natürlich kein schlüssiger Beweis ist. Die Mitschüler würden es kaum zugeben, und auch die Lehrer würden es eventuell nicht gern an die große Glocke hängen wollen. Aber ich habe wirklich nicht den kleinsten Hinweis darauf gefunden.«

Heidi nickte und machte sich eine Notiz, ganz altmodisch in einer schwarzen Kladde. Sie schrieb einfach schneller, als sie tippte. »Und was ist bei dem Gespräch mit Nele Klostermann rausgekommen?«

»Ich habe sie noch nicht angetroffen. Als du angerufen hast, hatte sie schon Schulschluss, und zu Hause habe ich sie auch nicht erwischt.«

Esther verschränkte die Arme vor der Brust, als erwartete sie Kritik daran, dass sie nicht engagierter nach der Schülerin gesucht hatte, doch Heidi verkniff sich einen entsprechenden Kommentar. Sie wusste aus Erfahrung, dass Esther dann ihren Einsatz noch weiter zurückschrauben würde. Esther war nicht die Einzige, die ihre Pensionierung herbeisehnte.

»Nimm sie dir morgen als Erste vor. War's das? Okay, Vicki, was haben die Videoaufnahmen ergeben?«

Im Gegensatz zu Esther ließ Kriminaloberkommissarin Viktoria Nielsen an ihrer Einsatzbereitschaft niemals Zweifel aufkommen. Vicki, eine burschikose Mittdreißigerin, war ein Workaholic, den man in der Regel zwingen musste, mal eine Pause einzulegen oder vor acht Uhr abends nach Hause zu gehen. Während Esthers Bericht hatte Vicki zugehört und gleichzeitig emsig auf ihren Laptop eingehämmert. Jetzt vernetzte sie ihn mit dem Beamer und warf einen Kartenausschnitt der Stadt an die Wand, in dessen Mitte die Wohnanlage an der Willy-Brandt-Allee mit einem roten Punkt markiert war. Darum herum waren in unterschiedlichen Abständen blaue und grüne Punkte verteilt, die – wie Vicki erklärte – Positionen von Videokameras markierten.

»Die blauen sind öffentliche Videokameras, von der Stadt aufgestellt, die Straßen, Plätze, Unterführungen und so weiter ins Visier nehmen. Die grünen sind private Kameras auf privaten Grundstücken – vor allem von Tankstellen und Geschäften, teilweise auch von Einfamilienhäusern. Das Material der blauen Kameras habe ich bereits erhalten, bei den grünen bin ich noch hinterher. Zur Auswertung: Da wir zunächst davon ausgegangen sind, dass Sofia mit ihrem Fahrrad weggefahren ist, habe ich in einem ersten Schritt diese Kameras in einem Umkreis von einem Kilometer der Willy-Brandt-Allee vierzehn überprüft.«

Vicki tippte auf eine Taste, und die blauen Punkte in der Nähe des roten wurden durch einen weißen Kreis eingegrenzt. »Als Zeitraum habe ich ein Uhr fünfundvierzig bis zwei Uhr dreißig gewählt. Ich habe auf den Aufnahmen nach einer Radfahrerin gesucht, aber auch die Kfz-Kennzeichen aller erfassten Fahrzeuge notiert. Zum Glück war es Nacht, es sind also nicht allzu viele, siebenunddreißig, wenn ich Dopplungen nur einmal zähle. Erste Erkenntnis: Sofia ist auf keiner Aufnahme zu sehen. Es sind insgesamt drei Radfahrer unterwegs, zwei Männer und eine Frau mit Mütze und blonden, langen Haaren, die Qualität der Aufnahmen reicht aus, das zu beurteilen. Zweite Erkenntnis: Das Kennzeichen von Kramers Golf, ED 909, war nicht dabei – was allerdings nicht bedeuten muss, dass er lügt. Es gibt im Prinzip zwei sinnvolle Fahrstrecken von seinem Haus zur Willy-Brandt-Allee.«

Vicki drückte eine weitere Taste auf ihrem Laptop, der Kartenausschnitt wurde vergrößert, und zwei gelbe Linien erschienen, die einen roten Punkt im Westen der Stadt mit dem roten Punkt der Wohnanlage verbanden. »Laut deinem Bericht«, Vicki warf einen Blick in Heidis Richtung, »hat Kramer ausgesagt, dass er über den Nordring gefahren ist. Wie ihr seht, gibt es an der Strecke keine öffentlichen Videokameras, nur zwei private, die zu einem REWE und einer Aral-Tankstelle gehören. Ich weiß aus früheren Fällen, dass die Kameras tatsächlich nur das Supermarkt- beziehungsweise Tankstellengelände erfassen, plus ein Stück des Bürgersteigs. Falls Kramer also nicht getankt hat, was er nicht erwähnt hat, dürfte sein Wagen dort nicht erscheinen.«

»Überprüf es bitte dennoch«, bat Heidi.

»Ich habe die Aufnahmen schon angefordert. Wenn ich sie bis morgen früh nicht habe, steige ich den Zuständigen aufs Dach.« Vicki lächelte bei der Aussicht. »Die Frage ist, wie ich weitermachen soll. Da Sofia vom Fahrrad mutmaßlich auf ein Auto umgestiegen ist, schlage ich vor, die Fahrzeuge zu überprüfen, deren Kennzeichen ich notiert habe. Wenn wir Glück haben, ist Sofia mit einem davon abgeholt worden. Auf den meisten Aufnahmen sind zwar die Fahrzeuginsassen nicht zu erkennen, aber ich kann die Halter überprüfen.«

Heidi nickte zustimmend. »Überprüf bitte noch etwas: Kannst du die Aufnahmen der Videokameras rund um den Fuchsbau anfordern?«

»Klar, das dürften nicht allzu viele sein, denn der Fuchsbau liegt am Stadtrand, und zwischen Wiesen und Feldern stehen keine Kameras.« Vicki machte sich eine Notiz in ihr Handy. »Aber wofür benötigst du die Aufnahmen? Willst du überprüfen, in welche Richtung Kramer mit Sofia gefahren ist? Ich dachte, das Ergebnis des Mantrailings betätigt seine Aussage.

Wenn er Sofia nicht in der Willy-Brandt-Allee abgesetzt hätte, hätte der Hund ihre Spur nicht gefunden.«

Heidi schüttelte den Kopf. »Die Spur könnte auch von einem anderen Tag stammen.«

»Ist das wirklich wahrscheinlich?« Vicki klang skeptisch. »Wenn die Spur nicht von Samstagnacht ist, dann müsste Sofia irgendwann in den letzten Tagen einmal genau an dem Parkplatz abgesetzt worden sein, den Kramer erwähnt hat, und von dort einige Meter weitergegangen sein, um erneut in ein Fahrzeug zu steigen. Wäre das nicht ein sehr großer Zufall?«

Heidi schüttelte den Kopf. »Das dachte ich auch zunächst, doch es kann auch anders gewesen sein. Wenn Sofia in den letzten Tagen einmal vom Fahrradkeller oder von ihrer Haustür oder von irgendeinem anderen Punkt an dem von Kramer erwähnten Parkplatz vorbei zu der Stelle gegangen wäre, an der Majors Spur endet – entweder um dort in einen Bus zu steigen oder weil sie dort von jemandem abgeholt wurde –, hätte sie die Spur hinterlassen, der Major gefolgt ist. Kevins neuer Kollege sagte heute Morgen, dass Hunde Spuren nicht rückwärts verfolgen. Egal, an welchem Punkt der Spur Major angesetzt worden wäre, er wäre ihr immer in Richtung Endpunkt gefolgt.«

Vicki dachte einen Augenblick darüber nach, schließlich nickte sie. »Das ergibt Sinn. Aber wenn ich die Aufzeichnungen rund um den Fuchsbau zusätzlich zu den Kennzeichen überprüfen soll, wird das dauern.«

»Marcel wird dir helfen, sobald er mit Sofias Handy durch ist. Wie sieht es damit aus?«

Kriminaloberkommissar Marcel Kaczmarek, das jüngste Mitglied von Heidis Team, hatte seinen Laptop bereits ebenfalls mit dem Beamer vernetzt. »Gut«, erklärte er jetzt. »Die Auswertung hat leider länger gedauert als erwartet, weil Sofia zwar wenige Nachrichten verschickt, dafür umso mehr fotografiert hat.« Er räusperte sich etwas nervös. »Zu den Nachrichten habe ich gestern schon etwas gesagt. In den letzten Wochen hat Sofia regelmäßig nur mit ihrer Mutter und Frau Kramer getextet. Ich bin auf der Zeitleiste rückwärtsgegangen, doch da zeigt sich dasselbe Bild. Ende September, Anfang Oktober hat Sofia einige Male mit Nele Klostermann wegen ihres Artikels für die *Curieosity* geschrieben, danach haben sie sporadisch Nachrichten ausgetauscht, die letzte kurz vor Weihnachten. Einige Male hat Sofia auch andere Schülerinnen angeschrieben oder wurde von denen angeschrieben. In den Nachrichten geht es um verpasste Hausaufgaben, weil jemand krank war, und Ähnliches. Die interessanteste Nachricht kam von einem Jungen, der Sofia gefragt hat, ob sie Lust habe, sich mit ihm in der Eisdiele zum Backgammon zu treffen. Sofia sagte zu, aber nach dem Treffen gab es keinen weiteren Kontakt.«

Bei der Erwähnung des Spiels blickte Esther auf. »Wie heißt der Junge?«

»Fabian Jank.«

»Ich glaube, mit dem habe ich gesprochen.« Esther wischte über ihr Tablet. »Ja, er ist auf meiner Liste. Er hat gesagt, dass er ein paarmal mit Sofia in der Pause Backgammon gespielt habe, aber von einer Eisdiele war nicht die Rede. Er behauptete, Sofia nie außerhalb der Schule getroffen zu haben. Verdammt, ich hätte merken müssen, dass er lügt.«

»Was ist das für ein Typ?«, fragte Heidi.

Esther überlegte. »Blond, schmächtig, pickelig. Er geht in die zwölfte Klasse. Ich nehme ihn mir morgen noch einmal vor. Wann war die Verabredung?«

»Am vierten Oktober«, erklärte Marcel. Während Esther sich das Datum notierte, fuhr er mit seinem Vortrag fort. »Ich komme jetzt zu den Fotos. Es sind über tausend. Sofia hat extra eine 128-Gigabyte-Speicherkarte dafür eingesetzt. Ich bin die

Fotos ebenfalls chronologisch rückwärts durchgegangen. Ich dachte, sie könnten Hinweise auf Sofias Aufenthaltsort liefern oder auf Personen aus ihrem Umfeld, die wir bisher nicht kennen. Leider war die Mühe diesbezüglich umsonst. Wenn Sofia überhaupt Personen fotografiert hat, dann fast ausschließlich ihre Mutter, Eva Kramer und den kleinen Linus. Auf einigen Bildern sind auch Axel Thürmer und Daniel Kramer dabei. Es gibt nur eine Ausnahme von dieser Regel: Anfang September letzten Jahres gab es bei den Kramers eine Gartenparty, könnte ein Geburtstagsfest gewesen sein oder so. Auf den Fotos sind noch weitere Personen, insgesamt vier Kinder, zwei Frauen, sechs Männer. Hier.«

Marcel tippte auf einige Tasten und warf eine Serie von Fotos an die Wand. Sie zeigten Frauen in Sommerkleidern, Männer in kurzen Hosen und T-Shirts und Kinder im Kindergarten- und Grundschulalter bei strahlendem Sonnenschein in einem gepflegten, kleinen Garten.

»Wie kommst du darauf, dass das bei den Kramers ist?«, wollte Heidi wissen.

»Ich habe gestern durch die Terrassentür rausgeguckt. Außerdem scheinen die Kramers die Gastgeber zu sein.« Marcel blätterte durch die Fotos bis zu einem, auf dem Daniel Kramer an einem Grill stand und Würstchen wendete. Er hatte eine Schürze über seine hellen Chinos und das kurzärmlige Hemd gebunden. Neben ihm standen zwei Männer, jeder mit einem Bierglas in der Hand. Der eine war groß und breitschultrig mit lockigen, grauen Haaren, der andere war noch kleiner als Kramer. Er hatte schwarze Haare und fast schwarze Augen und ein verschmitztes, ultrabreites Grinsen. Die beiden Männer standen am Rande des Bildes, das zentrale Motiv schien Kramer zu sein.

»Das ist auf allen Fotos so«, erklärte Marcel auf Heidis Nachfrage. »Außer Sofias Mutter und den Kramers scheinen alle anderen nur zufällig ins Bild geraten zu sein. Es sieht nicht so aus, als hätte sich Sofia für eine Person speziell interessiert.«

»Wir werden das dennoch überprüfen.« Heidi machte sich eine weitere Notiz. »Waren das alle Personen?«

Marcel nickte. »Die anderen Fotos zeigen hauptsächlich Straßenschilder. Frau Ziemiak erzählte doch, dass Sofia alle Straßen der Stadt abfahren will. Offenbar ist es Teil des Projekts, dass sie die Straßenschilder fotografiert. Meistens hat sie noch ihr Rad gegen den Pfosten gelehnt, sozusagen als Beweis.« Er blätterte in rascher Folge durch einige Beispielfotos. »Ich habe versucht, in den Straßen ein Muster zu erkennen, um herauszufinden, ob Sofia besonders häufig in einer bestimmten Gegend war, die wir bisher nicht auf dem Schirm haben. Fehlanzeige. Ich habe nur eine Sache gefunden, die interessant sein könnte. Sie hat allerdings nichts mit dem Straßenprojekt zu tun. Ich weiß nicht, ob sie überhaupt mit irgendetwas zu tun hat.« Marcel kratzte sich unsicher am Nacken. »Hier, diese Aufnahme hat Sofia am neunzehnten Dezember um vierzehn Uhr zwanzig gemacht.«

Marcel tippte auf seiner Laptoptastatur, bis ein Bild erschien, das auf einem Friedhof aufgenommen worden war. Es zeigte ein Grab im Nieselregen, das erst kurz zuvor mit einer Schale Christrosen geschmückt worden war. Der Grabstein aus hellem Kalkstein war in Form eines Herzens behauen. Blüten waren darin eingraviert und ein Name: *Jennifer *24.11.1990 †31.5.2009.*

Einige Sekunden lang herrschte Stille im Raum, während alle auf das Kalksteinherz blickten.

»Ist das das Grab des Discomordopfers?«, fragte Vicki schließlich. »Der Vorname stimmt, und ich erinnere mich an das Todesdatum.«

Marcel nickte. »Es ist das Grab von Jennifer Mann, ich habe auch das Geburtsdatum überprüft. Der Friedhof ist der Südfriedhof.«

»Und was findest du daran so bemerkenswert?«, fragte Esther. »Wir wissen doch bereits, dass Sofia sich für den Discomord interessierte. Sie hat sogar einen Artikel darüber geschrieben.«

»Ich finde das Datum der Aufnahme interessant«, entgegnete Marcel. »Sofias Artikel erschien in der Oktoberausgabe der *Curieosity*, das Foto entstand erst zwei Monate später. Und wenn ich mich richtig erinnere, hat Sofia nicht über den Mord geschrieben, sondern über die Theorie der DNA-Analyse.« Er warf Heidi einen Blick zu. »Hat Nele Klostermann nicht sogar explizit erwähnt, Sofia habe sich nicht für den Mordfall interessiert?«

Heidi nickte langsam. »Das hat sie. Eigenartig.«

Esther runzelte die Stirn. »Was ist daran eigenartig? Selbst wenn Sofia sich nicht für den Discomord interessiert hat, könnte sie das Grab fotografiert haben. Vielleicht hat sie es zufällig entdeckt, als sie aus einem anderen Grund auf dem Friedhof war. Jennifer Mann ist ja so etwas wie eine lokale Berühmtheit.«

»Aber woher hätte Sofia wissen sollen, dass es ihr Grab ist? Auf dem Stein steht nur der Vorname.« Heidi überlegte einen Augenblick lang. »Ich denke, wir sollten dem nachgehen, auch wenn es nicht die höchste Priorität bekommt. Esther, du kannst Nele von deiner Liste streichen, ich werde selbst noch einmal mit ihr sprechen und außerdem einen Blick in die Schulzeitung vom Oktober werfen. Marcel, gute Arbeit. Wenn ich das richtig verstanden habe, bist du mit Sofias Smartphone fertig? Dann unterstütze bitte Vicki bei der Überprüfung der Kennzeichen. Fangt heute noch damit an. Esther und Lars, ihr nutzt bitte den restlichen Tag, um Hintergrundinformationen über Susanne Ziemiak, Axel Thürmer und die Kramers zusammenzutragen. Insbesondere über Daniel Kramer.«

Alle schoben geräuschvoll ihre Stühle zurück. In dem Moment klingelte Heidis Smartphone. Es war Susanne Ziemiak.

Heidi bedeutete ihren Mitarbeitern zu warten, während sie der aufgeregten Stimme von Sofias Mutter lauschte. Sie stellte zwei Fragen, dann sagte sie: »Bitte warten Sie dort, ich fahre sofort los.«

Sie drückte das Gespräch weg und wandte sich an ihr Team. »Schlechte Nachrichten. Sofias Fahrrad wurde gefunden.«

TEIL III

1

Er klopfte noch ein letztes Mal und rief noch ein letztes Mal ihren Namen, bevor er sich von der Tür abwandte. Sie lag im Bett und hätte am liebsten geweint vor Erleichterung, doch dann hätte er gewusst, dass sie wach war. Und es war ohnehin nur eine kurze Atempause. Sie besaß den Schlüssel zu ihrem Zufluchtsort, doch sie war immer noch eine Gefangene.

Angestrengt lauschte sie, was er als Nächstes tat. Sie konnte seine Schritte im Flur hören, dann das Öffnen und Schließen einer Tür. Wo war er hingegangen? Oder war das ein Trick?

Sie versuchte aufzustehen. Eine Welle von Schmerzen brandete durch ihren Unterleib und drückte sie zurück in die Kissen. Ein Stöhnen entkam ihren Lippen, und erschrocken presste sie eine Hand vor den Mund. Hatte er sie gehört?

Falls ja, reagierte er nicht. Aus dem Flur drang nichts als Stille. Für mehrere Minuten, ihrer Schätzung nach, dann vernahm sie wieder das Öffnen und Schließen einer Tür, danach erneut Schritte. Er ging im Flur hin und her. Was tat er?

Sie versuchte, ein Gefühl für die Zeit zu bekommen, und begann im Kopf mitzuzählen. Als sie es fünfmal bis sechzig geschafft hatte, sah sie, wie der schmale helle Spalt unter der Tür zu ihrem Zufluchtsort dunkel wurde. Und im nächsten Moment vernahm sie erneut das Öffnen und Schließen einer Tür.

2

Als Heidi an der Mühlenbrücke ankam, setzte die Dämmerung ein, und es regnete schon wieder. Feine dünne Bindfäden, die Heidi kaum hörte, wenn sie auf ihre Windschutzscheibe trafen, die jedoch die ohnehin schon nassen Böden weiter unerbittlich durchtränkten.

Vier Personen standen auf der Brücke, die einen nicht allzu breiten Entwässerungsgraben überspannte: Susanne Ziemiak, Eva Kramer und ihr Sohn drängten sich unter einem pinkfarbenen Regenschirm zusammen und blickten Heidis Dienstwagen entgegen. Etwas abseits lehnte ein großer, breitschultriger Mann am metallenen Brückengeländer. Er trug nur einen bunten Norwegerpullover über seiner Jeans, doch der Regen schien ihm nichts auszumachen. Er blickte in die andere Richtung über den umgepflügten, schwarzbraunen Ackerboden hinweg in die Ferne.

Heidi parkte hinter Eva Kramers türkisblauem Renault Zoe am Rande des gekiesten Feldwegs und fischte eine Taschenlampe aus dem Handschuhfach ihres Wagens, bevor sie ausstieg und sich die Kapuze ihrer Winterjacke über den Kopf zog. Dann überlegte sie es sich anders, öffnete den Kofferraum und holte einen Regenschirm hervor. Sie würde sich hier vermutlich eine Weile aufhalten müssen – und nass werden gehörte nicht zu ihren Dienstpflichten.

Als Heidi die Brücke erreichte, drehte der Mann im Norwegerpullover sich um und nickte ihr zu. Er hatte graue Locken, die sich feucht um sein wettergegerbtes Gesicht kringelten, wachsame, blaue Augen und einen harten, etwas grimmigen Zug um den Mund. Ohne Letzteren wäre er ausgesprochen attraktiv gewesen.

Eva Kramer übernahm die Vorstellung. »Hauptkommissarin Westphal, mein Schwager, Thomas Kramer. Wie Susanne am Telefon schon sagte, haben er und Linus Sofias Fahrrad entdeckt.«

Bei den letzten Worten machte sie eine Geste in Richtung Graben. Heidi hatte das Fahrrad schon gesehen, jetzt beugte sie sich – ohne es zu berühren – über das Brückengeländer und betrachtete das Fahrrad im Licht ihrer Taschenlampe genauer. Es lag auf der Böschung mit der Vorderradgabel im Wasser, dessen Tiefe Heidi auf etwa einen halben Meter schätzte. Selbst bei den schwierigen Lichtverhältnissen konnte sie erkennen, dass es das Fahrrad von den Fotos an Sofias Whiteboard war: dunkelgrauer Diamantrahmen mit roten Griffen und Pedalen. Im Schein ihrer Taschenlampe konnte sie den roten Schriftzug SCALE erkennen.

»Und Sie sind sicher, dass es das Rad Ihrer Tochter ist?«, wandte Heidi sich dennoch an Susanne Ziemiak.

Die Frau zitterte, als sei ihr trotz ihres schwarzen Wintermantels kalt. »Es ist die richtige Marke und Farbe, und Sofia hat genau so eine Straßenausrüstung dazu gekauft.« Sie schluckte. »Glauben Sie jetzt, dass Sofia nicht freiwillig weggelaufen ist? Sie hätte niemals ihr Fahrrad zurückgelassen – und schon gar nicht in einen Graben geworfen.«

Derselbe Gedanke war Heidi durch den Kopf geschossen, doch sie ging nicht direkt darauf ein. »Wir werden das überprüfen, Frau Ziemiak. Ich habe bereits ein Team der Kriminaltechnik angefordert. Die Kollegen werden das Rad bergen und die Umgebung auf Spuren hin absuchen. Dazu benötigen sie allerdings Platz. Frau Kramer, vielleicht könnten Sie mit Frau Ziemiak und Ihrem Sohn bei Ihnen zu Hause auf mich warten? Ich komme später vorbei. Herr Kramer, ich würde Ihnen gern einige Fragen stellen.«

Kurz darauf stand Heidi mit Thomas Kramer allein auf der Brücke. Eva Kramer hatte ihrem Schwager ihren Regenschirm angeboten, doch der hatte abgelehnt.

Heidi nahm zuerst Kramers Personalien auf, bevor sie ihn bat, zu schildern, wie er und sein Neffe das Rad entdeckt hatten. Thomas Kramer war dreiundvierzig Jahre alt, unverheiratet und kinderlos. Er lebte im Glockenbachviertel im Haus seiner verstorbenen Eltern. Während der Mann erzählte, fragte Heidi sich unwillkürlich, ob Thomas und Daniel Kramer tatsächlich Brüder waren. Sie konnte keinerlei Familienähnlichkeit erkennen: Der eine war groß, vormals blond, der andere klein und dunkel. Thomas Kramer war auch nicht so verbindlich wie sein jüngerer Bruder, seine Redeweise war knapp, fast brüsk.

»Und wieso sind Sie mit Ihrem Neffen hier entlangspaziert?«, fragte Heidi schließlich.

»Wir wollten eigentlich auf den Spielplatz, doch Linus war es dort zu nass.« Kramers Miene war anzusehen, was er davon hielt. »Ich sagte, das mache nichts, aber er wollte lieber zur Brücke.« Kramer zuckte mit den Achseln. »Hauptsache, der Kleine kommt raus. Die Kids hocken heutzutage viel zu viel drinnen.«

»Und an der Brücke bemerkten Sie das Fahrrad«, stellte Heidi fest. »Erkannten Sie es sofort?«

»Nicht sofort und auch nicht später. Ich weiß nicht, was Sofia für ein Rad fährt. Linus erkannte es.«

»Und Sie hegten keinen Zweifel an seiner Einschätzung, dass das Fahrrad Sofia gehört?«, fragte Heidi skeptisch.

Thomas Kramer lächelte unerwartet. Das Lächeln vertiefte die Linien in seinem Gesicht, ließ es zugleich älter und attraktiver aussehen. »Linus interessiert sich für alles, was fahren kann. Als er vorhin mit Eva zu ihrem Auto ging, ist er bei Ihrem Wagen stehen geblieben. Wenn Sie ihn danach fragen, wird er Ihnen garantiert Marke und Baujahr sagen können.« Er lachte kurz und trocken auf, als er Heidis zweifelnde Miene sah. »Machen Sie den Test, wenn Sie mir nicht glauben.«

»Vielleicht mache ich das. Was taten Sie dann?«

»Ich habe Eva angerufen.«

»Haben Sie oder Linus das Rad angefasst?«

»Nein.« Er schob sich die regennassen Haare aus der Stirn. »War's das?«

»Zum Fahrrad, ja. Was können Sie mir über Sofia erzählen?«

Die Frage schien Thomas Kramer zu überraschen. »Nichts, was Sie nicht schon wissen, wenn Sie mit Susanne und Eva gesprochen haben. Wieso fragen Sie mich?«

»Ich möchte mir ein umfassendes Bild von Sofia machen. Kennen Sie sie gut?«

Er zuckte mit den Achseln. »Hängt davon ab, was Sie unter gut verstehen.«

»Treffen Sie sich regelmäßig? Sofia ist doch oft bei Ihrem Bruder und seiner Frau zu Besuch.«

»Das schon, ja.«

Das war mühsamer als Zähne ziehen, dachte Heidi. »Und was denken Sie über Sofia?«, hakte sie nach. »Mögen Sie das Mädchen? Und vielleicht können Sie darüber erst nachdenken, bevor Sie antworten?«

Thomas Kramer brummte etwas Unverständliches, dann lehnte er sich gegen das Metallgeländer, verschränkte die Arme und starrte über die Brücke hinweg den Graben entlang in die herankriechende Dunkelheit. »Ich mag Sofia«, verkündete er schließlich und klang selbst überrascht über diese Erkenntnis. »Sie ist okay – nicht so kompliziert wie die meisten Frauen. Sie sagt geradeheraus, was sie denkt. Wir spielen manchmal Backgammon zusammen.«

»Das hat Ihr Bruder ihr beigebracht, nicht wahr?«

Selbst bei den schlechter werdenden Lichtverhältnissen sah Heidi, wie sich Kramers Mund und Kiefer verspannten. »Und warum hätte er das nicht tun sollen?«

»Kein Grund.«

Heidi lächelte freundlich, doch das prallte an Thomas Kramer ab. Er stieß sich vom Brückengeländer ab.

»Ich denke, wir sind fertig. Vielleicht sollten Sie lieber nach dem suchen, der Sofia das angetan hat.«

»Was angetan?«

Er stutzte. »Woher soll ich das wissen?«

»Aber Sie glauben, jemand hat Sofia etwas angetan?«

»Wir leben in einer beschissenen Welt – das sollten Sie doch am besten wissen.«

3

Als die Kollegen von der Kriminaltechnik eintrafen, war die Sonne längst untergegangen. Heidi besprach sich kurz mit der Teamleiterin, dann fuhr sie die wenigen Hundert Meter in den Fuchsbau. Die Befragung von Susanne Ziemiak und Eva Kramer brachte keine neuen Erkenntnisse. Als Heidi den beiden Frauen von der Spur erzählt, die Major gefunden hatte, reagierten sie entsetzt, aber auch ratlos: Sie konnten nicht sagen, mit wem Sofia sich verabredet haben mochte.

Anschließend kehrte Heidi in die Kriminalpolizeiinspektion zurück, um sich mit Jürgen zu beraten. Der Fund von Sofias Fahrrad hatte die Lage verschärft. War es bis zu diesem Zeitpunkt noch denkbar gewesen, dass der oder die Unbekannte, der oder die Sofia Samstagnacht abgeholt hatte, dem Mädchen wohlgesinnt war, mussten sie diese Hoffnung wohl endgültig aufgeben. Wie Susanne Ziemiak gesagt hatte: Ihre Tochter wäre sicherlich nicht mit der Entsorgung ihres geliebten Fahrrads in einem Graben einverstanden gewesen. Der Fund des Rades war ein starkes Indiz, dass Sofia etwas zugestoßen war, deshalb beschlossen Heidi und Jürgen, die Suchmaßnahmen auszuweiten, unter anderem sollte ab dem nächsten Tag öffentlich nach Sofia gefahndet werden.

Als Heidi schließlich nach Hause kam, war es bereits halb neun. In der Wohnung war es dunkel. Larissa hatte eine

WhatsApp geschickt, dass sie gern bis halb zehn bei ihrer besten Freundin bleiben würde. Heidi hatte umgekehrt darum gebeten, dass Larissa ihr die digitalen Versionen der letzten *Curieosity*-Ausgaben schickte, was Larissa prompt getan hatte. Bei persönlicher Ansprache benötigte Heidi oft zahlreiche Wiederholungen, um eine Reaktion ihrer Tochter zu erhalten, doch elektronische Kommunikation wurde innerhalb von Sekunden beantwortet.

Heidi nahm sich die Artikel im Wohnzimmer vor, mit den Füßen auf dem Couchtisch, während sie sich gleichzeitig dem Tandoori Chicken widmete, das sie auf dem Nachhauseweg bei ihrem Lieblingsinder geholt hatte. Zuerst las sie den Artikel, den Sofia geschrieben hatte. Es war ein kurzer Abriss über den Aufbau von DNA, über Verfahren zur Erstellung eines genetischen Fingerabdrucks und dessen Anwendung in der Kriminalistik. Heidi musste Nele Klostermann zustimmen, der Artikel war gut. Sie hatte selten eine zugleich so präzise und verständliche Abhandlung über das Thema gelesen.

Anschließend las Heidi die beiden Artikel von Nele Klostermann. Der erste, »Eine von uns«, stammte aus der Maiausgabe. Er gab einen Überblick über den sogenannten Discomord und enthielt ein vernichtendes Urteil über die Arbeit der Polizei, das – wie Heidi wusste – zumindest in Teilen gerechtfertigt war. Der Text war ausgesprochen düster, insbesondere für eine Schulzeitung. Der zweite Artikel, »Einer von uns?«, behandelte die DNA-Reihenuntersuchung, die im Herbst mit großem Aufwand und bis jetzt mit kleinem Ergebnis gestartet worden war.

Nachdem Heidi die Artikel gelesen hatte, überlegte sie. Die Informationen darin waren ihres Wissens nach korrekt, wenn auch nicht unbedingt sehr ausgewogen ausgewählt. Heidi war beeindruckt, Nele konnte schreiben und Stimmungen erzeugen, der Artikel über Jennifer Mann hatte sie berührt. Hatte er auch Sofia berührt? War das der Grund, warum sie Jennifers Grabstein fotografiert hatte? Heidi dachte eine Weile über die Frage nach, doch ohne Erfolg, und schließlich gab sie auf. Sie würde am nächsten Tag ohnehin mit Nele über Sofias Aspie-Bemerkung sprechen, da konnte sie auch nach dem Discomord fragen.

Heidi erhob sich von der Couch und griff nach der Styroporverpackung, in der ihr Hühnchen gewesen war, um sie zu entsorgen, bevor Larissa nach Hause kam. Gute Vorbilder aßen nicht auf der Couch – noch dazu direkt aus der Wegwerfschale. Doch als Heidi das belastende Beweisstück in die Küche trug, kam ihr ein Gedanke. Das passierte ihr oft, wenn sie einen Raum wechselte. Als wäre die körperliche Bewegung an einen anderen Ort ein Signal für ihr Gehirn, ebenfalls die ausgetretenen Pfade zu verlassen und woanders nach einer Lösung zu suchen. Heidi warf die Essensverpackung in den gelben Sack, dann zog sie ihr Smartphone hervor, um den Gedanken zu überprüfen.

Fünf Minuten später scrollte sie durch ihre Kontakte, bis sie die Nummer von Erster Kriminalhauptkommissarin Dorothea Lugner gefunden hatte, und tippte eine Nachricht. *Hi Doro! Lust, morgen mit mir Mittag zu essen? Ich zahle.*

4

»Eine von uns« von Nele Klostermann, Curieosity-Ausgabe Mai 2024

Triggerwarnung: In diesem Text werden Gewalt und sexualisierte Gewalt an Frauen thematisiert. Bitte sei achtsam, wenn dich das Thema betrifft, oder lies den Text nicht allein.

Ich möchte mit diesem Text an Jennifer Mann erinnern, die am 31. Mai 2009 starb. In diesem Monat jährt sich ihr Todestag zum 15. Mal.

Vermutlich fragen sich die meisten von euch jetzt: Wer ist Jennifer Mann? Ich sage euch: Dass ihr es nicht wisst, ist eine Schande – und zugleich verständlich. Denn Jennifer war nichts Besonderes – und das ist die eigentliche Schande. Jennifer war eine von vielen. Jennifer war eine Frau, die von einem Mann vergewaltigt wurde. Jennifer war eine Frau, die von einem Mann getötet wurde. Das ist leider nichts Besonderes. Die Statistik ist eindeutig. Fast jede dritte Frau erfährt in ihrem Leben sexuelle Gewalt. Jede fünfzehnte wird vergewaltigt. An fast jedem Tag versucht in Deutschland ein Mann, eine Frau umzubringen, an jedem dritten Tag »gelingt« es einem.

Doch auch wenn Jennifer für die Statistik niemand Besonderes war, so war sie es natürlich für ihre Familie und ihre Freunde – und sie sollte es für uns sein, denn Jennifer war eine von uns. Sie hat von der fünften bis zur zehnten Klasse unser Gymnasium besucht, dann hat sie eine Ausbildung zur Industriekauffrau begonnen.

Jennifer kam aus unserer Stadt und war auf unserer Schule – so wie ich. Als sie starb, war sie achtzehn Jahre alt, das bin ich auch. Sie ging gern ins *Baumann's*, das tue ich auch manchmal, nur dass die Disco jetzt *Twixt* heißt.

Das letzte Mal ging Jennifer am 30. Mai 2009, am Abend vor Pfingstsonntag, ins *Baumann's*, zusammen mit ihrer Clique, in der ein toller Zusammenhalt herrschte. Doch selbst in den besten Freundeskreisen gibt es manchmal Zoff, und so war es auch an diesem Abend. Am Anfang feierten noch alle zusammen, doch dann zankte sich eine aus der Clique mit ihrem Freund, woraufhin zwei andere zu vermitteln versuchten, und Jennifer hatte Streit mit einer weiteren Freundin, weil die mit einem Typen knutschte, den auch Jennifer toll fand. Alles nervig, aber normal – und kein Grund zu sterben, sollte man meinen.

Die Folge war, dass Jennifer sich ein bisschen von den anderen absonderte. Sie tanzte eine Weile für sich allein, dann mit einem Bekannten, dann mit einem Fremden. Sie quatschte auch mit neuen Leuten.

So verging der Abend. Am Anfang achteten die anderen Frauen der Clique noch auf Jennifer, irgendwann aber verloren ihre Freundinnen sie aus den Augen. Es war viel los, jede dachte, eine andere hätte Jennifer im Blick. Erst als alle um halb drei nach Hause fahren wollten, stellten sie fest, dass Jennifer fehlte. Sie riefen sie an, doch Jennifer ging nicht ans Handy. Daraufhin suchten die Mitglieder der Clique alle Ebenen des *Baumann's* ab, ließen Jennifer sogar ausrufen, doch vergeblich. An dem Punkt kippte die Stimmung, und schließlich rief Jennifers beste Freundin Laura die Polizei.

Die Polizei kam auch – in Form zweier so voreingenommener Beamter, dass es erstaunlich war, dass sie unter der Last ihrer

Vorurteile noch gehen konnten. Und was taten die beiden? Nichts! Sie nahmen die Sache nicht ernst. Schließlich war Jennifer erwachsen und konnte tun und lassen, was sie wollte. Wahrscheinlich hatte sie jemanden kennengelernt, mit dem sie sich übers Pfingstwochenende vergnügen wollte. Den Widerspruch von Jennifers Freundinnen ignorierten die beiden Polizisten ebenso wie den von Jennifers Mutter, die am nächsten Tag versuchte, Jennifer als vermisst zu melden. Die Polizei nahm die Sache erst ernst, als zwei Tage später ein Spaziergänger in einem Wäldchen fünf Kilometer vom *Baumann's* entfernt Jennifers Leiche fand; sie war vergewaltigt und erwürgt worden.

Jennifer war tot. Jennifer ist tot. Und mit ihr sind all ihre Träume und Hoffnungen gestorben. Dabei war sie erst achtzehn – so wie ich es bin, viele von uns es sind oder bald sein werden.

Ich möchte mit diesem Artikel an Jennifer erinnern, an eine von uns. Ich würde diesen Text gern mit etwas Versöhnlichem beenden, mit irgendeiner guten Nachricht, vielleicht mit der, dass die Polizei nach Jennifers Tod dazugelernt hat. Dass sie danach endlich ihren Job gemacht hat. Nun, angeblich hat sie das, angeblich hat sie die umfangreichsten Ermittlungen durchgeführt, die unsere Kriminalpolizei je durchgeführt hat. Doch es gab kein Ergebnis. Jennifers Mörder wurde nicht gefasst. Er läuft noch frei herum. In unserer Stadt?

5

»Einer von uns?« von Nele Klostermann, Curieosity-Ausgabe Oktober 2024

Triggerwarnung: In diesem Text werden Gewalt und sexualisierte Gewalt an Frauen thematisiert. Bitte sei achtsam, wenn dich das Thema betrifft, oder lies den Text nicht allein.

In der Maiausgabe habe ich einen Artikel über Jennifer Mann geschrieben, eine ehemalige Schülerin dieser Schule, die am 31. Mai 2009 vergewaltigt und getötet wurde. Ich hatte geschrieben, dass die Polizei den Mord an Jennifer bis heute nicht aufgeklärt hat. Nun gibt es eine neue Entwicklung.

Es wurde eine Cold-Case-Einheit gegründet, die den Mord an Jennifer noch einmal untersucht. Die Leiterin, Erste Kriminalhauptkommissarin Dorothea Lugner, hat im Juli in der Sendung *Aktenzeichen XY ungelöst* über den Fall berichtet. Vor einigen Wochen hat die Pressestelle der Polizei erklärt, dass sich nach der Sendung eine Zeugin gemeldet hat. Die Pressestelle machte keine detaillierten Angaben darüber, was diese Zeugin beobachtet hat, doch als Folge ihrer Aussage ist eine DNA-Reihenuntersuchung angelaufen.

Was bedeutet das? Als Jennifers Leiche vor über fünfzehn Jahren obduziert (d. h. untersucht) wurde, konnte der Rechtsmediziner

DNA, also Genmaterial, des Mörders sichern und so sein DNA-Profil erstellen. So wie alle Menschen unterschiedliche Fingerabdrücke haben, haben sie auch unterschiedliche DNA-Profile, die man deshalb auch »genetische Fingerabdrücke« nennt. Wird das DNA-Profil eines Mannes mit dem Profil der Täter-DNA verglichen, lässt sich feststellen, ob der Mann der Täter war.

Das DNA-Material des Mörders von Jennifer Mann wurde damals mit Profilen in verschiedenen Datenbanken abgeglichen, es gab allerdings keinen Treffer. Doch jetzt ist die Kriminalpolizei davon überzeugt, dass sie den Mörder in einer bestimmten Gruppe von Männern suchen muss. Diese Männer werden daher aufgefordert, zu Vergleichszwecken eine Speichelprobe abzugeben.

Das Besondere ist nun, wie die Gruppe dieser Männer zusammengesetzt ist. Die Polizei sucht Jennifers Mörder unter allen Männern, die im Jahr 2009 an einem von vier Gymnasien des Landkreises Abitur gemacht haben. Darunter ist auch das Marie-Curie-Gymnasium. Das bedeutet, dass möglicherweise nicht nur Jennifer auf unsere Schule gegangen ist, sondern auch ihr Mörder. Und auch, wenn das erst einmal schrecklich klingt: Es ist eine Chance. Jennifer und ihre Familie verdienen Gerechtigkeit. Vielleicht werden sie sie nach über fünfzehn Jahren endlich bekommen.

Wenn ihr mehr über die DNA-Analyse erfahren wollt, lest hier Sofias Artikel über den genetischen Fingerabdruck.

Wenn ihr mehr über Cold-Case-Ermittlungen erfahren wollt, lest hier mein Interview mit der Ersten Kriminalhauptkommissarin Lugner.

6

Als sie sechzigmal bis sechzig gezählt hatte, ohne einen Laut aus dem Flur zu hören, hörte sie damit auf, obwohl es ihr schwerfiel. Das rhythmische, gedankliche Aufsagen der Zahlen hatte sie beruhigt, ihre Schmerzen und ihre Angst gelindert. Ein Teil von ihr wollte ewig hier liegen bleiben und monoton weiterzählen, in vermeintlicher Sicherheit. Doch ein anderer Teil in ihr rebellierte. Im selben Maße, wie die Schmerzen nachließen, erwachte ihr Selbsterhaltungstrieb. Sie würde nicht hierbleiben, sie würde nicht bis zum Morgen auf ein ungewisses Schicksal warten, sie würde wenigstens versuchen, zu fliehen.

So leise wie möglich richtete sie sich auf und stützte sich auf ihren Händen ab. Als sie die Beine anzog, schnitt der Schmerz wie ein heißes Messer in ihren Unterleib, doch sie zwang sich, ihn zu ignorieren und die Beine behutsam über die Bettkante zu schieben. Eine Hand auf den Bauch gepresst stand sie auf, dann tastete sie sich vorsichtig zur Zimmertür, drückte ihr Ohr gegen das lackierte Holz und lauschte.

Aus dem Flur drang kein Laut, genauso wenig wie in der vergangenen Stunde. Sie war überzeugt, dass er nicht mehr dort war. Vermutlich war er schlafen gegangen.

Das war ihre Chance. Ihre Hand tastete nach dem Schlüssel, doch bevor sie ihn im Schloss drehte, hielt sie inne. Was, wenn er doch noch dort draußen war? Wenn er darauf lauerte, dass sie ihren Zufluchtsort verließ?

7

Am nächsten Morgen schaltete Heidi zum Frühstück die Lokalnachrichten ein, um zu hören, ob Sofia Ziemiak erwähnt wurde, und überprüfte auch den Internetauftritt der Lokalzeitung. Anschließend rief sie Nele Klostermann an. Die Schülerin erklärte, dass sie von neun Uhr fünfundvierzig bis zehn Uhr dreißig eine Freistunde habe, also verabredeten sie sich in einer Bäckerei gegenüber der Schule.

Als Heidi dort eintraf, unterhielt Nele sich vor dem Schultor mit einem Mann, der ein Rennrad am Lenkrad festhielt. Er war in den Dreißigern, ausgesprochen attraktiv mit einem kantigen Kinn und einem blonden Männerdutt. Er schien Nele etwas Lustiges zu erzählen, denn sie lachte laut auf. Doch als sie Heidi erblickte, wurde ihr Gesicht wieder ernst. Sie verabschiedete sich und kam über die Straße auf sie zu, während der Mann sein Rennrad auf den Schulhof schob.

»Ein Lehrer?«, fragte Heidi, nachdem sie die junge Frau begrüßt hatte.

»Doktor Brakel.«

Heidi musste überlegen, wo sie den Namen schon einmal gehört hatte, ihr Namensgedächtnis war noch nie sonderlich gut gewesen. »Lennart Brakel, Sofias Klassenlehrer?«

Nele nickte.

»Haben Sie zufällig über Sofia gesprochen?«

Nele schob ihre feinen, hellen Augenbrauen zusammen, als fragte sie sich, was Heidi das anginge. Nichts natürlich.

»Wir haben über die Kundgebung gestern geredet. Doktor Brakel war auch dort. Sie allerdings nicht!«, fügte sie anklagend hinzu.

»Ich habe gehört, es war dennoch ein Erfolg. Über vierhundert Teilnehmer.«

»Teilnehmer:innen«, korrigierte Nele. »Die meisten waren Frauen. Allerdings waren es dennoch viel zu wenige. In der Stadt leben etwa achtzigtausend Frauen. Wo waren die? Wenn wir einem halben Prozent die Verteidigung der Frauenrechte überlassen, können wir einpacken.« Nele klang frustriert.

»Nun, ich kann Ihnen sagen, wo ich war«, erklärte Heidi. »Ich habe nach Sofia gesucht. Sollen wir?«

Sie stellten sich am Tresen der Bäckerei an. Heidi bestellte einen Milchkaffee, Nele nahm einen mit Hafermilch, dazu ein Stück veganen Apfelkuchen.

»Worum geht's?«, fragte sie, nachdem sie sich in der hintersten Ecke des Cafés auf eine Sitzbank geschoben hatte. »Ich habe gesehen, dass Sie öffentlich nach Sofia fahnden. Haben Sie schon eine Spur?«

Heidi schob mit einer Serviette die Krümel ihrer Vorgänger auf dem Tisch zusammen. »Wir verfolgen mehrere Hinweise. Deswegen bin ich hier. Wir haben mit einigen Mädchen aus Sofias Jahrgangsstufe gesprochen. Eine Schülerin hat zufällig mitbekommen, wie Sie sich einmal mit Sofia über das Thema Asperger unterhalten haben.«

»Asperger wie in Asperger-Syndrom?« Als Heidi nickte, schüttelte Nele den Kopf. »Sorry, daran erinnere ich mich nicht.«

»Die Schülerin sagte, Sofia hätte etwas in der Art gesagt, dass sie selbst ein Aspie sei.«

»Echt?« Nele starrte Heidi an, während sie gedankenverloren

ihren Hafermilchschaum mit dem Kaffee verrührte. Dann nickte sie. »Ja, stimmt, sorry, hatte ich vergessen. Ist das wichtig?«

»Was hat sie denn genau gesagt?«

Nele schob ihre feinen Augenbrauen zusammen, während sie überlegte. »Genau weiß ich es nicht mehr, aber etwas in der Art, dass sie möglicherweise ein Aspie sei. Vermutlich nicht, aber vielleicht doch. Natürlich habe ich gefragt, was das bedeuten soll, und da erzählte sie mir, sie sei als Grundschulkind mal auf Autismus getestet worden, das Ergebnis sei jedoch nicht eindeutig gewesen. Sie habe damals gar nicht gewusst, wozu der Test diente, aber vor Kurzem habe sie ein Gespräch zwischen ihrer Mutter und deren neuem Partner mitgekriegt, in dem die Mutter von dem Test erzählte. Daraufhin wurde Sofia neugierig und durchsuchte alte Unterlagen ihrer Mutter.«

»Und darin stand, dass das Testergebnis nicht eindeutig war?«

Nele nickte.

»Und das hat Frau Ziemiak ihrem Partner erzählt?«

»So habe ich das verstanden.« Nele brach mit ihrer Gabel ein Stück von ihrem Apfelkuchen ab, hielt dann jedoch inne. »Nein, warten Sie mal, das stimmt nicht. Sofias Mutter erzählte ihrem Partner, dass der Test negativ war. Jetzt erinnere ich mich wieder, dass Sofia sich wunderte, warum ihre Mutter ihren Partner belogen hatte. Ich fand das ziemlich naiv. Ich meine, in welcher Beziehung wird nicht gelogen?« Nele schob sich ein Stück Kuchen in den Mund.

Heidi fand die letzte Bemerkung reichlich zynisch für eine Achtzehnjährige und fragte sich flüchtig, ob Nele in ihrem Alter schon einschlägige Erfahrung gesammelt hatte. Doch etwas anderes interessierte sie mehr. »Wissen Sie noch, wie es zu dem Gespräch kam?«

Nele runzelte die Stirn. »Zwischen Sofias Mutter und deren Partner? Keine Ahnung.«

»Ich meinte, zwischen Sofia und Ihnen. Wieso sprach Sofia über das Thema Asperger?«

»Ach so. Sie erwähnte es einfach.«

»Einfach so? Das kann ich mir nicht vorstellen.«

»Warum nicht?«, fragte Nele erstaunt. »Eine neurologische oder psychiatrische Diagnose ist doch heute kein Tabu mehr. Viele Prominente haben ihr Asperger öffentlich gemacht: Greta Thunberg, Elon Musk. Und Sofia war die Sache auch nicht unangenehm. Sie meinte, Menschen, die anders seien, hätten Superkräfte, wenn sie sich für etwas einsetzen. Oh, Moment.«

Neles Smartphone hatte geklingelt. Während sie wischte und tippte, dachte Heidi über das Gesagte nach. Die gesamte Thematik »Sofia versus Asperger« erschien ihr einigermaßen verworren, und sie fragte sich, ob sie etwas mit Sofias Verschwinden zu tun haben mochte. Vermutlich nicht, es sei denn ... Was hatte Sofia damit gemeint, dass Menschen, die anders waren, Superkräfte besäßen? Wofür wollte sie diese einsetzen?

Als Nele ihr Smartphone wieder weglegte, fragte Heidi sie danach, doch die junge Frau zuckte bloß mit den Achseln.

»Ich glaube nicht, dass Sofia etwas Bestimmtes meinte. Allerdings weiß ich es nicht. Ehrlich gesagt habe ich nicht immer so genau zugehört. Ich meine, ich finde es natürlich schrecklich, dass Sofia verschwunden ist, aber ich kenne sie eigentlich nicht gut. Sie ist drei Jahre jünger als ich.«

»Und dennoch scheinen Sie ihr viel zu bedeuten. Sie hat Ihnen mehr vertraut als anderen.«

Nele runzelte die Stirn. »Finden Sie? Ich hatte eigentlich nicht den Eindruck. Die anderen jüngeren Schülerinnen, die bei der *Curieosity* mitmachen, erzählen mir oft noch mehr. Sie wollen Eindruck bei uns Älteren schinden, aber Sofia interessierte das nicht.«

»Dennoch hat Sie Ihnen Dinge anvertraut, über die sie sonst

mit niemandem geredet hat«, meinte Heidi nachdenklich. Sie musterte Nele einen Augenblick lang. »Was haben Sie eigentlich in der Nacht von Samstag auf Sonntag gemacht? Sind Sie ausgegangen?«

Die Frage brachte Heidi einen mitleidigen Blick ein. »Natürlich, es war Samstag. Ich war bei meiner Schwester. Sie hat ihren zweiundzwanzigsten Geburtstag gefeiert. Es ist ziemlich spät geworden – oder besser gesagt früh.«

»Und wie sind Sie wieder nach Hause gekommen? Haben Sie ein eigenes Auto?«

»Ich habe noch nicht einmal einen Führerschein. Ich bin durch die Prüfung gerasselt, weil der Prüfer ein sexistisches Arschloch war. Wieso interessiert Sie das?«

»Nur so.«

Nele musterte Heidi misstrauisch. »Heißt das, wir sind fertig? Falls ja …« Sie schob sich den letzten Bissen Apfelkuchen in den Mund und stand auf, doch Heidi hielt sie zurück.

»Eine Sache möchte ich Sie noch fragen. Es geht um Sofias Artikel über DNA-Analyse und Ihre Artikel über Jennifer Mann. Ich habe sie gelesen. Der Artikel in der Maiausgabe war ziemlich emotional.«

Nele setzte sich wieder. »Wundert Sie das etwa? Eine junge Frau wird getötet, und die Polizei unternimmt nichts – soll ich da gelassen reagieren?«

Heidi widersprach. »Die Polizei hat nicht nichts unternommen. Sie haben selbst geschrieben, dass die Ermittlungen umfangreich waren. Und eine DNA-Reihenuntersuchung ist immens aufwendig.«

»Aber Jennifers Mörder läuft immer noch frei herum, wahrscheinlich in unserer Stadt.«

Das musste Heidi zugeben. »Nehmen Sie das Thema deshalb so persönlich?«, fragte sie neugierig.

»Tue ich das denn?« Doch dann beantwortete Nele die Frage selbst. »Ja, vielleicht. Und wahrscheinlich hat es damit zu tun, dass der Mörder in unserer Stadt lebt. Aber mehr noch damit, dass ich mich mit Jennifer identifiziere. Auch wenn sie vermutlich ein ganz anderer Typ war als ich: Sie war genauso alt wie ich, ging zeitweilig auf dieselbe Schule, manchmal in dieselbe Disco.« Sie schwieg einen Moment lang nachdenklich. »Warum wollen Sie das eigentlich wissen? Glauben Sie etwa, Jennifers Mörder hat auch Sofia etwas angetan?«

Heidi beeilte sich, die Schülerin zu beruhigen. »Ich denke nicht, dass die beiden Fälle vergleichbar sind. Ich frage aus einem anderen Grund: Bei unserem Gespräch am Sonntag sagten Sie, dass Sofia lieber über die wissenschaftlichen Aspekte der DNA-Analyse schreiben wollte, weil sie sich für den Mordfall nicht interessierte. Wissen Sie, ob sie diese Einstellung in den letzten Wochen oder Monaten geändert hat?«

Nele runzelte die Stirn. »Wieso hätte sie das tun sollen?«

»Haben Sie in letzter Zeit mit ihr über Jennifer Mann geredet?«

Nele überlegte. »Wir reden gelegentlich bei den Redaktionskonferenzen darüber. Das Thema ist ja nicht erledigt, solange Sie Jennifers Mörder nicht gefasst haben.«

»Hat Sofia sich an den Diskussionen beteiligt?«

Nele schüttelte den Kopf. »Wieso fragen Sie?«

»Weil Sofia im Dezember Jennifers Grab fotografiert hat.«

»Na und? Sie hat viel fotografiert.«

Heidi nickte langsam. »Ja, das hat sie wohl.«

8

Von der Schule fuhr Heidi direkt zu Susanne Ziemiak. Nachdem sie geklingelt hatte, dauerte es nicht einmal drei Sekunden, bis die atemlose Stimme von Sofias Mutter über die Videosprechanlage ertönte.

»Ja? Frau Westphal? Ich wusste nicht, dass Sie kommen. Gibt es etwas Neues?«

In der kurzen Frage schwangen so viel Angst und Hoffnung mit, dass es Heidi ein flaues Gefühl im Magen bescherte. »Leider nein. Ich habe weitere Fragen.«

»Oh.«

Auch in der kleinen Silbe klang ein starkes Gefühl durch: Enttäuschung. Anschließend herrschte Stille, bis Heidi fragte: »Darf ich hochkommen?«

»Natürlich. Entschuldigen Sie.«

Der Summer wurde gedrückt, und Heidi fuhr im Aufzug in den fünften Stock, wo Susanne Ziemiak sie in der offenen Wohnungstür erwartete, eine Hand auf ihren Bauch gepresst. Auf den ersten Blick sah die Frau genauso perfekt aus wie an den Vortagen, doch unter Puder und Rouge wirkte Susanne Ziemiak ziemlich erschöpft von der Kraftanstrengung, sich seit bald achtundvierzig Stunden zusammenzureißen. Mitgefühl wallte in Heidi auf, doch sie gab dem keinen Raum. Susanne Ziemiak brauchte von ihr keine freundlichen Worte, sondern Ergebnisse.

Nachdem Susanne Ziemiak Heidi die Jacke abgenommen hatte, ging sie ins Wohnzimmer voraus, wo eine unwillkommene Überraschung wartete. Ein junger Mann mit blondem Undercut, der in seinem dunkelblauen Anzug wie ein übereifriger Konfirmand wirkte, saß am Esstisch vor einem Laptop. Bei Heidis Eintreten erhob er sich hastig.

»Frau Westphal, das ist mein Mitarbeiter, Laurin Sommer, der heute zwei Termine für mich übernehmen wird. Laurin, Hauptkommissarin Westphal möchte mir einige Fragen stellen. Vielleicht könntest du dir in der Zwischenzeit das Nordring-Exposé ansehen?«

»Gern.« Laurin Sommer errötete unsicher. »Soll ich vielleicht woanders …?« Er machte eine vage Handbewegung zu den Papieren, die um den Laptop verstreut lagen. Heidi erkannte Grundrisse und Baupläne.

»Nein, kein Problem. Wir setzen uns in die Sofaecke.«

Doch bevor Susanne Ziemiak dorthin gehen konnte, hielt Heidi sie auf. »Wenn es möglich ist, Frau Ziemiak, würde ich gern unter vier Augen mit Ihnen sprechen. Vielleicht können wir uns woanders unterhalten?«

Susanne Ziemiak zögerte. Heidi hatte den Eindruck, dass die Frau nicht glücklich über den Vorschlag war. Dann aber nickte sie. »Natürlich.«

Sie ging zurück in den Flur und dann in eine große Küche, mit schwarz-weißen Fliesen und glänzenden schwarzen Küchenfronten. In der Mitte stand ein massiver Eichentisch, an dem acht Personen Platz gefunden hätten. Susanne Ziemiak bot Heidi etwas zu trinken an, doch sie lehnte ab.

»Ich möchte mit Ihnen über zwei Punkte sprechen«, begann sie, nachdem sie sich gesetzt hatten, »zunächst noch einmal über das Thema Asperger. Ich habe mittlerweile mit Nele Klostermann gesprochen. Sie hat mir erzählt, dass Sofia in der Grundschule auf Asperger getestet wurde.« Heidi fasste das Gespräch zusammen. Anschließend wartete sie auf eine Reaktion, die jedoch ausblieb. »Möchten Sie dazu nichts sagen?«

Susanne Ziemiak zuckte mit den Achseln. »Was möchten Sie denn hören? Sie scheinen ja schon alles zu wissen.«

»Es stimmt also«, stellte Heidi fest. »Erzählen Sie mir, wie es zu dem Test kam?«

Susanne Ziemiak seufzte. »Ist das wirklich nötig?«

»Ja.«

Die kurze Antwort schien Susanne Ziemiak nicht zu genügen. Sie sah Heidi an, als wartete sie auf mehr, doch schließlich gab sie nach. »Meinetwegen«, erklärte sie. »Der Test war die Idee von Sofias erster Klassenlehrerin. Sie fand, dass Sofia sich ›auffällig‹ verhielt.« Mit Zeige- und Mittelfingern malte sie Gänsefüßchen in die Luft.

»Inwiefern?«

»Insofern, als Sofia nicht so pflegeleicht war, wie eine junge, überforderte Lehrerin sich das wünschte.« Susanne Ziemiak schnitt eine Grimasse, dann begann sie, ausführlich zu erzählen. »Als Sofia eingeschult wurde, hatte sie zunächst Schwierigkeiten, sich an die neue Situation zu gewöhnen. Sie kam zwar gut mit dem Lernstoff zurecht, fremdelte aber mit der neuen Lehrerin und den neuen Mitschülern. Außerdem beteiligte sie sich in den Augen der Lehrerin nicht angemessen am Unterricht. Ging es zum Beispiel um Themen, die sie nicht interessierten, passte sie oft nicht auf und beschäftigte sich stattdessen mit anderen Dingen. Wenn dann Themen besprochen wurden, die ihr gefielen, tat sie das Gegenteil, redete unaufgefordert dazwischen und hielt lange, druckreife Monologe.« Susanne Ziemiak zuckte mit den Achseln. »Mir erschien das nicht sonderlich dramatisch. Viele Kinder passen in der Schule nicht die ganze Zeit auf, und Sofia kam ja dennoch im Unterricht gut mit. Außerdem hatte sie schon im Kindergarten lieber allein gespielt. Doch die Lehrerin war dadurch erst recht alarmiert. Sie stellte die Theorie auf, dass Sofia vielleicht am Asperger-Syndrom leide. Ich fand das absurd, aber als ich Sofias Kinderärztin davon berichtete, hielt die zu meiner Überraschung eine Abklärung für eine gute Idee, weil Sofia damals auch gewisse motorische Schwierigkeiten hatte, für die sie Physiotherapie bekam. Das verunsicherte mich natürlich, also machte ich einen Termin bei einer Kinder- und Jugendpsychotherapeutin.« Susanne Ziemiak brach ab und lehnte sich auf ihrem Stuhl zurück. Sie streckte die langen Beine aus und starrte an Heidi vorbei.

»Und die führte einen Test auf Autismus durch?«, fragte Heidi, als die Frau nicht weitersprach.

Susanne Ziemiak nickte.

»Und das Ergebnis war nicht eindeutig?«

Susanne Ziemiak nickte erneut. »Das Ganze ist wie eine Skala. An einem Ende sind die ›Normalen‹, am anderen Ende die Menschen mit einer Störung aus dem ›autistischen Formenkreis‹.« Erneut malte sie Gänsefüßchen in die Luft. »Sofia war der Therapeutin offenbar nicht normal genug, um sie gänzlich von jedem Autismusverdacht zu befreien. Sie schlug vor, den Test ein oder zwei Jahre später noch einmal zu wiederholen. Ich habe dankend abgelehnt.«

»Und wieso?« Heidi beugte sich vor. Sie stellte die Frage nicht nur aus professioneller Neugier.

Susanne Ziemiak holte einmal tief Luft. »Weil mich das ganze Testverfahren angekotzt hat«, zischte sie. »Die Therapeutin hat alles, aber auch wirklich alles, was Sofia besonders macht, als verdächtig klassifiziert. Sie fand es verdächtig, dass Sofia sich am liebsten allein beschäftigte, dass sie sich für ungewöhnliche Themen interessierte, sogar dass sie sich so gut ausdrücken konnte. Sie behauptete, Sofia wiederhole nur Phrasen, deren

Inhalt sie nicht verstehe – obwohl Sofia auf Nachfrage sogar die von ihr benutzten Redewendungen erklären konnte.« Susanne Ziemiak schüttelte ungläubig den Kopf. »Hauptsächlich fand die Therapeutin es allerdings verdächtig, dass Sofia anders ist – so wie Sie es verdächtig finden.« Susanne Ziemiak beugte sich anklagend vor. »O ja, streiten Sie es nicht ab! Als Sie den Begriff ›Asperger‹ hörten, dachten sie doch garantiert sofort, dass das passt: eine Einzelgängerin mit Interesse an ungewöhnlichen Themen statt an sozialer Interaktion. Anders. Dabei ist die typische Fünfzehnjährige ein hirnloses TikTok-Huhn, das sich für nichts anderes interessiert als für den Preis von Lipgloss und die Frage, wann es das erste Mal zum Beautydoc darf. Und ein Teenager, der das doof findet, soll unnormal sein?«

Susanne Ziemiak funkelte Heidi herausfordernd an. Heidi fand es gar nicht leicht, dem Blick standzuhalten. Sie fühlte sich durch die Worte der anderen ertappt – und auch durch die Beschreibung einer typischen Fünfzehnjährigen, die ihrer eigenen jüngsten Tochter weit mehr entsprach, als es Heidi lieb gewesen wäre.

»Warum haben Sie mir das nicht gestern schon erzählt?«, fragte sie schließlich.

Susanne Ziemiak antwortete nicht sofort, stattdessen stand sie auf, öffnete eine Schranktür, nahm ein Glas heraus, füllte es mit Leitungswasser und leerte es zur Hälfte. Dann lehnte sie sich gegen die Arbeitsplatte und sagte: »Weil ich nicht glaube, dass Ihnen das bei der Suche nach Sofia hilft. Außerdem …« Sie brach ab.

Heidi wagte einen Schuss ins Blaue. »Hat es damit zu tun, dass Herr Thürmer dabei war? Dem Sie erzählt hatten, dass der Test auf Asperger negativ ausgefallen sei?«

»Das wissen Sie also auch?« Susanne Ziemiak nickte. »Ja, ich habe Axel in dem Punkt angelogen. Ich hatte einfach keine

Lust, mit ihm darüber zu reden, weil ich die Debatten so satthabe.« Sie leerte ihr Glas und stellte es in die Spüle. »Haben Sie Kinder?«, fragte sie dann unvermittelt. Als Heidi nickte, fügte sie hinzu: »Darf ich fragen, wie alt Sie bei Ihrem ersten waren?«

»Achtundzwanzig.«

»Dann ist es Ihnen bei der Kindererziehung vermutlich besser ergangen als mir. Wissen Sie, wie es ist, mit einundzwanzig Mutter zu werden? Niemand nimmt Sie ernst. Jeder und jede – Erzieher, Lehrer, Verwandte, Bekannte – meint, er oder sie dürfe sich ungefragt in Ihre Erziehung einmischen, Ihnen ungebetene Ratschläge um die Ohren hauen und Sie nach Herzenslust kritisieren und verunsichern. Vor allem, wenn Ihr Kind anders ist als andere.« Sie schnaubte. »Als ob mir das nicht selbst aufgefallen wäre. Natürlich habe ich gemerkt, dass Sofia mit anderen Kindern wenig anfangen konnte, natürlich habe ich mir deswegen Sorgen gemacht. Natürlich habe ich versucht gegenzusteuern. Natürlich habe ich Sofia in Vereinen angemeldet und zu Playdates geschleppt. Aber das Ergebnis war purer Stress für sie. Also habe ich ihr irgendwann erlaubt, einfach sie selbst zu sein. Glücklich zu sein.« Sie schluckte. »Und sie war glücklich. Zumindest dachte ich das, doch jetzt …«

Sie atmete schwer, ihre Hände ballten sich zu Fäusten.

»Jetzt denken Sie das nicht mehr?«, fragte Heidi.

Susanne Ziemiak stand einen Moment lang starr da, dann ließ sie ihre Schultern hängen. »Ich weiß nicht mehr, was ich denken soll«, flüsterte sie. »Bis vor zwei Tagen dachte ich, dass ich eine gute Mutter bin und eine gute Beziehung zu Sofia habe – trotz aller Fehler, die ich natürlich mache. Aber wieso weiß ich dann jetzt nicht, was los ist? Wieso weiß ich nicht, mit wem und wieso Sofia sich mitten in der Nacht verabredet hat? Wieso hat sie mir nicht mehr vertraut?«

Sie sah Heidi hilflos an, Tränen glitzerten in ihren Augen. Sie suchte in ihren Hosentaschen nach einem Taschentuch und riss schließlich ein Blatt von der Rolle mit Küchenpapier.

Heidi wartete ab, während Susanne Ziemiak ihre Tränen trocknete. »Ich möchte mit Ihnen über Daniel Kramer sprechen.«

9

Eva

Als Daniel mich am Dienstagmorgen weckt, finde ich mich erneut auf unserem Wohnzimmersofa wieder. Die Nacht war eine Kopie von der davor. Stundenlang habe ich mich im Bett hin und her gewälzt, doch ich konnte keinen Schlaf finden. Nicht einmal Daniels Stimme hat es vermocht, mich zu beruhigen. Er hat mich im Arm gehalten und mir aus *Superbia et Odium* vorgelesen, doch statt sich auf Elizabeth und Darcy zu konzentrieren, sind meine Gedanken die ganze Zeit um die eine Frage gekreist: Mit wem hat Sofia sich Samstagnacht verabredet? Wer hat sie abgeholt, nachdem Daniel sie zu Hause abgesetzt hatte? Es muss jemand sein, der schon achtzehn ist und ein Auto hat, doch die einzigen Erwachsenen, die Sofia in letzter Zeit erwähnt hat, waren Nele Klostermann und einige Lehrer. Aber die haben der Polizei gesagt, dass sie nicht wissen, wo Sofia ist. Heißt das, Sofia hat sich mit einer fremden Person getroffen, die sie nie erwähnt hat? Doch wer kann das sein? Wo hat Sofia ihn oder sie kennengelernt? Und was will er oder sie von ihr? Ist er oder sie ihr wohlgesinnt?

Es muss einfach so sein, es muss! Schließlich ist Sofia ein kluges Mädchen, sie würde sich nicht mit jemandem treffen, der ihr schaden will. Ich kralle mich an diesem Gedanken fest, um zu verhindern, dass sich etwas anderes in meinem Gehirn einnistet: das Bild von Sofias Fahrrad im Graben unter der

Mühlenbrücke. Das Bild und mit ihm seine Botschaft: dass jemand, der Sofias geliebtes Rad in einen Graben wirft, ihr alles andere als wohlgesinnt ist.

Irgendwann schläft Daniel ein, bei eingeschalteter Lampe und mit dem offenen Buch in der Hand. Ich bin froh, dass wenigstens er Schlaf findet. Leise schlüpfe ich aus dem Bett, sehe erst nach Linus, dann gehe ich hinunter, koche mir eine heiße Schokolade, setze mich damit auf die Couch im Wohnzimmer und schreibe Susanne eine WhatsApp. Sie antwortet sofort, und den Rest der Nacht sind die Nachrichten zwischen uns das Einzige, das mich davon abhält, durchzudrehen. Schließlich nicke ich doch noch ein.

»Guten Morgen.«

Ich wache erst auf, als Daniel sich zu mir hinunterbeugt, um mir einen Kuss zu geben. Einen kurzen Augenblick lang vergesse ich alles und fühle mich getröstet, und als Daniel sich wieder aufrichten will, klammere ich mich an ihn. »Hältst du mich fest, bitte?«

Mein Mann setzt sich neben mich und nimmt mich in die Arme. Ich spüre seine Wärme und seine Kraft, und für eine Weile erlaube ich mir, alles loszulassen und auch die Kontrolle über meine Gedanken abzugeben. Daniel ist der einzige Mensch, bei dem mir das möglich ist.

Irgendwann hören wir ein Geräusch von oben.

»Ist Linus schon wach?« Ich wickele mich aus der Decke, doch Daniel kommt mir zuvor.

»Lass mal, ich mache Linus fertig.« Er steht auf. Bevor er geht, fügt er hinzu: »Übrigens habe ich mir überlegt, dass ich mich heute Nachmittag um Linus kümmern kann. Ich habe um eins einen Termin, anschließend kann ich ihn vom Kindergarten abholen und von zu Hause aus arbeiten. Ich nehme an, du möchtest wieder zu Susanne?«

Eine der vielen Eigenschaften, die ich an Daniel liebe, ist, dass er immer versucht, meine Bedürfnisse mitzudenken. »Das ist lieb von dir, aber Thomas wird auf Linus aufpassen. Ich habe es gestern mit ihm vereinbart. Hat er dir nichts gesagt?«

»Nein, ich habe gar nicht mehr mit ihm gesprochen, nachdem Hauptkommissarin Westphal da war.« Daniel schweigt einen Augenblick lang nachdenklich. »Hältst du das für eine gute Idee? Zwei Tage nacheinander?«

Die Frage überrascht mich. »Du etwa nicht? Linus freut sich schon darauf. Thomas hat ihm versprochen, mit ihm zum Bahnhof zu fahren.«

»Ich wundere mich, dass du damit einverstanden bist. Ich habe mich schon gestern gewundert, dass du Thomas um Hilfe gebeten hast. Du bist ja sonst nicht sein größter Fan.«

Wie immer bei diesem Thema fühle ich mich sofort angegriffen. »Ich habe nie gesagt, dass ich Thomas nicht mag. Ich mag es nur nicht, wenn er unangemeldet vorbeikommt. Und gestern brauchte ich ihn dringend. Niemand sonst hatte kurzfristig Zeit.«

»Aber Thomas hatte Zeit? Und heute schon wieder?«

»Er sagte, es sei kein Problem.«

»Findest du es nicht dennoch etwas unpassend? Deinetwegen habe ich Thomas gebeten, nicht so oft zu kommen, und jetzt bittest du ihn ständig, auf Linus aufzupassen.«

»Er hat es von sich aus angeboten. Er sagte, er mache es gern.«

Daniel schüttelt den Kopf. »Ich fände es dennoch besser, wenn du mir vorher Bescheid sagst. Immerhin ist er mein Bruder.«

Ich kann nicht glauben, was ich da höre. Will Daniel mich auf den Arm nehmen? Doch das ist nicht seine Art von Humor. Sein Humor ist feinsinnig, er äußert sich am liebsten in Wortspielen oder mildem Sarkasmus.

»Und wie stellst du dir das vor? Dass ich dich jedes Mal

um Erlaubnis frage, bevor ich Thomas anrufe? Das wird nicht funktionieren. Wenn ich tagsüber die Verantwortung für Linus habe, dann muss ich jederzeit nach meinem Dafürhalten entscheiden können.«

Daniel nickt langsam. »Natürlich, du hast recht. Entschuldige bitte, das war ein dummer Vorschlag.« Er beugt sich vor und gibt mir ein Kuss. »Ich sehe mal nach Linus.«

10

Wie gut ich Daniel kenne? Wieso interessieren Sie sich dafür? Nein, beantworten Sie die Frage nicht sofort. Ich brauche erst einen Kaffee, sonst platzt mir der Schädel. Möchten Sie auch einen?«

Heidi lehnte ab. Während sie zusah, wie Susanne Ziemiak den teuren Kaffeevollautomaten programmierte, überlegte sie, wie sie deren Frage beantworten sollte. Als Susanne Ziemiak sich wieder setzte, hatte sie sich für maximale Offenheit entschieden – allerdings erst für einen späteren Zeitpunkt.

»Ich beantworte Ihre Frage gern, doch zunächst möchte ich Ihre Meinung hören. Glauben Sie mir, bitte, es ist wichtig.«

Susanne Ziemiak trank einen Schluck Kaffee. »Meinetwegen. Ich würde sagen, dass ich Daniel sehr gut kenne. Ich kenne ihn genauso lang, wie Eva ihn kennt. Ich habe die beiden zusammengebracht. Zusammen mit meinem damaligen Freund, Ilkay Demiray.«

»Bei dessen Geburtstagsfeier Sie am Samstag waren?«

Susanne Ziemiak nickte. »Ich hatte Ilkay in einer Disco kennengelernt. Er quatschte mich ziemlich dreist an, aber irgendwie gefiel er mir trotzdem. Wir hatten eine schöne Zeit, auch wenn von vornherein klar war, dass es nicht für die Ewigkeit sein würde.« Der Schatten eines wehmütigen Lächelns huschte über ihr Gesicht. »In unserer gemeinsamen Zeit lernte Ilkay auch Eva kennen. Sie hatte damals einen Tick – das heißt, sie hat ihn heute noch: Sie liest gerne Romane auf Latein. Das hat auf dem Gymnasium angefangen. Eva und ich waren beide durchschnittliche Schülerinnen, aber in Latein war sie ein Genie. Von der ersten Stunde an war klar, dass das ihre Sprache ist, vermutlich weil sie genauso durchstrukturiert ist wie sie selbst. Während wir anderen ohne Ende pauken mussten, um uns all die Deklinations- und Konjugationstabellen zu merken, flog es Eva nur so zu. Als Ilkay davon erfuhr, erzählte er mir, dass ein Freund von ihm dieselbe Macke habe. Wir beschlossen, die beiden zu verkuppeln. Wir wollten sie zu einem Blind Date überreden, doch Eva wollte sich nicht allein mit einem Fremden treffen, also planten wir ein Essen zu viert. Allerdings …«

»Allerdings?«

Susanne Ziemiak lächelte bei der Erinnerung. »Ilkay und ich verspäteten uns um eine halbe Stunde. Es war keine Absicht, obwohl Eva mir das bis heute nicht glaubt. Als wir ankamen, waren Eva und Daniel bereits so in ein Gespräch vertieft, dass sie uns nicht bemerkten. Ilkay und ich setzten uns daraufhin an einen anderen Tisch, um zu sehen, wann wir den beiden auffallen. Gar nicht, wie sich herausstellte. Na ja, und der Rest ist Geschichte.«

»Von dem Abend an waren die Kramers also ein Paar?«, hakte Heidi nach.

Susanne Ziemiak schüttelte den Kopf. »Das wäre beiden zu schnell gegangen. Sie ließen sich Zeit, aber es war klar, worauf es hinauslaufen würde. Die beiden passen perfekt zueinander.«

»Woran machen Sie das fest?«

Susanne Ziemiak lächelte. »Sie meinen, abgesehen davon, dass die beiden seit neun Jahren glücklich zusammen sind? Sie sind sich ziemlich ähnlich. Sie sind beide ruhige, starke Charaktere – auch wenn man ihnen die Stärke auf den ersten Blick vielleicht nicht anmerkt. Und sie haben ähnliche Werte, sind beide eher konservativ. Eva wollte schon immer eine Familie gründen, und Daniel ist genau der Mann, den sie gesucht hat. Zuverlässig, treu, rücksichtsvoll, respektvoll.«

»Klingt ein wenig langweilig«, provozierte Heidi.

Susanne Ziemiak zuckte mit den Achseln. »Für manche Frauen wäre Daniel das bestimmt, aber nicht für Eva. Sie mag ihn genau so.«

»Und Sie sind überzeugt, dass die beiden auch heute noch glücklich miteinander sind?«, fragte Heidi nach. »Neun Jahre sind eine lange Zeit. Beziehungen können sich abnutzen, Leidenschaft kann nachlassen. Gab es bei den Kramers nie Probleme?«

»Zumindest keine ernsthaften.«

»Gab es in letzter Zeit Veränderungen?«

»Nicht dass ich wüsste.«

»Hat Frau Kramer in letzter Zeit Schwierigkeiten erwähnt?«

Susanne Ziemiak trank den letzten Schluck Kaffee und starrte dann eine Weile in ihre leere Tasse, bevor sie aufblickte. »Nein – und wenn, dann würde ich Ihnen nicht ohne einen verdammt guten Grund davon erzählen. Sagen Sie mir bitte, warum Sie das interessiert?«

Heidi ahnte, dass sie ohne eine Erklärung nicht viel mehr bekommen würde. »Beantworten Sie mir zuvor eine letzte Frage: Halten Sie Herrn Kramer für ehrlich?«

Susanne Ziemiak nahm sich nicht einmal die Zeit zum Überlegen. »Ich halte ihn sogar für übertrieben ehrlich. Daniel ist der Typ, der fünf Kilometer zurück zu einem Supermarkt fährt, weil er zu Hause feststellt, dass die Kassiererin ihm versehentlich einen Euro zu viel rausgegeben hat. Und das ist keine Vermutung von mir – er hat das wirklich mal gemacht. Also, warum wollen Sie das wissen?«

»Wir untersuchen die Möglichkeit, dass Herr Kramer Sofia in der Nacht zum Sonntag nicht wie von ihm behauptet nach Hause gebracht hat.«

Heidi musterte Susanne Ziemiak, um zu sehen, wie sie auf die Feststellung reagierte, doch die Frau blinzelte lediglich.

»Dafür alle Ihre Fragen? Sie wollen wissen, ob Daniel die Wahrheit gesagt hat? Natürlich hat er das. Warum sollte er lügen? Und Eva hat es bestätigt.«

»Frau Kramer hat nur bestätigt, dass ihr Mann mit Ihrer Tochter weggefahren ist.«

»Das ist doch dasselbe.« Susanne Ziemiak schüttelte irritiert den Kopf. »Worauf wollen Sie hinaus? Glauben Sie, dass Daniel Sofia auf halber Strecke mit dem Rad hat allein weiterfahren lassen? Das würde er nicht tun – auch wenn Sofia sich das vielleicht wünschen würde. Er weiß, dass ich das nicht möchte.«

»Wir untersuchen eine andere Möglichkeit.«

»Und welche?« Susanne Ziemiak musterte Heidi. Sie wirkte tatsächlich ratlos, doch dann dämmerte es ihr. Ihre Augen weiteten sich. »Sie glauben, dass Daniel meiner Tochter etwas angetan haben könnte?«

»Wir können die Möglichkeit derzeit nicht ausschließen.«

»Doch, das können Sie. Wieso um alles in der Welt sollte Daniel Sofia etwas antun? Er hat sie gern. Die beiden spielen regelmäßig Backgammon zusammen, Daniel nimmt sich oft sogar die Zeit, Sofia bei irgendwelchen Schulsachen zu helfen oder Lateinvokabeln abzufragen.«

»Das heißt, die beiden verbringen regelmäßig Zeit miteinander? Auch allein?« Als Susanne Ziemiak nickte, setzte Heidi hinzu: »Und Sie sind sicher, dass Herr Kramer sich in solchen Situationen stets angemessen verhalten hat?«

»Natürlich hat er das«, entgegnete Susanne Ziemiak. Sie wirkte irritiert. »Was verstehen Sie denn überhaupt unter ›unangemessenem Verhalten‹?« Sie wurde blass. »O mein Gott, sprechen Sie etwa über Missbrauch?«

»Ich muss die Möglichkeit leider untersuchen.«

»Ich glaube, mir wird schlecht.«

Susanne Ziemiak sprang auf und eilte zur Spüle. Einige Augenblicke lang stand sie dort schwer atmend, eine Hand auf ihren Bauch gepresst. Schließlich hatte sie sich wieder unter Kontrolle. Sie legte ihre Armbanduhr ab, drehte den Wasserhahn auf und hielt ihre Handgelenke darunter. Dann riss sie ein Blatt von der Rolle mit Küchenpapier und betupfte ihre Stirn.

»Ich glaube das einfach nicht«, sagte sie zu Heidi. »Wie kommen Sie überhaupt so plötzlich darauf? Gestern behaupteten sie noch, dass Sofia in ein anderes Auto gestiegen ist, nachdem Daniel sie zu Hause abgesetzt hat. Das sei das Ergebnis des Mantrailing.«

Heidi nickte. »Das ist eine mögliche Interpretation der Spur, die der Hund gefunden hat. Doch es gibt noch eine zweite, die ich gestern Abend im Beisein von Frau Kramer nicht erwähnen wollte. Möglicherweise ist diese Spur schon älter.« Heidi erklärte es und erwähnte auch ihre Überlegungen zu Sofias Smartphone und dessen Fundort. »Sie sehen also, wir können Herrn Kramer aufgrund der Spurenlage nicht ausschließen.«

»Ich glaube es dennoch nicht«, entgegnete Susanne Ziemiak.

»Das heißt, Sie gehen davon aus, dass Sofia sich mitten in der Nacht mit einem erwachsenen Mann oder einer erwachsenen Frau verabredet hat, von dem oder der sie Ihnen noch nie erzählt hat?« Heidi sah die Frau fragend an. »Gestern Abend reagierten Sie überrascht auf diese Möglichkeit.«

Susanne Ziemiak rieb sich ihre Stirn. »Weil es mir seltsam vorkommt, dass Sofia einem Fremden dermaßen vertraut haben soll.« Sie betrachtete das Küchenpapier in ihrer Hand und knüllte es zu einem festen Ball zusammen. »Was ist denn eigentlich mit dieser Nele?«, fragte sie dann. »Nach allem, was Sie erzählt haben, scheint Sofia ihr zu vertrauen. Könnte sie sich nicht mit ihr verabredet haben? Sie ist doch bestimmt schon achtzehn.«

»Aber Nele hat noch keinen Führerschein und vermutlich für Samstagnacht ein Alibi, das wir allerdings noch überprüfen müssen.«

»Dann tun Sie das doch bitte.«

»Das werden wir selbstverständlich.«

Eine Weile herrschte Schweigen. Schließlich drehte Susanne Ziemiak sich um, öffnete die Tür unter der Spüle und warf das zusammengeknüllte Küchenpapier in den Müll. Heidi nutzte die Gelegenheit, einen Blick auf ihre Uhr zu werfen. In zwanzig Minuten war sie mit Dorothea Lugner verabredet.

»Ich habe noch eine letzte Frage, dann lasse ich Sie in Ruhe. Wissen Sie, auf welche Schule Daniel Kramer gegangen ist und wann er Abitur gemacht hat?«

Susanne Ziemiak runzelte die Stirn. »Er war auch auf dem Marie-Curie-Gymnasium, und ich tippe auf 2009, denn er ist zwei Jahre jünger als Eva und ich, und wir waren 2007 dran. Warum wollen Sie das wissen?«

»Das erkläre ich Ihnen ein anderes Mal. Noch eine letzte Bitte: Falls es für Sie möglich ist, wäre es gut, wenn Sie Herrn Kramer und auch seiner Frau nicht erzählen, was wir gerade besprochen haben.«

11

Eva

Als ich an diesem Morgen mit Linus am Kindergarten ankomme, sind wir später dran als sonst. Linus war beim Frühstück ungewohnt quengelig und verkündete anschließend, dass er zu Hause bleiben wolle. Ich musste ihm fünf Minuten gut zureden, bis er bereit war, seine Schuhe anzuziehen, und als er jetzt auf der niedrigen Bank in der Kindergartengarderobe sitzt, möchte er sie nicht ausziehen.

Ich hocke mich vor ihn. »Aber warum denn nicht, Spätzchen? Mit Schuhen darfst du nicht in den Gruppenraum, und dann kannst du nicht mit Robin und Ronja im Zauberzelt spielen.«

Als Antwort schlingt Linus seine dünnen Ärmchen um meinen Hals. »Will bei dir bleiben«, flüstert er an meinem Ohr.

»Ich muss arbeiten, Spätzchen.«

»Will mitkommen.«

Ich lege automatisch meinen Handrücken an Linus' Stirn, obwohl ich weiß, dass er nicht klammert, weil er krank ist, sondern weil er spürt, dass etwas nicht in Ordnung ist. Wir haben ihm noch nicht erzählt, dass Sofia vermisst wird. Daniel wollte es gestern Abend tun, doch ich bin davor zurückgeschreckt.

»Das geht leider nicht, Spätzchen. Ich muss heute ganz komplizierte Sachen machen, da muss ich mich extra konzentrieren. Du kannst demnächst wieder mitkommen, einverstanden?«

Ich will mich zurückbeugen, um Linus besser in die Augen sehen zu können, doch er klammert sich noch fester an mich, so dass ich kaum Luft bekomme. Einen Augenblick lang überlege ich, seinem Wunsch nachzugeben, ihn zu packen und den ganzen Tag lang festzuhalten, damit ihm nichts passieren kann, aber zum Glück kommt Linus' Gruppenleiterin Maria in die Garderobe.

»Guten Morgen, Linus, da bist du ja. Ich habe dich schon vermisst.«

Linus vergräbt sein Gesicht an meinem Hals. Ich sehe zu Maria hoch. »Er möchte heute nicht hierbleiben.«

Maria ist seit dreißig Jahren Erzieherin und ein Engel. Sie lässt ihren Blick einen Augenblick lang auf Linus' Hinterkopf ruhen. »Das ist wirklich schade. Wir haben ein neues Buch, aus dem ich vorlesen möchte. Es geht um eine Rakete, die sich auf dem Weg zum Mond verirrt. Sie hält unterwegs bei vielen verschiedenen Planeten an und erlebt Abenteuer.« Maria wartet, bis Linus den Kopf hebt. »Die Rakete hat auch einen Freund dabei, einen kleinen Roboter, der die Planeten erkundet. Er hat Räder.«

Wenige Minuten später reibt Linus seine Nase zu einem Eskimokuss an meiner, bevor er an Marias Hand den Gruppenraum der Schmetterlinge betritt. Als die Tür hinter den beiden geschlossen wird, habe ich ein Déjà-vu. Vor meinem geistigen Auge sehe ich, wie Sofia mit Daniel in der Nacht von Samstag auf Sonntag zu unserer Haustür geht und wie Daniel die Haustür öffnet und hinter ihnen beiden schließt. Danach habe ich Sofia nicht wieder gesehen.

Der Gedanke legt sich wie ein Eisenring um meine Brust. Automatisch überbrücke ich die kurze Distanz und lege meine Hand auf die Klinke der Gruppentür, doch dann reiße ich mich zusammen. Linus ist hier sicher. Er wird nicht verschwinden.

Doch dasselbe habe ich auch bei Sofia gedacht. Und natürlich war sie sicher, solange sie mit Daniel zusammen war – bis er sie zu Hause abgesetzt hat.

Ich nehme meine Hand von der Klinke und verlasse den Kindergarten. Das Engegefühl in der Brust begleitet mich jedoch, während ich zum Markt fahre, wo ich meinen Wagen auf einem der für *Die Brille* reservierten Parkplätze abstelle. Und als ich das Gitter vor der Ladentür hochschiebe und von hinten angesprochen werde, fahre ich erschrocken zusammen. Mit heftig klopfendem Herzen drehe ich mich um. Ilkay steht auf dem Bürgersteig. Nadelstreifenanzug, blütenweißes Hemd, Aktenkoffer in der Hand.

Ich treffe Ilkay oft, wenn ich morgens ins Geschäft gehe, denn seine Kanzlei für Strafrecht liegt nur einige Häuser entfernt, und ich freue mich immer über die Begegnungen. Ilkay hat die Gabe, gute Laune zu verbreiten. Er kann aus dem Nichts ein ernstgemeintes Kompliment hervorzaubern, oder er begrüßt mich mit einer seiner Anzüglichkeiten, die so grotesk übertrieben sind, dass ich lachen muss. Aber heute gibt es weder Komplimente noch schlüpfrige Witze, stattdessen stellt Ilkay seinen Aktenkoffer ab und schließt mich fest in die Arme.

»Meine Güte, Eva, es tut mir so leid. Ich habe es heute Morgen in den Nachrichten gehört. Du musst außer dir vor Sorge sein. Wie geht es dir?«

In Ilkays Armen lässt der Druck auf meiner Brust etwas nach. »Außer mir vor Sorge trifft es ganz gut.«

»Kannst du erzählen, was passiert ist? Als ich heute Sofias Gesicht in der Zeitung sah, habe ich sofort Susanne angerufen, doch es war gerade ein schlechter Zeitpunkt. Und Daniel hat es am Telefon gar nicht erwähnt.«

»Du hast mit Daniel telefoniert?«

»Er hat mich angerufen, weil er heute Mittag vorbeikommen möchte, um etwas zu besprechen. Stimmt es, dass Sofia verschwunden ist, nachdem sie am Samstagabend für euch auf Linus aufgepasst hat?«

Ich fasse für Ilkay zusammen, was in den letzten Tagen geschehen ist. »Die Ermittlung leitet eine Hauptkommissarin Westphal. Kennst du sie?«

Ilkay ist in der Stadt noch besser vernetzt als Axel. Er kennt Gott und die Welt, wie man so schön sagt, und Gott und die Welt kennen ihn – und mag ihn. Ich kenne kaum jemanden, der so universell beliebt ist wie Ilkay. »Nicht persönlich, aber ich habe von ihr gehört. Sie hat einen guten Ruf.«

»Leider hat sie noch keine Spur. Sie vermutet, dass Sofia sich mit irgendeinem Erwachsenen getroffen hat, der sie und ihr Fahrrad in seinem Auto mitgenommen hat.«

»Und ihr habt keine Ahnung, wer das sein könnte?«

»Sofia hat niemanden erwähnt außer ihren Lehrern und einer Mitschülerin. Und die wurden schon befragt.«

Ilkay denkt nach. »Und dass Sofia ausgerissen ist, hat Hauptkommissarin Westphal ausgeschlossen?«

»Sie vielleicht nicht, aber wir. Sofia würde nie ausreißen. Dazu hat sie keinen Grund.«

»Na ja, immerhin ist sie nicht glücklich mit der neuen Wohnsituation«, stellt Ilkay fest.

Ich schüttele den Kopf. »Sie hat sich längst daran gewöhnt.«

Ilkay mustert mich stirnrunzelnd. »Bist du sicher? Ich habe Sofia neulich zufällig getroffen. Als ich fragte, wie es ihr in der neuen Wohnung gehe, sagte sie, es sei Scheiße.«

»Wann war das?«, frage ich perplex.

»In der Woche vor Weihnachten. Ich war zur Beerdigung eines Mandanten auf dem Südfriedhof. Auf dem Rückweg zum Auto traf ich Sofia. Sie schob ihr Fahrrad zwischen den Gräbern entlang und wirkte ziemlich schlecht drauf. Wie gesagt, ich fragte, wie es ihr in der neuen Wohnung gefalle, sie sagte Scheiße. Natürlich habe ich nachgefragt, doch da wurde sie ziemlich wortkarg. Sie sagte nur, dass sie sich mit Susanne gestritten habe. Mehr wollte sie nicht erzählen, doch ich hatte den Eindruck, dass es ein heftiger Streit gewesen war. Wie seltsam, dass sie dir nicht davon erzählt hat.«

12

Sie stand noch immer an der Tür. Unschlüssigkeit lähmte sie so sehr, dass sie keinen klaren Gedanken fassen konnte. Sollte sie die Sicherheit des Zimmers wirklich gegen die Hoffnung auf Flucht eintauschen? Was, wenn er dort draußen lauerte, um ihr noch Schlimmeres anzutun? Was, wenn die Schläge und Tritte in den Bauch nur der Auftakt gewesen waren? Andererseits konnte sie nicht ewig hierbleiben – irgendwann würde sie das Zimmer verlassen müssen. Jetzt bestand immerhin die Chance, dass er es nicht bemerken würde, dass er sich zum Schlafen ins Schlafzimmer zurückgezogen hatte. Wenn sie leise genug war, würde er sie nicht hören. Sie würde so schnell wie möglich den Flur durchqueren, sich ihre Handtasche mit Autoschlüssel und Handy und ihre Schuhe schnappen und zur Wohnungstür schleichen. Allerdings wusste sie nicht genau, wo ihre Handtasche heruntergefallen war. Sie würde Licht benötigen.

Der Gedanke, im Flur das Deckenlicht einzuschalten, behagte ihr nicht, und prompt meldete sich der Teil in ihr, der ohnehin am liebsten im Bett geblieben wäre. Doch dann fiel ihr eine andere Lösung ein. Sie konnte in diesem Zimmer Licht machen und die Tür offen stehen lassen. Das sollte genügen.

Sie streckte ihre Hand aus und drückte den Lichtschalter.

13

Auf der Rückfahrt zur Kriminalpolizeiinspektion hielt Heidi beim *Taj Mahal* und holte die Mogulplatte für zwei Personen mit Extraraita und Extranaan und einer Extraportion frittierter Milchbällchen für Dorothea Lugner. Heidi kannte Doros Essensvorlieben seit dreißig Jahren. Doro hatte gemeinsam mit Heidi und Jürgen die Ausbildung bei der Polizei durchlaufen, seitdem waren sie zu dritt befreundet, woran auch die Scheidung nichts geändert hatte.

Als Heidi um Punkt zwölf Uhr dreißig an Doros Bürotür klopfte, saß die Erste Kriminalhauptkommissarin hinter ihrem Schreibtisch und kaute auf einem Filzstift, während sie mit einem zweiten Anmerkungen auf einem Formular machte.

»Du scheinst schon Hunger zu haben«, kommentierte Heidi, während sie die Bürotür hinter sich schloss.

Doro nahm den Stift aus dem Mund. »Hunger ist gar kein Ausdruck. Diese verdammte Bürokratie zapft einem sämtliche Energie ab.«

Sie kam um den Schreibtisch herum und schloss Heidi in die Arme, was sich für Heidi so anfühlte, als würde sie von einem Bären geknuddelt. Doro war noch einen halben Kopf größer als sie und auch deutlich breiter.

»Schön, dich zu sehen«, erklärte Doro. »Ich habe das Gefühl, es ist mal wieder zu lang her. Man sollte nicht meinen, dass wir im selben Gebäude arbeiten.« Sie rückte ein Stück von Heidi ab und musterte sie. »Du siehst gut aus.«

Heidi lachte über das offensichtlich nicht ernst gemeinte Kompliment. »Seit wann bist du so charmant? Das letzte Mal, als ich in den Spiegel geguckt habe, hatte ich mehr Falten als ein Origamifrosch und mehr graue Strähnen als braune.«

»Warum auch nicht? Du bist dreiundfünfzig. Aber was hat das mit gutem Aussehen zu tun? Du siehst aus, als würdest du dich gut fühlen. Zufrieden. Also, was hast du mitgebracht?« Doro nahm Heidi die Tüte vom *Taj Mahal* ab und spähte hinein. »Mogul für zwei? Perfekt! Und was isst du?«

»Haha!« Heidi nahm Doro die Tüte wieder ab und begann, Styroporschalen mit dem indischen Essen auf dem runden Besprechungstisch zu verteilen, während Doro Mineralwasser in zwei Gläser einschenkte.

Eine Viertelstunde später hatten die beiden Frauen sich mit dem Wasser zugeprostet, ihre Vorspeisen gegessen und sich gegenseitig privat auf den neuesten Stand gebracht.

»Aber du bist ja nicht nur gekommen, um zu klagen, dass Larissa ihr Beautyimperium immer weiter ausdehnt«, erklärte Doro schließlich, während sie eine Portion Reis auf ihren Teller löffelte, als Unterlage für den ersten Durchgang Lamm Bhuna Masala.

Heidi wartete, bis Doro ihr die Styroporschüssel mit dem Reis reichte. »Es geht um den Cold Case Jennifer Mann. Ich bearbeite zurzeit eine Vermisstensache, bei der ich mich frage, ob sie vielleicht am Rande mit dem Fall zusammenhängt. Eine Fünfzehnjährige ist verschwunden. Sie hat am Samstag auf den Sohn von Freunden ihrer Mutter aufgepasst. Anschließend hat der Vater des Kleinen sie nach Hause gefahren und angeblich wohlbehalten vor ihrem Wohnhaus abgesetzt. Aber das Mädchen ist nicht nach Hause gekommen. Wir haben zwei Ermittlungsansätze: Entweder ist das Mädchen in der Nacht auf eigene Faust noch einmal losgezogen, oder der Vater ist in ihr Verschwinden involviert.«

»Und was hat das mit Jennifer Mann zu tun?«, fragte Doro.

»Zwei Dinge. Zum einen scheint das Mädchen – sie heißt übrigens Sofia – sich sehr für den Fall interessiert zu haben. Zum anderen vermute ich, dass der Vater zu den Männern gehört, die bei der Reihenuntersuchung aufgefordert wurden, eine DNA-Probe abzugeben. Er ist Jahrgang 1990 und war auf dem Marie-Curie-Gymnasium. Daniel Kramer. Ist dir sein Name bei den Ermittlungen vielleicht untergekommen?«

Heidi sah Doro fragend an, die nach einem kurzen Moment des Überlegens den Kopf schüttelte.

»Zumindest kann ich mich spontan nicht an ihn erinnern – was allerdings wenig besagt. Wir haben für die Reihenuntersuchung zweihundertachtundsiebzig Männer angeschrieben, und Kramer ist ein solcher Allerweltsname, dass man ihn sofort wieder vergisst. Was weißt du sonst noch über ihn?«

»Bis jetzt nicht viel. Er hat Stadtplanung studiert und arbeitet in leitender Funktion bei der unteren Bauaufsichtsbehörde. Er ist mit Eva Kramer verheiratet, die das Optikgeschäft am Markt leitet. Die beiden haben einen fünfjährigen Sohn und wohnen im Neubaugebiet im Westen. Auf den ersten Blick scheint Kramer ein ruhiger, unauffälliger, höflicher Mitbürger zu sein. Keine Vorstrafen, nicht einmal ein Punkt in Flensburg. Allerdings hat er mich bei seiner Befragung in mindestens einem entscheidenden Punkt angelogen, und es gibt mindestens ein weiteres Detail seiner Aussage, das mich misstrauisch macht. Wir haben Sofias Handy unter dem Beifahrersitz seines Wagens gefunden. Kramer behauptet, Sofia müsse es verloren haben, als er sie nach Hause fuhr, doch das Handy lag an einer Stelle, die das ziemlich unwahrscheinlich erscheinen lässt.«

»Hm.« Doro aß einen Bissen Lamm. »Und was möchtest du von mir?«

»Ich möchte dich bitten, zu überprüfen, ob Daniel Kramer irgendwo in den Ermittlungsakten zu Jennifer Mann in Erscheinung tritt. Außerdem wüsste ich gern mehr über die Reihentestung. Wieso interessiert ihr euch ausgerechnet für die 2009er-Abiturjahrgänge von vier bestimmten Gymnasien?«

»Soll das heißen, du weißt es nicht?«, fragte Doro überrascht. »Ich dachte, der Flurfunk hätte es längst auf allen Kanälen gesendet. Ich erzähle es dir, aber wage es nicht, in der Zwischenzeit das ganze Lamm zu verdrücken.«

Während Doro das Geheimnis des 2009er-Abiturjahrgangs enthüllte, aß Heidi sich mit Genuss durch die verschiedenen Gerichte, hielt sich jedoch wie versprochen beim Lamm zurück. Doro holte weit aus. Der Fall Jennifer Mann war ihr ein knappes Jahr zuvor als Cold Case zugeordnet worden. Es war nicht das erste Mal, dass der Fall neu aufgerollt wurde. Jennifer Manns Tod galt als Schandfleck auf der ansonsten ansehnlichen Bilanz der Kriminalpolizeiinspektion. Nicht nur, weil der Mord an einer jungen Frau ungeklärt und damit ungesühnt geblieben war, sondern auch, weil die Polizei sich im Anfangsstadium durch die Weigerung, die Vermisstenanzeige von Jennifers Freundinnen und Mutter entgegenzunehmen, in einem äußerst schlechten Licht präsentiert hatte. Entsprechend war etwa alle fünf Jahre ein neues Team zusammengestellt worden, das die Akten noch einmal durchgehen und nach Spuren suchen sollte, die früheren Kollegen entgangen waren. Doch es war nie der eine entscheidende Hinweis entdeckt worden – bis zu Doros Auftritt bei *Aktenzeichen XY.* Die Sendung hatte Rekordeinschaltquoten gebracht – vergewaltigte und ermordete junge Frauen zogen immer – und zu über achtzig Hinweisen geführt, von denen die meisten zwar im Nirwana verglüht waren, doch eine Zeugin, Melanie Wenke, eine vierzigjährige Zahntechnikerin, hatte etwas Entscheidendes berichtet.

Melanie Wenke war am Abend des dreißigsten Mai 2009 ebenfalls im *Baumann's* gewesen, hatte sich jedoch – trotz unzähliger Aufrufe – nicht bei der Polizei gemeldet, weil sie den Besuch ihrem damaligen Verlobten und heutigem Ehemann verschwiegen hatte. Sie hatte das jahrelang vor sich selbst damit gerechtfertigt, dass sie Jennifer nicht gekannt und daher nichts zu den Ermittlungen beizutragen hatte. Erst beim Schauen von *Aktenzeichen XY ungelöst* war ihr klar geworden, dass Letzteres ein fataler Irrtum war. Denn sie hatte die Disco zwischen Mitternacht und ein Uhr verlassen, um aus ihrem Wagen eine Packung Tampons zu holen. Dabei hatte sie ein Pärchen bemerkt, das im hinteren Teil des Parkplatzes an ein Auto gelehnt heftig knutschte. Als ein anderer Wagen vorbeifuhr, hatte Melanie im Scheinwerferlicht gesehen, dass die Frau blonde lange Haare hatte und ein pinkfarbenes Minikleid trug – genau wie Jennifer am Abend ihres Todes. Über den Mann wusste Melanie nach all der Zeit nur noch, dass er ein helles, vermutlich weißes T-Shirt getragen hatte. Auch an das Auto, an das die beiden lehnten, erinnerte sie sich nicht – bis auf zwei Details: Es war ein Kombi gewesen, an dessen Heckscheibe ein Aufkleber klebte. Weiße Schrift auf dunklem Grund: *Abi 2009*.

Als Doro geendet hatte, dachte Heidi über das Gehörte nach, während Doro sich über das Lamm hermachte. Sie spürte eine vage Enttäuschung.

»Viel ist das nicht«, bemerkte sie. »Ein Aufkleber auf einem Auto, von dem ihr nicht einmal wisst, ob es dem Täter gehört. Wenn Jennifer wirklich die Frau im pinkfarbenen Kleid war und der Typ im weißen T-Shirt ihr Mörder, könnten die beiden an irgendeinen Wagen gelehnt geknutscht haben.«

Doro verdrehte die Augen. »Glaubst du, das weiß ich nicht? Es ist alles, was wir haben. Und es ist mehr, als es auf den ersten Blick scheint. Wir wissen, dass der Täter ein Auto hatte, weil Jennifers Leiche fünf Kilometer vom *Baumann's* entfernt irgendwo in der Pampa gefunden wurde, und ich bezweifle, dass sie sich mitten in der Nacht überreden ließ, zu Fuß dorthin zu gehen. Auch die Zeit passt. Jennifer wurde gegen Mitternacht zuletzt gesehen, im Gespräch mit einem Typen etwas abseits der Tanzfläche auf dem Groundfloor. Die Kollegen konnten damals wegen der Lichtverhältnisse im *Baumann's* keine brauchbare Beschreibung kriegen, aber alle Zeugen waren sich einig, dass der Typ ein weißes Oberteil trug. Außerdem passt die Aussage zu dem Profil, das der Fallanalytiker damals erstellt hat. Er meinte, dass Jennifer zunächst freiwillig mit ihrem Mörder mitgegangen sei. Dass es jemand war, den sie entweder schon kannte oder der ihr sympathisch war. Dass es gut sein könne, dass sie mit dem Täter Zärtlichkeiten ausgetauscht habe, dann jedoch nicht bereit war, mit ihm zu schlafen. Das passt auch zu der Charakterisierung von Jennifer, die ihre Freundinnen geliefert haben, und zu den sonstigen Ermittlungsergebnissen.«

»Und was hat der Fallanalytiker zum Tatgeschehen gesagt?«

Doro schnitt eine Grimasse. »Dass die Sache vermutlich eskaliert ist. Wahrscheinlichste Theorie: Der Täter wollte Sex, Jennifer weigerte sich, also nahm er sich mit Gewalt, was sie ihm freiwillig nicht geben wollte. Sie hatte unter anderem Blutergüssen an den Oberarmen, wo er sie festgehalten hat. Anschließend geriet der Täter in Panik. Vielleicht drohte Jennifer, ihn anzuzeigen. Er erwürgte sie, um die Vergewaltigungshandlung zu verdecken. Es war ein brutales Verbrechen, Jennifer hat sich heftig gewehrt.«

»Und wo hat sich das alles abgespielt? Auf dem Parkplatz des *Baumann's*?«

Doro schob ihren leeren Teller zur Seite und zog das Schälchen mit den frittierten Milchbällchen zu sich heran. »Entweder dort oder im Wagen des Täters. Jennifers Freundinnen haben ausgesagt, dass Jennifer zwar mit einem Fremden aus dem *Baumann's* raus auf den Parkplatz gegangen, aber nicht freiwillig mit ihm nach Hause gefahren wäre. Schon gar nicht, ohne jemandem Bescheid zu sagen.« Doro spießte ein Milchbällchen auf. »Auch das passt zur Aussage von Melanie Wenke. Sie hat die beiden im hinteren Teil des Parkplatzes gesehen, in der letzten Reihe. Mittlerweile gibt es dort überall Laternen, doch damals war das eine stockdunkle Ecke, beliebt bei Pärchen, die eine schnelle Nummer schieben wollten. Melanie hatte dort nur geparkt, weil es, als sie kam, Querelen im vorderen Teil des Parkplatzes gab. Zwei junge Männer waren aneinandergeraten, weil der eine dem anderen den Parkplatz weggeschnappt hatte. Deshalb stauten sich dort die Autos.«

Heidi dachte über das Gehörte nach. Es ergab Sinn. »Und wie seid ihr dann auf das MCG und die anderen drei Gymnasien gekommen, deren Abiturienten ihr testen wollt? Lass mich raten: Es waren die einzigen Gymnasien im Landkreis, die 2009 einen Abiaufkleber mit weißer Schrift auf dunklem Grund hatten?«

Doro nickte.

»Und wie ist der Stand bei der Reihenuntersuchung?«

Doro aß ein weiteres Milchbällchen, bevor sie die Frage beantwortete. »Besser als erwartet. Wir konnten zweihundertdreiundsiebzig von zweihundertachtundsiebzig Männern ausschließen.«

»Wow.« Heidi war beeindruckt, sie wusste, dass der Anteil im Allgemeinen niedriger lag. Denn eine DNA-Reihenuntersuchung wurde zwar durch richterlichen Beschluss angeordnet, doch die Teilnahme war freiwillig. Wenn ein Mann ins Profil passte und schriftlich aufgefordert wurde, eine DNA-Probe abzugeben, durfte er sich weigern, und die Ermittler durften aus dieser Weigerung nicht den Schluss ziehen, dass der Mann verdächtig war. Eine verpflichtende Teilnahme würde gegen die Unschuldsvermutung und das Rechtsstaatsprinzip verstoßen.

»Wie habt ihr das geschafft? Zweihundertdreiundsiebzig freiwillige DNA-Proben?«

»Hundertdreiundsechzig«, widersprach Doro. »Hundertzehn Männer konnten wir ausschließen, weil sie ein Alibi hatten. Jennifer starb wenige Wochen nach der letzten Abiturprüfung. Viele Abiturienten waren damals auf Abi-Sauf-Fahrt im Ausland und konnten das auch noch belegen. Dass wir bei den Männern ohne Alibi eine so gute Quote hatten, lag allerdings auch am öffentlichen Druck. Es gab eine Kampagne im *Boten*, in der Jennifers Eltern und Laura Speyer für die Teilnahme warben. Laura war die Freundin von Jennifer, die damals im *Baumann's* die Polizei rief. Und die Kampagne hat gewirkt«, stellte Doro zufrieden fest.

Heidi konnte die Zufriedenheit nachempfinden. Es war ein cleverer Schachzug, die Öffentlichkeit einzubinden. »Was ist mit den verbliebenen fünf Männern? Ich nehme an, die nehmt ihr gerade unter die Lupe?«

Doro nickte. »Was allerdings nach fast sechzehn Jahren ein zäher Prozess ist, wie du dir denken kannst. Wir sind noch meilenweit davon entfernt, einen Anfangsverdacht gegen auch nur einen von ihnen begründen zu können.«

Der zufriedene Ausdruck verschwand aus Doros Gesicht, was Heidi nicht wunderte. Da ein Testverweigerer nicht ohne Weiteres als Verdächtiger geführt werden durfte, war die Polizei bei der Überprüfung des Mannes eingeschränkt. Erst wenn herkömmliche Ermittlungen einen hinreichenden Tatverdacht ergaben, konnte die Staatsanwaltschaft beantragen, dass der Mann zur Abgabe einer DNA-Probe verpflichtet wurde.

»Und was sind das für Leute?«

Doro aß ihr letztes Milchbällchen. »Ganz unterschiedliche. Einer war Extremsportler, er starb vor zwei Jahren bei einer Bergtour in Südamerika. Wir haben seine Zwillingsschwester um eine Speichelprobe gebeten, doch sie weigert sich mit der Behauptung, das käme dem Eingeständnis gleich, dass sie ihrem toten Bruder nicht vertraut hätte. Dummerweise hat sie keine weiteren Verwandten. Die anderen Männer leben noch. Ich habe alle vier persönlich aufsuchen lassen. Bei einigen Männern, die zunächst ebenfalls die Teilnahme verweigerten, hatte das Erfolg, bei diesen vier leider nicht. Einer ist Rechtsanwalt, der auf sein Recht auf informationelle Selbstbestimmung pocht und Reihentests grundsätzlich als Umkehrung der Unschuldsvermutung ablehnt. Einer ist Investmentbanker und scheint nicht nur im Hauptberuf Arschloch zu sein. Ein Typ kommt aus der linksautonomen Szene und würde sich vermutlich eher seinen kleinen Pimmel abschneiden, als der Polizei zu helfen. Und dann ist da noch ein Lehrer, der nicht davon zu überzeugen ist, dass seine Probe sofort vernichtet wird. Er ist Datenschutzbeauftragter an seiner Schule und behauptet, er mache sich unglaubwürdig, wenn er den Kids Datenenthaltsamkeit predigt, aber selbst ohne guten Grund eine DNA-Probe entnehmen lässt. Pikanterweise unterrichtet er ausgerechnet am Marie-Curie-Gymnasium – obwohl er selbst auf eine andere Schule gegangen ist.«

Heidi beugte sich vor. »Meine Vermisste geht aufs MCG. Kannst du mir den Namen des Mannes sagen?«

»Klar, wenn du ihn nicht unbedingt in einer offiziellen Akte auftauchen lässt: Lennart Brakel, Doktor Lennart Brakel, um genau zu sein. Ehrlich gesagt ist er mein Favorit. Ich habe mir Jugendfotos von allen fünf Männern besorgt, und Brakel sah damals mit Abstand am besten aus. Ich könnte mir gut vorstellen, dass Jennifer sich von ihm hätte anquatschen lassen.« Doro musterte Heidi. »Verrätst du mir, warum du guckst, als wolltest du gleich ›Heureka!‹ schreien?«

»Brakel ist Sofias Klassenlehrer.«

»Tatsächlich?« Ein Lächeln breitete sich auf Doros Gesicht aus und zog ihren breiten Mund noch mehr in die Breite. »Na, sieh mal einer an. Sofia geht also aufs MCG. Genau wie Jennifer. Und sie ist ebenfalls verschwunden.«

»Allerdings unter anderen Umständen.« Heidi fasste den Fall zusammen.

Doro hörte aufmerksam zu. »Du hast recht, die Umstände sind anders«, bemerkte sie schließlich, »dennoch ist es interessant.« Sie trommelte nachdenklich mit den Fingerkuppen auf die Tischplatte, dann warf sie einen Blick auf die Uhr über ihrer Bürotür. »Gleich halb zwei, ich fürchte, wir müssen unser Sit-in beenden, aber wir sollten uns gegenseitig auf dem Laufenden halten. Ich habe jetzt zwei Besprechungen nacheinander, danach sehe ich mal, was ich zu Daniel Kramer in den Akten finde.« Sie begann, die geleerten Styroporverpackungen einzusammeln, hielt jedoch noch einmal inne. »Noch eine Frage zu dem neuen Partner von Sofias Mutter. Axel Thürmer – ist das der Architekt? Hat er auch 2009 Abitur gemacht?«

Heidi schüttelte den Kopf. »Er war fast zwanzig Jahre früher dran. Wieso fragst du?«

»Ich bilde mir ein, seinen Namen schon mal gehört zu haben – und zwar nicht im Zusammenhang mit seinem Beruf, sondern mit unserem. Haben die Datenbanken nichts zu ihm ausgespuckt? Nein? Na ja, wenn's mir wieder einfällt, sage ich dir Bescheid.«

14

Eva

Ich komme den ganzen Vormittag über nicht dazu, über das nachzudenken, was Ilkay erzählt hat – obwohl der Gedanke daran in meinem Kopf herumspukt und meine Konzentration stört. Eigentlich hatte ich geplant, einige dringende Arbeiten in der Werkstatt zu erledigen und sobald wie möglich zu Susanne zu fahren, doch es ist einer dieser Tage, an denen ständig die Ladentür bimmelt, also muss ich meine Mitarbeiterin im Verkaufsraum unterstützen. Kaum haben wir geöffnet, steht bereits eine Mutter mit ihren elfjährigen Zwillingstöchtern im Geschäft und hält mir zwei ramponierte Kinderbrillen entgegen. Die eine ist stark verbogen, bei der anderen ist ein Kunststoffbügel abgebrochen. Während ich den Schaden begutachte, erzählt die Mutter mir in resigniertem Ton, dass zwischen den beiden Töchtern am Vorabend der Streit um den Eckplatz auf dem Sofa eskaliert sei. Beim Anblick der Mädchen, die sich hinter dem Rücken der Mutter die Zungen rausstrecken und sich gegenseitig gegen die Schienbeine treten, huscht mir der Gedanke durch den Kopf, dass es vielleicht doch ein Segen war, dass es mit einem zweiten Kind nicht geklappt hat. Ich nehme die Brillen mit in die Werkstatt, wo ich die eine richte und einen provisorischen Ersatzbügel für die andere suche. Schließlich verlassen die drei den Laden, doch durch die noch offene Tür kommt bereits der nächste Kunde.

So vergeht der Vormittag in ziemlicher Hektik. Als es endlich ruhiger wird, ist es halb zwölf. Ich ziehe mich in die Werkstatt zurück, um die Gläser, die am Morgen eingetroffen sind, zu schleifen und in die zugehörigen Fassungen einzusetzen. Um eins schreibe ich eine kurze Nachricht für Claudia, dann schließe ich das Geschäft für die Mittagspause, hole beim Bäcker gegenüber einige Schokocroissants und mache mich auf den Weg zu Susanne.

Unterwegs kreisen meine Gedanken um Ilkays Behauptung, dass Sofia und Susanne sich gestritten haben. Es irritiert mich. Natürlich kommt es vor, dass es zwischen den beiden Krach gibt, doch normalerweise erzählt mir dann eine von ihnen – oft auch beide – davon, besonders, wenn es ein heftiger Streit war. Und wieso fand Sofia auf einmal die neue Wohnsituation »Scheiße«? Ich bin mir sicher, dass sie sich inzwischen mit ihr angefreundet hatte, weil ich in den Wochen nach dem Umzug extra darauf geachtet und Sofia mehrmals danach gefragt habe.

Ich nehme mir vor, Susanne darauf anzusprechen, aber die erste Person, die ich treffe, als ich in der Willy-Brandt-Allee ankomme, ist Axel. Er geht mit geöffnetem Kaschmirmantel im Nieselregen vor der Eingangstür auf und ab, eine Hand in der Hosentasche vergraben, die andere hält ein Smartphone vor seinen Mund.

»Nein!«, blafft er hinein, »Ich werde das nicht noch einmal ändern. Wenn sie darauf besteht, werden wir es ihr in Rechnung stellen. Die Zahlen sind korrekt, erklären Sie ihr das. Und rufen Sie mich erst wieder an, wenn sie es kapiert hat. Ich habe keine Zeit für diese Kinkerlitzchen, meine Frau braucht mich.«

Er drückt das Gespräch weg und will den Code ins Türschloss eingeben, als er mich sieht. Sofort knipst er ein charmantes Lächeln an. »Hallo, Eva. Ich wusste gar nicht, dass du heute kommst. Susanne hat es nicht erwähnt.«

»Ich habe es ihr gestern versprochen.«

»Musst du nicht arbeiten?«

»Ich arbeite doch nur halbtags. Außerdem versuche ich gerade, möglichst oft eine Vertretung zu finden.«

»Ah ja. Nett von dir. Ich würde mich ebenfalls gern vertreten lassen, aber als Chef …« Er zuckt beredt mit den Achseln. »Dennoch versuche ich, so oft wie möglich zwischendurch nach Hause zu kommen. Nach dir!«

Er hält mir die Haustür auf. Während wir auf den Aufzug warten, macht Axel höflichen Small Talk, und ich gebe mir Mühe, passende Antworten zu finden, obwohl es mir schwerfällt. Die Wahrheit ist, dass ich mit Axel bis heute nicht richtig warm geworden bin – was einer gewissen Ironie nicht entbehrt.

Susanne und ich sind im Grunde sehr verschieden, und einer der Punkte, bei denen wir gegensätzliche Meinungen haben – oder vielmehr: hatten –, ist die Beziehungsfrage. Ich wollte immer heiraten und eine Familie gründen, während Susanne jahrelang erklärt hat, Sofia sei familiäre Verantwortung genug, sie müsste verrückt sein, sich noch mehr aufzubürden. Außerdem sei sie nicht der häusliche Typ. Entsprechend hatte sie in den letzten Jahren zwar zahlreiche Affären, aber nie eine ernste Partnerschaft. Das änderte sich erst, als sie Axel traf.

Axel hat Susanne im Sturm erobert. Sie hat ihn kennengelernt, als sie eines seiner Projekte vermarktete, und war sofort hin und weg. Sie hat sich so Hals über Kopf in die Beziehung gestürzt, dass mir schon vom Zuschauen schwindelig wurde. Von jetzt auf gleich wurde Susanne von der ewigen Single-Mom-mit-Affären zur ultimativen Wir-Person. (»Wir gehen auf die angesagte Party XY.« »Wir haben einen Tisch im noblen Restaurant XY bekommen.« »Wir treffen uns mit dem Bürgermeister zum Dinner.«) Die beiden waren noch nicht einmal zwei Monate zusammen, da flogen sie schon gemeinsam in den Urlaub – in eine Villa auf Sardinien, die einem Unternehmerfreund von Axel gehört; Sofia war in der Zeit bei uns – und nach sechs Monaten machte Axel zum ersten Mal den Vorschlag, zusammenzuziehen. Zuerst lehnte Susanne ab, doch als er kurz darauf mit dem Penthouseplan ankam, wurde sie schwach.

Die Ironie liegt nun darin, dass ich – nachdem ich jahrelang mein Unverständnis zum Ausdruck gebracht hatte, wenn Susanne mal wieder einen netten Kerl nach kurzer Laufzeit in die Wüste schickte – bei Axel genau darauf gehofft habe. Ich habe viel darüber nachgedacht, warum das so ist, und mich sogar gefragt, ob ich vielleicht eifersüchtig auf ihn bin, weil er mir die Rolle als zweitwichtigste Person in Susannes Leben streitig macht. Aber das ist es nicht. Mein Unbehagen rührt daher, dass ich unsicher bin, ob Susanne Axel wirklich liebt. Die Person Axel, nicht nur das, was er verkörpert: Macht, Erfolg, Einfluss und die Möglichkeit, mit ihm als Powerpaar zu glänzen. Und umgekehrt frage ich mich, ob Axel in Susanne mehr sieht als eine Trophäe. Vielleicht rühren meine Zweifel allerdings auch daher, dass ich nicht weiß, wie Axel wirklich hinter seiner erfolgreichen Fassade tickt. Ich finde keinen Zugang zu ihm. In der Hinsicht erinnert er mich an Thomas.

Als Axel die Tür zum Penthouse aufschließt, ist es still in der Wohnung. Axel nimmt mir meinen Dufflecoat ab und verstaut ihn zusammen mit seinem Mantel im verspiegelten Garderobenschrank. Dann geht er voraus und öffnet die Tür zum Wohnzimmer, bleibt jedoch so abrupt auf der Schwelle stehen, dass ich gegen ihn pralle.

An Axel vorbei sehe ich Susanne, die mit Laurin Sommer – einem ihrer Angestellten, der zwar schon dreißig ist, jedoch deutlich jünger wirkt, hauptsächlich weil er ständig errötet –

am Esstisch sitzt. Die beiden beugen sich über einen Laptop, doch bei dem Geräusch der sich öffnenden Tür blicken sie auf.

»Axel«, sagt Susanne überrascht. »Ich habe die Wohnungstür gar nicht gehört. Was tust du hier? Ich dachte, du hast heute das Mittagessen mit dem neuen Klienten.«

»Ich habe es verschoben, weil ich nach dir sehen wollte.«

Axel legt eine Hand auf Susannes Schulter, beugt sich über sie und küsst sie so intensiv, dass Laurin prompt rot wird. Ich habe den Eindruck, dass Susanne diese übertriebene Darbietung von Leidenschaft ebenfalls unangenehm ist.

»Du erinnerst dich an Laurin?«, fragt sie schließlich außer Atem. »Ich habe ihn hergebeten, um ihn wegen des Nordring-Projekts zu briefen. Laurin übernimmt heute meine Besichtigungen.«

»Nur vage.« Während Axel mit der rechten Hand die von Laurin schüttelt, lässt er seine linke auf Susannes Schulter ruhen. Erst dann entdeckt Susanne mich.

»Eva!« Sie springt auf und schließt mich in die Arme. Ich habe das Gefühl, dass sie in den vergangenen zwei Tagen noch schmaler geworden ist.

»Gibt es etwas Neues?«, frage ich, als wir uns voneinander lösen.

Susanne schüttelt den Kopf. Tränen schießen in ihre Augen, doch sie blinzelt sie weg, bevor sie mir die Tüte mit den Croissants abnimmt. Ich begrüße auch Laurin, dann stehen wir zu viert in einem angespannten Schweigen beieinander, bis Susanne sich schließlich an Axel wendet.

»Schatz, ich freue mich sehr, dass du hier bist, allerdings brauchen Laurin und ich noch einige Minuten. Wir wollten längst durch sein, aber Frau Westphal kam zwischendurch vorbei. Könntest du vielleicht schon mal Kaffee kochen, während ich Laurin noch ein paar Tipps gebe?«

Kurz darauf sitze ich allein auf dem weißen Ledersofa, vor mir auf dem Glastisch steht ein Latte macchiato. Nachdem Axel mir den Kaffee gebracht hat, hat er das Wohnzimmer wieder verlassen. Susanne und Laurin beugen sich noch immer über den Laptop, doch schließlich klappt Susanne ihn zu und verstaut ihn in der zugehörigen Tasche.

»Also denk daran: immer lächeln und am besten nicht rot werden! Und sei nach Möglichkeit eine Viertelstunde vor dem ersten Termin bei den Strauß-Voigts und geh noch einmal durchs Haus, ob alles präsentabel ist. Als ich zum Fotografieren dort war, war der Windeleimer voll. Im Zweifelsfall musst du noch einmal durchlüften.«

Laurin nickt zu den Anweisungen wie ein Wackeldackel, dann folgt er Susanne hinaus. Durch die offene Wohnzimmertür höre ich, wie Susanne sich von ihm verabschiedet und die Wohnungstür hinter ihm schließt. Doch sie kommt nicht sofort zurück, stattdessen vernehme ich Axels Stimme: »Susanne, kommst du mal?«

»Jetzt? Eva wartet.«

Ich kann Axels Erwiderung nicht verstehen, aber Susanne stimmt zu, und wenn ich die Schritte richtig deute, gehen die beiden in Axels Arbeitszimmer.

Ich greife zu meinen Latte macchiato, dessen Milchschaum schon halb zusammengefallen ist. Eigentlich wollte ich auf Susanne warten, doch ich habe Kopfschmerzen vom Schlafmangel, also trinke ich einige Schlucke und lehne mich auf dem Sofa zurück.

Ich bin allerdings zu unruhig, um lange sitzen zu bleiben. Außerdem ist es im Wohnzimmer ziemlich stickig, daher drücke ich mich vom Sofa hoch und öffne die Fenstertür, die auf die Dachterrasse hinausgeht. Ich genieße die kühle Januarluft auf meinem Gesicht – bis ich eine wütende Stimme höre. Sie kommt von rechts, wo Axels Arbeitszimmer liegt. Vermutlich ist dort ein Fenster geöffnet.

»Er hat hier nichts verloren, Susanne. Ich akzeptiere nicht, dass du ihn hierher einlädst.«

»Was soll das heißen, du akzeptierst es nicht?«, fragt Susanne schneidend. »Du wirst es müssen. Ich werde die Wohnung garantiert nicht verlassen, solange Sofia nicht wieder da ist – und irgendjemand muss meine Termine übernehmen.«

»Dann lass es deine Mitarbeiterin machen, die Kleine, wie heißt sie noch?«

»Das ist nicht Hannas Aufgabe. Sie macht den Webauftritt und das Backoffice. Außerdem arbeitet sie nur halbtags.«

»Dann soll dieser Laurin dich beim nächsten Mal anrufen. Wofür gibt es *Teams*? Verdammt, Susanne, was würdest du denn sagen, wenn du nach Hause kommst und mich mit meiner Assistentin erwischst?«

»Du hast mich nicht erwischt. Wir haben uns unterhalten, auf einer rein professionellen Ebene.«

»Und woher soll ich wissen, dass das stimmt? Du hast auch behauptet, dass dieser verdammte Türke nur ein Bekannter ist. Dabei hast du ihn monatelang gefickt.«

»Das ist fast zehn Jahre her. Und ich habe mich entschuldigt, dass ich dich angelogen habe. Und jetzt muss ich zu Eva.«

»Du gehst erst, wenn du mir zugehört hast. Du kannst mich nicht erst vorführen und dann stehen lassen. Es ist meine Wohnung. Und was macht Eva überhaupt schon wieder hier? Bin ich nicht genug?«

Susanne antwortet nicht sofort, vermutlich ist sie zu empört – ebenso wie ich. Ich habe den starken Impuls, ins Arbeitszimmer hinüberzulaufen und Axel meine Meinung zu geigen. Was fällt ihm ein, so mit Susanne zu reden? Noch dazu heute? Allerdings ist Susanne die Letzte, die meine Hilfe braucht. Garantiert holt sie gerade tief Luft, um Axel gehörig den Marsch zu blasen. Doch zu meiner totalen Überraschung tut sie das Gegenteil.

»Du hast recht«, lenkt sie ein. »Entschuldige bitte. Ich hätte dir Bescheid sagen sollen, dass ich Laurin und Eva hergebeten habe. Beim nächsten Mal mache ich mit Laurin einen Videocall.«

15

Aus der Nähe sah Dr. Lennart Brakel noch besser aus als über eine Straßenbreite hinweg. Mit den blonden schulterlangen Haaren, die er jetzt offen trug, und dem kantigen Kinn erinnerte er Heidi an diesen isländischen Fußballer, der mal bei *Let's dance* teilgenommen und in den Larissa sich prompt verknallt hatte. Lennart Brakel schien auch ähnlich durchtrainiert zu sein wie ein Profisportler. Er war zwar sehr schlank, aber muskulös, wie Heidi beurteilen konnte, da er zur Jeans nur ein weißes T-Shirt trug.

Heidi hatte den Mann in seinem Zuhause aufgesucht, das im Dachgeschoss eines Altbaus im Kneipenviertel lag. Die Adresse hatte sie zusammen mit weiteren Informationen von Dorothea Lugner erhalten. Demnach lebte Lennart Brakel allein. Er war Single, seine Beziehung zu einer Lehrerin am städtischen Gymnasium war einige Monate zuvor zerbrochen, den Grund hatte Doro nicht gewusst.

Brakel war nicht nur ein angenehmer Anblick, er schien auch ein angenehmer Zeitgenosse zu sein. »Sie haben Glück, mich zu erwischen«, erklärte er freundlich. »Ich bin erst vor einer Viertelstunde nach Hause gekommen. Ich wollte gerade mit Unterrichtsvorbereitungen beginnen, aber Fragen zu Sofia gehen vor. Bitte kommen Sie herein.«

Er öffnete die Tür weit, und Heidi trat in einen großen

Raum, der offenbar fast die ganze Wohnung umfasste. Mehrere sorgfältig restaurierte Stützbalken trugen nicht nur das Dach, sondern unterteilten den Raum in Lennard Brakels Lebensbereiche. In der Mitte stand ein Esstisch, um den ein Sammelsurium unterschiedlicher Stühle gruppiert war. In einer Nische war eine Küche mit anthrazitfarbener Front eingebaut, in einer anderen stand ein Doppelbett, über das eine karierte Tagesdecke geworfen worden war. Es gab auch eine Sofaecke mit Fernseher und eine Sportecke mit einer gut ausgestatteten Hantelbank. An einem Stützbalken hing eine Westerngitarre an einem Ledergurt, an einem anderen Brakels Rennrad.

»Was möchten Sie wissen?«, fragte Brakel, nachdem er die Schulhefte auf dem Esstisch zusammengeschoben und Heidi einen Platz angeboten hatte. Er legte seine sehnig-muskulösen Unterarme auf den Tisch und faltete seine Hände. Unter dem Rand des T-Shirts lugte ein Tattoo hervor, eine schwarz-rote Rosenblüte.

Heidi hatte sich unterwegs eine Vernehmungsstrategie zurechtgelegt. Im Wesentlichen wollte sie die Antwort auf eine Frage bekommen, allerdings war diese heikel, daher begann sie mit einigen Aufwärmfragen, die Esther Sikorski dem Lehrer bereits gestellt hatte. Lennart Brakel antwortete dennoch geduldig und ging mit Heidi noch einmal seine Bemühungen durch, Sofia Ziemiak in den Klassenverband zu integrieren. Als Heidi feststellte, dass diese Bemühungen wenig erfolgreich gewesen waren, widersprach er.

»Dem würde ich nicht zustimmen. Sofia ist zwar eine Einzelgängerin, aber keine Außenseiterin. Sie ist keineswegs unbeliebt oder isoliert in der Klasse. Sie ist schlicht gern für sich, und die anderen Schüler:innen akzeptieren das.«

»Aber haben Sie sich nicht bemüht, Sofia zu mehr gemeinsamen Aktivitäten mit ihren Mitschüler:innen zu bewegen?«

Nachdem Lennart Brakel konsequent genderte, tat Heidi es ebenfalls. Gemeinsamkeiten herstellen war einer der ältesten Tricks der Vernehmungspsychologie.

»Ich habe ihr die Möglichkeit dazu eröffnet. Das heißt nicht, dass sie diese nutzen muss. Abgesehen davon ist Sofia durchaus in der Lage, Kontakte zu knüpfen, wenn sie das möchte. Sie hat sich zum Beispiel einigen Schüler:innen angeschlossen, die in den Pausen Backgammon spielen.«

»Wissen Sie, ob darunter auch ältere Schüler:innen sind? Ich interessiere mich besonders für solche, die bereits einen Führerschein besitzen.«

»Ich denke schon.«

»Und wissen Sie, ob Sofia mit dem einen oder der anderen Kontakt über das Backgammonspielen hinaus hat? Oder mit anderen Schüler:innen, die bereits einen Führerschein besitzen?«

Brakel überlegte, bevor er den Kopf schüttelte. »Ich glaube nicht, allerdings kann ich es nicht sicher sagen. Die einzige Ü18-Schülerin, mit der ich Sofia einige Male zusammen gesehen habe, ist Nele Klostermann. Warum fragen Sie danach?«

»Weil es Hinweise gibt, dass Sofia in der Nacht von Samstag auf Sonntag mit jemandem in einem Fahrzeug weggefahren ist. Deswegen müssen wir alle Erwachsenen aus ihrem Umfeld fragen, was sie in der Nacht getan haben.« Bei den letzten Worten sah Heidi Lennart Brakel auffordernd an.

Der Lehrer reagierte nicht sofort. Er musterte Heidi eine Weile nachdenklich, bevor er schließlich den Kopf schüttelte. »Ich hätte es wissen müssen«, verkündete er kryptisch. Dann lehnte er sich auf seinem Stuhl zurück und verschränkte die nackten Arme vor der Brust. Sein freundlicher Gesichtsausdruck hatte sich verflüchtigt. »Sie wollen also von mir wissen, wo ich in der Nacht von Samstag auf Sonntag war. Wieso?

Glauben Sie ernsthaft, ich sei in Sofias Verschwinden involviert?«

»Reine Routine.« Heidi begleitete die Worte mit einem Lächeln, das jedoch nicht erwidert wurde.

»Schikane trifft es wohl eher.«

Heidi hob die Augenbrauen. »Warum sollte ich Sie schikanieren wollen?«

»Das wissen Sie genau.«

»Leider nicht.«

Heidi sah Lennart Brakel fragend an, der sie seinerseits voller Verachtung musterte.

»Sie wollen ernsthaft das naive Dummchen spielen?« Er schnaubte. »Meinetwegen, dann buchstabieren ich es für Sie aus: Sie schikanieren mich, weil ich mich vollkommen zu Recht weigere, Ihnen meine Speichelprobe zu geben.«

Heidi runzelte die Stirn. »Ich habe keine Speichelprobe von Ihnen verlangt.«

»Aber Ihre Kollegen, die den Fall Jennifer Mann bearbeiten.«

Heidi bemühte sich, nach perplexer Irritation erwachendes Verständnis zu mimen. »Spielen Sie auf die DNA-Reihenuntersuchung an? Heißt das, Sie wurden eingeladen, haben den Test aber verweigert? Das wusste ich nicht.«

Lennart Brakel lachte auf, kurz und hart. »Das glaube ich Ihnen nicht. Ihre Kollegen versuchen seit Monaten, aus dem Nichts einen Anfangsverdacht gegen mich zu konstruieren, damit sie endlich eine verpflichtende DNA-Probe beantragen können. Nachdem sie gescheitert sind, kommen Sie jetzt daher und wollen mir Sofias Verschwinden anhängen.«

Heidi seufzte. »Ich möchte nichts dergleichen, Dr. Brakel, ich möchte lediglich Sofia finden. Wie gesagt, wir haben Hinweise, dass sie Samstagnacht vor ihrem Zuhause von einer Person in einem Auto abgeholt wurde. Deswegen befragen wir alle Personen in ihrem Umfeld, die einen Führerschein besitzen. Sie gehören dazu.«

»Genau wie sämtliche Lehrer:innen von Sofia. Werden die auch befragt?«

»Selbstverständlich.«

»Und wie viele haben Sie schon in ihrem Zuhause aufgesucht?«

Heidi spielte mit dem Gedanken, zu lügen, aber sie schätzte, dass Lennart Brakel dann nach Namen fragen würde. »Sie sind der Erste, weil Sie Sofias Klassenlehrer sind.«

»Ach ja?« Brakels Stimme war unschwer anzuhören, dass der Mann Heidi nicht glaubte, doch dann sagte er: »Also gut, einverstanden. Ich akzeptiere, dass Sie alle meine Kolleg:innen ebenfalls befragen – und sobald Sie das getan haben, können Sie wiederkommen. Für heute ist unser Gespräch beendet.« Er schob mit einem schrappenden Geräusch seinen Stuhl über die Holzdielen zurück und stand auf.

Heidi blieb sitzen. »Doktor Brakel, es tut mir leid, wenn Sie schlechte Erfahrungen mit Kollegen gemacht haben, doch ich versichere Ihnen: Ich bin nicht wegen des Falles Jennifer Mann hier. Was auch immer zwischen meinen Kollegen und Ihnen vorgefallen ist …«

Weiter kam Heidi nicht, denn Brakel beugte sich vor, klatschte eine flache Hand auf den Tisch und zischte: »Vorgefallen? Sie wollen wissen, was vorgefallen ist? Ich sage es Ihnen: Nichts ist vorgefallen, gar nichts! Ich habe nichts getan! Ich habe mich in keiner Weise verdächtig gemacht und noch nie im Leben eine Straftat begangen – dennoch behandelt die Polizei mich wie einen Kriminellen. Nur weil ich nicht bereit bin, mein Recht auf informationelle Selbstbestimmung über Bord zu werfen und persönlichste, intimste Informationen über mich freizugeben, um zu beweisen, dass ich nicht der Vergewaltiger und Mörder einer Frau bin, der ich in meinem Leben nie begegnet bin! Nur deswegen machen Ihre Kollegen mir das Leben zur Hölle, wühlen in meiner Vergangenheit und in meiner Privatsphäre.«

Brakel stützte beide Hände auf die Tischplatte und beugte sich noch weiter vor. »Wissen Sie, wie das ist, wenn plötzlich alte Freunde oder eine frühere Nachbarin oder Kommilitoninnen aus dem Studium anrufen und fragen, was denn los sei, warum sich die Polizei nach Ihnen erkundige? Warum die Polizei Fragen stellt, ob ich früher vielleicht irgendwie seltsam gewesen sei? Ob ich ein problematisches Verhältnis zu Frauen gehabt hätte? Oder noch habe? Wie es denn um meine sexuellen Vorlieben bestellt sei? Wissen Sie, wie sich das anfühlt, wenn Ihre Freundin Sie deswegen verlässt?«

Bei der letzten Frage schlug Lennart Brakel erneut mit der flachen Hand auf den Tisch. Seine blonden Haare schwangen nach vorn und umrahmten sein Gesicht wie ein zerzauster Heiligenschein. Dann richtete er sich auf und lehnte sich schwer atmend an einen der Stützpfeiler.

Heidi hatte den Eindruck, dass der Ausbruch den Mann erschöpft hatte – vielleicht wollte er allerdings auch nur den Eindruck hervorrufen, um ehrlicher zu wirken. So oder so – Heidis Mitgefühl hielt sich in Grenzen.

»Nein, das weiß ich nicht«, erwiderte sie, »aber ich weiß, wie die Verzweiflung von Eltern aussieht, die ihr Kind verloren haben. Die es ein letztes Mal, an einem offenen Sarg stehend, sehen. Die es ein letztes Mal, an einem offenen Sarg stehend, berühren. Deren Schmerz so groß ist, dass sie nicht wissen, wie sie damit weiterleben sollen, und denen nur noch eine Sache wichtig ist: die Antwort auf die Frage, was geschehen ist. Wieso das Schicksal ausgerechnet zu ihnen dermaßen grausam ist. Ich weiß, wie es sich anfühlt, von diesen Eltern regelrecht um Informationen angebettelt zu werden, und ich weiß, wie es sich anfühlt, keine Antworten für sie zu haben.«

Heidis Hoffnung, Lennart Brakel zum Einlenken zu bringen, indem sie ihm die Perspektive der anderen Seite aufzeigte, wurde enttäuscht.

»Ach, und wessen Schuld ist es, dass Sie keine Antworten haben?«, brauste er auf. »Wenn die Polizei damals sofort reagiert hätte, als Jennifers Freundinnen sie als vermisst meldeten, dann hätten ihre Eltern vielleicht niemals an ihrem Sarg stehen müssen.«

Heidi hatte weder Zeit für noch Lust auf diese Debatte, die noch nicht einmal ihren Fall betraf, aber die letzte Bemerkung durfte sie nicht stehen lassen. »Doch, das hätten sie«, entgegnete sie scharf. »Als Jennifers Freundinnen die Polizei riefen, hatte Jennifer die Disco seit mindestens drei Stunden verlassen, und alle Ermittlungen deuten darauf hin, dass sie zu dem Zeitpunkt schon tot war. Abgesehen davon verstehe ich nicht, worüber Sie sich beschweren: Die Ermittlungen haben ergeben, dass Jennifers Mörder in einer bestimmten Gruppe von Männern zu finden ist. Es ist die Aufgabe meiner Kollegen, diese Gruppe zu überprüfen. Das erwartet nicht nur Jennifers Familie, sondern auch die Öffentlichkeit. Sie hatten die Möglichkeit, durch Abgabe einer DNA-Probe Ihre Unschuld zu beweisen. Da Sie sich dagegen entschieden haben, bleibt meinen Kollegen nichts anderes übrig, als zu anderen Ermittlungsmethoden zu greifen.«

»Sie hätten auch die Möglichkeit, ihren Job ordentlich zu machen«, entgegnete Brakel. »Dann kämen sie vielleicht Jennifers Mörder auf die Spur, ohne dabei Hunderte unschuldige Männer zu belästigen. Wer sagt denn, dass der Täter wirklich unter denen ist, die in Ihr Profil passen? Ich habe recherchiert! Es gibt zahlreiche Fälle, in denen die Polizei mit ihren Mutmaßungen falschlag. Fälle, in denen teilweise Zehntausende Männer zu

DNA-Tests vorgeladen wurden und bei denen sich später herausstellte, dass der Täter jemand ganz anderes war. Wieso soll ich Ihnen glauben, dass Sie dieses Mal richtigliegen?«

Es war eine durchaus berechtigte Frage, und Heidi wusste: Wenn sie Lennart Brakel erzählte, dass der Reihenuntersuchung nicht mehr als ein schwarz-weißer Abi-2009-Aufkleber zugrunde lag, würde er sich erst recht weigern, eine Speichelprobe abzugeben. Doch das war nicht ihre Baustelle.

»Sie sollen mir gar nichts glauben, Doktor Brakel, da ich wie gesagt wegen Sofia Ziemiak hier bin, einer Ihrer Schülerinnen, die vermisst wird. Ich nehme an, Ihnen liegt daran, dass wir sie finden?«

Seine Augen wurden schmal. »Selbstverständlich.«

»Dann bitte ich Sie noch einmal, mir zu sagen, wo Sie in der Nacht von Samstag auf Sonntag waren.«

Heidi sah zu Lennart Brakel hoch, und für einen Augenblick schien es, als würde er nachgeben. Doch dann ging er zur Wohnungstür und öffnete sie weit.

»Wie gesagt, das Gespräch ist zu Ende. Kommen Sie wieder, wenn Sie mit meinen Kolleg:innen gesprochen haben.«

16

Eva

Als Susanne ins Wohnzimmer zurückkommt, habe ich das Fenster geschlossen und sitze wieder auf dem Sofa, doch nicht um zu verschleiern, dass ich ihre Auseinandersetzung mit Axel belauscht habe. Natürlich werde ich sie darauf ansprechen, denn innerlich schäume ich noch immer vor Empörung, wie Axel sie behandelt hat. Allerdings irritiert mich Susannes eigenartig verhaltene Reaktion. Völlig untypisch für sie.

Susanne trägt in jeder Hand einen Latte macchiato und im Gesicht ein angestrengtes Lächeln, das jedoch nicht darüber hinwegtäuschen kann, dass sie völlig fertig aussieht. »Entschuldige bitte, dass es so lang gedauert hat. Ich musste etwas mit Axel besprechen. Ich hoffe, ich mache es hiermit wieder gut.«

Sie stellt die zwei Kaffeegläser auf den Tisch und lässt sich neben mir auf das Sofa sinken. Doch kaum sitzt sie, scheinen ihre Kräfte sie zu verlassen. Sie legt ihren Kopf an meine Schulter und bricht in Tränen aus. Sie weint und schluchzt so haltlos wie ein Kind. Ich lege meine Arme um sie, und Susanne krallt sich regelrecht daran fest.

So kauern wir auf der Couch, bis Susannes Schluchzer seltener und leiser werden. Irgendwann schlüpft sie aus ihren Pumps, zieht die Füße auf die Couch und legt ihren Kopf in meinen Schoß. Während ich über ihr Haar streichele, wird ihr Atem ruhiger, und ich frage mich, ob sie vielleicht eingeschlafen ist.

Ich würde es ihr gönnen. Doch in dem Moment klingelt ihr Smartphone. Susanne schreckt hoch und fischt das Gerät aus ihrer Hosentasche.

»Ja? Hanna? Was brauchst du? Die liegen in der zweiten Schublade von oben. Nicht im Schreibtisch, im Rollcontainer. Ja, kein Problem. Nein, du hast nicht gestört. Jederzeit. Bis dann.«

Susanne legt das Smartphone auf den Tisch, dann atmet sie einmal tief durch und sieht mich aus mascaraverschmierten Augen an. »Danke.«

Ich nicke bloß.

»Ich sehe bestimmt furchtbar aus«, ergänzt Susanne.

»Du bist wunderschön, wie immer.«

»Lügnerin! Hast du ein Taschentuch?«

Ich fische eine Packung aus meiner Handtasche. Susanne betupft ihre Augen, dann schnäuzt sie sich und knautscht das Taschentuch zu einem Ball zusammen.

»Ich weiß nicht, wie lang ich das noch aushalten kann«, sagt sie leise. »Ich versuche, die Hoffnung nicht zu verlieren, mich zusammenzureißen, alles am Laufen zu halten, aber …« Sie atmet zitternd durch.

»Und es gibt gar nichts Neues?«, frage ich. »Warum war Frau Westphal dann hier?«

Susanne greift zu ihrem Latte macchiato und trinkt einige Schlucke. »Sie hat mir von einem Gespräch erzählt, das Sofia mit Nele Klostermann geführt hat. Aber das bringt uns auch nicht weiter.«

»Und was ist mit der Person, die Sofia abgeholt hat? Wurde ihr Auto noch nicht identifiziert? Frau Westphal sagte doch, sie würden die Videoaufzeichnungen in einem gewissen Radius überprüfen.«

»Sie sind noch dabei. Allerdings frage ich mich …« Susanne

stellt den Kaffee wieder ab und starrt an mir vorbei aus dem Fenster. Ihre Finger zupfen nervös an der Bügelfalte ihrer Hose. »Ich frage mich, ob es wirklich so gewesen ist. Findest du es nicht auch total eigenartig, dass Sofia sich mit jemandem verabredet haben soll, der sie dann samt ihrem Fahrrad mitgenommen hat? Wieso hätte Sofia ihr Rad mitnehmen sollen, wenn sie mit einem Auto abgeholt wurde? Wieso ist sie nicht einfach mit dem Rad zu der Person gefahren? Oder – wenn das zu weit gewesen wäre – wieso hat sie ihr Rad nicht hiergelassen?«

Susanne mustert mich so forschend, als könnte sie die Antworten an meinem Gesicht ablesen. Doch ich habe keine Antworten, obwohl ich die ganze Nacht gegrübelt habe.

»Ich weiß es nicht. Aber es muss so gewesen sein. Frau Westphal hat doch gesagt, dass das Mantrailing …«

Susanne unterbricht mich ungeduldig. »Vergiss mal das Mantrailing! Vielleicht stimmt die Analyse des Hundeführers ja nicht, oder der Hund hat eine alte Spur gefunden. Hast du irgendeine Idee, was stattdessen passiert sein könnte?«

Ich frage mich, worauf Susanne hinauswill. »Du meinst, wohin Sofia geradelt sein könnte, wenn sie nicht abgeholt wurde? Wir haben doch schon darüber geredet. Sie muss irgendeinen Plan gehabt haben, aber wie der aussah …« Mir fällt wieder ein, was Ilkay gesagt hat. »Oder meinst du, dass Sofia weggelaufen ist? Willst du darauf hinaus?«

Susanne wischt die Idee sofort beiseite. »Dazu hätte sie keinen Grund gehabt.«

»Sicher? Ilkay meint, dass Sofia es hier ›Scheiße‹ findet. Er hat sie vor einigen Wochen zufällig getroffen.« Ich wiederhole, was Ilkay mir erzählt hat.

Susanne hört stirnrunzelnd zu. »Und wann soll das gewesen sein?«, fragt sie schließlich.

»Kurz vor Weihnachten.«

Susanne schüttelt den Kopf. »Daran erinnere ich mich nicht. Ilkay muss etwas missverstanden haben.«

»Was soll er da missverstanden haben?« Ich mustere meine beste Freundin irritiert. »Komm schon, altes Haus, warum willst du es nicht erzählen?«

»Weil es nichts zu erzählen gibt! Sofia und ich haben uns nicht gestritten. Hier war zuletzt alles in Ordnung.«

»Auch zwischen Axel und dir?«

»Auch zwischen Axel und mir.« Susanne mustert mich stirnrunzelnd. »Was soll das eigentlich, Eva? Wird das jetzt ein Verhör?«

»Nein, natürlich nicht. Aber ich habe vorhin zufällig dich und Axel gehört, wie ihr im Arbeitszimmer gestritten habt. Es klang ziemlich übel.«

Es dauert einen Augenblick, bis Susanne reagiert, dann rückt sie ein Stück von mir ab. »Du hast uns belauscht? Spinnst du?«

Ich hebe beschwichtigend die Hände. »Nicht absichtlich. Es war stickig, deswegen habe ich die Terrassentür geöffnet. Ich habe euch durchs Fenster gehört. Axel hat sich dir gegenüber unmöglich verhalten.«

Susanne atmet einmal tief durch. »Du übertreibst. Er war nur bisschen eifersüchtig.«

»Er war respektlos und übergriffig.«

Susanne verdreht bloß die Augen.

»Doch, das war er«, beharre ich. »Er hat sich aufgeführt wie ein beschissener Ehemann aus den Fünfzigern, der meint bestimmen zu dürfen, mit wem seine Frau sich wann wo trifft. Und du hast total defensiv reagiert.«

»Ich war nicht defensiv.«

»Du hast dich entschuldigt und versprochen, dein Verhalten zu ändern, obwohl du nichts falsch gemacht hast. Was ist hier los?«

Susanne schüttelt gereizt den Kopf. »Nichts. Ich wollte einfach nicht, dass das Ganze eskaliert, okay?«

»Eskaliert?« Eine eigenartige Wortwahl. Mir kommt plötzlich ein schrecklicher Verdacht, und ich greife zu Susannes Hand. »Ist Axel etwa gewalttätig?«

Susanne reißt ihre Hand los und funkelt mich wütend an. »Bist du verrückt? Glaubst du, das würde ich mir bieten lassen?«

Das kann ich mir tatsächlich nicht vorstellen. »Was meinst du dann mit ›eskaliert‹?«

Susanne starrt an mir vorbei aus dem Fenster. Mit einer Hand glättet sie ihre Haare, die noch zerzaust sind, weil sie in meinem Schoß gelegen hat. »Ich wollte verhindern, dass die Diskussion endlos weitergeht, okay? Weil ich momentan andere Sorgen habe. Schon vergessen?«

Ihre Augen füllen sich mit Tränen, und sofort schäme ich mich. Susanne hat recht, im Moment sollte nichts außer Sofia eine Rolle spielen. Andererseits benötigt Susanne ja gerade deswegen Unterstützung. Und wenn Axel ihr stattdessen zusätzlichen Stress bereitet, ist das völlig inakzeptabel. »Ich finde dennoch, Axel sollte …?«

Weiter komme ich nicht, denn Susanne fällt mir heftig ins Wort. »Wie oft noch, Eva? Zwischen mir und Axel ist alles in Ordnung, und darüber hinaus geht es dich nichts an! Wie würdest du dich fühlen, wenn ich ständig nach Daniel fragen würde? Apropos – bekommt er mittlerweile wieder einen hoch?«

Susanne sieht mich herausfordernd an. Ich erwidere den Blick sprachlos, dann schlägt Susanne sich eine Hand auf den Mund.

»Ach, verdammt, Eva, das tut mir leid.« Sie greift nach meiner Hand. »Entschuldige bitte, das war geschmacklos. Und ja, du hast recht: Axel ist weniger toll als gedacht. Aber ich habe das im Griff. Können wir jetzt bitte das Thema wechseln?«

17

Eva

Ich bleibe den ganzen Nachmittag bei Susanne und fahre erst gegen acht Uhr nach Hause. Als ich meinen Wagen am Straßenrand abstelle und aussteige, kommt Ansgar, der mit seinem Partner Fabian in der Doppelhaushälfte neben unserer wohnt, aus seiner Haustür. Er trägt Trainingskleidung und eine leuchtend gelbe Sicherheitsweste, in seiner Hand hält er eine Stirnlampe, wie ich im Schein der Außenbeleuchtung gut erkennen kann. Offenbar ist er auf dem Weg zu seiner abendlichen Joggingrunde, doch bei meinem Anblick bleibt er stehen.

»Eva, hi, wie geht es dir? Gibt es etwas Neues von Sofia?«

Ich schüttele müde den Kopf. »Die Polizei hat weiterhin keine Spur.«

»Verdammt, das ist wirklich schrecklich!« Ansgar streckt eine Hand aus und berührt mich flüchtig an der Schulter. »Ich mag Sofia, sie ist ein prima Mädchen. Ella war ganz aufgelöst, als ich ihr heute Nachmittag erzählt habe, dass Sofia verschwunden ist.«

»Du hast es Ella gesagt?«, frage ich überrascht.

Ella ist die siebenjährige Tochter von Ansgar und einer anonymen Eizellenspenderin, die Ansgar und Fabian von einer Leihmutter in der Ukraine haben austragen lassen, was ich – wenn ich ehrlich bin – ziemlich fragwürdig finde. Ich verstehe nicht, wie eine Frau ihre Eizellen an Fremde verkaufen kann oder wie man sehenden Auges eine Halbwaise produzieren kann. Ein Kind, das seine Mutter niemals kennenlernen wird. Das niemals von seiner Mutter in den Arm genommen werden wird. Andererseits muss ich zugeben, dass Ansgar und Fabian tolle Väter sind, und Ella ist ein tolles, glückliches Mädchen.

Ansgar nickt. »Ich hatte es eigentlich nicht vor, aber nachdem heute die Polizei geklingelt hat, wollte Ella natürlich wissen, was los ist. Ich dachte, ich erkläre es ihr, bevor ihre Phantasie mit ihr durchgeht.«

»Was wollte denn die Polizei bei euch?«, frage ich erstaunt.

»Sie sagten, es sei eine Routinebefragung, sie würden mit allen Personen sprechen, die Sofia kennen. Und da wir im September auf Daniels Geburtstagsfeier waren und Sofia manchmal mit Ella spielt, wenn sie bei euch drüben ist …« Ansgar zuckt mit den Achseln. »Sie haben übrigens nicht nur nach Sofia gefragt, sondern auch nach Daniel. Sie wollten wissen, ob wir mitbekommen hätten, wann er mit Sofia in der Nacht losgefahren beziehungsweise allein wiedergekommen ist. Anscheinend meint die Polizei, wir hätten nachts nichts Besseres zu tun, als am Fenster rumzuhängen.« Ansgar setzt seine Stirnlampe auf und sieht mich an. »Wir drücken die Daumen, dass Sofia bald wieder wohlbehalten nach Hause kommt. Wenn wir irgendetwas tun können …«

»Da wäre tatsächlich etwas«, sage ich schnell. »Könntest du morgen Nachmittag auf Linus aufpassen?«

»Klar.«

Wir klären die Details, dann joggt Ansgar los, und ich schaue ihm hinterher. Während Ansgars gelbe Neonweste immer wieder im Schein der Straßenlaternen aufblitzt, frage ich mich, warum Hauptkommissarin Westphal jemanden zu unseren Nachbarn geschickt hat, um herauszufinden, wann genau Daniel

Sofia Samstagnacht nach Hause gefahren hat und wann er zurückgekehrt ist. Daniel hat ihr die ungefähren Zeiten genannt. Wofür um alles in der Welt braucht sie die exakte Minute?

Nachdenklich schließe ich unsere Haustür auf, doch als ich sie öffne, verschiebt sich meine Aufmerksamkeit weg von den Ereignissen nebenan zu den Ereignissen in meinen eigenen vier Wänden, denn aus dem Wohnzimmer vernehme ich Stimmen. Sie sind nicht so laut, dass ich verstehen kann, was sie sagen, aber laut und erregt genug, einen Streit zu signalisieren.

Verblüfft drücke ich die Haustür zu. Auch wenn die beiden sehr unterschiedlich sind, streiten Daniel und Thomas ausgesprochen selten. Doch es müssen Daniel und Thomas sein, Thomas' alter Mercedes steht draußen am Straßenrand, und seine Lederjacke hängt an der Garderobe.

Während ich meine Handtasche ablege und aus meinem Dufflecoat schlüpfe, spitze ich die Ohren, doch ich kann die einzelnen Worte nicht verstehen. Als ich meinen Mantel auf einen Bügel gehängt habe, wird die Tür zum Wohnzimmer geöffnet.

»Und jetzt muss ich nach Linus sehen«, sagt Daniel mit dem Rücken zu mir. »Wenn ich wieder runterkomme, bist du hoffentlich weg.« Er dreht sich um, doch als er mich sieht, bleibt er abrupt stehen.

»Das ist doch Bullshit!« Thomas folgt Daniel auf dem Fuß. »Es ist nicht meine Schuld, dass du Hauptkommissarin Westphal angelogen hast. Und wenn Ilkay sagt …« Jetzt sieht auch Thomas mich und bricht ab. »Oh, hallo, Eva.«

»Hallo, Thomas. Hallo, Daniel. Was ist denn los?«

»Nichts«, kommt es unisono von beiden.

Daniel tritt auf mich zu. »Hallo, Liebling. Ich habe die Haustür gar nicht gehört. Schön, dass du wieder zu Hause bist.« Er schließt mich in die Arme. »Gibt es etwas Neues?«

»Nein.«

»Verdammt!« Daniel löst sich von mir. »Ich sehe mal nach Linus, über das Babyphone klang es, als sei er wach. Falls du Hunger hast: Ich habe gekocht. Also, Thomas, bis dann.«

Ohne seinen Bruder noch einmal anzublicken, geht Daniel die Treppe hinauf. Thomas und ich sehen ihm nach, dann schauen wir einander an.

»Tja, ich bin dann mal weg.« Thomas greift zu seiner Lederjacke.

»Vielen Dank, dass du dich um Linus gekümmert hast. War alles okay?«

Thomas nickt grimmig. »Wir waren drei Stunden am Bahnhof. Wenn es nach Linus gegangen wäre, wären wir jetzt noch dort.« Er ringt sich ein Lächeln ab. »Soll ich morgen Nachmittag wieder auf ihn aufpassen?«

»Nicht nötig, morgen ist Linus bei unseren Nachbarn. Ich bin dir wirklich dankbar, dass du heute und gestern eingesprungen bist.«

»Tja, Dankbarkeit ist in diesem Haus eine unterschätzte Tugend.« Dann verschwindet Thomas in die Nacht hinaus.

Über das Babyphone bekomme ich mit, dass Daniel nur wenige Minuten bei Linus im Kinderzimmer ist, dennoch dauert es dreimal so lange, bis er wieder herunterkommt. Ich gehe währenddessen in die Küche. Daniel hat Farfalle mit Lauch und Schinken zubereitet, Linus' Lieblingsessen. Er hat eine Portion für mich aufgehoben, doch ich habe keinen großen Hunger, also nasche ich nur einige kalte Nudeln, während ich die Post durchsehe. Das Mitgliedermagazin meiner Krankenkasse, die noch immer im Papierzeitalter steckt, Werbung und ein Bettelbrief einer Organisation für Kinder in Not. Beim Blick in die flehenden Augen eines dunkelhäutigen kleinen Mädchens werfe ich das Schreiben schnell in den Papiermüll. Heute benötige ich meine Kraft und Empathie für mein eigenes Leid.

Als Daniel schließlich nach unten kommt, sitze ich in der Ecke auf unserem Sofa. Ich habe zwei Gläser Rotwein eingeschenkt. Daniel setzt sich übereck zu mir und legt meine Beine über seine. Es ist eine Position, in der wir gern alle möglichen Themen besprechen. So sitzen wir nah beieinander, können uns aber dennoch ansehen. Doch Daniel lässt sich Zeit mit dem, was er zu sagen hat. Schweigend trinkt er seinen Rotwein.

»Verrätst du mir, was vorhin los war?«, frage ich schließlich.

»Ich habe mich mit Thomas gestritten.«

»Das habe ich mitbekommen. Worum ging's?«

Daniel stellt erst sein Rotweinglas ab, bevor er eine meiner Hände locker in seine nimmt und mir in die Augen sieht. »Das kann ich dir nicht sagen.«

Ich habe schon geahnt, dass das kommt, dennoch ärgere ich mich. »Und warum nicht?«

»Weil es etwas ist, das nur Thomas und mich betrifft, es wäre ihm gegenüber nicht fair.«

»Aber du findest es fair, mich außen vor zu lassen?«

Daniel seufzt. »Ich habe leider keine Wahl. Bitte versteh das.«

Ich weiß nicht, ob ich das tue. Zwar ist Thomas schon immer ein heikler Punkt zwischen Daniel und mir gewesen, aber ich hatte gedacht, das hätte sich gebessert. Offenbar nicht.

»Einverstanden«, sage ich schließlich. »Behalte den Grund für den Streit für dich. Aber ich möchte wissen, was Thomas mit seiner letzten Bemerkung meinte: Wieso denkt er, du hättest Frau Westphal angelogen?«

Daniel antwortet nicht sofort. Eine Weile starrt er auf meine Hand in seiner, bevor er mich ansieht. »Weil ich es getan habe.«

Damit habe ich überhaupt nicht gerechnet. »Aber warum? Und in welchem Punkt? Und wann?«

Daniel seufzt. »Nachdem wir am Sonntagmittag Sofias Handy gefunden haben. Als Frau Westphal mich bat, zu schildern, wie ich Sofia nach Hause gebracht habe, habe ich extra ausgelassen, dass sie ihr Fahrrad dabeihatte. Erinnerst du dich? Du saßt daneben. Ich befürchtete sogar, du könntest es richtigstellen.«

Ich krame in meinem Gedächtnis, bis ich die Schublade mit dem Gespräch zwischen Daniel und Frau Westphal finde. Es stimmt. Daniel hat minutiös alle Abläufe geschildert, aber Sofias Fahrrad nicht erwähnt. Es ist mir nicht aufgefallen, weil ich in dem Moment selbst nicht an das Rad gedacht habe.

»Damit ich das richtig verstehe: Du hast Sofias Fahrrad nicht vergessen, sondern ausdrücklich nicht erwähnt? Wieso?«

Daniel seufzt erneut. »Weil ich mir eine Art Alibi verschaffen wollte. Weil ich den Eindruck hatte, dass Frau Westphal mir nicht glaubte, dass ich Sofia wohlbehalten nach Hause gebracht habe.«

»Wieso hätte sie dir nicht glauben sollen?«, frage ich perplex.

Daniel zuckt mit den Achseln. »Ich weiß nicht, *wieso* sie es nicht getan hat, nur, *dass* sie es nicht getan hat. Sie hat mich so detailliert befragt, als wollte sie mich in Widersprüche verwickeln. Ist dir das nicht aufgefallen?«

Ich schüttele den Kopf. Ich habe zwar bemerkt, dass die Hauptkommissarin Dinge wissen wollte, die mir überflüssig erschienen, aber ich bin nicht darauf gekommen, dass sie es aus Misstrauen macht. »Meinst du nicht, sie war einfach nur gründlich?«

Daniel schüttelt entschieden den Kopf. »Gründlich wäre es gewesen, nach der Uhrzeit zu fragen oder danach, ob Sofia etwas über mögliche Pläne erzählt hat. Frau Westphal wollte ja sogar wissen, ob Sofia ihren Rucksack auf dem Schoß hatte oder nicht. Wie gesagt, ich hatte den Eindruck, sie wollte mich in Widersprüche verwickeln. Das hat mich so nervös gemacht, dass ich beschloss, meiner Aussage etwas zusätzliche Glaubwürdigkeit zu verleihen.«

»Und inwieweit hat Sofias Fahrrad dabei geholfen?«

»Wenn Sofia nicht mit dem Rad zu uns gekommen wäre, hätte sie es – nachdem ich sie abgesetzt hatte – aus dem Keller holen müssen. Die Abwesenheit des Rades wäre sozusagen der Beweis gewesen, dass ich sie wirklich nach Hause gebracht habe.«

Ich denke darüber nach. Daniels Gedankengang ist zwar plausibel, dennoch verstehe ich nicht, wie er in einer so wichtigen Angelegenheit lügen konnte und warum er die Lüge für notwendig erachtet hat. Daniel behält normalerweise auch in Krisensituationen einen kühlen Kopf.

Ich mustere meinen Mann. Mit gesenktem Kopf starrt er auf unsere Hände. Mit seinem Ringfinger beschreibt er einen Kreis auf meiner Handfläche, und die Berührung löst ein warmes Gefühl in mir aus. Dann fällt mir etwas ein.

»Ich bin sicher, Frau Westphal weiß mittlerweile, dass Sofia ihr Rad dabeihatte. Als sie uns gestern über das Ergebnis des Mantrailings unterrichtete, sagte sie etwas in die Richtung.«

Daniel blickt auf. »Ich weiß. Nachdem Frau Westphal am Sonntag weg war, wurde mir klar, dass ich überreagiert hatte. Deswegen habe ich es richtiggestellt, als sie gestern bei mir im Büro war.«

»Das heißt, es ist alles geklärt?« Erleichtert atme ich aus. Dann erinnere ich mich, was Thomas noch gesagt hat. »Und warst du deshalb bei Ilkay?« Als Daniel mich fragend anblickt, füge ich hinzu: »Ich habe ihn heute Morgen getroffen, er sagte, du wolltest mittags vorbeikommen.«

Daniel nickt. »Ich wollte die ganze Angelegenheit mit ihm besprechen, seine professionelle Einschätzung hören.«

»Und was hat er gesagt?«

Daniel macht ein verlegenes Gesicht. »Dass man die Polizei nur anlügen sollte, wenn man wirklich etwas zu verbergen hat.«

»Tja, dann solltest du dich in Zukunft daran halten.«

»Das werde ich.«

Daniel lächelt mich an, doch es dauert einige Augenblicke, bis ich das Lächeln erwidere.

18

Kennst du Doktor Brakel?«

Sie saßen beim Abendessen in der Küche. Heidi und Larissa hatten zusammen eine Schupfnudel-Gemüse-Pfanne zubereitet. Gemeinsames Kochen dienstagsabends hatte bei den Westphals Tradition, seit der Dienstag irgendwann einmal der einzige Wochentag gewesen war, an dem kein Familienmitglied einen fixen Termin hatte. Obwohl die anderen Familienmitglieder mittlerweile ausgeflogen waren, hielt Heidi an der Tradition fest, auch wenn das gemeinsame Kochen und Essen mit Larissa immer komplizierter wurde, seit Larissa mithilfe einer App akribisch die Zutatenlisten analysierte, um diese von angeblichen Dick- oder Pickelmachern zu befreien oder um trendiges Superfood zu bereichern.

Jetzt spießte Larissa ein Stück Brokkoli auf, den sie früher verabscheut hatte, mittlerweile jedoch als »grüne Power zum Schlankessen« verehrte. Bei Heidis Frage stoppte sie ihre Gabel in der Luft und krauste ihr Näschen wie ein Häschen, das zum ersten Mal aus seinem Bau herausschnuppert. »Doktor Brakel?«

»Er unterrichtet Mathe und Sport bei euch.«

»Äh, klar kenne ich ihn. Alle kennen ihn. Warum fragst du?«

»Ich habe ihn heute aufgesucht, weil er Sofias Klassenlehrer ist. Scheint ein interessanter Typ zu sein. Würde mich interessieren, was man sich an der Schule so über ihn erzählt.« Heidi bemühte sich, beiläufig zu klingen, wie eine Mutter mit Interesse an harmlosem Schulklatsch statt wie eine Kripobeamtin auf der Jagd nach belastenden Informationen.

Larissa schien die Frage jedoch alles andere als beiläufig zu finden. Sie ließ ihre Gabel auf ihren Teller fallen, dass es klirrte. »Oh my God«, hauchte sie. »Du warst bei ihm zu Hause?« Ihre Augen weiteten sich, als habe Heidi ihr eröffnet, sie habe nicht bloß einen Lehrer aufgesucht, sondern sei zu Besuch in einem Ufo gewesen, das auf dem Marktplatz gelandet war.

»Ja. Und?«

»Oh my God! Das ist so krass. Du warst in seiner Wohnung!« Larissas heute goldene Lider flatterten. »Oh, bitte, bitte, bitte, erzähl! Ist es da wirklich so cool? Stimmt es, dass es ein riesiges Loft ist? Alles mit Glas und Stahl und in Schwarz-Weiß? Und gibt es wirklich einen 80-Zoll-Fernseher direkt vor einem Laufband? Und gibt es wirklich ein Foto von ihm und Pamela Reif beim gemeinsamen Training?«

Larissa haute die Fragen in einem Tempo raus, dass Heidi der Kopf schwirrte. »Wer ist Pamela Reif?«

»Oh, Mama, das musst du doch wissen. Sie ist Fitfluencerin. Hier, so sieht sie aus.«

Larissa zückte ihr Handy, doch Heidi winkte ab.

»Ich habe überhaupt keine Fotos in der Wohnung gesehen. Und ich weiß nicht, ob ich sie als Loft bezeichnen würde, aber schwarz-weiß eingerichtet ist sie definitiv nicht. Wie kommst du denn darauf?«

»Eine Schülerin aus der Elften hat es erzählt. Sie hat behauptet, sie sei drin gewesen. Oh, das muss ich sofort Franzi texten. Kann ich aufstehen? Ich bin satt.«

Larissa schob ihren halb vollen Teller weg, doch Heidi schüttelte den Kopf.

»Du bleibst schön hier und erzählst mir, wovon du redest.«

Larissa errötete heftig. »Aber das ist peinlich. Außerdem interessiert es dich nicht, es ist nur Teeniekram.«

»Gerade der interessiert mich brennend.«

Es dauerte eine Weile, bis Heidi ihrer Tochter den Teeniekram entlockt hatte. Demnach tobte offenbar seit Lennart Brakels Dienstantritt am Marie-Curie-Gymnasium ein Jahr zuvor ein Wettstreit um die Gunst des attraktiven Lehrers, den hinter seinem Rücken alle nur »Hot Len« nannten, wie es Larissa herausrutschte. Und einige Schülerinnen wollten es offenbar nicht bei Träumereien aus der Ferne belassen, sondern hatten bereits handfeste Anmachversuche gestartet. Während Larissa schilderte, wie einige Mädchen nicht nur vor Schulstunden mit Lennart Brakel ihr Make-up auffrischten oder ihr Dekolleté überprüften, sondern ihn auch in seiner Freizeit verfolgten, um zufällige Begegnungen zu inszenieren, bekam Heidi regelrecht Mitgefühl mit dem Lehrer – das sich jedoch verflüchtigte, als Larissa erzählte, Brakel habe bei einer dieser Begegnungen, die unweit seiner Wohnung stattfand, das betreffende Mädchen dorthin eingeladen.

»Er hat eine Schülerin mit nach Hause genommen? Wie heißt das Mädchen?«

Larissa riss ihre Augen auf. »Das kann ich dir nicht sagen, Mama! Auf keinen Fall!«

»Ich werde nicht erwähnen, dass ich den Namen von dir habe.«

Larissa schüttelte so heftig den Kopf, dass ihre langen Haare flogen. »Ich musste Franzi schwören, dass ich es nicht weitersage. Warum willst du das überhaupt wissen? Es ist ja nichts passiert oder so. Sie haben nur Kaffee getrunken.«

»Dennoch ist es nicht in Ordnung, wenn ein Lehrer eine minderjährige Schülerin zu sich einlädt.«

»Aber sie ist schon siebzehn, sie ist mal sitzengeblieben. Außerdem hat sie bestimmt gar nicht die Wahrheit gesagt. Sie hat die Wohnung ganz anders beschrieben als du.«

Heidi hielt das zwar durchaus für wahrscheinlich, dennoch bestand sie darauf, dass Larissa ihr den Namen verriet. »Danke«, sagte sie schließlich.

»Darf ich jetzt aufstehen?« Larissa hatte ihre Arme vor der Brust gekreuzt, um ihrer Empörung Ausdruck zu verleihen.

»Beantworte mir erst noch eine Frage, bitte. Weißt du, ob Sofia Ziemiak auch für Doktor Brakel schwärmt?«

Larissa zog einen Flunsch. »Woher soll ich das wissen? Sie hat nie was gesagt, aber wir haben auch kaum geredet, das habe ich dir schon erzählt.«

»Weißt du zufällig, ob sie öfter mit anderen Schülern geredet hat? Mit älteren? Die schon einen Führerschein haben?«

»In der Schule habe ich sie nur zusammen mit Nele gesehen.«

»Und außerhalb?«

Larissa überlegte. »Ich habe sie einmal im Marktcafé getroffen. Da war eine ältere Frau, aber ich glaube, das war ihre Mutter.«

»Wie sah sie denn aus?«

Larissa verdrehte die Augen. »Das weiß ich doch jetzt nicht mehr.« Sie dachte nach. »Sie hatte kurze rote Haare. War's das endlich?«

Nachdem Larissa die Küche verlassen hatte, räumte Heidi auf und setzte sich dann mit einem Espresso an den Esstisch, um nachzudenken. Der Tag war lang und anstrengend gewesen. Nach ihrem Besuch bei Lennart Brakel hatte Heidi sich durch die Berichte gearbeitet, die im Laufe des Tages auf ihrem Schreibtisch gelandet waren, und anschließend die Abendbesprechung ihres erweiterten Mitarbeiterkreises geleitet. Die Stimmung war angespannt gewesen. Sofia war seit sechsundsechzig Stunden verschwunden, doch noch immer hatten sie nicht den Ansatz einer Ahnung, was mit dem Mädchen passiert sein mochte. Dabei hatten Heidis Mitarbeiter tagsüber einige Informationen zusammengetragen.

Der Tag hatte ganz im Zeichen von Befragungen gestanden: Esther und Lars hatten die Befragung von Sofias Mitschülern fortgesetzt. Marcel und Viktoria hatten sich die Eigentümer der Kraftfahrzeuge vorgenommen, die Samstagnacht in der Nähe der Willy-Brandt-Allee gefilmt worden waren. Einige der zusätzlichen Einsatzkräfte hatten die Nachbarn von Axel Thürmer und Susanne und Sofia Ziemiak einerseits und Daniel und Eva Kramer andererseits vernommen.

Doch obwohl insgesamt über fünfzig Personen befragt worden waren, hatte sich keine heiße Spur ergeben. So hatten die Nachbarn in der Willy-Brandt-Allee vierzehn d wenig bis nichts über die Verhältnisse im Penthouse sagen können. In den sechs Monaten, die Thürmer und die Ziemiaks dort wohnten, war man nicht über Kopfnicken zur Begrüßung oder Small Talk übers Wetter bei zufälligen Begegnungen im Aufzug hinausgekommen. Gefragt, ob sie vielleicht Streitereien oder Auseinandersetzungen aus dem Penthouse gehört hätten, erklärten die Nachbarn aus dem vierten Stockwerk pikiert, dass dies ein Neubau mit sehr gutem, von ihnen teuer bezahltem Schallschutz sei.

Die Anwohner im Fuchsbau hatten hingegen einiges über Daniel und Eva Kramer zu sagen gehabt, alles durchweg positiv. Ruhig, angenehm, hilfsbereit waren die häufigsten Adjektive gewesen. Einige Nachbarn kannten auch Sofia, wussten jedoch nicht mehr über sie zu sagen, als dass sie immer mit dem Fahrrad kam und offenbar ein gutes Verhältnis zu allen drei Kramers hatte. Es gab lediglich einen interessanten Punkt: Drei Zeugen sagten aus, Daniel Kramer wirke seit längerer Zeit oft bedrückt oder gestresst. Allerdings konnte keiner einen Grund dafür nennen. Gar keine Angaben hingegen machten die Nachbarn zur Frage, wann Daniel Kramer in der Nacht von Samstag auf Sonntag weggefahren oder zurückgekehrt war. Um die Zeit hatten alle bereits geschlafen.

Auch die Fortsetzung der Befragung von Sofias Mitschülern hatte keine neuen Ermittlungsansätze geliefert. Fabian Jank, der Backgammonspieler, mit dem Sofia sich einmal in der Eisdiele verabredet hatte, hatte bei seiner zweiten Vernehmung das Treffen zugegeben. Bei der ersten Befragung hatte er es verschwiegen, weil ihm – wie er errötend und stammelnd erklärte – der Verlauf des Treffens peinlich gewesen war. Denn tatsächlich war er davon ausgegangen, dass Sofia und er sich für ein Date verabredet hatten, weswegen er ihr eine Rose mitgebracht hatte. Als Sofia die Bedeutung der Blume klar geworden war, hatte sie unverblümt ihr Desinteresse bekundet und das Weite gesucht. Fabian gab zu, dass ihn das sehr gekränkt hatte und dass er deswegen eine Zeit lang sauer auf Sofia gewesen war. Allerdings hatte er seit Silvester eine andere Freundin, mit der er auch das Wochenende verbracht hatte.

Ebenso wenig wie die Befragungen hatten auch die anderen Ermittlungsmethoden zu einer heißen Spur geführt. Die Kriminaltechniker, die den Fundort von Sofias Fahrrad weiträumig abgesucht hatten, hatten zwar eine lange Liste von Fundstücken vorgelegt, doch dabei handelte es sich ausschließlich um Müll, der wahrscheinlich nichts mit Sofias Verschwinden zu tun hatte – von Kippen und weggeworfenem Kaugummipapier bis hin zu einer rostigen Kuhglocke, die vermutlich seit Jahren im Mühlengraben gelegen hatte. Auch die Untersuchung des Fahrrads hatte keine hilfreichen Anhaltspunkte geliefert. Am Rahmen fanden sich zwar zahlreiche Fingerabdrücke, die meisten stammten jedoch von Sofia und von Daniel Kramer, der seine Fingerabdrücke zu Vergleichszwecken bereitgestellt hatte.

Da der Mann zugegeben hatte, Sofia beim Verladen des Rades geholfen zu haben, war das allerdings zu erwarten gewesen. Die Verursacher der übrigen beiden Sätze hatten bisher nicht identifiziert werden können.

Es gab nur ein Detail, das beim Studium des KT-Berichts Heidis besondere Aufmerksamkeit erregt hatte. Ein auf den ersten Blick so unscheinbares Detail, dass es Heidi am Vorabend auf der Mühlenbrücke gar nicht aufgefallen war: Sofias Fahrrad war abgeschlossen gewesen, mit einem Kettenschloss, Keeper von Kryptonite, das – wie Heidi sich mit einem Anruf bei Susanne Ziemiak vergewissert hatte – auch wirklich Sofia gehörte. Heidi fand das bemerkenswert, denn das Detail passte zu keiner ihrer Theorien. Sie war davon überzeugt, dass Sofia Ziemiak etwas zugestoßen war, dass entweder Daniel Kramer ihr etwas angetan hatte oder der mysteriöse Unbekannte, von dem sie sich hatte abholen lassen. Doch bei beiden Szenarien ging Heidi davon aus, dass Sofia ihr Fahrrad freiwillig ins Auto geladen hatte, und dazu hätte sie es wohl kaum abgeschlossen. Man schloss kein Rad ab, das in einem Fahrzeug lag. Das bedeutete, dass Sofia ihr Rad nach der Autofahrt noch einmal benutzt hatte. Oder es zumindest aus dem Wagen ausgeladen hatte. Ausgeladen, möglicherweise benutzt, abgestellt und abgeschlossen. Doch warum hatte die Person, die für Sofias Verschwinden verantwortlich war, das Rad dann wieder in den Wagen geladen und woandershin gebracht? Und warum hatte sie als Ablageort den Mühlengraben gewählt? Weil sie dort in der Nähe wohnte?

Als Heidi an diesem Punkt ihrer Überlegungen angelangt war, klingelte ihr Smartphone. Sie warf einen Blick auf die Küchenuhr, dann aufs Display.

»Hi, Doro. So spät noch? Bist du etwa noch im Büro?«

»Nee, schön wär's, da könnte ich mir gemütlich den Hintern platt sitzen«, dröhnte Doros tiefe Stimme. »Ich bin zu Hause.

Krista hat mir diese Woche die Hausarbeit aufs Auge gedrückt, weil sie in einem Mammutprozess feststeckt. Ich bügele und sehe dabei Champions League und dachte, ich nutze die Halbzeitpause, um dich anzurufen. Du wolltest wissen, was wir über Daniel Kramer haben.«

»Eine Sekunde, ich hole mein Notizbuch.«

»Nee, lass mal, so viel ist das nicht, und ich will nicht deinetwegen den Wiederanpfiff verpassen. Deine Vermutung war korrekt. Daniel Kramer hat 2009 am Marie-Curie-Gymnasium Abitur gemacht und war deshalb auf unserer Liste von Verdächtigen. Er ist es allerdings nicht mehr, weil er Jennifer Mann definitiv nicht getötet haben kann. Er war an dem Wochenende, beziehungsweise die zwei Wochen darum herum, auf Abifahrt in Antalya. Das hat er behauptet, und wir haben das überprüft. Daniel Kramer konnte noch die Reiseunterlagen von damals vorlegen – er scheint einer dieser peniblen Typen zu sein, die jedes Dokument aufheben, vermutlich hat er noch seine Matheschulaufgaben aus der dritten Klasse –, außerdem haben wir mit den Mitschülern geredet, mit denen er zusammen dort war, weil die natürlich ebenfalls auf unserer Liste standen. Sie haben jeweils die Anwesenheit der anderen bestätigt. Das war uns besonders wichtig. Nur weil jemand Unterlagen über eine mehr als fünfzehn Jahre alte Flugbuchung hat, heißt das nicht, dass er auch in den Flieger gestiegen ist.«

»Nur weil ein paar Kumpels von früher behaupten, man sei zusammen in Antalya gewesen, muss das allerdings auch nicht stimmen«, warf Heidi ein.

Sie hörte Doros Stimme an, dass diese grinste. »Wie misstrauisch du bist, du könntest glatt zur Kripo gehen. Der Gedanke ist uns auch gekommen, deswegen haben wir alle, die auf Abifahrt waren, zusätzlich gebeten, uns ihre Urlaubsfotos zur Verfügung zu stellen. Zwar waren nicht alle dazu bereit, aber wir haben genügend bekommen, so dass wir die meisten Aussagen noch einmal unabhängig verifizieren konnten. Ich versichere dir: Dass Daniel Kramer während des Mordes an Jennifer Mann außer Landes war, ist so sicher wie die Tatsache, dass ich hier gerade an Kristas neuer Rüschenbluse verzweifle und im Fernsehen Bierwerbung läuft.«

»Tja, ich werde nicht meinen Fernseher einschalten, um das zu überprüfen«, sagte Heidi, »allerdings bin ich nach dieser Vorrede besonders gespannt, was du noch in petto hast. Nur für die Info, dass es nichts Besonderes über Kramer zu berichten gibt, hättest du nicht darauf verzichtet, dich über die Halbzeitanalyse zu mokieren.«

Doro lachte. »Vielleicht wollte ich nur meine Nerven schonen und mir die Klugscheißerei der sogenannten Experten sparen.«

»Das bezweifle ich. Also?«

Doro zögerte, doch dann sagte sie: »Da ist tatsächlich noch eine Kleinigkeit. Allerdings gebe ich sie dir nicht, zumindest nicht offiziell. Okay?«

»Natürlich.«

»Ich sagte doch heute Mittag, dass es in meinem Gehirnkasten beim Namen von Axel Thürmer geklingelt hat. Mir ist wieder eingefallen, in welchem Zusammenhang ich schon mal von ihm gehört habe, und ich habe eine gewisse Person darauf angesprochen. Die Person hat mir nichts erzählt, genauso wenig wie ich dir jetzt etwas erzähle, aber: Es gibt eine Frau, die zwei Jahre mit Thürmer zusammen war und behauptet, dass er sie während dieser Zeit wiederholt misshandelt habe. Ich kenne keine Details und habe keine Möglichkeit, die Aussage zu überprüfen. Ich weiß nur, dass die Frau mit einer anderen Person darüber gesprochen hat. Diese Person hat ihr geglaubt und ihr geraten, Anzeige zu erstatten, doch die Frau hat das abgelehnt. Stattdessen hat sie sich mit Thürmer außergerichtlich geeinigt. Auch hier kenne ich keine Details, doch es wurde eine Verschwiegenheitsvereinbarung unterschrieben, und es ist eine Menge Geld geflossen.«

19

Eva

In dieser Nacht schlafe ich zum ersten Mal seit Tagen wieder in unserem Bett. Mein Körper ist so erschöpft, dass er sich holt, was er braucht, den Gedanken in meinem Kopf zum Trotz. Doch die Gedanken verfolgen mich auch im Schlaf, schleichen sich in meine Träume, bis ich sie nicht mehr von der Realität unterscheiden kann.

Ich mache eine nächtliche Radtour mit Sofia durch die dunkle, nasskalte Stadt. »In der Straße war ich noch nicht.« Immer wieder deutet Sofia in irgendeine Einmündung, bevor sie mit einem halsbrecherischen Manöver dahin abbiegt. Ich versuche, ihr zu folgen, irgendwann aber wird mir ihr Tempo zu hoch, und ich verliere sie aus den Augen. Ich fahre weiter, halte Ausschau, doch ich kann Sofia nirgendwo entdecken, und obwohl ich mit aller Kraft in die Pedale trete, werde ich immer langsamer. Dann steht plötzlich Daniel an einer Straßenecke. »Ich habe sie gefunden.« Er läuft voraus, ich folge, und dann betreten wir die Brücke über den Mühlengraben und blicken hinab. Und jetzt endlich sehe ich Sofia. Sie liegt unter ihrem Fahrrad im trüben Wasser. Ihre schwarzen Haare treiben wie Algen um ihr blasses Gesicht. Sie ist tot.

Mit einem Ruck schrecke ich hoch, mit wild pochendem Herzen und schweißüberströmt. Ich schalte meine Nachttischlampe ein, um die Dunkelheit zu vertreiben, doch die Finsternis in meinem Kopf vermag der Lichtschein nicht zu bannen. Nicht die Finsternis und nicht die Erkenntnis, die ich aus dem Traum mitnehme: Sofia ist wirklich tot. Ich weiß es. Ich fühle es. Ich spüre es in jeder Faser meines Körpers. Alle meine Bemühungen der letzten Tage, eine andere Erklärung für Sofias Verschwinden zu finden, waren nur der verzweifelte Versuch, vor dieser Erkenntnis zu fliehen. Sofia ist tot.

Der Schmerz ist so groß, dass ich das Gefühl habe, mein Herz brennt. Ich will davor weglaufen, aber der Schmerz nagelt mich an Ort und Stelle fest. Ich möchte schreien, doch auch das schaffe ich nicht. Stattdessen strömen die Tränen über meine Wangen, während mein Gehirn von Erinnerungen überschwemmt wird, von Bildern und Geräuschen, die ich nie wieder sehen oder hören werde.

Wie ich Sofia nach der Entbindung auf Susannes nackte Brust lege.

Wie Sofia ihr zweites Wort sagt: »Eva.«

Wie ich Sofia das Radfahren beibringe.

Wie Sofia mich nach ihrem ersten Sturz anlächelt. »Hat gar nicht wehgetan.«

Wie ich Sofia helfe, einen komplizierten lateinischen Satz zu übersetzen, und sie irgendwann glücklich ruft: »Jetzt hat's geblitzt!«

Wie Sofia sich strahlend auf Linus stürzt, als wir ihr gemeinsam die Tür öffnen.

Wie Sofia schimpft: »Mama spinnt, sie möchte, dass ihr mich heute Nacht nach Hause bringt. Ich kann selbst fahren.«

Wie Sofia ihre Arme um mich schlingt, bevor sie mit Daniel zur Haustür geht.

Ich löse mich erst aus meiner Starre, als Daniel aufwacht. Er setzt sich auf und schüttelt mich, sanft zuerst, dann stärker.

»Eva?«

Er nimmt meinen Kopf zwischen seine Hände und zwingt mich, ihn anzusehen. Ich sehe in die Augen eines Fremden, es dauert, bis ich meinen Mann erkenne.

»Was ist passiert? Ein Alptraum?«

Ich nicke bloß, ich kann nicht in Worte fassen, was ich gesehen habe.

»Komm, ich halte dich fest.«

Ich lasse mich gegen Daniel sinken und bleibe so lang dort, bis mein klopfendes Herz sich wieder beruhigt hat. Irgendwann schlägt Daniel vor, das Licht zu löschen, doch ich bin zu wach, um weiterzuschlafen. Und ich habe Angst, was mich in weiteren Träumen erwartet.

»Schlaf du weiter. Ich möchte etwas trinken und mich umziehen, ich bin völlig verschwitzt.«

Eine Viertelstunde später sitze ich, in meinen dicken, flauschigen Frotteebademantel gehüllt, auf dem Sofa. Ich habe geduscht, ein frisches Nachthemd angezogen und nach Linus gesehen. Jetzt schreibe ich eine WhatsApp an Susanne, aber sie antwortet nicht. Falls sie schläft, dann wünsche ich ihr aus tiefstem Herzen, dass sie es traumlos tut.

Bei dem Gedanken an meinen Traum taucht vor meinem inneren Auge prompt Sofias totes, bleiches Unter-Wasser-Gesicht auf. Um das Bild zu vertreiben, öffne ich die Galerie auf meinem Smartphone und scrolle durch Fotos der lebenden Sofia. Es sind nicht so viele, wie ich gern hätte, weil Sofia sich nicht gern ablichten lässt. Das meiste sind Schnappschüsse, bei denen ich sie in einem Moment erwischt habe, in dem sie nicht damit gerechnet hat. Mein Lieblingsfoto ist von Daniels Geburtstagsfeier im September. Ilkay hat es unbemerkt gemacht und mir geschickt. Sofia und ich sitzen auf unserem Sofa, sie hat ihren

Kopf an meine Schulter gelehnt, ich meinen Arm um sie gelegt, wir haben beide unsere Augen geschlossen. Ich hatte mich zur Halbzeit der Party ins Haus geschlichen, um einige Minuten durchzuschnaufen, und traf Sofia, die ebenfalls eine Pause von den anderen Gästen brauchte. Ich setzte mich zu ihr, und wir saßen einige Minuten still nebeneinander. Es war ein inniger, friedlicher, wunderschöner Moment.

Beim Anblick des Bildes steigen Tränen in meinen Augen auf. Ich blinzele sie weg und scrolle weiter. Es gibt aktuellere Fotos von Sofia, allerdings keines, auf dem sie annähernd so glücklich aussieht wie auf Ilkays. Auf vielen Bildern guckt sie sogar ausgesprochen verdrießlich, auch in Situationen, die ihr sonst Freude bereiten. Erstaunt wische ich noch einmal durch die Bilder, doch die Tatsache bleibt. Das letzte Lächeln zeigt Sofia Anfang Oktober.

Irritiert starre ich in die dunklen Schatten im Wohnzimmer, die die Leselampe wirft, meine einzige Lichtquelle. Es ist zwar richtig, dass Sofia ungern fotografiert wird und oft Grimassen schneidet, diese Anhäufung von Schlechte-Laune-Bildern ist dennoch erschreckend.

Zum ersten Mal seit Sonntag versuche ich, mich intensiv daran zu erinnern, wie es Sofia in den letzten Wochen und Monaten erging. War sie wirklich wie immer? Je länger ich darüber nachdenke, desto klarer wird mir, dass es Veränderungen gab. Zum Beispiel waren Sofias Stimmungen ausgeprägter, zumindest die negativen. Wenn sie gute Laune hatte – wenn sie zum Beispiel von Nele und der Schulzeitung oder ihren Projekten erzählte –, sprudelte sie über, doch zwischendurch hatte sie immer wieder Phasen, in denen sie mies drauf war und unwirsch auf alles Mögliche reagierte, und diese Phasen waren in letzter Zeit deutlich häufiger.

Als ich jetzt darüber nachdenke, frage ich mich betroffen,

wieso mir das nicht früher aufgefallen ist, doch dann wird mir klar, dass ich es durchaus bemerkt habe: Ich erinnere mich an mehrere Gelegenheiten, bei denen ich Sofia gefragt habe, ob etwas nicht in Ordnung sei, aber sie hat es jedes Mal bestritten, und ich habe nicht nachgefragt, weil … Ja, warum eigentlich nicht? Es ist untypisch für mich, nicht nachzuhaken.

Doch mein kleiner Versuch, mich vor mir selbst dumm zu stellen, funktioniert nicht. Ich weiß genau, warum ich nicht nachgehakt habe. Weil ich erleichtert war, dass ich mich nicht auch noch darum kümmern musste. Weil ich in den letzten Monaten ohnehin gestresst war, weil sich Daniels Jobstress auf mich übertragen hat und weil ich mir Sorgen wegen seiner Schlafprobleme gemacht habe.

Ich war so erleichtert, dass Sofia sich mir offenbar nicht anvertrauen wollte, dass ich mich nicht einmal darüber gewundert habe. Oder ich habe es auf die Pubertät geschoben und gedacht, Sofia beginne, sich abzunabeln. Aber stimmt das vielleicht gar nicht? War sie vielleicht wirklich unglücklich? Aber warum hat sie nichts gesagt? Sie weiß doch, dass ich mir immer Zeit für sie nehmen würde. Aber Fakt ist: Sie hat sich mir nicht anvertraut, auch von dem Streit mit Susanne hat sie nichts erzählt. So wie Susanne nichts davon erzählen wollte. So wie sie auch nicht über den Streit mit Axel sprechen wollte.

20

Als das Deckenlicht anging, schloss sie unwillkürlich die Augen. Sie hatte so lange im Dunkeln ausgeharrt, dass die plötzliche Helligkeit sie blendete. Während sie blinzelnd wartete, dass ihre Augen sich an die geänderten Lichtverhältnisse anpassten, lauschte sie, doch aus dem Flur war kein Laut zu hören, also fasste sie schließlich den Schlüssel und drehte ihn so leise wie möglich im Schloss. Mit derselben Behutsamkeit drückte sie die Klinke und zog die Tür einen Spalt auf, bereit, sie sofort wieder zuzuschlagen. Doch der Bereich des Flurs, den sie überblicken konnte, war frei. Vorsichtig schob sie ihren Kopf durch den Türrahmen und blickte in beide Richtungen. Ebenfalls frei. Er war nicht da!

Ihre Erleichterung war so groß, dass ihre Knie weich wurden. Mit zitternden Händen öffnete sie die Tür noch weiter und betrat leise den Flur. Das Erste, was sie erblickte, waren ihre Highheels. Einer lag vor der Tür zum Wohnzimmer, der andere zwei Meter weiter. Hastig sammelte sie sie ein. Als sie den zweiten aufhob, entdeckte sie auch ihre Handtasche. Sie lag vor dem verspiegelten Garderobenschrank in der Eingangshalle. Barfuß schlich sie hin und nahm die Tasche an sich. Als sie sich aufrichtete, fiel ihr Blick den halbdunklen Flur entlang bis zur Schlafzimmertür, und sie bemerkte etwas: Unter der Tür war ein heller Spalt, der sich im selben Moment vergrößerte. Die Tür wurde geöffnet.

Panik überfiel sie, und beinahe ließ sie ihre Handtasche fallen, erst im letzten Moment packte sie wieder zu. Sie sprintete zur Wohnungs-

tür, drückte die Klinke nach unten und zog. Doch nichts geschah. Die Tür war abgeschlossen, und der Schlüssel steckte nicht. Voller Angst zerrte sie am Reißverschluss ihrer Handtasche und begann, darin zu wühlen. Im selben Moment kam er in die Halle.

21

Nach der Frühbesprechung am Mittwochmorgen führte Heidis nächster Weg sie in Jürgens Büro. Jürgen war gerade dabei, ein Telefonat zu beenden. Er legte sein Smartphone auf seinen Schreibtisch und stand auf. »Morgen, Heidi, perfektes Timing, ich wollte mir gerade einen Kaffee kochen. Milchkaffee für dich?«

Während Jürgen die Maschine befüllte, stellte Heidi sich ans Fenster. Es war kein erhebender Anblick, der sich ihr bot. Das Fenster ging auf den innerstädtischen Ring hinaus, wo sich die Autos gegenseitig auf dem nassen Asphalt voranschoben. Es regnete zwar ausnahmsweise gerade nicht, doch am Himmel ballten sich bereits die nächsten Wolken zusammen. Sie hingen über der Stadt wie eine Grabplatte. Heidi war im Allgemeinen mit ihrem Leben und ihrem Job zufrieden, doch in Momenten wie diesen wünschte sie sich manchmal einen dicken Lottogewinn oder auch eine fette Erbschaft, um sich irgendwo in der Sonne vorzeitig zur Ruhe setzen zu können.

»Was Neues im Fall Sofia Ziemiak?«, fragte Jürgen, nachdem er zwei Kaffeetassen auf den runden Tisch gestellt hatte. »Ich wollte gestern zur Abendbesprechung kommen, hatte jedoch einen anderen Termin.«

Heidi brachte Jürgen auf den neuesten Stand. »Wir haben also im Wesentlichen zwei Szenarien«, schloss sie, »Daniel Kramer oder der Unbekannte X, aber keine konkrete Spur, die uns sagt, welches das Richtige ist – oder ob beide falsch sind.«

Jürgen dachte einen Augenblick lang nach. »Und du hältst es wirklich für möglich, dass es eine Verbindung zum Fall Jennifer Mann gibt?«

Heidi machte eine wiegende Kopfbewegung. »Ich finde es zumindest auffällig, dass Sofia gleich zwei Kandidaten aus dem Reihentest in ihrem unmittelbaren Umfeld hat. Und sie hat sich sehr für den Fall interessiert. Vicki hatte die gute Idee, sich mal die einschlägigen Foren im Internet anzusehen, in denen über den Discomord diskutiert wird. In einem Forum war im November und Dezember ein User namens ›sozi‹ aktiv, der sich insbesondere für die Fehler der Polizei und den Reihentest interessiert und dazu Fragen gestellt hat.«

»Sozi als Abkürzung für Sofia Ziemiak?«

»Es wäre eine naheliegende Abkürzung. Es lässt sich allerdings nicht überprüfen, in dem Forum kann jeder posten, ohne sich anzumelden.« Als sie Jürgens skeptischen Blick sah, fügte Heidi hinzu: »Ich weiß, der Zusammenhang ist weit hergeholt, aber ich werde die Idee erst ad acta legen, wenn ich Lennart Brakel als Täter ausgeschlossen habe.«

»Wie willst du vorgehen? Wirst du ihn vorladen und unter Druck setzen?«

»Das dauert mir zu lange. Esther und Lars sind heute wieder in der Schule. Sie werden Sofias andere Lehrer und Lehrerinnen um Alibis bitten. Mal sehen, ob Brakel dann sein Wort hält und verrät, was er am Wochenende gemacht hat.« Heidi trank einen Schluck von ihrem Milchkaffee. »Aber ich bin nicht deswegen hier. Ich wüsste gern mehr über Axel Thürmer.«

»Über Axel? Warum?« Jürgen lehnte sich auf seinem Stuhl zurück und musterte Heidi. »Du willst damit doch wohl nicht sagen, dass du ihn in irgendeiner Form verdächtigst, oder?«

»Ich will damit sagen, dass ich gern mehr über ihn wüsste. Und da ich die offiziellen Kanäle ausgeschöpft habe, dachte ich, ich frage mal seinen neuesten Duzfreund.«

»Wie kommst du darauf, dass wir uns duzen?«

»Weil du ihn gerade Axel genannt hast. Am Sonntag hast du noch seinen Nachnamen benutzt. Ich nehme also an, dass ihr zwei in den letzten Tagen Kontakt hattet. Erstaunlich, wenn man bedenkt, dass wir vereinbart hatten, dass ich mit Sofias Mutter und deren Lebensgefährten kommuniziere.«

Heidi legte den Kopf zur Seite und musterte ihren Exmann, der den Anstand besaß, verlegen dreinzublicken. Es waren zwei der Gründe, warum Jürgen Heidis Ansicht nach nicht unbedingt die beste Wahl für den Posten des stellvertretenden KPI-Leiters war. Zu leicht durchschaubar und zu anständig.

»Stimmt«, gab Jürgen zu. »Ich habe mit ihm telefoniert. Allerdings hat er mich angerufen, es wäre wohl ziemlich unhöflich gewesen, direkt wieder aufzulegen. Doch ich kann dich beruhigen: Ich habe ihm gesagt, dass der Fall bei dir in den besten Händen ist und dass er etwaige Fragen an dich richten soll. Zufrieden?«

»Sobald du meine Frage beantwortest.« Heidi stellte ihre leere Tasse ab. »Fangen wir einfach an: Was weißt du über Thürmers Verhältnis zu Frauen?«

Jürgen schüttelte prompt den Kopf. »Vermutlich weniger als du. Er war mal verheiratet, aber das liegt fünfzehn oder zwanzig Jahre zurück. Keine Kinder. Ansonsten weiß ich nur, dass er seit über einem Jahr mit Susanne Ziemiak zusammen ist, doch im Gegensatz zu dir habe ich sie noch nicht kennengelernt.«

»Gibt es Klatsch über die beiden?«

»Nicht mehr als über andere auch. Soweit ich das beurteilen kann, ist Axel glücklich über seine Wahl. Er sagte mal zu mir, dass er glaube, sie sei endlich die Richtige. Allerdings …«

»Allerdings?«

Jürgen lehnte sich auf seinem Stuhl zurück. »Als Axel die Bemerkung machte, war ein Bekannter dabei. Er meinte später zu mir, dass Axel das bis jetzt noch über jede Freundin gesagt hätte, dennoch hätte keine Beziehung länger als zwei Jahre gehalten. Axel sei immer schnell entflammt und starte dann einen regelrechten Eroberungsfeldzug, doch seine Begeisterung lasse ebenso schnell wieder nach, wenn sich herausstellt, dass die Angebetete doch nicht perfekt ist.«

»Das heißt Thürmer ist derjenige, der die Beziehungen beendet?«

Jürgen zuckte mit den Achseln. »Der Bekannte klang so, andererseits würde Axel sicherlich nicht herumerzählen, wenn er verlassen worden wäre. Er pflegt gern das Image, dass er jede haben kann. Warum willst du das wissen? Was haben Axels frühere Beziehungen mit Sofias Verschwinden zu tun?«

»Ich versuche nur, mir ein genaues Bild der Verhältnisse in ihrem Zuhause zu machen.«

»Und da befragst du ausgerechnet mich? Bullshit!«

Heidi grinste. »Warum nicht? Du weißt, dass es mich immer dahin zieht, wo es den besten Kaffee gibt. Warte mal, da muss ich rangehen.«

Ihr Smartphone hatte geklingelt, das Display zeigte den Namen eines der zusätzlichen Polizisten, die Jürgen ihr zugeteilt hatte. Es war einer von denen, die die Nachbarn der Kramers befragen sollten.

»Frau Westphal, gut, dass ich Sie erreiche. Ich stehe vor einem Haus im Dachsweg, wo ich gerade mit einer der Bewohnerinnen gesprochen habe. Iris Otto, zwanzig Jahre alt, Studentin, wohnt noch bei ihren Eltern. Sie erzählt Folgendes: Sie war am Samstagabend auf einer Party in der Südstadt. Sie blieb bis etwa viertel nach drei Uhr dort und kam gegen halb vier nach

Hause. Genau in dem Moment sei ein Wagen vorbeigekommen und kurz darauf in den Fuchsbau eingebogen. Es war ein weißer Kombi, und Iris Otto ist sicher, dass Daniel Kramer am Steuer saß, weil sie ihn und seinen Wagen vom Sehen kennt.«

22

Eva

Am Mittwochmorgen fahre ich direkt vom Kindergarten zum Bäcker und dann zu Susanne. Claudia hat angeboten, meine restlichen Vormittagsschichten für die Woche zu übernehmen. Als ich meinen Finger auf die Klingel neben den Namen Thürmer/Ziemiak drücke, fällt mir wieder ein, dass Axel sich gestern bei Susanne über meine häufige Anwesenheit beschwert hat. Sein Pech! Wenn er glaubt, ich halte mich in diesen Zeiten von meiner Freundin fern, hat er sich geschnitten. Dennoch bin ich froh, dass nicht seine, sondern Susannes Stimme durch die Sprechanlage ertönt.

Aber als ich im fünften Stock ankomme, freue ich mich nicht mehr, denn Susanne sieht schlecht aus. Sie hat offenbar versucht, sich wie immer durch Stylen und Schminken für die Konfrontation mit der Welt zu rüsten, doch auf halbem Weg scheint sie aufgegeben zu haben. Zwar ist ihr Augen-Make-up perfekt, sie hat jedoch ihren Lippenstift vergessen, den sie sogar vor Sofias Geburt vor der Fahrt ins Krankenhaus aufgetragen hat. Und zu ihrer weißen Seidenbluse trägt sie eine Jogginghose.

Mein erster Gedanke ist, dass es schlechte Nachrichten gibt, doch in der Hinsicht beruhigt Susanne mich. »Es gibt gar nichts Neues. Ich fühle mich nur einfach völlig kraftlos.«

So sieht sie auch aus. »Hast du schon etwas gegessen?«

»Ich bringe nichts runter. Nur Kaffee.«

Das erklärt das Zittern. »So geht das nicht, Susanne. Du wirst jetzt frühstücken – und zwar richtig. Ist Axel da?«

»Er hat einen Termin auf einer Baustelle.«

Gut, dann kann er sich nicht beschweren, wenn ich in seiner heiligen Küche herumfuhrwerke.

Eine halbe Stunde später lässt Susanne ihre Gabel sinken und trinkt den letzten Schluck von ihrem Kräutertee. »Danke! Das hat gutgetan.«

Sie klingt so überrascht, wie ich mich fühle. Susanne hat tatsächlich alles gegessen, was ich aufgetischt habe: ein Käseomelette, zwei Schinkenbrote und einen Joghurt mit frischem Obst.

»Gern geschehen.«

Ich greife zu Susannes Teller und Besteck und räume alles in die Spülmaschine. Nachdem ich klar Schiff gemacht habe, gehen wir ins Wohnzimmer, wo Susanne sich neben mich auf die Couch setzt und ihren Kopf an meine Schulter legt. Eine Weile sitzen wir schweigend da, während ich überlege, wie ich das Thema anschneiden soll, das mir auf dem Herzen liegt.

»Können wir etwas besprechen?«, frage ich schließlich.

Susannes Kopf liegt so an meiner Schulter, dass ich ihr Gesicht nicht sehen kann. Als sie nicht sofort antwortet, frage ich mich, ob sie eingeschlafen ist.

»Muss das sein?«, murmelt sie schließlich.

»Es geht noch einmal um den Streit, den Sofia Ilkay gegenüber erwähnt hat.«

Ich kann spüren, wie Susanne erstarrt. »Ich habe doch gestern schon gesagt, dass wir uns nicht gestritten haben.«

»Das glaube ich nicht.«

»Das ist dein Pech.«

»Und wenn es Sofias Pech ist?«

Susanne setzt sich abrupt auf. »Was soll das heißen?«

Ich bemühe mich, meinen Gedanken zu erklären. »Ich habe in der letzten Nacht viel nachgedacht und frage mich, ob wir voreilig ausgeschlossen haben, dass Sofia weggelaufen ist. Sie war in letzter Zeit verändert. Ich habe überlegt, wann sie mir zum letzten Mal etwas anvertraut hat, und das ist wirklich lang her. Sie hat zwar manches erzählt, aber hauptsächlich von ihrer neuen Schule. Dich hat sie lang nicht erwähnt – und Axel auch nicht.«

Susanne zuckt mit den Achseln. »Warum auch? Wir sind nicht so spannend wie ihre neuen Mitschüler.«

»Aber früher hat Sofia regelmäßig von dir erzählt – und seit Weihnachten praktisch gar nicht.«

»Na und? Sie wird älter, sie nabelt sich ab.«

»Doch nicht von jetzt auf gleich«, widerspreche ich. »Komm schon, Susanne, was war da los?«

»Nichts!«

»Worum ging es bei eurem Streit? Warum fand Sofia es hier auf einmal scheiße? Wegen Axel?«

Susanne presst die Lippen aufeinander, während sie tief Luft holt. »Wie oft noch, Eva? Wann akzeptierst du endlich, dass ich mit dir nicht über Axel reden will? Du willst auch nicht über Daniels Erektionsprobleme reden.«

Susanne funkelt mich wütend an, und auch in mir steigt Ärger auf, dass sie das Thema schon wieder aufbringt, um meinen Fragen auszuweichen.

So ruhig wie möglich sage ich: »Susanne, ich habe nicht nach deinem Sexleben gefragt. Ich interessiere mich auch nicht für Axel per se, sondern für Sofia. Ich möchte wissen, was sie in letzter Zeit bedrückt hat, weil ich mich frage, ob es etwas mit ihrem Verschwinden zu tun hat.«

»Das hat es nicht!«

»Das heißt, es hat sie etwas bedrückt? Was?«

Susanne sieht aus, als wollte sie es abstreiten. »Ich habe nicht gesagt, dass …«, beginnt sie, doch dann bricht sie ab und schließt die Augen. Sie hält sie eine lange Zeit geschlossen. Ich sehe ihr an, dass etwas in ihr arbeitet. Schließlich öffnet sie die Augen wieder. »Okay, Eva, damit du endlich Ruhe gibst: Ja, Sofia und ich haben uns gestritten, und ja, es ging um Axel. Er hat sich als Reinfall erwiesen, und ich habe vor, ihn zu verlassen. Aber das werde ich erst tun, wenn Sofia gefunden wurde. Solange das nicht der Fall ist, werde ich in dieser Wohnung bleiben. Deswegen habe ich Axel noch nichts gesagt, und du wirst es ebenfalls nicht tun. Bist du jetzt zufrieden?«

Ich bin total perplex. Flüchtig schießt mir der Gedanke durch den Kopf, dass Susanne mich verkohlen will – sie hat manchmal einen seltsamen Humor –, doch dafür würde sie sich kaum diesen Moment aussuchen.

»Natürlich bin ich nicht zufrieden. Es tut mir leid für dich, altes Haus.« Ich greife zu Susannes Hand. »Aber woher kommt das denn auf einmal? Auf Ilkays Party wirktest du noch glücklich. Ist etwas passiert?«

»Ich möchte das jetzt nicht besprechen. Können wir das Thema bitte beenden?«

Ich zögere. Ich finde das Verhalten meiner besten Freundin eigenartig. »Susanne, wenn du nicht darüber sprechen willst, akzeptiere ich das, aber bist du wirklich sicher, dass es nichts mit Sofias Verschwinden zu tun hat?«

Susanne zieht ruckartig ihre Hand weg. »Das bin ich.«

»Wenn es zwischen dir und Axel Probleme gab, dann hatten die doch bestimmt Auswirkungen auf sie und …«

Weiter komme ich nicht, denn Susanne explodiert. »Verdammt, Eva, wie oft soll ich es noch sagen? Was Axel getan hat, hat nichts mit Sofias Verschwinden zu tun. Axel hat nichts mit Sofias Verschwinden zu tun. Er kann nichts damit zu tun haben, weil er die ganze Nacht neben mir im Bett lag. Ich weiß es, ich war wach, ich bin sein Alibi. Geht das endlich in deinen Kopf?« Das Letzte schreit Susanne regelrecht. Dann lässt sie sich mit Schwung gegen die Sofalehne zurückfallen und atmet zitternd durch.

Ich bin völlig perplex. »Was soll das heißen, Axel kann nichts mit Sofias Verschwinden zu tun haben? Ich habe nie behauptet …« Mir kommt ein ungeheuerlicher Verdacht, und ich fasse Susanne an der Schulter. »Hältst du es etwa für möglich, dass Axel Sofia etwas angetan hat?«

»Nein, natürlich nicht!«

»Wieso sagst du dann, dass du sein Alibi bist? Wofür braucht Axel ein Alibi? Wenn du ihm zutraust …«

Weiter komme ich nicht, denn Susanne springt auf. »Hör endlich auf!«, schreit sie so laut, dass ich zusammenzucke. »Ich mache mir schon selbst genug Vorwürfe, dass ich auf Axel reingefallen bin, aber er kann Sofia nichts angetan haben. Also hör endlich auf, ihn da reinzuziehen. Ich tue das umgekehrt auch nicht. Ich versuche, Daniel außen vor zu lassen. Dabei hat er kein Alibi. Dabei ist er derjenige, der Sofia zuletzt gesehen hat. Dabei ist er derjenige, der Sofia nach Hause gebracht, aber nicht dafür gesorgt hat, dass sie auch sicher bei mir ankommt. Dabei …«

Susanne bricht ab. Mit geballten Fäusten steht sie da, während ich verwirrt versuche, ihre Gedankengänge nachzuvollziehen. Langsam bekomme ich eine Ahnung, was in ihr vorgeht.

Ich stehe auf, ignoriere Susannes Widerstand und lege meine Arme um sie. »Und das wirfst du ihm vor? Das verstehe ich doch, Susanne, und Daniel versteht es auch. Er macht sich selbst schreckliche Vorwürfe deswegen.«

Susanne löst sich von mir. »Tut er das? Und woher soll ich wissen, dass er das ernst meint? Woher soll ich wissen, dass er die Wahrheit sagt? Er ist der Letzte, der mit Sofia zusammen war, in jedem Scheißkrimi wäre er deshalb verdächtig.«

Ich starre Susanne entsetzt an. »Natürlich sagt Daniel die Wahrheit. Er würde nicht lügen. Wie kommst du darauf?«

»Weil Männer Arschlöcher sind und weil Sofia in *seinem* Wagen war und weil ihr Handy unter *seinem* Beifahrersitz lag. Erklär mir das, Eva, gib mir dafür eine beschissene Erklärung!«

»Es lag dort, weil es Sofia runtergefallen ist.«

»Nein, das ist unmöglich. Das Handy lag dafür an der falschen Stelle.«

»Wovon redest du?«

Susanne antwortet nicht sofort. Sie geht zum Sessel und lässt sich hineinfallen. Eine Zeit lang starrt sie auf den Boden, dann blickt sie zu mir hoch. »Frau Westphal sagt, dass es so gut wie ausgeschlossen ist, dass Sofias Handy zufällig unter den Beifahrersitz gefallen ist. Sie meint, dass es entweder absichtlich dort hingelegt wurde oder dass es von der Rückbank aus dort hingefallen sein muss.«

Ich blinzele. »Aber Sofia saß vorn, das hat Daniel gesagt.«

»Deshalb glaubt Frau Westphal, dass er lügt.«

»Aber … Wann hat sie das gesagt? Du hast doch gemeint, es gebe nichts Neues.«

Susanne reibt sich müde mit der Hand über die Stirn. »Sie hat es mir gestern gesagt. Sie bat mich, dir nichts davon zu erzählen, weil sie es für möglich hält, dass Daniel Sofia etwas angetan hat.«

Ich bin im falschen Film. Ich fühle mich, wie die Protagonistin einer Familienkomödie, die plötzlich in einen brutalen Actionstreifen versetzt wurde, oder wie eine Disneyfigur in einem Film noir. Nichts hat mich darauf vorbereitet, dass Hauptkommissarin Westphal Daniel verdächtigen könnte, auch nicht Daniels Vermutung, dass sie ihn am Sonntag mit ihren Fragen in die Enge habe treiben wollen. Ich war so sicher, dass er sich das einbildet, dass ich keinen weiteren Gedanken daran verschwendet habe.

»Und was hat Frau Westphal noch erzählt?«, frage ich schließlich und lasse mich auf das Sofa sinken.

»Das war's im Wesentlichen.«

»Und was hast du gesagt?«

Susanne zuckt mit den Achseln. »Ich habe ihr gesagt, dass das Bullshit ist.«

»Aber?«

»Kein Aber. Ich habe ihr klipp und klar gesagt, dass sie Daniel von ihrer Verdachtsliste streichen kann.«

»Aber du hast ihn nicht von deiner gestrichen?«

Susanne weicht meinem Blick aus. Mit dem Zeigefinger malt sie Kreise auf die Armlehne des Sessels. Bis auf letzte Spuren sind ihre Fingernägel frei von Nagellack, ihre Hände sehen dadurch irgendwie schutzlos aus.

»Ich hatte ihn nie auf meiner Liste«, sagt Susanne schließlich leise. »Ich habe nicht mal für eine Sekunde bezweifelt, dass Daniel Sofia hier abgesetzt hat. Ich bin gar nicht auf den Gedanken gekommen, dass es anders sein könnte. Aber dann … Letzte Nacht, als alles still war … Als ich nicht abgelenkt war … Ich überlegte ständig, mit wem Sofia sich getroffen haben könnte und zu welchem Zweck, doch mir fiel keine Antwort ein. Es ist so untypisch für sie. Und dann musste ich an das denken, was Frau Westphal gesagt hat, dass es auch eine andere Möglichkeit gibt. Ich wollte eigentlich nicht darüber nachdenken, aber meine Gedanken kreisten ständig um das Gespräch und die Fragen, die Frau Westphal gestellt hat. Und nach und nach …«

»Was war nach und nach?« Meine Stimme klingt rau, weil mein Mund so trocken ist.

»Nach und nach fielen mir immer mehr Dinge ein, Kleinigkeiten. Zum Beispiel hing mal ein Foto von Daniel an Sofias Whiteboard, aber es ist nicht mehr dort, sie muss es entfernt haben. Und dann fiel mir ein, dass du erzählt hast, dass ihr seit einiger Zeit Probleme im Bett habt.«

Ich starre Susanne an. »Was hat das mit Sofia zu tun?«

»Na ja.« Susanne hebt verlegen ihre Hände mit den Innenfläche nach oben. »Frau Westphal hat mich gefragt, wie es um deine Ehe bestellt ist. Ob vielleicht nach neun Jahren die Leidenschaft weg ist.«

»Was hat das mit Sofia zu tun?«, wiederhole ich.

»Frau Westphal deutete an, dass Daniel und Sofia …«

Susanne bricht ab, doch sie hat genug gesagt. Mir wird schwindelig. Alles dreht sich um mich. Ich brauche frische Luft.

Doch ich bleibe sitzen. Ich schließe für einen Moment die Augen, dann sage ich so ruhig es mir irgendwie möglich ist: »Daniel und ich haben keine Eheprobleme, Susanne. Wir haben lediglich in letzter Zeit keinen Sex, weil Daniel dafür zu gestresst ist. Das liegt an seinem neuen Job, das habe ich dir erzählt.«

»Bist du sicher, dass das der Grund ist?« Susanne beugt sich vor. »Axel und ich waren neulich mit einem befreundeten Ehepaar essen, die beide im Bauamt arbeiten – als Architekt kennt Axel viele Leute da. Die Frau erzählte, dass sie vor Kurzem zu den Denkmalpflegern gewechselt sei, und schwärmte, wie entspannt das Arbeiten dort sei, viel angenehmer als in ihrer früheren Abteilung.«

»Und?«

»Von Stress war nicht die Rede.«

Ich kann nicht glauben, was ich da höre. »Wieso auch? Meine Güte, Susanne! Was glaubst du denn, warum Daniel sich so abrackert? Damit es für seine Mitarbeiter glattläuft. Du kennst ihn doch! Wie kannst du glauben, er könnte … Das ist einfach krank. Wie kannst du ihm das zutrauen?«

»Aber das tue ich doch gar nicht, ich will nur …«

»Was?«, frage ich ungeduldig.

»Ich will meine Tochter zurück«, flüstert Susanne und bricht in Tränen aus.

Ich zögere, dann stehe ich auf, setze mich auf die Lehne des Sessels und schließe Susanne in die Arme. Es dauert eine Weile, bis sie sich so weit beruhigt hat, dass sie mir zuhören kann.

»Susanne, das weiß ich doch. Ich vermisse sie auch und habe auch Angst. Aber Daniel zu verdächtigen, hilft nicht weiter. Du kennst ihn, er würde nie irgendwem etwas zuleide tun, das ist absurd.«

»Und wenn er es schon einmal getan hat?«

Mir wird eiskalt. »Bitte?«

»Du weißt, was ich meine. Vor sieben Jahren hat Sofia gesagt, Daniel habe sie geschlagen.«

»Verdammt, Susanne, du weißt, dass das nicht wahr ist. Sofia hat das nur behauptet, weil sie wollte, dass ich mit Daniel Schluss mache und weiterhin mit euch zusammenwohne. Sie hat es zugegeben.«

»Aber wenn es vielleicht doch stimmte? Vielleicht hat Sofia nur eingelenkt, weil sie den ganzen Stress nicht ertragen konnte.«

Susanne sieht mich fragend an, mit einem Blick voller Angst, doch ich antworte nicht. Mir reicht es.

Ich stehe auf. »Sorry, Susanne, das höre ich mir nicht an. Ich brauche frische Luft.«

Ich gehe zur Terrassentür. Bevor ich sie öffnen kann, klingelt mein Smartphone. Ich ziehe es hervor, es ist Thomas, und ich drücke den Anruf weg.

Draußen auf der Dachterrasse trete ich an die Brüstung. Es regnet, doch das ist mir egal. Einige Minuten lang stehe ich da und kühle mein Gesicht in der feuchten Januarluft. Doch mir ist nicht lange Ruhe vergönnt, da klingelt mein Handy erneut.

»Hallo, Eva, hier ist Maria vom Kindergarten. Linus ist von der Rutsche gefallen. Könntest du kommen?«

23

Als Daniel Kramer in der Kriminalpolizeiinspektion erschien, wurde er von Ilkay Demiray begleitet – was Heidi nicht überraschte. Nachdem sie über die Zeugenaussage von Iris Otto informiert worden war, hatte sie zwei Kollegen losgeschickt, Daniel Kramer für eine weitere Befragung abzuholen. Die beiden hatten Kramer weisungsgemäß nicht den genauen Grund für seine Einbestellung mitgeteilt, aber der Mann war nicht dumm. Dies war seine dritte Befragung innerhalb von vier Tagen, er konnte sich denken, dass es an der Zeit für rechtlichen Beistand war. Und Ilkay Demiray war als solcher eine exzellente Wahl. Heidi vermutete zwar, dass Kramer sich aus Freundschaft für Demiray entschieden hatte, doch er hätte keinen besseren Griff tun können. Heidi kannte den Rechtsanwalt bis jetzt nicht persönlich, aber sie kannte seinen Ruf. Trotz seines noch jungen Alters galt er als einer der besten Strafverteidiger der Stadt.

Auf den ersten Blick war Ilkay Demiray eine Enttäuschung. Er war nur knapp ein Meter siebzig groß und trotz des perfekt sitzenden, vermutlich maßgeschneiderten Anzugs kaum eine beeindruckende Erscheinung. Was dem Mann jedoch an Größe fehlte, machte er durch seinen Auftritt wett. Er strahlte genug Energie für drei Anwälte aus. Als er mit federnden Schritten den Vernehmungsraum betrat, schien er alles um sich herum elektrisch aufzuladen. Als er Heidi die Hand reichte, fürchtete sie halb, sie würde einen gewischt bekommen, doch stattdessen schenkte Demiray ihr ein Tausend-Watt-Lächeln, das krumme, aber strahlend weiße Zähne enthüllte.

»Hauptkommissarin Westphal, ich freue mich, Sie kennenzulernen. Man erzählt sich viel Gutes über Sie. Und Ihre reizende Kollegin ist ...?«

»Kriminaloberkommissarin Nielsen«, stellte Heidi Vicki vor, die sie zur Unterstützung dazugebeten hatte. Während sie auf Daniel Kramer gewartet hatte, hatte Heidi ihre Mitarbeiterin auf den neusten Stand gebracht. Sie hatte die Zeit auch genutzt, ein Telefonat mit der Staatsanwaltschaft zu führen. Das Ergebnis dieses Gesprächs lag in einer Mappe, die Heidi sich unter den Arm geklemmt hatte.

Demiray schüttelte auch Vicki ausgiebig die Hand, bevor er sie mit seinem Mandanten bekannt machte. Im Gegensatz zu seinem Anwalt war Daniel Kramer alles andere als überschwänglich. Seine Gesten waren noch sparsamer als in den vergangenen Tagen, seine Mimik war noch ausdrucksloser. Nur seine Augen verrieten seine Nervosität. Immer wieder huschten sie zu seinem Anwalt.

Heidi überließ es Vicki, die Formalitäten zu klären und Kramers Einverständnis einzuholen, die Befragung in Bild und Ton aufzuzeichnen. Sie wollte anschließend das Wort ergreifen, doch Ilkay Demiray kam ihr zuvor.

»Wenn Sie gestatten, möchte ich zu Beginn eine persönliche Bemerkung machen«, erklärte er in jetzt nüchternem Ton. »Mein Mandant hat sich bereit erklärt, heute weitere Fragen zu beantworten, weil es ihm ein Herzensanliegen ist, die Suche nach Sofia Ziemiak nach besten Kräften zu unterstützen. Ich möchte hinzufügen, dass ich diesen Wunsch teile, da ich Sofia ebenfalls kenne, wenn auch nicht allzu gut. Ich bin mit ihrer Mutter befreundet. Allerdings ist es schon einige Wochen her, dass ich Sofia zuletzt getroffen habe.« Er blickte mit ernster, feierlicher Miene in die Runde.

Heidi erwiderte den Blick ebenfalls ernst, während sie sich fragte, ob die Bemerkung aufrichtig gemeint war. Sie klang so, allerdings war sie bei Anwälten generell auf der Hut.

»Dann haben wir dasselbe Anliegen«, erklärte sie, »und ich schlage vor, dass wir zur Sache kommen.« Sie faltete ihre Hände über der Mappe, die sie vor sich auf den Tisch gelegt hatte, und wandte sich direkt an Daniel Kramer. »Herr Kramer, wie Ihnen bereits mitgeteilt wurde, haben wir noch einige Fragen zu den beiden Aussagen, die Sie mir gegenüber gemacht haben. Sie liegen nicht in schriftlicher Form vor, daher fasse ich sie noch einmal zusammen.«

Während Heidi Daniel Kramers Angaben zu seiner nächtlichen Autofahrt mit Sofia wiederholte, hörte der Mann mit gesenktem Kopf zu. »Und dann fuhren Sie von der Willy-Brandt-Allee nach Hause«, schloss Heidi. »Ist das korrekt?«

Jetzt blickte Kramer hoch und nickte.

»Würden Sie bitte für die Aufnahme antworten?«

Kramer beugte sich zu dem Mikrofon in der Tischmitte. »Das ist korrekt.«

»Wissen Sie, wann Sie zu Hause ankamen?«

Er schüttelte den Kopf. »Wie ich Ihnen schon am Sonntag sagte, habe ich nicht auf die Uhr gesehen, ich schätze, es war gegen halb drei oder etwas früher.«

»Wie kommen Sie zu dieser Einschätzung?«

Kramer runzelte die Stirn, als wunderte er sich, wieso Heidi sich die Frage nicht selbst beantwortete. »Nun, wir sind um kurz nach halb zwei aufgebrochen, und die Fahrt hin und zurück dauert etwa eine Dreiviertelstunde. Rechnet man die Zeit hinzu, die Sofia und ich zum Ein- und Ausladen des Fahrrads benötigten, ergibt sich ungefähr halb drei.«

»Sie sind also auf dem direkten Weg von der Willy-Brandt-Allee zu Ihrem Haus im Fuchsbau gefahren?«

»Das sagte ich bereits.«

»Richtig.« Heidi verzog keine Miene, obwohl sie innerlich voller Genugtuung darüber war, dass Daniel Kramer die Aussage vor Kamera und Mikrofon wiederholt hatte. »Allerdings hat eine Zeugin, die Sie vom Sehen kennt, ausgesagt, dass Sie erst um halb vier nach Hause gekommen sind. Die Zeugin wohnt im Dachsweg und war um diese Zeit selbst unterwegs. Sie sah Ihren Kombi und erkannte Sie im Schein einer Straßenlaterne am Steuer.«

Selbstverständlich beantragte Ilkay Demiray sofort eine Unterbrechung, die Heidi ebenso selbstverständlich gewähren musste. Als sie und Vicki in den Vernehmungsraum zurückgerufen wurden, war fast eine Dreiviertelstunde vergangen, und die Atmosphäre im Raum hatte sich wahrnehmbar verändert. Auf Daniel Kramers Stirn hatte sich ein Schweißfilm gebildet, seine Augen huschten noch öfter zu seinem Anwalt. Dieser saß nicht mehr entspannt zurückgelehnt, sondern vorgebeugt, die Unterarme auf die Tischplatte gelegt. Nachdem Vicki Kamera und Mikrofon wieder eingeschaltet hatte, ergriff er das Wort.

»Mein Mandant möchte seiner bisherigen Aussage etwas hinzufügen.«

Er nickte Daniel Kramer zu, der einen Augenblick innehielt. Dann rückte er seinen ohnehin perfekt gebundenen Krawattenknoten zurecht und wandte sich an Heidi.

»Ich möchte Sie um Entschuldigung bitten«, erklärte er mit leiser Stimme. »Sie fragten mich, ob ich Samstagnacht direkt von der Willy-Brandt-Allee nach Hause gefahren bin. Ich habe die Frage bejaht, doch die korrekte Antwort lautet: Nein. Ich leide seit einiger Zeit an Einschlafstörungen, deshalb habe ich es mir angewöhnt, vor dem Zubettgehen noch einmal frische Luft zu schnappen. Das habe ich auch in der Nacht von Samstag auf Sonntag gemacht.« Er räusperte sich. »Es tut mir leid, dass ich diesen Punkt bisher nicht erwähnt habe. Es war mir unangenehm. Ich fürchtete, Sie würden mein Verhalten eigenartig finden, insbesondere in Anbetracht des Ortes, an dem ich spazieren gegangen bin.«

»Und der wäre?«

»Der Südfriedhof.«

Selbst wenn Heidi hundertmal hätte raten dürfen, wäre sie nicht auf den genannten Ort gekommen. Sie nahm sich einen Augenblick Zeit, ihr Gegenüber gründlich und offensichtlich zu mustern. »Sie möchten aussagen, dass Sie in der Nacht von Samstag auf Sonntag auf dem Südfriedhof spazieren gegangen sind, weil Sie nicht schlafen konnten?«

Kramer nickte, erinnerte sich an das Mikrofon und beugte sich vor. »Ja.«

»Sie wissen allerdings schon, dass die städtischen Friedhöfe nachts geschlossen sind, oder? Möchten Sie mir erzählen, dass Sie über die Mauer gestiegen sind?«

Kramer lachte nervös auf. »Das war nicht nötig. Beim Südfriedhof werden in der Regel nur die beiden großen Tore abgeschlossen. Es gibt einen kleinen Eingang in der Josefstraße, der offen bleibt.«

»Das klingt, als würden Sie sich regelmäßig nachts dort vergnügen.«

Kramer ignorierte den Sarkasmus. »Ich war in letzter Zeit tatsächlich einige Male dort«, erklärte er ernsthaft, »auch nach den offiziellen Schließungszeiten. Ich gehe dort gern spazieren, um meine Gedanken zu klären.«

»Und worüber haben Sie Samstagnacht nachgedacht?«

»Über nichts Bestimmtes. Es ging mir um die Bewegung.«

»Wieso haben Sie sich nicht in der Nähe Ihres Hauses bewegt? Der Südfriedhof liegt nicht an der Strecke zwischen Willy-Brandt-Allee und Fuchsbau.«

Es war offensichtlich, dass Daniel Kramer die Frage erwartet hatte. »Es war eine spontane Eingebung«, erklärte er ruhig. »Ich kenne den Südfriedhof gut. Meine Eltern sind dort begraben.«

»Haben Sie deren Grab Samstagnacht aufgesucht?«

»Ich bin einfach ziellos die Wege entlangspaziert.«

Es war eines der dünnsten Alibis, die Heidi jemals aufgetischt worden waren, dennoch gelang es ihr nicht, es zu erschüttern. Während der nächsten Viertelstunde versuchte sie, Daniel Kramer mit allen möglichen Fragen in die Enge zu treiben, doch sie schaffte es nicht, auch nur einen Stein aus der Mauer seiner Aussage herauszubrechen. Kramer hatte auf jede Frage eine Antwort parat, und zwar eine so plausible, dass sein Anwalt sich nicht einmal genötigt sah, einzugreifen. Als Ilkay Demiray sich gar wieder auf seinem Stuhl zurücklehnte, wechselte Heidi das Thema und befragte Kramer erneut zu seiner Beziehung zu Sofia. Aber auch bei diesem Thema erzielte sie zunächst keine Fortschritte. Während er mit auf dem Tisch gefalteten Händen kerzengerade auf seinem Stuhl saß, wiederholte Daniel Kramer, was er bereits zuvor erzählt und was auch seine Frau und Susanne Ziemiak ausgesagt hatten: Die Beziehung zwischen ihm und Sofia war gut und freundschaftlich gewesen. Im Laufe der Jahre hatten sie viel Zeit miteinander verbracht, waren auch gelegentlich allein gewesen, doch der letzte Vier-Augen-Moment lag schon Monate zurück.

Je länger die Vernehmung dauerte, desto frustrierter wurde Heidi, zumal Kramer sich mit jeder Frage mehr entspannte – bis Heidi wissen wollte, ob er Sofia je körperlich berührt habe.

»Ob ich sie berührt habe?« Kramer zögerte. »Nun, das ist sicherlich vorgekommen, allerdings niemals auf unangemessene Weise.«

»Schildern Sie die Berührungen.«

Kramer warf einen kurzen Blick zu seinem Anwalt, der auffordernd nickte. »Nun, ich nehme Sofia gelegentlich in den Arm. Nicht häufig«, setzte er hastig hinzu, »nur bei besonderen Anlässen, zum Beispiel, wenn ich ihr zum Geburtstag gratuliere. Und wenn ich Geburtstag habe, nimmt Sofia umgekehrt mich in den Arm.«

»Wann war die letzte Umarmung?«

Kramer überlegte. »An meinem Geburtstag im September.«

»Seitdem hat keine Berührung stattgefunden?«

»Dazu gab es keinen Anlass.«

»Und was war am vergangenen Wochenende? Haben Sie Sofia vielleicht zur Begrüßung umarmt? Oder zum Abschied? Oder haben Sie einen Arm um ihre Schultern gelegt? Oder sie auf andere Art berührt?«

»Nein.«

»Gewiss nicht?«

Kramer wurde unsicher. Er starrte auf seine Hände. »Nun, ganz ausschließen kann ich es nicht. Vielleicht habe ich Sofia am Arm berührt oder so, als wir gemeinsam ihr Fahrrad ein- oder ausgeladen haben. Aber ich erinnere mich nicht daran.«

»Und alle diese Berührungen waren frei von jeglicher sexueller Konnotation?«

Eine jähe Röte zog sich Kramers Hals hoch. »Selbstverständlich.«

»Haben Sie Sofia je unter ihrer Kleidung berührt?«

Die Röte schoss höher. »Selbstverständlich nicht.«

»Haben Sie sie je geküsst?«

»Nein!«

»Haben Sie je sexuelle Handlungen an Sofia oder in ihrem Beisein vollzogen?«

»Nein!« Kramer besaß eine leise Stimme, doch das letzte Wort blaffte er regelrecht. Er blickte zu Ilkay Demiray, der sich prompt einmischte.

»Halten Sie das wirklich für nötig, Frau Westphal? Ich denke, Herr Kramer hat klargemacht, dass seine Beziehung zu Sofia keine wie auch immer geartete sexuelle Komponente aufweist. Ich bin überzeugt davon, dass Ihnen das auch Frau Ziemiak und Frau Kramer bereits bestätigt haben. Falls Sie also keine konkreten Fragen mehr haben, schlage ich vor, dass wir die Befragung beenden.«

»Ich habe durchaus noch konkrete Fragen.« Heidi wandte sich wieder an Kramer. »Ich möchte noch einmal auf die Ereignisse von Samstagnacht zurückkommen. Laut Ihrer Aussage saß Sofia auf dem Beifahrersitz, als Sie sie nach Hause brachten. Korrekt?«

»Ja.«

»Sie hatte ihren Rucksack auf ihrem Schoß, ihr Smartphone hielt sie möglicherweise in der Hand, ihr Fahrrad lag im Kofferraum. Meine sehr konkrete Frage lautet: Hatte Sofia noch weiteres Gepäck dabei?«

»Weiteres Gepäck? Nein.«

»Nichts, was sie beispielsweise auf den Rücksitz gelegt hat?«

»Nein.«

»Hat Sofia den Rücksitz irgendwie benutzt?«

Kramer runzelte die Stirn. »Inwiefern sollte sie ihn benutzt haben? Sie saß vorn, das sagte ich schon.«

»Und dort saß sie auch, als ihr das Smartphone runterfiel, das wir in Ihrem Wagen gefunden haben?«

Daniel Kramer musterte Heidi argwöhnisch, als fürchtete er, dass dies eine Fangfrage sei. »Ich gehe davon aus. Entweder das, oder es ist beim Aussteigen passiert.«

»Und wie erklären Sie sich dann das?«

Heidi öffnete die Mappe, die sie mit in den Vernehmungsraum gebracht hatte, und entnahm ihr drei Din-A4-Bögen. Es waren Ausdrucke der Fotos, die sie gemacht hatte, als sie Sofias Smartphone in Kramers Wagen gefunden hatte. Sie zeigten das Smartphone unter dem Beifahrersitz aus verschiedenen Blickwinkeln. Heidi schob die drei Blätter über den Tisch. Daniel Kramer betrachtete sie, ohne sie zu berühren.

»Was ist das?«, fragte Ilkay Demiray.

Heidi erklärte es. »Das sind Aufnahmen, die ich am Sonntagnachmittag mit Herrn Kramers Einverständnis vom Innenraum seines VW Golf gemacht habe. Sie zeigen die Stelle, an der wir Sofias Smartphone gefunden haben. Wie Sie sehen, liegt es ziemlich weit hinten unter dem Beifahrersitz, fast schon im Fußraum der Rückbank. Wir halten es für sehr unwahrscheinlich, dass es dort zufällig hingefallen sein kann, wenn Sofia tatsächlich vorn saß.«

Heidi beobachtete Daniel Kramer bei den Worten, doch die erhoffte Reaktion blieb aus. Kramer wirkte eher überrascht als besorgt.

»Das kann nicht sein. Sofia saß vorn. Das Handy muss dort runtergefallen sein.« Er überlegte. »Ist es nicht möglich, dass es während der Fahrt von vorn nach hinten gerutscht ist?«

»Das ist unwahrscheinlich. Die Unterkonstruktion des Beifahrersitzes wäre im Weg. Herr Kramer, ich frage Sie noch einmal: Wo saß Sofia, als Sie sie Samstagnacht nach Hause gebracht haben?«

»Auf dem Beifahrersitz.«

»Hat sie sich irgendwann zu irgendeinem Zweck auf die Rückbank begeben?«

»Nein.« Kramer sah Heidi ratlos an. »Das ergibt keinen Sinn.«

»Dem würde ich zustimmen«, kommentierte Heidi.

»Ich nicht«, mischte Ilkay Demiray sich ein. »Bei allem Respekt, für Ihren guten Ruf und Ihren kriminalistischen Scharfsinn, Frau Westphal, Sie sind wohl kaum eine Koryphäe auf dem Gebiet von Wurf- oder Flugbewegungen. Ihre Mutmaßung, dass Sofias Smartphone nicht vom Beifahrersitz aus an die Auffindeposition gelangt sein kann, ist reine Spekulation. Wenn Sie nicht mehr haben, sollten wir die Befragung jetzt beenden.«

Ilkay Demiray schob seinen Stuhl zurück. Heidi wartete, bis er aufgestanden war, bevor sie sagte: »Da wäre noch eine Kleinigkeit, Herr Demiray.«

Sie öffnete ihre Mappe ein zweites Mal und zog ein weiteres DIN-A4-Blatt heraus. Sie reichte es dem Anwalt, der das Schriftstück überflog. Er ließ sich Zeit und prüfte jedes Wort, bevor er sich schließlich an seinen Mandanten wandte.

»Es tut mir leid, Daniel, das ist ein Durchsuchungsbeschluss für euer Haus und deinen Wagen.«

24

Eva

Es ist schon früher Nachmittag, als ich endlich mit Linus die Notaufnahme des Krankenhauses verlassen kann. Erst mussten wir ewig auf eine Ärztin warten, dann noch einmal so lang, bis ein Röntgengerät frei war. Glück im Unglück: Linus' Handgelenk ist nur verstaucht, nicht gebrochen. Er hat Schmerzsalbe und eine elastische Binde bekommen, und als wir zu meinem Wagen gehen, ist er schon wieder guter Dinge, allerdings auch so müde von der Aufregung, dass er auf der Rückfahrt nach Hause einschläft.

Als ich meinen Wagen im Carport parke, beschließe ich, Linus noch ein wenig schlafen zu lassen. Ich löse meinen Gurt und lehne mich im Fahrersitz zurück. Ich bin ebenfalls erschöpft von der Aufregung. Ich weiß, dass ein Besuch in der Notaufnahme für manche Eltern zur monatlichen Routine gehört, doch ich war mit Linus heute erst das zweite Mal dort, und beim ersten Mal war Daniel dabei. Ich habe ihn mehrfach angerufen, aber ich habe ihn nicht erreichen können, und er hat sich nicht gemeldet. Das ist so untypisch für ihn, dass jetzt – da Linus gut verarztet schläft – eine gewisse Unruhe in mir hochsteigt.

Im selben Moment klingelt mein Smartphone. Ich fische es aus der Handtasche, doch es ist nicht Daniel, sondern Thomas. Bei seinem letzten Anruf hat er auf der Mailbox um Rückruf gebeten, allerdings hatte ich bisher keine Energie dazu.

»Ja, Thomas, was gibt's?« Während ich mit der einen Hand mein Smartphone halte, öffne ich die Fahrertür und steige aus.

»Meine Güte, Eva, wieso rufst du nicht zurück? Ich habe dir auf die Mailbox gesprochen.«

Thomas' Tonfall klingt so gereizt, dass er mich ebenfalls reizt.

»Ich war beschäftigt. Ich war mit Linus in der Notaufnahme.«

Das bringt Thomas runter. »Ist er okay? Was ist passiert?«

»Er hat sich bei einem Sturz im Kindergarten das Handgelenk verstaucht.«

»Nur verstaucht? Und dafür schleppst du ihn ins Krankenhaus?«

»Wenn ich es vorher gewusst hätte, hätte ich mir den Weg gespart, aber zufällig habe ich keine Röntgenaugen. Also, was möchtest du? Ich habe wenig Zeit.«

»Ich bin auf der Suche nach Daniel. Weißt du, wo er ist?«

»Im Dienst, wo sonst?«

»Da ist er nicht. Ich habe versucht, ihn zu erreichen. Als es nicht geklappt hat, bin ich zum Bauamt gefahren. Daniel ist nicht dort. Eine seiner Mitarbeiterinnen sagte, er sei schon seit elf Uhr weg. Er habe sich für einige Stunden abgemeldet wegen eines Termins, der plötzlich reingekommen sei.«

»Was für ein Termin?«

»Das sagte die Mitarbeiterin nicht. Daniel habe nur gemeint, dass es eine dringende Privatsache sei. Wieso weißt du nichts davon?«

Das frage ich mich auch, und das Sorgenkribbeln in meinem Magen wird stärker. Daniel ist so pflichtbewusst, dass er den Dienst nur für etwas wirklich Wichtiges verlassen würde. Doch wenn etwas Wichtiges passiert wäre, hätte er mir eine Nachricht geschickt. Und was kann privat so wichtig sein, das weder Linus noch mich noch Thomas betrifft?

»Eva, bist du noch da?«

»Ich überlege gerade. Was willst du denn eigentlich so dringend von Daniel?«

»Ich muss mit ihm reden.«

»Worüber?«

»Das betrifft dich nicht. Also, wenn du von Daniel hörst – sagst du mir Bescheid?«

»Ich richte Daniel aus, dass er sich bei dir melden soll.«

Ich drücke das Gespräch weg, behalte das Smartphone jedoch in der Hand und wähle noch einmal Daniels Handy- und Büronummer. Vergeblich.

Die Unruhe in meinem Magen prickelt noch stärker. Ich versuche, mir einzureden, dass kein Grund zur Sorge besteht, doch es fällt mir schwer. Ich muss daran denken, was Susanne erzählt hat: dass Frau Westphal Daniel verdächtigt, in Sofias Verschwinden verwickelt zu sein. Ich habe den Gedanken daran im Krankenhaus verdrängt, doch jetzt bricht er sich mit Macht Bahn. Hat das etwas mit Daniels Abwesenheit zu tun?

In dem Moment höre ich Motorengeräusch hinter mir und drehe mich um. Zwei Autos biegen in den Fuchsbau ein und halten am Straßenrand vor unserem Haus. Das vordere ist ein silberner Mercedes Coupé. Ilkays Mercedes Coupé, mit Daniel auf den Beifahrersitz. Das hintere ist ein VW Bus.

Ich laufe so schnell auf den Mercedes zu, dass ich ihn erreiche, bevor Daniel ganz ausgestiegen ist. Kaum hat er die Beifahrertür geschlossen, schlinge ich meine Arme um ihn. »Wo warst du? Ich habe mir Sorgen gemacht. Geht's dir gut?«

Daniel küsst mich ungewohnt leidenschaftlich. »Mir geht's gut. Aber wieso bist du hier? Ich dachte, du seist den ganzen Tag bei Susanne.«

»Ich habe einen Anruf vom Kindergarten bekommen. Linus ist von der Rutsche gefallen und hat sich das Handgelenk verstaucht. Ich war mit ihm im Krankenhaus. Er schläft in meinem

Wagen.« Ich löse mich von Daniel und umarme auch Ilkay. »Ilkay, schön, dich zu sehen, allerdings auch ziemlich überraschend. Musst du nicht arbeiten?«

»Ich fürchte, das tue ich gerade. Daniel wird es dir erklären.«

Damit lässt Ilkay mich stehen und geht zu dem VW Bus. Zwei Männer sind ausgestiegen und schlüpfen gerade in weiße Einmalpapieranzüge, wie ich sie aus Fernsehkrimis kenne.

25

Also – wie sicher sind wir, dass Kramer unser Mann ist«, fragte Heidi, als Vicki einen Pappbecker mit Kaffee, einen mit grünem Tee und ein Papptablett mit Plundergebäck auf den Tisch im Besprechungsraum stellte. Nachdem sie Daniel Kramer hatten gehen lassen müssen, hatte Heidi die Durchsuchung von dessen Haus und Wagen organisiert. Vicki war in der Zwischenzeit zum Bäcker gegenüber der Kriminalpolizeiinspektion gegangen, um Ersatz für das ausgefallene Mittagessen zu besorgen.

»Zu neunzig Prozent«, erklärte sie jetzt, ohne zu zögern. Meinungsstärke war eine Eigenschaft, die Heidi an Vicki schätzte. Die Oberkommissarin ließ sich nie lang bitten, eine Einschätzung abzugeben und diese mit Argumenten zu untermauern. Sie ließ sich allerdings auch nie lange bitten, eine Einschätzung zu verwerfen, wenn sie auf bessere Argumente traf. »Er ist mit Abstand der plausibelste Kandidat, genau genommen der einzige. Er hatte die beste Gelegenheit, Sofia etwas anzutun, er hat uns einen Haufen Lügen aufgetischt, und dann ist da die Sache mit Sofias Smartphone. Die einzig sinnvolle Interpretation für dessen Fundort ist, dass Sofia auf der Rückbank gesessen oder gelegen hat, und die einzig sinnvolle Interpretation der Tatsache, dass Kramer das verschweigt, ist, dass auf der Rückbank etwas vorgefallen ist. Ich tippe auf sexuellen Missbrauch.

Es würde mich nicht wundern, wenn Kramer Sofia jahrelang missbraucht hat.«

»Du klingst ziemlich sicher«, bemerkte Heidi.

»Aus zwei Gründen.« Vicki trank einen Schluck von ihrem Tee. Dann stellte sie den Becher ab und beugte sich vor. »Erstens die Statistik. Irgendein Motiv muss Kramer gehabt haben, Sofia verschwinden zu lassen, und Missbrauch ist das naheliegende. Zweitens ist es in gewisser Weise eine Situation wie aus dem Lehrbuch: der Freund der Familie, der sich in das Vertrauen der Mutter schleicht, der alle mit seiner vorgeblichen Harmlosigkeit um den Finger wickelt, der unauffällig Situationen herbeiführt, in denen er mit seinem Opfer allein ist: Backgammonspielen oder Hilfe beim Lateinlernen. Es könnte jahrelang so gegangen sein. Dafür spricht auch, dass Sofia so anders ist.«

»Inwiefern?«, fragte Heidi stirnrunzelnd.

»Na ja, sie ist am liebsten allein, traut anderen nicht, hat Schwierigkeiten im sozialen Kontakt, versteckt ihren Körper unter weiter Kleidung. Das alles ist so auffällig, dass ihr sogar Asperger unterstellt wurde, dabei könnte es eine Folge sexuellen Missbrauchs sein.«

Heidi widersprach. »Susanne Ziemiak sagte, Sofia sei schon als Kind eine kleine Einzelgängerin gewesen – lang bevor Kramer in ihr Leben trat. Und nicht jeder weibliche Teenager, der seinen Körper unter weiter Kleidung verhüllt, wird missbraucht.«

»Aber Sofia ist unter mysteriösen Umständen verschwunden, und alles weist darauf hin, dass Kramer dafür verantwortlich ist. Vielleicht drohte Sofia, den Missbrauch auffliegen zu lassen.«

Heidi biss ein Stück von ihrem Puddinggebäck ab und kaute nachdenklich. In dem Punkt stimmte sie ihrer Kollegin zu. Die Wahrscheinlichkeit war hoch, dass Daniel Kramer Sofia Ziemiak etwas angetan hatte, und Vickis Theorie zum Motiv war plausibel. Es war durchaus möglich, dass Kramer das Mädchen jahrelang missbraucht hatte, ohne dass ihre Mutter oder seine Frau etwas bemerkt hatten. Missbrauchstäter waren oft sehr geschickt darin, ihre Taten zu verbergen und ihre Opfer so zu manipulieren, dass diese es nicht wagten, sich ihren Eltern anzuvertrauen – selbst dann nicht, wenn sie eine gute Beziehung zu diesen hatten. Aus Scham, aus Angst oder weil sie den Drohungen des Täters glaubten. Ja, Vickis Theorie zum Motiv war plausibel – und dennoch sagte Heidis Instinkt ihr etwas anderes.

»Findest du es nicht bemerkenswert, dass Kramer behauptet hat, er sei auf dem Südfriedhof spazieren gegangen?«, fragte sie. »Dass Verdächtige behaupten, irgendwo ohne Zeugen herumgelaufen zu sein, ist ja nichts Neues, aber ein Friedhof?«

Vicki pulte eine Rosine aus ihrer Zuckerschnecke. »Wieso nicht? Irgendetwas musste er ja behaupten, vermutlich ist ihm der Südfriedhof als Erstes eingefallen.«

»Warum ausgerechnet der? Warum nicht beispielsweise der Stadtpark? Der wäre naheliegender und vor allem glaubwürdiger gewesen. Aber nein, Kramer nimmt den Südfriedhof. Ein Ort, an dem auch Sofia vor Kurzem war.«

»Als sie das Foto von Jennifer Manns Grab machte? Aber das liegt schon einige Wochen zurück. Und der Südfriedhof ist groß, da gibt es Hunderte, wenn nicht Tausende Gräber.«

»Ich halte es dennoch für ein eigenartiges Zusammentreffen. Warte mal.« Heidis Smartphone hatte geklingelt. »Ja, was gibt's?« Während der nächsten Minute lauschte Heidi, stellte eine Zwischenfrage und sagte schließlich: »Nein, kommt nicht zurück. Überprüft das bitte sofort. Bis später, danke.«

Heidi drückte das Gespräch weg. »Das war Esther«, erklärte sie. »Sie und Lars sind noch im Marie-Curie-Gymnasium. Doktor Brakel hat Wort gehalten. Nachdem Esther und Lars Sofias andere Lehrerinnen und Lehrer um Alibis für Samstagnacht gebeten haben, hat er erzählt, was er gemacht hat: Angeblich ist er mit drei Freunden ausgegangen. Sie haben sich um acht Uhr getroffen und sind bis nachts um halb drei durch die Kneipen gezogen. Anschließend ist Brakel zu Fuß nach Hause gegangen, zusammen mit einem der Freunde, der von außerhalb kommt und bei ihm übernachtet hat.«

»Hat Esther das überprüft?«, fragte Vicki.

»Das wird sie als Nächstes tun. Aber wenn die Freunde die Aussage bestätigen, ist Brakel raus.« Nachdenklich trank Heidi den letzten Schluck von ihrem Kaffee. »Allerdings hat Brakel Esther noch etwas Interessantes erzählt. Er sagt, er sei Sofia im letzten halben Jahr zweimal außerhalb der Schule begegnet. Einmal hielten sie zufällig gleichzeitig an derselben Ampel, als beide mit dem Fahrrad unterwegs waren, das war im Oktober. Das andere Mal war erst vor Kurzem, während der Weihnachtsferien, am dritten Januar. Brakel war auf dem Weg zu einer Tante, die in der Nähe des Südfriedhofs wohnt. Als er mit dem Wagen am Haupttor vorbeifuhr, sah er dort Sofia im Gespräch mit einer Frau. An Details erinnert er sich nicht mehr, nur daran, dass die Frau ziemlich auffallende kurze rote Haare hatte.«

»Sofia war noch einmal am Südfriedhof?«, fragte Vicki. »Hm, langsam finde ich das ebenfalls bemerkenswert. Was will alle Welt bloß ständig dort?«

»Das ist nicht das einzig Bemerkenswerte«, sagte Heidi. »Larissa hat mir gestern Abend erzählt, sie habe Sofia ebenfalls einmal mit einer Frau mit kurzen roten Haaren zusammen gesehen. Ich frage mich, ob es dieselbe ist. Allerdings wüsste ich nicht, wer es sein könnte. Keine der Zeuginnen, mit denen ich gesprochen habe, hatte kurze rote Haare.«

»Von meinen auch nicht.«

Vicki leerte ihre Tasse und stand auf, um den klebrigen Pappteller in den Papierkorb zu werfen. In dem Moment wurde die Tür des Konferenzraums geöffnet, und Marcel Kaczmarek steckte seinen Kopf hindurch.

»Ah, hier seid ihr. Der Bericht vom LKA ist eingetroffen, Heidi, du sagtest, du wolltest die Ergebnisse sofort haben.«

»Und?«

»Das LKA hat die Zahnbürste und die Haarbürste untersucht, die sie aus Sofias Bad genommen haben und Sofias DNA-Profil erstellt. Dasselbe haben sie mit den Flecken auf dem Kopfkissen getan. Du hattest recht, bei den Flecken handelt es sich tatsächlich um menschliches Blut, allerdings ist es nicht Sofias. Es stammt mit hoher Wahrscheinlichkeit von ihrer Mutter.«

26

Eva

Der Augenoptikermeister, bei dem ich gelernt habe, hat mir einmal einen guten Rat gegeben, als ich an einer Kundin verzweifelte, die ständig ihre Wünsche änderte: »Merk dir eines, Eva: Es lohnt sich nicht, sich über andere Menschen aufzuregen. Nutze deine Energie lieber, um zu verstehen, worum es dem anderen wirklich geht. Wenn du alle Fakten kennst, dann fällt in neun von zehn Fällen der Grund für deinen Ärger weg.«

Es war ein guter Ratschlag, und ich versuche auch jetzt, ihn zu beherzigen, doch es fällt mir schwer, die Fakten zu verstehen – geschweige denn sie zu akzeptieren. Den Fakt, dass Daniel Hauptkommissarin Westphal in einem weiteren Punkt belogen hat. Den Fakt, dass er Samstagnacht zum Südfriedhof gefahren ist, statt direkt nach Hause zu kommen. Den Fakt, dass deswegen jetzt vier Beamte der Kriminalpolizei unser Haus durchsuchen.

»Verdammt, Daniel, was um alles in der Welt wolltest du mitten in der Nacht auf dem Südfriedhof?«

Daniel reibt sich erschöpft über die Wangen »Das habe ich dir doch gerade erklärt. Nachdenken. Herumlaufen. Müde werden. Ich habe versucht, nach Ilkays Party runterzukommen. Du weißt doch, wie schlecht ich in letzter Zeit einschlafe.«

»Aber warum hast du mir das nicht erzählt? Und wieso bist du dazu zum Südfriedhof gefahren? Sonst läufst du doch auch durch unsere Siedlung oder über die Felder hier.«

»Es war ein spontaner Einfall. Ich war in letzter Zeit einige Male am Grab meiner Eltern. Ich habe festgestellt, dass ich dort gut nachdenken kann.«

»Das hast du nie erwähnt.«

»Ich wollte dich nicht noch mehr beunruhigen. Ich weiß, dass du dir ohnehin Sorgen um mich machst.«

»Offenbar zu Recht«, fauche ich.

Daniel erwidert nichts, und eine Minute lang stehen wir uns in wütendem Schweigen in unserem Carport gegenüber. Wir sind hierhergegangen, weil ich Linus im Auge behalten möchte. Ilkay ist drinnen, um die Polizisten in den weißen Einmalanzügen zu beaufsichtigen, die unser Haus durchsuchen. Die unser Haus durchsuchen. Unser Haus! Ich kann es noch immer nicht fassen. Ich fühle mich wie in einem verdammten *Tatort*.

»Aber wieso hast du deswegen gelogen? Wieso hast du Hauptkommissarin Westphal am Sonntag nichts davon erzählt? Es ist nichts Anrüchiges dabei, nachts spazieren zu gehen.«

Daniel hebt hilflos die Schultern und lässt sie wieder fallen. »Ich weiß es selbst nicht genau, Eva. Es war eine idiotische Kurzschlussreaktion – genau wie die Sache mit dem Fahrrad. Ich hatte Angst, Frau Westphal würde mich verdächtigen.«

»Und du dachtest, mit Lügen könntest du ihr Vertrauen gewinnen?« Ich werde selten sarkastisch, doch die Bemerkung kann ich mir nicht verkneifen. »Wieso hast du es nicht zusammen mit der Sache mit dem Fahrrad richtiggestellt?«

»Weil …« Daniel bricht ab. Er sieht an mir vorbei in Linus' Richtung. Automatisch drehe ich mich um. Unser Sohn schläft weiterhin friedlich. Er ist der einzige friedliche Anblick weit und breit.

»Weil ich hoffte, dass Frau Westphal es nicht herausfinden würde«, gibt Daniel schließlich zu. »Ich habe die Sache mit dem Rad richtiggestellt, weil ich annahm, Frau Westphal würde ohnehin herausfinden, dass Sofia ihr Rad dabeihatte. Aber dass ich auf dem Friedhof war … Es tut mir wirklich leid, Eva.«

»Was? Dass du gelogen hast oder dass du erwischt wurdest?«

»Alles. Das hier.« Daniel deutet zum Bus der Spurensicherung, dann zu unserem Haus. Dann streckt er die Hand nach mir aus, doch ich schiebe meine tiefer in die Taschen meines Dufflecoats.

»Du hast nicht nur Frau Westphal belogen, sondern auch mich.«

Daniel lehnt sich gegen meinen Wagen. »Wenn ich es dir erzählt hätte, hätte es dich in einen Gewissenskonflikt gestürzt. Ich wollte dich dem nicht aussetzen.«

»Soll ich dir dafür vielleicht dankbar sein?« Ich funkele Daniel an.

Er erwidert nichts. Er sieht mich bloß bittend an, doch ich wende mich ab. Ich bin zu aufgebracht, um seine Entschuldigung zu akzeptieren. Außerdem habe ich das Gefühl, noch immer nicht alle Fakten zu kennen.

Einige Minuten lang wende ich Daniel meinen Rücken zu und blicke auf die Straße, wo zwei Frauen aus der Nachbarschaft stehen geblieben sind. Es sind junge Mütter, ich kenne sie vom Spielplatz. Neugierig starren sie zum Haus und zum Bus der Spurensicherung, vor dem ein Polizist in einem weißen Einweganzug steht und telefoniert. Als eine der beiden mich entdeckt, hebt sie die Hand zum Gruß. Ich deute ein Nicken an und drehe mich wieder zu Daniel um.

»Ich verstehe es dennoch nicht. Wieso hattest du so viel Angst, dass Frau Westphal dich verdächtigen würde?«

Daniel schneidet eine Grimasse. »Nun ja, sie tut es offensichtlich.«

»Aber wieso hast du schon am Sonntagnachmittag damit gerechnet? Kaum dass Sofia verschwunden war?«

»Das habe ich dir gesagt. Weil Frau Westphal mich so intensiv befragt hat. Es war eine Überreaktion.«

Ich schüttle meinen Kopf. »Du neigst normalerweise weder zu Überreaktionen noch dazu, zuerst an dich zu denken. Wieso hast du nicht an Sofia gedacht und alles getan, um die Polizei zu unterstützen? Gibt es noch etwas, dass du nicht erzählt hast?«

»Nein.«

Daniel sieht mich so ruhig und ausdruckslos an, dass mein Ärger sich verdoppelt. Ich kenne den Gesichtsausdruck.

»Und warum machst du dann dein Pokerface? Streite es nicht ab, Daniel! Du ziehst gerade dieselbe Miene, die du zeigst, wenn du Leute nicht magst oder nicht ernst nimmst, aber deine Gefühle verbergen willst. Also, was ist los? Und behaupte nicht, es sei nur der Job. Du bist seit Monaten verändert. Du machst dir Sorgen, du findest keine Ruhe, du schläfst nicht mit mir. Was ist los?«

Ich mache einen Schritt auf Daniel zu, um ihm besser in die Augen sehen zu können. So stehen wir eine ganze Weile da, bis Daniel seinen Blick senkt.

»Du hast recht«, gibt er endlich zu. »Da ist etwas, aber ich kann es dir nicht sagen.«

»Bitte?« Ich kann nicht glauben, was ich da höre. »Ich bin deine Frau.«

Daniel nickt. »Du bist meine Frau, Eva, und für mich die wunderbarste Frau der Welt. Ich liebe dich, aber ich kann es dir nicht sagen.«

»Du musst. Sofia ist verschwunden und …«

Daniel unterbricht mich. »Damit hat es nichts zu tun. Damit habe ich nichts zu tun.« Er sieht mich eindringlich an. »Eva, ich weiß nicht, wo Sofia ist, ich habe keine Ahnung. Das glaubst du mir doch, oder?«

Ich trete einen Schritt zurück. »Ich weiß langsam nicht mehr, was ich glauben soll«, entgegne ich, doch das ist nicht wahr. Natürlich weiß ich, dass Daniel nichts mit Sofias Verschwinden zu tun hat. Aber das genügt mir nicht. »Sag mir, was es ist!«

»Das kann ich nicht.«

»Und warum nicht?«

Daniel schüttelt bloß den Kopf. In dem Moment erscheint Ilkay mit einem der Kriminalbeamten an der Haustür. Der Polizist trägt einen Umzugskarton zum Bus der Spurensicherung, Ilkay kommt auf uns zu und wirft einen Blick von Daniel zu mir.

»Ist es gerade schlecht?«

»Beschissen«, sage ich.

»Worum geht's denn?«, fragt Daniel.

»Die Polizei hat deinen Laptop beschlagnahmt. Sie haben eine Quittung ausgestellt. Jetzt hätten sie gern noch dein Smartphone und deine Passwörter.«

27

Heidi hatte Glück, sie traf Susanne Ziemiak allein in der Wohnung in der Willy-Brandt-Allee an. Die Frau wirkte noch erschöpfter als an den Tagen zuvor, und Heidi entdeckte erste schwache Anzeichen von Vernachlässigung. Susanne Ziemiaks Make-up war nicht so perfekt wie sonst, sie trug eine Jogginghose, und neben ihrem Laptop auf dem Esstisch stand ein halb volles Glas Weißwein. Als sie Heidis darauf gerichteten Blick bemerkte, machte sie Anstalten, sich in die Sichtachse zu stellen, gab dann jedoch den Versuch auf, den Schein zu wahren.

»Ich trinke sonst nie Alkohol um diese Uhrzeit«, versicherte sie, »aber ich bin heute so nervös und fahrig … Ich hatte gehofft, der Wein würde mir helfen, runterzukommen, so dass ich mich wenigstens etwas konzentrieren kann, aber …« Sie strich sich mit einer Hand über die Stirn. Es war eine müde kleine Geste. »Ich schwöre Ihnen, es ist mein erstes Glas.«

Heidi bezweifelte das, da sie bereits an der Tür eine leichte Fahne wahrgenommen hatte, doch das behielt sie für sich. Wäre eine ihrer Töchter seit sechsundachtzig Stunden verschwunden, wäre sie wohl ebenfalls auf der Suche nach Mitteln, ihre Angst zu dämpfen. Abgesehen davon mochte sich der Weinkonsum der Frau als Vorteil erweisen. Alkohol löste die Zunge, und ihnen stand ein schwieriges Gespräch bevor.

»Vielleicht können wir uns setzen?«

Susanne Ziemiak ging zur Sofainsel voraus. Heidi nahm ihr gegenüber Platz und kam direkt zur Sache.

»Ich habe heute die Ergebnisse der Laboruntersuchungen bekommen. Es wurde mithilfe von Sofias Zahnbürste ihr DNA-Profil erstellt, und es wurden die Blutspuren an Sofias Kopfkissen analysiert, die Sie für eine Folge von Nasenbluten hielten. Es hat sich herausgestellt, dass das Blut nicht von Ihrer Tochter stammt, sondern von Ihnen.«

»Oh.« Mehr sagte Susanne Ziemiak zunächst nicht. Eine Weile saß sie still da und betrachtete ihre Hände mit den angekauten Nägeln. Schließlich blickte sie auf. »Das kann tatsächlich sein. Ich hatte letzte Woche ebenfalls Nasenbluten, ich hatte es vergessen. Es kam ganz plötzlich, als ich in Sofias Zimmer war. Ich habe nicht gemerkt, dass etwas auf ihr Kopfkissen getropft ist, sonst hätte ich es natürlich gewechselt. Es tut mir leid, dass ich es nicht früher erwähnt habe.«

Sie schenkte Heidi ein entschuldigendes Lächeln, das ungefähr so echt wirkte wie die künstlichen Zwanzig-Millimeter-Wimpern, mit denen Larissa neulich auf eine Party marschiert war.

»Frau Ziemiak, würden Sie das bitte lassen? Ich kann Ihre Tochter nicht finden, wenn Sie mich anlügen.«

Die Frau errötete. »Ich lüge nicht. Ich hatte Nasenbluten.«

»Das mag sein, aber es ist weder plötzlich noch anlasslos noch letzte Woche aufgetreten. Am Kopfkissen ist so viel Blut, dass Sofia es sicher bemerkt und den Bezug ausgetauscht hätte. Ich würde sagen, die Flecken stammen von Samstag oder Sonntag. Sagen Sie mir, wie sie entstanden sind?«

»Das habe ich. Ich neige zu spontanem Nasenbluten – wie meine Tochter.«

Heidi seufzte. »Ich habe Frau Kramer dazu befragt, sie sagt, Sofia habe seit Jahren kein Nasenbluten gehabt. Ich bin sicher, sie wird über Sie dasselbe sagen. Also, bitte, Frau Ziemiak, wie ist es zu den Blutflecken gekommen? Ist Herr Thürmer dafür verantwortlich?«

Susanne Ziemiak zuckte zusammen. »Selbstverständlich nicht.«

»So selbstverständlich finde ich das nicht«, entgegnete Heidi, »ich weiß, dass er Sie misshandelt.«

Es war offensichtlich, dass Heidis Vermutung ins Schwarze traf. Susanne Ziemiak tat einen kurzen, erschreckten Atemzug, ihre Augen weiteten sich jäh. Doch sie gab es nicht zu. »Axel misshandelt mich nicht.«

»Doch, das tut er«, blieb Heidi fest, »sonst hätten Sie mich nicht wegen der Blutspuren angelogen. Außerdem sind Sie nicht die Erste. Herr Thürmer hat mindestens einer weiteren früheren Partnerin Gewalt angetan. Er hat sie wieder und wieder geschlagen und ihr schließlich zwei Rippen gebrochen. Sie musste im Krankenhaus behandelt werden.«

Wieder dauerte es, bis Susanne Ziemiak reagierte. Einige Sekunden lang saß sie still da, während ihr langsam die Farbe aus dem Gesicht wich. »O mein Gott«, flüsterte sie schließlich, »das wusste ich nicht. Ist das wahr?«

Heidi nickte. »Die Frau hat überlegt, Anzeige zu erstatten, doch sie fürchtete, man würde ihr nicht glauben, und sie scheute die öffentliche Aufmerksamkeit. Außerdem schämte sie sich, zum Opfer geworden zu sein.« Heidi musterte die Frau ihr gegenüber voller Mitgefühl. »Ist das auch der Grund, warum Sie nicht darüber reden möchten?«

Susanne Ziemiak wich ihrem Blick aus und starrte auf den Granitboden. »Es ist nur die halbe Wahrheit«, sagte sie schließlich.

»Es fing nach dem Umzug an. Vorher war alles gut zwischen uns – nein, besser als gut. Geradezu perfekt. Magisch. Obwohl … Im Rückblick betrachtet habe ich vermutlich einige Red Flags übersehen.«

Susanne Ziemiak trank einen Schluck von ihrem Wein. Sie hatte das Glas vom Esstisch geholt und hielt es mit beiden Händen umklammert. Sie hatte ihre Pumps abgestreift und ihre Füße auf das Sofa hochgezogen. Eine entspannte Pose, doch die Frau war alles andere als das. Ihre Schultern waren sichtbar verkrampft, ihre Stimme klang angestrengt, und sie schaffte es nicht, Heidi in die Augen zu sehen. Während sie erzählte, haftete ihr Blick an einem der abstrakten Gemälde, einer irritierenden schwarz-weiß-goldenen Komposition.

»Und nachdem Sie zusammengezogen waren, änderte Herr Thürmer sein Verhalten?«, fragte Heidi.

Susanne Ziemiak nickte müde. »Wobei es mir zuerst gar nicht auffiel. Es gab zwar gewisse Startschwierigkeiten, aber damit hatte ich gerechnet. Wenn drei Menschen zusammenziehen, die vorher andere Lebensstile hatten, muss es ja rumpeln. Doch ich dachte, wenn Axel und ich etwas kompromissbereit wären, würde es schon klappen.«

»Axel und Sie? Was war mit Ihrer Tochter? Haben Sie von ihr keine Kompromissbereitschaft erwartet?«

Susanne Ziemiak schüttelte den Kopf. »Ehrlich gesagt …« Sie zögerte. »Ehrlich gesagt hatte ich ihr gegenüber ein schlechtes Gewissen«, gab sie dann zu. »Ich wollte den Umzug so sehr, dass ich mir einredete, er wäre auch für Sofia das Beste – Stichwort Schulwechsel –, aber tief im Innern wusste ich, dass ich die Sache überstürzte. Deshalb wollte ich Sofia die Umstellung so angenehm wie möglich machen. Ich dachte, es genüge, wenn Axel und ich Zugeständnisse machten, weil das Zusammenleben ja schließlich unser Wunsch war.«

»Und wie klappte das?«

Susanne Ziemiak setzte sich aufrechter hin. »Zunächst gut – zumindest glaubte ich das. Aber irgendwann wurde mir klar, dass fast ausschließlich ich Zugeständnisse machte. Axel war dazu höchstens in Bezug auf Sofia bereit, jedoch nicht, wenn es um meine Bedürfnisse ging. Im Gegenteil: Er wollte immer mehr bestimmen.« Sie trank einen Schluck Wein. »Eigenartigerweise dauerte es eine Weile, bis ich das bemerkte. Ich hätte mich nie für den Typ Frau gehalten, der versucht, alle um sich herum glücklich zu machen, und darüber die eigenen Bedürfnisse vergisst, aber genau das tat ich nach dem Umzug.«

»Können Sie ein Beispiel nennen, was Herr Thürmer alles bestimmen wollte?«, fragte Heidi.

»Es zog sich durch alle Bereiche. Die Einrichtung der Wohnung, wie wir unser Leben gestalten, was wir essen, selbst Dinge, die nur mich betrafen. Wie oft ich ins Fitnessstudio gehe oder was ich im Büro anziehe.« Susanne Ziemiak strich sich eine Haarsträhne aus der Stirn. »Dabei war Axel natürlich nicht so krass, es direkt vorzuschlagen oder gar zu verlangen. Er war subtiler. Er sagte Dinge wie: ›Wenn du heute Abend den Sport ausfallen lässt, könnten wir zu zweit etwas für unsere Fitness tun.‹ Oder: ›Ich finde, der Hosenanzug sieht mehr nach Business aus als das Kleid. Damit hast du den Auftrag sofort in der Tasche.‹« Susanne Ziemiak warf Heidi einen Blick zu. »Einzelne solche Bemerkungen sind harmlos, aber in der Masse sorgten sie dafür, dass ich dann halt doch öfter abends zu Hause blieb und auf den Minirock verzichtete.« Sie seufzte. »Wie gesagt, irgendwann fiel mir das auf, und ich begann, wieder verstärkt darauf zu achten, was ich möchte. Doch während Axel vor dem Umzug immer auf meine Wünsche eingegangen war, führte das danach zu Reibereien. Am Anfang waren es nur verbale Auseinandersetzungen, aber dann …« Sie brach ab und biss sich auf die Unterlippe. »Dann eskalierte ein Streit.«

»Erzählen Sie mir davon«, bat Heidi.

Susanne Ziemiak antwortete nicht sofort. Sie spielte mit ihrem Weinglas, drehte es in ihren Händen. Dann stellte sie es abrupt auf den Couchtisch und straffte ihre Schultern. »Es war nach einer Vernissage in der Woche vor Weihnachten. Der Künstler ist ein Bekannter von Axel. Das ist von ihm.« Sie nickte zu dem schwarz-weiß-goldenen Bild. »Ich war vorher noch nie auf einer Vernissage gewesen und hatte mich darauf gefreut, weil ich dachte, es würde lustig werden. Ich hatte die Vorstellung, da würden lauter lockere Künstlertypen herumlaufen. Leider war das Gegenteil der Fall.« Sie schnitt eine kleine Grimasse. »Es war unglaublich steif und öde. Der einzige Lichtblick war ein ehemaliger Kunde von mir, den ich dort traf. Ich hatte ihm zwei Jahre zuvor eine Wohnung gesucht, und er schwärmte mir vor, dass die sich in jeder Hinsicht als Volltreffer erwiesen habe. Wir unterhielten uns angeregt, bis Axel dazukam und sagte, er wolle gehen, er habe Kopfschmerzen. Mich überraschte das – normalerweise zeigt Axel vor anderen keine Schwäche –, aber es schien ihm wirklich nicht gut zu gehen. Er sagte auf der Heimfahrt kein Wort. Doch kaum hatten wir die Wohnungstür hinter uns geschlossen, änderte sich das. Er …«

Susanne Ziemiak machte eine Pause, um einmal durchzuatmen. »Axel begann mich anzubrüllen«, fuhr sie dann fort. »Was mir einfalle, derart hemmungslos zu flirten, wie ich ihn derart bloßstellen könne. Ich war so verdattert, dass ich erst gar nicht verstand, worauf er sich bezog. Als ich es endlich kapierte, versuchte ich, ihm klarzumachen, dass das Gespräch mit meinem ehemaligen Kunden völlig harmlos gewesen war. Doch Axel regte sich immer mehr auf, so dass ich schließlich sagte, ich würde mir das nicht länger anhören. Ich drehte mich um, um das Wohnzimmer zu verlassen, doch …« Sie schloss für einen Moment die Augen und atmete zitternd tief ein und wieder aus. »Als ich gehen wollte, packte Axel mich an den Haaren und riss mich zurück. Es tat unglaublich weh. Ich versuchte, mich zu befreien, doch Axel war stärker. Er zwang mich, ihn anzusehen, und dann herrschte er mich an, dass er entscheide, wann unser Gespräch zu Ende sei.«

Susanne Ziemiak fasste sich in die Haare und berührte ihren Hinterkopf so vorsichtig, als könnte sie den Schmerz noch immer spüren. Vielleicht war dem so.

»Und was geschah dann?«, fragte Heidi nach einer Weile.

Susanne Ziemiak ließ ihre Hand sinken. »Zunächst gar nichts. Ich war viel zu schockiert, um zu reagieren. Und dann war plötzlich Sofia da. Sie war von dem Lärm aufgewacht. Als sie sah, dass Axel mich gepackt hatte, ging sie dazwischen. Ich glaube, sie wollte ihn von mir wegschubsen, aber das war nicht nötig. Als Axel sie bemerkte, ließ er mich sofort los und entschuldigte sich.« Sie sah Heidi unsicher an. »Es war, als hätte jemand einen Schalter umgelegt. In einem Moment war Axel voller Wut, im nächsten voller Reue. Er beteuerte wieder und wieder, wie unendlich leid es ihm tue, und behauptete, dass er sich nicht erklären könne, was über ihn gekommen sei. Währenddessen schrie Sofia ihn an. Sie war so aufgebracht, dass ich Angst bekam, das Ganze könnte erneut eskalieren, also überredete ich sie, mit mir auf ihr Zimmer zu gehen. Dort sagte sie, dass wir sofort ausziehen müssten, am liebsten hätte sie noch in der Nacht gepackt.«

»Und was wollten Sie?«, fragte Heidi.

Susanne Ziemiak seufzte. »Ich wollte in dem Moment nur, dass meine Tochter sich beruhigt. Sie regte sich so auf, dass sie kaum Luft bekam. Was Axel betraf, stand ich, glaube ich, noch immer unter Schock. Nicht nur wegen des Übergriffs an sich, sondern weil er aus heiterem Himmel gekommen war. Bis dahin hatte er sich immer korrekt verhalten.« Sie schüttelte den Kopf, als sei sie immer noch fassungslos. »Irgendwann beruhigte Sofia sich und schlief ein, und ich musste auf die Toilette. Als ich das Bad verließ, wartete Axel auf mich. Er entschuldigte sich erneut. Als ich ihm sagte, dass es mit einer einfachen Entschuldigung wohl kaum getan sei, gab er mir recht, flehte mich aber dennoch an, ihn nicht zu verlassen. Er sagte …« Susanne Ziemiak schüttelte müde den Kopf. »Er sagte einfach alles. Dass er sich wahnsinnig schäme; dass er ohne mich nicht leben könne; dass er gar nicht wisse, was über ihn gekommen sei; dass ich die einzige Frau für ihn sei … Er redete immer weiter und weiter, und irgendwann …« Sie schluckte. »Irgendwann war ich bereit zu glauben, dass es wirklich nur ein einmaliger Ausrutscher gewesen war. Dass es nie wieder vorkommen würde. Dass Axels Überreaktion wirklich nur ein Zeichen seiner besonders tiefen Liebe zu mir war.« Sie schenkte Heidi ein beschämtes Lächeln. »Dämlich, nicht wahr?«

Heidi schüttelte den Kopf. »Ich würde sagen: verständlich. Wenn Menschen, die wir lieben, sich unerwartet von einer schlechten Seite zeigen, versuchen wir instinktiv, eine Erklärung oder zumindest Entschuldigung dafür zu finden.«

Susanne Ziemiak dachte darüber nach. »Ja, so war es wohl. Ich hätte Axel ein solches Verhalten nie zugetraut. Er war zwar oft fordernd und bestimmend aufgetreten, aber mir hatte das immer gefallen, ich hielt es für männlich.« Sie errötete. »Ich dachte, ich hätte endlich einen Partner gefunden, der mir ebenbürtig ist, der sich traut, mir auch mal die Stirn zu bieten. Und immerhin waren wir schon über ein Jahr zusammen. Es war ein größtenteils tolles Jahr gewesen. Ich dachte: Soll ich das wirklich wegwerfen, nur weil er sich einmal danebenbenommen hat?«

»Wie reagierte Sofia, als Sie ihr sagten, dass Sie bei Herrn Thürmer bleiben würden?«, fragte Heidi.

Susanne Ziemiak presste für einen Augenblick ihre Lippen aufeinander. »Sie war völlig entsetzt. Wir hatten einen Riesenkrach. Ich versuchte, ihr zu erklären, dass die Liebe nicht immer so einfach ist, nicht so eindeutig, aber Sofia beharrte darauf, dass es eine glasklare Situation sei.« Ein trauriges Lächeln huschte über Susanne Ziemiaks Gesicht. »Sie war schon immer ein kluges Kind.«

28

Eva

Die Kriminalbeamten haben nichts mitgenommen außer Daniels Computer – seinen Wagen und sein Handy hatten sie ja schon –, außerdem haben sie das Haus ordentlich hinterlassen. Nirgendwo ist Fingerabdruckpulver oder eine andere Spur von ihnen zu entdecken. Wüsste ich nicht, dass Polizisten die Räume durchsucht haben, würde ich es vielleicht nicht einmal bemerken, doch ich weiß es, und das Wissen kann ich nicht abschütteln. Das Wissen, dass sie alles angefasst und unsere Sachen durchwühlt haben. Ich habe das Gefühl, ihre tastenden, behandschuhten Finger auf unseren Möbeln und unseren persönlichen Gegenständen noch immer spüren zu können. Natürlich ist das Unsinn, doch das Gefühl ist so stark, dass ich schließlich zu putzen anfange. Ich nehme mir eine Oberfläche nach der anderen vor. Dabei genügt mir Neutralreiniger nicht. Ich gehe von Raum zu Raum und versprühe Desinfektionsmittel, als hätten wir Ungezieferbefall.

Daniel ist unterdessen oben und kümmert sich um Linus, worüber ich froh bin. Ich bin viel zu wütend und enttäuscht, um ihm gegenüberzutreten. Dabei könnte ich nicht sagen, was mich mehr verletzt: dass mein Mann ein Geheimnis vor mir hat, das so groß und so schwerwiegend ist, dass es sogar sein Verhalten gegenüber der Polizei beeinflusst, oder dass er mich deswegen seit Monaten belügt. All die Male, die ich ihn gefragt habe, ob alles in Ordnung ist, warum er nicht schlafen kann, worüber er sich Sorgen macht – all die Male hat er geantwortet, es sei der Jobwechselstress, die Arbeitsüberlastung, die sprunghaft gestiegene Verantwortung. Doch das war nur vorgeschoben, in Wahrheit steckt etwas anderes dahinter. Aber was?

Während ich mit Desinfektionsmittel und Lappen Fensterbänke, Tische und die Arbeitsflächen in der Küche bearbeite, grüble ich darüber nach. Es muss irgendetwas geschehen sein, irgendetwas Großes, Bedeutsames, das so schwer wiegt, dass es Daniels Handeln, Denken und Fühlen beeinflusst. Doch warum kann er mir nicht davon erzählen? Was hält ihn davon ab? Er weiß, dass er mir vertrauen kann. Er weiß, dass ich auf seiner Seite stehe, egal, was passiert. Wovor hat er Angst? Mich zu belasten? Mich zu enttäuschen? Hat er etwas getan, von dem er nicht möchte, dass ich es erfahre? Doch was könnte das sein? Eine Affäre? Unfug! Daniel würde mich nicht betrügen. Er liebt mich so sehr, wie ich ihn liebe.

Doch er schläft nicht mehr mit mir. Der unwillkommene Gedanke ist plötzlich da und versucht, sich in meinem Kopf festzusetzen. Ich verscheuche ihn rigoros. Daniel hat keine Affäre, mit unserer Beziehung ist alles in Ordnung. Die Probleme im Bett rühren nicht daher, dass Daniel mich nicht mehr attraktiv findet, sondern dass er Stress hat. Stress wegen dieses verdammten Geheimnisses, von dem er mir nicht erzählen will!

Womit ich wieder am Anfang meiner Gedankenkette angelangt bin. Ich drehe mich im Kreis. Warum erzählt Daniel mir nicht, worum es geht? Wir erzählen uns doch sonst alles Wichtige. Wenn es nicht gerade um Thomas geht …

Thomas! Natürlich, wieso bin ich nicht sofort darauf gekommen? Es muss etwas mit Thomas zu tun haben. Thomas, mit dem Daniel sich gestern erst gestritten hat. Den er in den vergangenen Monaten kaum noch eingeladen hat.

Als ich an dem Punkt angekommen bin, klingelt mein Smartphone. Froh, der Gedankenspirale in meinem Kopf zu entkommen, ziehe ich meine Gummihandschuhe aus und nehme den Anruf an. Es ist Thomas, ausgerechnet.

»Ja?«

»Hallo, Eva, hast du mittlerweile von Daniel gehört? Es ist schon fast sechs, er müsste längst zu Hause sein.«

Ich habe Thomas' frühere Anrufe vergessen, aber ich bin nicht in der Stimmung, ihn zu beruhigen. »Ich sagte, ich würde Daniel informieren, dass du angerufen hast.«

Thomas schweigt einen Augenblick lang. »Was soll das heißen?«, fragt er dann irritiert. »Ist er zu Hause oder nicht?«

»Was willst du denn von ihm?«

»Mit ihm reden.«

»Worüber?«

»Das geht dich nichts an.«

»Dann kann ich dir nicht helfen.«

Ich drücke das Gespräch weg und lege das Smartphone zurück auf den Küchentresen. Als ich aufblicke, steht Daniel in der Tür. Eine Minute lang sehen wir einander schweigend an.

»War das Thomas?«, fragt Daniel schließlich mit einem Nicken zu meinem Handy.

»Wie kommst du darauf?«

»Du klangst so gereizt.«

»Das bin ich auch. Das war der dritte Anruf von ihm. Er ist auf der Suche nach dir. Er macht sich Sorgen, weil du nicht ans Handy gehst.«

»Hast du ihm gesagt, dass die Polizei es hat?«

»Das kannst du wohl selbst tun.«

»Ja, das kann ich wohl.« Daniel lehnt sich gegen den Türrahmen. Er sieht traurig und erschöpft aus. Normalerweise wäre das für mich Grund genug, zu ihm zu gehen und ihn in den Arm zu nehmen, doch danach ist mir nicht zumute.

»Aber du bist nicht nur wegen Thomas gereizt, nicht wahr?«, fragt Daniel schließlich.

»Natürlich nicht.«

»Kann ich etwas tun, damit es dir besser geht?«

»Du kannst mir sagen, was los ist.«

Daniel schüttelt den Kopf.

»Hat es etwas mit Thomas zu tun?«

Daniel seufzt. »Eva, ich weiß, dass es viel verlangt ist, aber kannst du nicht einfach akzeptieren, dass ich darüber nicht reden kann?«

»Nein, das kann ich nicht«, fauche ich. »Verdammt, Daniel, was würdest du denn sagen, wenn ich ein Geheimnis hätte, das mich völlig verändert, das mich bedrückt und nicht mehr schlafen lässt, und dir dann sagte, dass ich leider nicht darüber sprechen kann?«

Daniel runzelt die Stirn. »So schlimm ist es nicht.«

»Doch, das ist es.«

Ich gehe zu meinem Mann, fasse ihn an den Oberarmen und sehe ihm in die Augen. Er erwidert meinen Blick, und für einen Sekundenbruchteil glaube ich, er wird es mir sagen, aber dann schüttelt er bloß den Kopf.

29

Erzählen Sie mir, was am Wochenende passiert ist«, bat Heidi. Susanne Ziemiak kam der Aufforderung nicht sofort nach. Stattdessen stand sie auf und öffnete die Fenstertür, die auf die Dachterrasse führte. Einige Minuten lang stand sie dort und blickte in den Regen hinaus. Schließlich kam sie zurück und setzte sich auf die Kante des Sofas.

»Wir waren auf Ilkays Party«, begann sie, ohne Heidi anzusehen. »Ich habe Ihnen doch erzählt, dass ich vor einigen Jahren eine kurze Beziehung zu Ilkay hatte, allerdings hatte ich Axel das verschwiegen. Ich dachte, es sei besser, ihm keinen Grund zur Eifersucht zu geben. Er hatte sich seit der Vernissage zwar von seiner besten Seite gezeigt, aber ich dachte: Wozu schlafende Hunde wecken?« Sie schnitt eine kleine Grimasse. »Womit ich nicht gerechnet habe: dass Axel es auf der Party von jemand anderem erfahren würde.«

»Waren Sie dabei?«

Sie schüttelte den Kopf. »Ich hatte mir zwar vorgenommen, Axel auf der Party nicht das Gefühl zu geben, von mir vernachlässigt zu werden, aber natürlich waren wir nicht die gesamte Zeit zusammen. Als ich irgendwann von der Tanzfläche zu unserem Tisch zurückkam, schlug er vor, nach Hause zu fahren. Es war erst kurz nach Mitternacht, aber ich dachte mir nichts Böses, weil …« Sie errötete. »Ich nahm an, Axel sei scharf auf Sex.

Wir hatten gewisse Pläne gemacht, weil wir sozusagen sturmfreie Bude hatten.« Sie räusperte sich. »Wir hatten beide etwas getrunken, also nahmen wir ein Taxi. Allerdings bemerkte ich auf der Fahrt schon, dass irgendetwas nicht stimmte. Ich wollte uns ein bisschen in Stimmung bringen und fing an, Axel unauffällig zu streicheln, aber er reagierte nicht. Ich musste sofort an die Heimfahrt von der Vernissage denken, und mir wurde mulmig. Andererseits war ich mir sicher, dass ich Axel keinen Anlass zur Eifersucht gegeben hatte. Ich hatte mich auf der Party mit keinem anderen Mann länger unterhalten. Ich hatte zwar einmal mit Ilkay getanzt, doch da hatte ich quasi keine Wahl gehabt. Also unterdrückte ich das Gefühl, und das …«, sie ballte ihre Hände zu Fäusten, »… das war mein Fehler. Denn als wir nach Hause kamen …«

Susanne Ziemiak brach ab und starrte mit zusammengepressten Zähnen auf ihre Fäuste. Schließlich löste sie die Kiefermuskeln wieder, es schien ihr jedoch Mühe zu bereiten.

»Als Axel die Tür aufschloss, ließ er mir den Vortritt. Ich ging an ihm vorbei, zog meinen Mantel aus und hängte ihn in den Garderobenschrank. Dann drehte ich mich um, und im nächsten Moment …«

Susanne Ziemiak beendete den Satz nicht. Stattdessen stand sie auf, löste das Band ihrer Jogginghose und schob den Stoff ein Stück hinunter. Dann fasste sie den Saum ihrer Bluse und zog sie nach oben. Der Streifen nackter Haut, der zum Vorschein kam, war übersät von dunkelvioletten Blutergüssen.

Susanne Ziemiaks Schilderung dessen, was Axel Thürmer ihr angetan hatte, war stockend und von langen Pausen geprägt, doch Heidi drängte sie nicht. Es wäre kontraproduktiv gewesen, außerdem verspürte Heidi einen tiefen Widerwillen dagegen, sich die brutale Schilderung anzuhören. Sie hatte eine Zeit lang

Fälle häuslicher Gewalt bearbeitet und bereits zu viele Berichte von Männern gehört, die ihre Frauen als Punchingball missbrauchten.

»Ich weiß nicht genau, wie lang es dauerte oder wie oft er zugeschlagen hat«, erzählte Susanne Ziemiak mit tonloser Stimme. »Ich habe versucht, mich zu wehren und zu schützen, aber er war stärker.« Eine Träne quoll aus ihrem Augenwinkel und rann unbeachtet an ihrer Nase hinab. Heidi musste den Zorn unterdrücken, den der Anblick in ihr auslöste.

»Hat er auch etwas gesagt?«, fragte sie in sachlichem Ton.

»Er brüllte die ganze Zeit. Dass ich ihn angelogen hätte, dass ich Ilkay gefickt hätte, dass ich eine Schlampe sei und eine Hure.«

Beim letzten Wort leuchteten rote Flecken der Scham auf Susanne Ziemiaks Wangen. Es war eine typische Reaktion, dachte Heidi. Es waren die Männer, die zu Unmenschen wurden, doch es waren die Frauen, die sich schämten.

»Irgendwann stürzte ich«, fuhr Susanne Ziemiak fort, »obwohl ich versucht hatte, auf den Beinen zu bleiben. Ich weiß noch, dass ich die ganze Zeit dachte: Wenn ich stürze, ist es vorbei. Aber irgendwann geschah es dennoch. Ich weiß nicht genau, wie. Ich glaube, ich habe meinen Kopf angeschlagen, denn ich habe seitdem eine Beule.« Vorsichtig berührte sie eine Stelle an ihrem Hinterkopf. »Ich erinnere mich nur, dass ich plötzlich auf dem Boden im Flur lag und merkte, dass Axel von mir abgelassen hatte. Er stand an die Wand gelehnt und atmete schwer, als ob er sich völlig verausgabt hätte. Dabei blickte er nicht in meine Richtung, und mir kam der Gedanke, dass sei meine Chance zu entkommen. Ich rutschte ein Stück von ihn weg. Als er nicht reagierte, stand ich auf. Als er immer noch nicht reagierte, schlüpfte ich ins nächstbeste Zimmer und schloss die Tür hinter mir ab. Es war Sofias Zimmer.«

Susanne Ziemiak machte eine erneute Pause. Heidi ahnte, was sie als Nächstes sagen würde. »Kamen so die Blutflecke auf Sofias Kopfkissen?«, fragte sie.

Susanne Ziemiak nickte. »Es muss so gewesen sein, obwohl ich mich nicht daran erinnern kann. Ich war so verängstigt und hatte solche Schmerzen, dass ich nicht einmal Licht machte. Ich legte mich einfach aufs Bett und blieb stundenlang dort – bis ich irgendwann dachte, dass Axel schlafen gegangen sei. Dann verließ ich das Zimmer wieder. Ich wollte die Wohnung verlassen und mich zu Eva flüchten, aber …« Sie schluckte. »Axel wartete schon auf mich. Er war zwar ins Schlafzimmer gegangen, jedoch nicht um zu schlafen, sondern um mich aus Sofias Zimmer zu locken.«

30

Sie stand vor der Wohnungstür in der Halle des Penthouses und wühlte mit zitternden Fingern in ihrer Handtasche. Panik ließ den Schweiß aus all ihren Poren strömen, während ein Gedanke in ihrem Kopf hämmerte: Der Schlüssel, wo war der verdammte Schlüssel?

Sie spürte, dass Axel näher kam, doch sie blickte nicht auf. Sie musste sich auf den Schlüssel konzentrieren. Dieser verdammte Schlüssel, der zwischen ihr und ihrer Rettung stand. Dieser kleine, beschissene, verfluchte … Da, ihre zitternden, tastenden Finger hatten ihn erwischt.

Doch bevor sie den Schlüssel hervorziehen und ins Türschloss stecken konnte, war Axel bei ihr. Er schlang seine Arme um sie, drückte sie, dass er die Luft wegblieb und ihr Unterleib vor Schmerz explodierte.

»O mein Gott, Susanne! Es tut mir so leid. Ich weiß nicht, was in mich gefahren ist. Du musst mir verzeihen!«

31

Er entschuldigte sich?«, fragte Heidi.

Susanne Ziemiak strich sich erschöpft eine Haarsträhne aus der Stirn und nickte. »Es war genauso wie nach der Vernissage – vollkommen bizarr. Nur Stunden zuvor hatte Axel mir in den Bauch geboxt, und jetzt wollte er, dass ich ihm verzeihe.« Sie stieß ein hohles, ungläubiges Lachen aus.

»Sie nahmen die Entschuldigung also nicht an?«

Susanne Ziemiak riss ihre Augen weit auf. »Natürlich nicht! Am liebsten hätte ich ihm gesagt, dass er sich seine Entschuldigung sonst wohin stecken könne, aber das traute ich mich nicht, also sagte ich stattdessen möglichst ruhig, dass ich lieber gehen würde. Aber das ließ Axel nicht zu. Er hielt mich fest und sagte immer wieder, dass ich ihm verzeihen müsse, dass ich bei ihm bleiben müsse, dass es ja eigentlich meine Schuld gewesen sei. Wenn ich ihn nicht wegen Ilkay belogen hätte …« Sie holte zitternd Luft. »Irgendwann merkte ich, dass er wieder wütend wurde, und das machte mir Angst, also sagte ich Axel schließlich, was er hören wollte. Und er … Er nahm es mir tatsächlich ab!« Susanne Ziemiak sah Heidi fassungslos an.

Heidi teilte das Gefühl der Fassungslosigkeit nicht. Sie hatte die traurige Erfahrung gemacht, dass es nicht die Ausnahme war, sondern die Regel: Frauen verziehen gewalttätigen Männern oder blieben zumindest bei ihnen. Und vor allem: Sie schwiegen. Die Frauen schwiegen, und die Männer verließen sich darauf. Sie verließen sich darauf, dass sie Frauen Gewalt antun konnten, ohne dafür zur Rechenschaft gezogen zu werden.

»Was geschah dann?«

Susanne Ziemiak atmete tief durch. »Axel war glücklich, geradezu euphorisch. Er umarmte mich, doch das tat mir weh, also entschuldigte er sich erneut und nahm mich mit ins Bad, wo er mir Schmerztabletten gab. Und schließlich gingen wir ins Bett, und ich … ich befriedigte ihn oral.« Sie errötete. »Axel wollte unbedingt mit mir schlafen, als Besiegelung unserer Versöhnung. Ich sagte ihm, dass ich zu starke Unterleibschmerzen hätte, aber er wollte dennoch, und ich hatte Angst, dass er Zweifel an meiner Aufrichtigkeit bekommen würde, also …«

Sie fuhr sich mit einer zitternden Hand über den Mund. Einen Augenblick lang fürchtete Heidi, die Frau werde sich übergeben müssen, doch dann brachte sie ihren Ekel unter Kontrolle.

»Hinterher kam Axel wieder mit ins Bad, anschließend gingen wir ins Bett. Axel schlief sofort ein, doch ich lag die ganze Nacht wach und überlegte, ob ich einen neuen Fluchtversuch wagen sollte. Aber ich hatte zu viel Angst, dass er aufwachen würde, deshalb beschloss ich, weiterhin die liebevolle Partnerin zu spielen. Ich dachte, am nächsten Morgen würde sich mir eine Gelegenheit bieten, die Wohnung zu verlassen.« Sie sah Heidi an. »Und so war es auch. Als Axel um acht aufwachte, war er wie immer. Als wäre nichts vorgefallen! Wir frühstückten, dann sagte ich, ich würde zu unserer Lieblingskonditorei fahren und Kuchen holen. Axel glaubte mir jedes Wort.«

Ein trauriges Lächeln huschte über Susanne Ziemiaks Gesicht. »Sie können sich nicht vorstellen, wie froh ich war, als ich die Wohnungstür hinter mir schloss. Ich wartete nicht einmal auf den Aufzug, sondern rannte die Treppe hinunter bis in die

Tiefgarage. Erst als ich draußen war, hielt ich am Straßenrand, um Sofia anzurufen. Ich wollte zu Eva fahren und hatte Angst, Sofia könnte in der Zwischenzeit in die Wohnung zurückkommen. Doch sie ging nicht an ihr Handy, also rief ich Eva an, und die sagte …« Sie stockte und drückte eine Hand auf ihre Brust. »Eva sagte, dass Sofia längst zu Hause sein müsste.« Susanne Ziemiak sah Heidi aus weit aufgerissenen Augen an. »Es war der totale Schock. Ich hatte schließlich die ganze Nacht wach gelegen und war überzeugt, dass Sofia nicht nach Hause gekommen war. Doch natürlich wollte ich das nicht wahrhaben, also …«

»Also?«, fragte Heidi.

»Also ging ich wieder nach oben. Was hätte ich sonst tun sollen?«

32

Eva

Ich putze gerade die Küchenspüle, als es an unserer Haustür klingelt. Ich blicke durchs Fenster und sehe zu meiner Überraschung Monika Hoffmann aus dem Hasenwinkel mit ihrer vierjährigen Tochter Diana draußen stehen.

Ich kenne Monika nur flüchtig. Sie ist Inhaberin des Malerbetriebs, der für die Innenarbeiten in unserem Haus zuständig war. Außerdem ist sie manchmal mit Diana auf dem Spielplatz in unserer Siedlung. Wir haben uns einige Male unterhalten, allerdings würde ich nicht behaupten, dass wir uns gut kennen. Sicherlich nicht so gut, dass wir uns gegenseitig Spontanbesuche abstatten.

Während ich meine Gummihandschuhe ausziehe und zur Haustür gehe, frage ich mich, was Monika herführt. Flüchtig schießt mir der Gedanke durch den Kopf, dass sie aus Neugierde hier ist, weil sie von Sofia gehört hat, doch ich verwerfe die Idee wieder. Monikas Mann ist kurz nach der Geburt ihrer Tochter gestorben. Als alleinerziehende Geschäftsinhaberin hat sie keine Zeit für Klatsch und Tratsch.

Ich öffne die Haustür, und meine Überraschung verdoppelt sich. Monika hat nicht nur ihre kleine Tochter mitgebracht, sondern auch einen jungen Mann, vielleicht achtzehn Jahre alt, nicht groß, aber hübsch mit grünen Augen und blonden, verstrubbelten Haaren. Er scheint sich nicht wohlzufühlen, er steht einen halben Schritt hinter Monika und sieht aus, als würde er sich am liebsten in die Büsche schlagen.

Monika lächelt mich entschuldigend an. »Hallo, Eva, gut, dass wir dich antreffen. Entschuldige bitte, den Überfall. Ich möchte dich etwas fragen. Es geht um das Mädchen, das vermisst wird, Sofia. In der Siedlung erzählt man sich, dass du sie gut kennst und dass sie Linus gebabysittet hat, bevor sie verschwand. Stimmt das?«

Ich antworte nicht sofort. Ist Monika etwa doch auf Tratsch aus? »Das ist richtig«, sage ich schließlich. »Wieso?«

Monika seufzt. »Weil mein Sohn dir dann etwas zeigen muss. Yannik?« Sie fasst den jungen Mann an der Schulter und schiebt ihn ein Stück nach vorn.

Yannik wirft mir ein verlegenes Lächeln zu. »Hi.«

»Hi«, erwidere ich. Und weil er eine Ermutigung zu benötigen scheint, ergänze ich: »Was möchtest du mir zeigen?«

»Das hier.«

Yannik hält in der Hand eine REWE-Tüte, aus der er etwas herausholt und mir entgegenstreckt. Es ist eine ordentlich gefaltete schwarze Sweatjacke mit Reißverschluss und Kapuze, die in einem durchsichtigen Müllbeutel steckt. Ich brauche nur Sekunden, um den Weg von Ratlosigkeit zur Erkenntnis zurückzulegen. Sofia trug ein solches Hoodie am Samstagabend.

»Woher hast du das?«, frage ich Yannik in viel zu scharfem Ton – was ich erst daran merke, dass er zurückzuckt.

Monika mischt sich ein. »Du erkennst die Jacke? Hatte Sofia so eine an, als sie verschwand?«

Ich kann bloß nicken.

»Verdammt!« Monika atmet zischend aus. »Dann müssen wir zur Polizei gehen.«

»Erst möchte ich wissen, woher dein Sohn das Hoodie hat.«

Monika nickt. »Natürlich. Können wir dazu reinkommen?«

Wir sitzen zu viert um unseren Esstisch. Monika mit Diana auf dem Schoß, Yannik und ich. Yannik hat den Müllbeutel mit dem Hoodie wieder in die REWE-Tüte gelegt und die Tüte genau in der Tischmitte platziert, als wäre sie ein besonderes Deko-Objekt. Sonst steht nichts auf dem Tisch, ich habe nichts zu trinken angeboten, weil ich so schnell wie möglich hören möchte, was Yannik zu erzählen hat.

»Ich war am Samstagabend mit ein paar Kumpels auf einer Party in der Mitterer-Scheune«, beginnt er. »Du weißt ... äh ... Sie wissen schon. Die Scheune, die zum Mitterer-Hof gehört.«

Ich weiß es in der Tat. Gerhard Mitterer ist der Bauer, auf dessen ehemaligem Grund unser Neubaugebiet errichtet wurde. Ihm gehören die Felder im Westen der Siedlung, wo auch sein Hof liegt, ebenso wie eine umgebaute Scheune, die von jungen Leuten gern als günstige Partylocation gemietet wird. An schönen Samstagabenden im Sommer hallt manchmal Musik über die Felder bis in unser Schlafzimmer herüber.

»Die Party war ziemlich heftig und ging ziemlich lang«, fährt Yannik fort. »Wir sind erst Sonntagfrüh nach Hause gegangen.«

»So gegen halb fünf«, wirft Monika ein. »Du hast mir gesagt, es war gegen halb fünf.«

Yannik bläst einige Ponysträhnen aus der Stirn. »Ja, genau. Wir gingen also über die Mühlenstraße, und als wir zur Brücke kamen, stand da 'n Fahrrad. Nicht direkt auf der Straße, sondern so'n bisschen am Rand. Es war ein cooles MTB von Scott. Einer von meinen Kumpels meinte so was wie: ›O geil, damit fahre ich nach Hause.‹ Dann versuchte er, das Schloss zu knacken.« Yannik lief rot an. »Aber, äh, er wollte es nicht klauen. Nur 'n bisschen damit fahren.«

Monika boxt ihren Sohn in den Oberarm. »Und was wäre das anderes gewesen als klauen? Wenn das Rad nicht abgeschlossen gewesen wäre, hätte dein Freund es mit nach Hause genommen, und die Besitzerin hätte es nie wieder gesehen. Das ist Klauen, genauso, wie du die Sweatjacke geklaut hast.«

Yannik wird noch röter. »Mir war schei… äh … kalt. Und da war niemand, der das Hoodie brauchte. Hätte ich vielleicht erfrieren sollen?«

Monika schnaubt. »So schnell erfriert man nicht. Und wenn du so viel trinkst, dass du deine Sachen nicht wiederfindest, bist du selbst schuld.«

»Meine Jacke wurde geklaut, das war nicht meine Schuld.«

»Das gibt dir noch lang nicht das Recht, dann die Sachen von jemand anderem zu nehmen. Außerdem …« Monika sieht aus, als wollte sie zu einer längeren Strafpredigt ansetzen, doch dann blickt sie in meine Richtung und schluckt den Rest der Bemerkung hinunter. »Entschuldige bitte, Eva. Um Yanniks Geschichte mal abzukürzen: Er und seine Kumpels waren betrunken und haben Mist gebaut. Sie haben das Rad an der Mühlenbrücke entdeckt. Einer wollte es mitnehmen, aber da er das Schloss nicht knacken konnte, hat er das Rad stattdessen in den Graben geworfen. Und mein nichtsnutziger Sohn hat die Sweatjacke angezogen, weil ihm kalt war.«

»Und die war bei dem Fahrrad?«, frage ich nach.

Yannik nickt verschämt. »Das Hoodie hing über dem Gepäckträger. Ich wollte es erst gar nicht anziehen, aber einer meiner Kumpels meinte, ich solle mal, und die anderen sagten das dann auch, und dann habe ich es gemacht, nur so zum Spaß. Es war 'n bisschen kurz, aber damit war's echt wärmer, weil ich nur 'n T-Shirt anhatte. Und … äh, na ja … Sorry, tut mir leid. Ich hätt's nicht nehmen sollen.«

Er guckt mich zerknirscht an, doch ich glaube, auch etwas Berechnung in dem Blick zu sehen. Vermutlich meint er, mit der reumütigen Miene bei allen Frauen mit allem durchzukommen.

»Wieso hast du das Hoodie nicht gleich am Montag zur Polizei gebracht?«

»Weil ich nicht wusste, dass das Hoodie und das Fahrrad dem vermissten Mädchen gehören. Ich hab das Hoodie mit meinen anderen Sachen in den Wäschekorb getan, und da hat meine Mutter es vorhin gefunden.«

»Natürlich habe ich Yannik gefragt, wo die Sweatjacke herkommt«, ergänzt Monika. »Als er es mir erzählte, fiel mir ein, dass jemand erwähnt hatte, dass das Fahrrad des vermissten Mädchens im Mühlenbach gefunden wurde und dass du sie gut kennst, und ich dachte: Bevor ich Yannik zur Polizei schleppe und denen vielleicht ihre Zeit stehle …« Sie zuckt mit den Achseln. »Aber nachdem du bestätigt hast, dass es Sofias Jacke ist, sollten wir wohl möglichst schnell hinfahren.«

Sie steht auf, doch ich halte sie zurück.

»Lass mich das machen, ich habe die Handynummer der ermittelnden Hauptkommissarin.«

33

Erzählen Sie mir, was geschah, als Sie hierher zurückkamen«, bat Heidi.

Sie hatten eine Pause gemacht, in der Susanne Ziemiak sich ein weiteres Glas Wein geholt hatte. Jetzt lehnte die Frau sich auf dem weißen Ledersofa zurück und trank bedächtig einen Schluck.

»Wie gesagt, ich sah keine andere Wahl, als wieder nach oben zu gehen. Ich musste wenigstens überprüfen, ob Sofia hier ist. Zuerst sah ich in ihrem Zimmer nach, dann suchte ich in der ganzen Wohnung nach ihr. Doch ich konnte sie nicht finden, deswegen geriet ich schließlich in Panik und ging auf Axel los. Ich schrie ihn an, was er mit meiner Tochter gemacht habe.«

»Wie reagierte er?«

Susanne Ziemiak stellte ihr Weinglas auf den Couchtisch. »Erstaunlich ruhig. Er sagte, dass ich hysterisch sei und Unsinn rede und dass er Sofia seit dem Vorabend gar nicht gesehen haben könne. Natürlich war ich nicht bereit, ihm das ohne Weiteres zu glauben, aber als ich darüber nachdachte, wurde mir klar, dass er recht hatte: Sofia war definitiv nicht nach Hause gekommen. Ich hätte sie gehört.«

Sie waren an dem Punkt angelangt, der Heidi in doppelter Hinsicht interessierte. Sie beugte sich vor. »Sind Sie sicher?

Wäre es nicht möglich, dass Sofia nach Hause kam, während Herr Thürmer Ihnen Gewalt antat?«

Susanne Ziemiak schüttelte den Kopf. »Das war viel früher. Als das Taxi uns zu Hause absetzte, habe ich auf mein Handy gesehen, es war gerade halb eins. Ich weiß zwar nicht, wie lang Axel auf mich eingeschlagen hat, aber bestimmt nicht länger als eine Viertelstunde. Danach war ich in Sofias Zimmer und habe die ganze Zeit gelauscht. Ich hätte sie definitiv gehört. Ich habe mitbekommen, wie Axel im Flur herumgegangen ist, wie er Türen geöffnet und geschlossen hat. Ich habe ja sogar das Klingeln von Evas WhatsApp gehört, obwohl mein Handy in meiner Handtasche im Flur war. Das war um kurz nach halb zwei. Hier.«

Susanne Ziemiak zog ihr Smartphone hervor, wischte darüber und hielt es Heidi hin. Heidi las die WhatsApp, in der Eva Kramer ihrer Freundin mitteilte, dass ihr Mann Sofia mit dem Auto nach Hause fahren würde. Frau Kramer hatte sie um ein Uhr fünfunddreißig abgeschickt.

»Aber sind Sie auch sicher, dass Herr Thürmer um zwei in der Wohnung war? Sie haben gehört, wie er Türen geöffnet und geschlossen hat. Möglicherweise hat er die Wohnungstür geöffnet und ist rausgegangen?«

Susanne Ziemiak widersprach. »Das kann nicht sein. Das letzte Mal, dass ich hörte, wie er eine Tür öffnete, war nicht lang nachdem die WhatsApp gekommen war. Es war garantiert vor zwei Uhr. Und als ich später fliehen wollte, kam Axel aus dem Schlafzimmer. Er muss die ganze Zeit dort gewesen sein. Und ab spätestens halb vier waren wir zusammen.«

»Woher wissen Sie, dass es halb vier war?«

»Axel hat im Schlafzimmer einen Wecker, der Leuchtziffern an die Decke wirft. Ich habe die ganze Zeit darauf gestarrt, während er schlief.« Susanne Ziemiak sah Heidi beschwörend an. »Glauben Sie mir, Frau Westphal, Axel kann Sofia nichts angetan haben. Ich würde es ihm weiß Gott zutrauen, aber er war hier, und sie war es nicht.«

Sie schien daran keinerlei Zweifel zu hegen. Heidi beschloss, den Aspekt fürs Erste nicht weiterzuverfolgen.

»Und was taten Sie, nachdem Sie sich selbst davon überzeugt hatten, dass Sofia nicht nach Hause gekommen war?«

»Das, was ich Ihnen bereits erzählt habe: Ich rief Eva zurück, dann suchte ich das Haus und die Wohnanlage ab. Axel half mir dabei. Und später fuhr ich mit Eva zu Ihnen, um die Vermisstenanzeige aufzugeben.«

»Haben Sie Frau Kramer erzählt, was Herr Thürmer Ihnen angetan hat?«

Susanne Ziemiak schüttelte den Kopf. »Ich weiß, es klingt verrückt, aber ich habe zunächst gar nicht mehr daran gedacht. Als mir klar wurde, dass Sofia wirklich weg war, hat das jeden anderen Gedanken aus meinem Kopf gefegt. Als Sie dann nach Axel fragten, war es mir natürlich wieder präsent, doch ich hatte Angst, dass Sie sich auf Axel einschießen würden, wenn ich es Ihnen erzählte. Ich wollte, dass Sie Ihre gesamte Kraft auf Sofia konzentrieren. Ich wollte nicht, dass Sie durch irgendetwas abgelenkt werden, das nichts mit ihrem Verschwinden zu tun hat. Außerdem …« Tränen traten in ihre Augen, sie wischte sie mit dem Handrücken fort, doch sofort kamen neue nach. »Außerdem dachte ich, Sie würden Sofia bald finden. Ich dachte, ich könnte danach überlegen, was ich wegen Axel unternehmen will. Ich wusste ja nicht, dass Sie tagelang … dass wir tagelang …«

Sie begann zu schluchzen. Heidi wartete, während die Frau vergeblich in ihrer Jogginghose nach einem Taschentuch suchte, und reichte ihr schließlich eine Packung Tempos, die sie immer dabeihatte.

»Warum haben Sie mir in den letzten Tagen nichts gesagt?«, fragte sie, nachdem Susanne Ziemiak sich geschnäuzt hatte.

Die Frau schüttelte den Kopf. »Weil sich nichts geändert hat. Ich möchte, dass Sie sich auf Sofia konzentrieren – nicht auf Axel. Er ist ein Arschloch, aber er kann ihr nichts angetan haben. Außerdem …« Sie knüllte das Taschentuch zu einem Ball zusammen, dann blickte sie Heidi fest in die Augen. »Ich werde keine Anzeige gegen ihn erstatten.«

Heidi hatte das befürchtet, weil sie es schon oft erlebt hatte. »Und warum nicht?«, fragte sie dennoch. »Ich kann verstehen, dass Sie im Moment nicht die Kraft dafür haben, aber vielleicht später …«

Susanne Ziemiak schüttelte heftig den Kopf. »Es hat nichts mit dem Zeitpunkt zu tun. Wenn ich Anzeige erstatte, wird Axel eine Armee von Anwälten gegen mich aufmarschieren lassen und dafür sorgen, dass mein Name öffentlich in den Dreck gezogen wird. Wenn es zu einem Prozess kommt, wird Aussage gegen Aussage stehen und …«

»Nicht unbedingt«, unterbrach Heidi. »Wenn Sie zustimmen, dass ich Ihre Verletzungen dokumentiere …«

Susanne Ziemiak unterbrach sie ihrerseits. »Dann ist nur dokumentiert, dass ich geschlagen wurde, nicht, dass Axel es war. Seine Anwälte werden dafür sorgen, dass alle an mir zweifeln. Aber selbst wenn die Richter mir glauben und Axel schuldig sprechen, werde ich verlieren. Etwas wird an mir hängen bleiben – und wenn es nur der Opferstatus ist. Ich will nicht, dass alle Welt erfährt, was mir angetan wurde, dass meine Kunden es erfahren. Das halte ich nicht aus. Das hält mein Geschäft nicht aus. Sobald ich hier wegkann, möchte ich das Ganze vergessen. Nein!«, fügte sie heftig hinzu, als Heidi den Mund öffnete. »Ich möchte das nicht diskutieren. Sehen Sie das nicht? Jetzt gerade passiert genau das, wovor ich Angst hatte: Sie konzentrieren sich auf Axel statt auf Sofia.«

Sie sah Heidi aufgebracht und voller Entschlossenheit an, und Heidi ahnte, dass sie dieser Entschlossenheit im Moment nichts entgegensetzen konnte. »Nun, wenn Sie keine Anzeige erstatten möchten, akzeptiere ich das. Allerdings werde ich im Rahmen meiner Ermittlungen Herrn Thürmer dazu befragen müssen.«

Susanne Ziemiak riss entsetzt die Augen auf. »Wozu? Ich habe Ihnen gesagt, dass er Sofia nichts angetan haben kann. Ich bin sein Alibi, daran hat sich nichts geändert.«

»So einfach ist das leider nicht, Frau Ziemiak. Sie haben zugegeben, mich in einigen Punkten angelogen zu haben, und nach Ihrer Aussage hat Herr Thürmer das ebenfalls getan. Ich muss ihn dazu befragen.«

»Aber das dürfen Sie nicht! Wenn er erfährt, dass ich Ihnen alles erzählt habe, wird er ausrasten.«

»Das ist zu befürchten – und deswegen können Sie hier nicht weiter mit ihm zusammenwohnen. Es gibt im Prinzip zwei Möglichkeiten. Die erste ist, dass Sie ausziehen. Die zweite …«

Weiter kam Heidi nicht, denn Susanne Ziemiak sprang erregt auf. »Ich ziehe nicht aus!«, stieß sie mit Vehemenz hervor. »Auf keinen Fall!«

»Nun, dann besteht die Möglichkeit, dass wir nach dem Gewaltschutzgesetz Herrn Thürmer der Wohnung verweisen«, erklärte Heidi. »Allerdings ist das nur eine kurzfristige Maßnahme, höchstens für wenige Tage, in denen Sie eine Schutzanordnung beantragen können. Es würde dann zu einer Anhörung vor einem Familiengericht kommen, bei der Sie die Misshandlung durch Herrn Thürmer nachweisen müssen.«

Heidi begann, die rechtlichen Möglichkeiten zu erläutern, doch Susanne Ziemiak hörte nicht lang zu.

»Das würde ebenfalls zu einer juristischen Auseinandersetzung führen. Dann kann ich Axel gleich anzeigen. Er wird das niemals auf sich sitzen lassen.«

Heidi nickte bedauernd. »Das ist leider der einzige Weg.« Sie musterte die Frau ihr gegenüber. »Darf ich Sie etwas fragen? Warum sind Sie so vehement dagegen, auszuziehen? Wenn ich Sie vorhin richtig verstanden habe, hatten Sie am Sonntag den Plan, bei Frau Kramer unterzukriechen. Es ist natürlich Ihre Entscheidung, aber ich halte das für eine gute Idee.«

Susanne Ziemiak widersprach vehement. »Solange ich nicht weiß, was mit meiner Tochter ist, gehe ich nirgendwohin. Was, wenn sie zurückkommt und ich bin nicht hier? Ich lasse auf keinen Fall zu, dass sie dann mit Axel allein ist. Ich habe sie schon einmal im Stich gelassen, ich werde es nicht ein zweites Mal tun.«

Endlich verstand Heidi. »Ist das auch der Grund, warum sie in den letzten Tagen Herrn Thürmer weiterhin die liebende Partnerin vorgespielt haben?«

»Natürlich, was dachten Sie denn?«

»Und ist das der einzige Grund, warum Sie hierbleiben möchten? Falls ja, habe ich einen Vorschlag: Wenn Sie bereit sind, die Wohnung zu verlassen, werde ich einen Beamten davor postieren. Sollte Ihre Tochter auftauchen, wird er sie abfangen und zu Ihnen bringen. Einverstanden?«

Susanne Ziemiak blinzelte. »Das würden Sie tun? Es wäre immer jemand hier? Tag und Nacht?«

Als Heidi bejahte, fiel Susanne Ziemiak ihr unerwartet um den Hals. »Verzeihen Sie«, bat sie dann errötend. »Habe ich Zeit, etwas zu packen?«

Heidi nickte. »Es wird vermutlich etwas dauern, bis ich den Schutz des Penthouses organisiert habe. Anschließend rufe ich Ihnen ein Taxi. Da Sie getrunken haben, müssen Sie Ihren Wagen vorerst hierlassen. Einen Augenblick, bitte.« Heidis Smartphone hatte geklingelt. »Ja, Frau Kramer? Was kann ich für Sie tun?«

Heidi lauschte, drückte schließlich das Gespräch weg und wandte sich an Susanne Ziemiak. »Ich werde Sie zu den Kramers fahren. Ich muss dort etwas abholen.«

34

Eva

Als ich sehe, dass Susanne Frau Westphal begleitet und dass sie ihren großen, gelben Trolley dabeihat, den sie normalerweise nur für längere Urlaubsreisen packt, ahne ich, was geschehen ist. Ich sage Daniel Bescheid, damit er sich um die Hauptkommissarin, Monika Hoffmann und deren Familie kümmert, dann nehme ich Susanne den Trolley ab und trage ihn ins Gästezimmer. Susanne bleibt in der Tür stehen und lehnt sich erschöpft an den Rahmen. Sie sieht so verloren aus, wie ich sie noch nie gesehen habe.

»Du hast Axel verlassen?« Es ist mehr Feststellung als Frage.

Susanne nickt bloß.

»Möchtest du erzählen, was geschehen ist?«

Susanne nickt wieder. Dann kommen ihr die Tränen.

Zwanzig Minuten später sitzen Susanne und ich zusammen auf unserem Gästeschlafsofa und halten einander fest umschlungen. Susanne weint noch immer, und ich bin zutiefst erschüttert. In mir lodert eine Wut, wie ich sie noch nie empfunden habe, und ich werde überflutet von Gewaltphantasien, wie ich sie nie gekannt habe. Ein Teil von mir möchte losrennen und Axel umbringen. Ihn tatsächlich mit meinen eigenen Händen töten. Mit meinen Fäusten auf ihn eindreschen, mit einem Messer auf ihn einstechen, mit meinem Wagen über ihn hinwegrollen, bis er die breiige, unappetitliche Masse ist, die sein wahres Wesen zeigt. Ein anderer Teil von mir möchte ewig hier sitzen bleiben, Susanne in eine warme, weiche Decke aus Liebe und Freundschaft hüllen und sie darin einwickeln, bis sie wieder heil ist.

Irgendwann hört Susanne auf zu schluchzen und hebt ihren Kopf von meiner Brust. »Ich habe deine Bluse nass geweint. Als ich Frau Westphal alles erzählt habe, konnte ich mich noch zusammenreißen, aber bei dir …«

Sie sieht mich aus verquollenen Augen an, doch meine Bluse ist das Letzte, das mich gerade interessiert. Der Anblick, wie meine sonst so starke Freundin gebrochen dasitzt, lässt eine weitere Flamme der Wut in mir emporschießen.

Susanne schnieft. »Hast du ein Taschentuch für mich?«

Ich gehe ins Bad und hole eine Packung Tempos.

Nachdem Susanne sich geschnäuzt hat, knüllt sie das Taschentuch zusammen und sieht sich im Zimmer um. Als ihr Blick auf den Trolley fällt, sagte sie leise: »Ich hätte nie gedacht, dass mir so etwas jemals passieren könnte. Dass ich einmal Zuflucht bei meiner besten Freundin suchen müsste. Du kannst dir gar nicht vorstellen, wie froh ich bin, dass es dich gibt.«

»Und du kannst dir nicht vorstellen, wie leid es mir tut, dass dir das passiert ist. Und dass ich nicht bemerkt habe, dass du mich brauchst«, füge ich hinzu, doch Susanne schüttelt sofort den Kopf.

»Wage es ja nicht, dir deswegen Vorwürfe zu machen, Eva! Ich wollte nicht, dass du es bemerkst. Ich war zu stolz einzugestehen, dass du recht hattest und dass ich mich viel zu schnell auf das Zusammenleben mit Axel eingelassen hatte. Und nach dem Vorfall nach der Vernissage …« Susanne beißt sich auf die Unterlippe. »Ich wusste: Wenn ich dir erzähle, wie Axel mich behandelt hat, würdest du genau wie Sofia darauf bestehen, dass ich ihn verlasse, und gegen euch zwei zusammen hätte ich keine Chance. Aber ich wollte Axel und mir eine zweite Chance geben. Ich dachte wirklich, er hätte sie verdient.« Sie schüttelt ungläubig den Kopf. »Deshalb habe ich auch Sofia gebeten, dir nichts zu erzählen. Das hat sie auch nicht, oder?«

»Dann hätte ich zwanzig Minuten später vor deiner Tür gestanden.« Ich strecke eine Hand aus und streiche eine Haarsträhne aus Susannes Gesicht, die an ihrer tränennassen Wange klebt. »Hast du mir deswegen auch in den letzten Tagen nichts erzählt? Weil du wusstest, ich würde darauf bestehen, dass du die Wohnung verlässt?«

»Hättest du das etwa nicht?«

»Natürlich. Es war viel zu gefährlich. Axel hätte dir wer weiß was antun können.«

Allein bei dem Gedanken daran, läuft es mir eiskalt den Rücken hinab, doch Susanne flüstert: »Manchmal habe ich mir das gewünscht.«

»Bitte?«

Susanne weicht meinem entsetzten Blick aus. »Weil ich dachte, dass ich es verdient habe. Weil ich Sofia im Stich gelassen habe. Weil ich ihr ohne Not unser schönes, altes Leben weggenommen habe. Denn früher hätte sie das nie gemacht. Sie hätte sich niemals nachts mit irgendeinem Fremden verabredet. Sie wäre niemals in sein Auto gestiegen und …« Susannes Stimme zittert. »Es ist meine Schuld, Eva.«

Ich widerspreche sofort. »Es ist nicht deine Schuld, Susanne, so darfst du nicht denken!« Mit meinen beiden Händen ergreife ich ihre. »Hörst du? Nichts von dem, was geschehen ist, ist deine Schuld. Für die Gewalt trägt allein Axel die Verantwortung. Dein Fehler war es, aus Liebe dem falschen Mann zu vertrauen, aber das kann jeder Frau passieren. Und was auch immer mit

Sofia geschehen ist – es ist nicht deine Schuld! Du warst eine gute Mutter.« Als mir auffällt, was ich gesagt habe, verbessere ich mich sofort: »Du bist eine gute Mutter.«

Doch meine Korrektur kommt zu spät. »Ich bin keine Mutter mehr«, flüstert Susanne. »Sofia ist tot, ich spüre es, ich spüre es schon die ganze Zeit. Ich wollte es nicht aussprechen, solange es noch einen Funken Hoffnung gibt, aber dieser Funken war von vornherein nur eine Illusion. Ich weiß, dass sie tot ist. Meine Tochter ist tot. Unsere Tochter ist tot, Eva.«

Susanne fängt wieder an zu weinen, und dieses Mal weine ich mit.

Ich schaffe es erst, mich zusammenzureißen, als an die Tür des Gästezimmers geklopft wird. Ich öffne sie und trete auf den Flur hinaus, wo Daniel nach einem Blick in mein tränennasses Gesicht nach meiner Hand greift.

»O Gott, Eva, gibt es etwas Neues? Ist Sofia …?«

Ich schüttele heftig den Kopf. »Nein, sie ist nicht … Zumindest wissen wir nicht, ob sie …« Ich breche ab, um einmal tief Luft zu holen. »Es gibt nichts Neues.«

Daniel atmet erleichtert aus. Einige Augenblicke lang stehen wir schweigend da, dann fallen mir die Geschehnisse des Nachmittags wieder ein, und ich löse meine Hand aus seiner.

»Möchtest du etwas Bestimmtes?«

»Ich wollte fragen, ob Susanne zum Essen bleibt. Es ist halb sieben, Zeit zum Kochen.«

»Sie bleibt länger. Sie hat sich von Axel getrennt. Ich habe ihr das Gästezimmer angeboten.«

»Oh«, erwidert Daniel überrascht. Dann nickt er. »Ja, natürlich, sie soll bleiben, solange sie möchte. Dann koche ich für sie mit und kümmere mich auch weiter um Linus.«

Er geht die Treppe hinunter, und ich kehre ins Gästezimmer

zurück. Susanne hockt vor ihrem geöffneten Trolley auf dem Boden und kramt in ihrem Kosmetiktäschchen, doch als ich sage, dass Daniel uns bekocht, blickt sie auf.

»Das ist lieb von ihm. Ist er einverstanden, dass ich eine Weile bleibe?«

»Natürlich.«

Susanne richtet sich auf. »So natürlich ist das nicht, immerhin habe ich ihn heute Nachmittag verdächtigt, dass er Sofia etwas angetan haben könnte.« Sie schenkt mir ein verlegenes Lächeln. »Dafür möchte ich mich übrigens bei dir entschuldigen. Nachdem du weg warst, habe ich nachgedacht, und ... Na ja, ich glaube, ich habe mich da in etwas hineingesteigert. Ich hätte mich von Frau Westphal nicht so verunsichern lassen dürfen. Im Gegensatz zu ihr kenne ich Daniel schließlich. Alles wieder gut?«

Susanne streckt mir eine Hand hin. Ich ergreife sie erleichtert, aber auch verwundert.

»Du glaubst Daniel also, dass er wirklich auf dem Südfriedhof war, weil er nicht schlafen konnte? Ich hatte befürchtet, du könntest denken, es sei nur eine Ausrede, doch er hat wirklich seit einiger Zeit Einschlafprobleme und ...« Ich breche ab, als ich Susannes verwirrte Miene sehe. »Hat Frau Westphal es dir nicht erzählt?«

Susanne schüttelt den Kopf. »Wovon redest du? Was ist mit dem Südfriedhof?«

Mist! Ich frage mich, ob ich aus der Nummer rauskommen kann, ohne Susanne zu erzählen, dass Daniel der Polizei eine weitere Unwahrheit aufgetischt hat. Doch ich möchte meine Freundin nicht anlügen, und irgendwann wird sie es ohnehin erfahren. Also erzähle ich ihr alles.

Wie befürchtet nimmt Susanne die Neuigkeit nicht gut auf. »Daniel hat die Polizei in einem weiteren Punkt angelogen?

Was ist los mit ihm?«, fragt sie aufgebracht. »Hält er die Ermittlungen für einen Witz?«

»Nein, natürlich nicht«, beeile ich mich zu versichern. »Es ist nur …« Ich breche ab, weil ich nicht weiß, wie ich den Satz fortsetzen soll. Wie soll ich etwas erklären, dass ich selbst nicht verstehe? »Ich weiß nicht, was mit Daniel los ist«, sage ich schließlich. »Irgendetwas bedrückt ihn, aber er will mir nicht sagen, was es ist oder warum es sein Verhalten gegenüber der Polizei beeinflusst.«

»Und das akzeptierst du?«

Ich zucke mit den Achseln. »Ich bin stocksauer, aber ich kann Daniel nicht zwingen, es mir zu sagen. Und ich weiß, dass es nichts mit Sofias Verschwinden zu tun hat.«

»Woher?«

»Weil Daniel es mir gesagt hat.«

Susanne starrt mich ungläubig an. »Und du glaubst ihm? Obwohl er sich weigert, es näher zu erklären?«

Ich nicke. »Daniel hat Sofia gern. Wenn er etwas über ihr Verschwinden wüsste, würde er es sagen. Was machst du da?«

Susanne hat sich wieder vor ihren Trolley gehockt. Ordentlich verstaut sie das Kosmetiktäschchen, dann klappt sie den Trolleydeckel zu und schließt den Reißverschluss. »Wonach sieht's denn aus? Ich gehe in ein Hotel.«

Susanne steht auf. Doch bevor sie den Koffer zur Tür ziehen kann, falle ich ihr in den Arm. »Das ist doch unnötig, Susanne. Du kannst wirklich gern bleiben. Nur weil Daniel momentan etwas spinnt …«

Susanne dreht mir ruckartig den Kopf zu. »Ich gehe nicht, weil Daniel etwas spinnt, sondern weil Frau Westphal recht hat: Sein Verhalten ist in höchstem Maße verdächtig, und ich schlafe ganz bestimmt nicht unter einem Dach mit einem Mann, der vielleicht meiner Tochter etwas angetan hat. Der zumindest keine Scheu hat, der Polizei Lügen über Lügen zu erzählen und die Ermittlungen zu behindern.«

Ich starre Susanne an. »Das ist unfair. Ja, Daniel hat gelogen, und ja, das ist Scheiße. Aber du hast die Polizei ebenfalls angelogen, also …«

Weiter komme ich nicht, denn Susanne schreit los: »Aus einem ganz anderen Grund! Ich habe die Polizei aus einem ganz anderen Grund angelogen! Wehe, du wagst es, das gegen mich zu verwenden, Eva! Wehe!«

Susanne blitzt mich wütend an. Auch ich bin sauer, doch ich schlucke meinen Ärger hinunter. Susanne macht schon genug durch.

»Du hast recht, das war nicht richtig. Dennoch finde ich, dass du bleiben solltest. Daniel würde Sofia nie etwas antun, und er hat ihr auch nichts angetan. Ich weiß das, auch wenn du es momentan nicht glauben kannst. Und ich möchte nicht, dass du heute allein bist. Nicht nach allem, was du durchgemacht hast.«

»Ich bleibe nicht hier.«

Ich sehe Susanne an, dass es ihr bitterernst ist. »Okay«, seufze ich, »dann halt ein Hotel. Aber wir buchen ein Doppelzimmer, denn ich lasse dich heute Nacht bestimmt nicht allein.«

35

Nachdem Heidi bei den Kramers Monika und Yannik Hoffmann befragt hatte, kehrte sie in die Kriminalpolizeiinspektion zurück, übergab die schwarze Sweatjacke einem Kollegen der Kriminaltechnik und informierte dann ihr Team über die neueste Entwicklung. Als sie gerade fertig waren, erschien Jürgen in der Tür zum Besprechungsraum, schlecht gelaunt, wie Heidi an seinem Gesicht ablesen konnte. Sie waren nicht umsonst dreiundzwanzig Jahre verheiratet gewesen.

Heidi schickte ihre Mitarbeiter in den wohlverdienten Feierabend und schloss die Tür, bevor sie sich an ihren Exmann wandte. »Dich hätte ich als Nächstes aufgesucht. Es gibt Neuigkeiten.«

»Ach ja? Und warum erfahre ich als Letzter davon?« Jürgen zog einen Stuhl heran. »Ich habe gerade einen Anruf von Axel Thürmer bekommen. Er ist ziemlich angepisst.«

»Ist er das?« Heidi setzte sich ebenfalls. »Was hat er denn gesagt?«

»Dass, als er heute von der Arbeit nach Hause kam, Frau Ziemiak nicht dort war. Sie hat keine Nachricht hinterlassen und ist auch über ihr Handy nicht zu erreichen. Stattdessen steht ein uniformierter Beamter vor der Wohnung. Er teilte Axel mit, er habe Anweisung erhalten, dort Stellung zu beziehen, wollte aber nicht sagen, wieso oder zu welchem Zweck oder wo Frau Ziemiak ist. Axel rief mich an, um zu erfahren, was es damit auf sich hat, aber ich konnte es ihm nicht sagen. Ich stand da wie ein Idiot. Also, was ist da los, und warum weiß ich nichts davon?«

Heidi erwiderte Jürgens vorwurfsvollen Blick gelassen. »Du weißt bisher nichts davon, weil ich es vorgezogen habe, erst mein Team zu informieren, das – im Gegensatz zu dir – ein dringendes und professionelles Interesse an neuen Erkenntnissen im Fall Sofia Ziemiak hat. Was nun diese Erkenntnisse betrifft: Susanne Ziemiak ist nicht zu Hause, weil sie Thürmer verlassen hat, nachdem der sie blau und violett geschlagen hat. Und damit er dasselbe nicht Sofia antun kann, falls sie nach Hause kommt, habe ich einen Beamten vor dem Penthouse postiert.«

Während Heidi zusammenfasste, was Susanne Ziemiak erzählt hatte, hörte Jürgen mit halb zusammengekniffenen Augen zu.

»Und du glaubst der Frau?«, wollte er schließlich wissen.

»Sie hat mir die Blutergüsse gezeigt.«

»Hast du auch überprüft, dass sie echt sind?«

Heidi benötigte einen Augenblick, um zu verstehen, wovon Jürgen redete. »Du meinst die Blutergüsse? Natürlich nicht. Was soll der Scheiß?«

Jürgen lehnte sich zurück und verschränkte die Arme. »Es ist eine berechtigte Frage. Manche Frauen schminken sich Blutergüsse, um einen körperlichen Angriff vorzutäuschen. Vielleicht verfolgt Frau Ziemiak irgendeine eigene Agenda.« Als Jürgen Heidis vernichtenden Blick sah, hob er eine Hand. »Ich sage nicht, dass es so ist, nur dass du das überprüfen solltest. Es gibt Fälle von Falschbeschuldigungen.«

Heidi schüttelte ungläubig den Kopf. »Ja, die gibt es – hauptsächlich in den Köpfen von Männern. Mir persönlich ist bei der Arbeit genau eine Frau begegnet, die ihren Expartner fälschlicherweise der Gewalt beschuldigt hat. Ihr gegenüber stehen zig Männer, die ihre Frauen tatsächlich geschlagen haben.«

»Dennoch muss jeder Einzelfall überprüft werden. Axel Thürmer ist ein einflussreicher Mann. Wenn wir gegen ihn vorgehen …«

Heidi unterbrach ihn. »Und genau das ist dein Problem, nicht wahr? Thürmers Status. Die Tatsache, dass du dir von der Freundschaft mit ihm Vorteile versprichst. Tja, tut mir leid, dich enttäuschen zu müssen, aber du hast dir einen Frauenschläger als neuen Best Buddy gesucht. Woher ich das weiß, ohne versucht zu haben, Make-up von Susanne Ziemiaks Bauch zu rubbeln? Weil *ich sie* mit dem Gewaltvorwurf konfrontiert habe, nicht *sie mich*. Und weil wir ihr Blut in der Wohnung gefunden haben. Und weil ich aus sicherer Quelle weiß, dass Susanne Ziemiak nicht Thürmers erstes Opfer ist.«

Jürgen runzelte die Stirn. »Warum hast du das nicht sofort gesagt? Was ist das für eine Quelle?«

»Eine gute.«

Jürgen dachte einen Augenblick lang nach. »Krista?«, fragte er dann. »Ich habe gehört, du hast gestern mit Doro zu Mittag gegessen.«

Eines musste man ihrem Exmann lassen, dachte Heidi, sein Instinkt in Bezug auf andere Männer mochte schlecht sein, doch in anderen Bereichen war er gut. Sie vermutete selbst, dass Dorothea Lugner die Information über Axel Thürmer von Krista Nowak hatte, die nicht nur ihre Ehefrau, sondern auch eine Anwältin war, die sich auf die Vertretung von Opfern häuslicher Gewalt spezialisiert hatte.

»Wie gesagt, die Quelle ist anonym.«

»Und will Frau Ziemiak Anzeige erstatten?«

»Sie überlegt noch«, behauptete Heidi, teils, um Jürgen nicht so einfach vom Haken zu lassen, teils, weil sie entschlossen war,

Susanne Ziemiak dahingehend zu beeinflussen. »Allerdings interessiert mich momentan ein anderer Aspekt mehr. Ich möchte Thürmer noch einmal zu Sofias Verschwinden befragen. Am liebsten hier, doch ich fürchte, wenn ich ihn einbestelle, ist er alarmiert, bringt seinen Anwalt mit und sagt nichts. Aber wenn du ihn anrufst und ihm sagst, dass es Neuigkeiten gibt, und ihn auf ein nettes Gespräch herbittest …«

Heidi sah Jürgen erwartungsvoll an, doch der schüttelte den Kopf.

»Du weißt genau, dass ich das nicht tun kann. Wenn du Thürmer als Beschuldigten vernehmen willst, musst du ihn entsprechend belehren, und dann besteht er selbstverständlich auf einem Anwalt.«

Heidi widersprach. »Das habe ich nicht vor. Ich möchte Frau Ziemiaks Aussage überprüfen. Ich glaube ihr zwar, dass Thürmer sie misshandelt hat, aber das heißt nicht, dass sie in allen Punkten bei der Wahrheit geblieben ist. Ich muss Thürmer wenigstens zu seiner Sicht auf die Ereignisse von Samstagnacht befragen.«

Jürgen dachte einen Augenblick lang nach. »Einverstanden, ich bitte Thürmer her. Aber er ist nicht dumm, er kommt garantiert nicht allein. Waren das deine Neuigkeiten? Wie war die Vernehmung von Daniel Kramer?«

Heidi erzählte knapp von der Befragung Daniel Kramers, der Hausdurchsuchung bei ihm, die bisher keine brauchbaren Hinweise ergeben hatte, und dann auch von den Aussagen von Yannik Hoffmann und seiner Mutter. »Es ist zwar noch nicht bewiesen, dass die Sweatjacke Sofia gehört«, schloss sie, »doch es spricht alles dafür. Die Kriminaltechnik hat bereits mit der Untersuchung begonnen. Aber ich habe in dem Zusammenhang schon jetzt eine gute Nachricht: An der Jacke sind einige Haare. Sie haben sich im Reißverschluss verfangen. Soweit ich das durch den Müllbeutel hindurch erkennen konnte, sind sie kurz und schwarz, weswegen sie wohl nicht von Sofia stammen, denn sie hat kinnlange Haare, und nicht von Yannik Hoffmann, denn der ist blond. Daniel Kramer hat kurze, schwarze Haare. Wenn wir nachweisen können, dass es seine sind, sind wir einen Riesenschritt weiter.«

»Meinst du?« Jürgen klang skeptisch. »Ein paar Haare sagen nicht viel aus. Kramer hat zugegeben, dass er Sofia nach Hause gebracht hat. Wenn er sie zum Beispiel zum Abschied umarmt hat …«

»Das hat er nicht. Er hat ausgesagt, dass er sie höchstens versehentlich beim Ausladen des Fahrrads berührt hat. Dabei haben sich garantiert keine Haare von ihm auf ihren Reißverschluss übertragen – zumal Sofia ihre Winterjacke über der Sweatjacke trug.« Heidi lächelte zufrieden. »Alles, was ich brauche, ist ein richterlicher Beschluss, der Daniel Kramer zur Abgabe einer Speichelprobe verpflichtet. Heute Nachmittag war er nicht bereit, freiwillig eine abzugeben, aber ich habe vorhin mit der Staatsanwältin telefoniert. Sie fand, dass jetzt genügend Indizien vorliegen, und hat mir versprochen, sich gleich morgen früh darum zu kümmern. Wenn ich richtig Druck mache, könnte der DNA-Abgleich binnen vierundzwanzig Stunden vorliegen. Warte mal kurz!«

Heidis Smartphone hatte geklingelt. Der Anruf war von dem Kriminaltechniker, den sie mit der Untersuchung der Sweatjacke beauftragt hatte. Heidi lauschte einige Minuten lang, dann drückte sie das Gespräch weg und sah Jürgen besorgt an. »Schlechte Nachrichten: Der Kriminaltechniker ist mit der Untersuchung der Sweatjacke noch nicht fertig, wollte mir aber schon mal erste Ergebnisse mitteilen: Die Jacke weist auf der Vorderseite im Bauchbereich zwei Schnitte auf, die von einem Messer stammen könnten. Außerdem sind mehrere mittelgroße

Flecken darauf. Sie sind auf dem schwarzen Stoff kaum zu sehen, vermutlich hat Yannik Hoffmann sie im Dunkeln nicht bemerkt. Es ist Blut, menschliches Blut.«

TEIL IV

1

Eva

Am nächsten Morgen beim Frühstück im Hotel bittet Susanne mich, sie zur Willy-Brandt-Allee zu fahren. Ich bin so entsetzt, dass ich mich an meinem Kaffee verschlucke, bis sie hinzufügt, dass sie dort ihren Wagen holen möchte.

»Ich brauche ihn. Ich möchte ins Büro fahren und vielleicht einige Termine wahrnehmen. Wenn ich den ganzen Tag im Hotelzimmer herumsitze, werde ich bekloppt.«

Das verstehe ich, dennoch zögere ich. »Was, wenn wir Axel begegnen?«

Susanne zuckt mit den Achseln. »Dann sage ich ihm noch einmal persönlich, dass es aus ist. Aber ich bezweifle es, um diese Zeit ist er immer schon im Büro.«

Ich stimme zu, und eine halbe Stunde später parke ich meinen Wagen auf demselben Stellplatz, an dem Daniel in der Nacht von Samstag auf Sonntag Sofia abgesetzt hat. Nachdem wir ausgestiegen sind, verabschiedet Susanne sich, doch ich unterbreche sie.

»Du glaubst doch wohl nicht, dass ich dich allein in die Tiefgarage gehen lasse.«

Susanne lächelt. »Ich benötige keinen Bodyguard.«

»Du bekommst dennoch einen.«

Gemeinsam gehen wir zum Eingang der Tiefgarage, wo Susanne den Fußgängerzugang aufsperrt, und kurz darauf stehen wir vor Susannes rotem Mazda Cabriolet. Direkt daneben parkt Axels SUV, eine fette, angeberische CO2-Schleuder, über die ich mich oft nur deshalb nicht laut aufgeregt habe, um Susanne nicht zu verletzen.

»Er ist also doch da.«

»Er wird oben in der Wohnung sein. Sollen wir?«

Susanne sperrt ihren Wagen auf, und wir setzen uns hinein. Susanne startet den Motor und steuert den Wagen die Rampe hoch. Als wir wieder draußen im grauen Tageslicht sind, lockere ich meine verkrampften Schultern. Mir war gerade ziemlich mulmig zumute.

Susanne stellt ihren Wagen neben meinem ab, wir steigen aus und umarmen uns.

»Noch einmal vielen Dank, dass du heute Nacht da warst«, flüstert Susanne.

»Ich melde mich später.«

Dann löse ich mich von Susanne, doch im selben Moment bemerke ich aus dem Augenwinkel, dass jemand auf uns zukommt. Es ist Axel, der offene Kaschmirmantel weht hinter ihm her.

»Susanne, verdammt noch mal, da bist du ja! Wo zum Teufel warst du? Ich habe mir Sorgen gemacht. Und warum nimmst du meine Anrufe nicht an?«

Axel baut sich vor uns auf. Bei seinem plötzlichen Erscheinen zucke ich zusammen, mein Herz fängt wild an zu klopfen.

Susanne ergeht es genauso. Sie macht sogar einen Schritt zurück, doch dann stoppt sie ab, strafft ihre Schultern und sagt cool: »Hallo, Axel. So trifft man sich wieder. Wo ich war, geht dich nichts an, und warum ich deine Nachrichten ignoriere, kannst du dir wohl denken. Ich habe es dir geschrieben: Es ist aus.«

»Das ist doch Unsinn! Du kannst nicht alles zwischen uns einfach grundlos wegwerfen. Lass uns darüber reden.«

Axel fasst Susanne am Arm, doch sie zieht ihn sofort weg, und gleichzeitig greife ich zu Axels Hand, um sie von Susanne wegzureißen. Meine Reaktion ist instinktiv erfolgt, ich habe nicht darüber nachgedacht, und jetzt bin ich von meiner Handlung ebenso überrascht wie Axel.

Er sieht mit einem abfälligen Blick auf mich herab. »Halt dich da raus, Eva! Das ist eine Sache zwischen Susanne und mir.«

»Die einzige Sache, die es zwischen dir und Susanne noch gibt, ist eine Anzeige wegen häuslicher Gewalt, wenn du es wagst, sie noch einmal zu berühren«, zische ich. »Oder mich«, füge ich hinzu, als Axel eine Bewegung in meine Richtung macht. Mein Herz rast immer noch, doch ich bemühe mich, meinen Platz zu behaupten und meiner Stimme Festigkeit zu geben.

Axel mustert mich einen Augenblick lang mit versteinerter Miene, dann schüttelt er den Kopf. »Ich weiß nicht, was du zu wissen glaubst, Eva, aber offenbar hast du etwas missverstanden.« Er wendet sich an Susanne. »Bitte, Schatz, lass uns in Ruhe unter vier Augen reden. Ich bin mir sicher, wir können das klären.«

»Es gibt nichts zu klären. Es ist aus. Bitte akzeptier das, und lass mich in Ruhe.«

»Das ist doch lächerlich! Nur weil ich einmal etwas«, Axel senkt die Stimme, aber ich verstehe dennoch, was er sagt, »überreagiert habe, kannst du nicht alles hinschmeißen. Komm schon, Liebling! Ich weiß, du bist immer noch so verrückt nach mir wie ich nach dir. Wir sind ein Traumpaar, *das* Traumpaar, schon vergessen? Lass uns nach oben gehen und …«

Weiter kommt Axel nicht, denn in dem Moment pralle ich gegen ihn. Axel hat erneut versucht, nach Susannes Hand zu fassen, und mein Körper hat erneut instinktiv reagiert und sich mit so viel Kraft gegen Axel geworfen, dass der ins Stolpern kommt. Kurz sieht es so aus, als würde er zu Boden gehen, dann findet er sein Gleichgewicht wieder.

»Bist du verrückt geworden?«, herrscht er mich an.

Er macht einen Schritt auf mich zu, doch Susanne stellt sich ihm in den Weg.

»Es reicht, Axel, kapier's endlich!«, faucht sie. »Es ist aus, und ich will nicht mit dir reden. Hör auf, mich anzurufen oder Nachrichten zu schicken. Ich will eine friedliche Trennung, aber wenn du das nicht akzeptierst oder wenn du dich mir oder Eva noch einmal näherst, werde ich dich anzeigen. Das ist mein voller Ernst.« Susannes Augen blitzen voller Zorn.

Axel erwidert den Blick nicht minder wütend. Einen Augenblick lang steht er vollkommen starr da, die Hände zu Fäusten geballt, als überlege er, ob er Susanne oder mich zuerst schlagen soll, doch dann läuft ein älteres Ehepaar mit einem Hund vorbei. Die beiden werfen uns neugierige Blicke zu, und das genügt.

Axel wartet, bis sie außer Hörweite sind, dann zischt er: »Ihr seid verrückt, alle beide! Ich weiß nicht, weswegen du glaubst, mich anzeigen zu können, Susanne, aber du irrst dich. Du hast keine Chance gegen mich. Merk dir das!«

Damit dreht er sich um und geht.

2

Die Stimmung in der Frühbesprechung am Donnerstagmorgen war schlecht. Sofia Ziemiak war seit über hundert Stunden verschwunden, und der kleine Hoffnungsschimmer, dass das Mädchen noch lebe, der Heidis Team und die Ermittlungen bis jetzt wie ein Glühwürmchen in der Nacht begleitet hatte, war in dem Moment erloschen, als Heidi vom Ergebnis der kriminaltechnischen Untersuchung berichtete. Die Schnitte und das Blut im Bauchbereich von Sofias Sweatjacke ließen nur einen Schluss zu: Das Mädchen war mit einem Messer angegriffen worden, vermutlich tot. Zwar gab es für Letzteres keinen Beweis, aber niemand hegte Zweifel daran.

Heidi ließ ihren Mitarbeitern einen Moment Zeit, die Nachricht zu verdauen, was sie auf unterschiedliche Weise taten. Marcel Kaczmarek machte ein betroffenes Gesicht und sah plötzlich die Notwendigkeit, mit glänzenden Augen etwas in seinem Smartphone nachzusehen. Esther Sikorski schüttelte resigniert den Kopf. Lars Winter, der genau wie Esther schon lange dabei war und viel gesehen hatte, setzte eine stoische Miene auf. Auf Viktoria Nielsens Wangen erschienen hektische rote Flecken.

»Das heißt, wir müssen jetzt versuchen, Kramer wegen eines Tötungsdelikts dranzukriegen«, brach Vicki schließlich das Schweigen.

Die Kollegen nickten. Sie hatten am Vorabend darüber diskutiert, und alle waren sich einig, dass Daniel Kramer der Hauptverdächtige war.

»Zumindest müssen wir an ihm dranbleiben«, bestätigte Heidi. »Und damit zum positiven Aspekt der kriminaltechnischen Untersuchung. Wie ich gestern schon gesagt habe, haben sich im Reißverschluss des Hoodies mehrere Haare verfangen, die wie Daniel Kramers schwarz und kurz sind. Der Kriminaltechniker hat jetzt bestätigt, dass die Haare noch ihre Wurzel haben, einem DNA-Vergleich steht also nichts im Weg. Kramer hat sich zwar bisher geweigert, eine Speichelprobe abzugeben, aber die Staatsanwaltschaft ist dabei, einen richterlichen Entnahmebeschluss zu besorgen. Sobald er vorliegt, möchte ich, dass du, Marcel, zu Kramer fährst und die Probe besorgst. Anschließend machst du dasselbe bitte bei Yannik Hoffmann. An dem Hoodie wurden insgesamt zwölf Haare gefunden, die sich in drei Gruppen einteilen lassen: fünf kurze schwarze am Reißverschluss, drei etwa zwanzig Zentimeter lange schwarze im Bereich der Schultern und fünf kurze blonde an der Innenseite der Kapuze. Vermutlich gehören Letztere Yannik und die längeren schwarzen Sofia, doch ich möchte das genau wissen.«

Marcel nickte, und Heidi wandte sich an Lars. »Du überprüfst bitte Yanniks Geschichte. Er hat mir eine Liste der Freunde gegeben, mit denen er am Sonntag in der Früh von der Mitterer-Scheune nach Hause gegangen ist. Rede mit allen und besorge ihre Fingerabdrücke, besonders die von einem gewissen Wotan Sträker. Wotan ist nach Yanniks Aussage derjenige, der Sofias Fahrrad in den Mühlengraben geworfen hat. Ich möchte, dass seine Fingerabdrücke mit denen verglichen werden, die auf dem Fahrradrahmen sichergestellt wurden.«

Lars machte sich eine Notiz, und Heidi wandte sich an Esther. »Du überprüfst bitte Kramers Aussage, dass er in letzter Zeit oft auf dem Südfriedhof war. Fahr dorthin und sprich mit den städtischen Angestellten, den Friedhofsgärtnern oder auch anderen Besuchern – wer immer sich dort um diese Jahreszeit aufhält. Zeig allen Kramers Foto.«

Esther zog eine skeptische Miene. »Hältst du das für notwendig? Es ist doch klar, dass Kramer gelogen hat. Und selbst wenn ich hundert Leute finde, die ihn in letzter Zeit auf dem Südfriedhof gesehen haben, beweist das nicht, dass er Samstagnacht dort war.«

»Ich möchte das dennoch überprüft haben. Vor allen Dingen möchte ich wissen, wohin Kramer geht, wenn er auf dem Friedhof ist. Zum Grab seiner Eltern oder zu dem von Jennifer Mann?«

Bei Heidis letzten Worten wurde Esthers Miene noch länger, und Vicki hob den Kopf.

»Du glaubst, Kramer könnte am Grab von Jennifer Mann gewesen sein? Wieso sollte er dorthin gehen? Er hatte mit ihrem Tod nichts zu tun.«

»Aber er hatte mit Sofia zu tun«, entgegnete Heidi, »und Sofia hatte mit Jennifer Mann zu tun. Ich kann mir einfach nicht vorstellen, dass es ein Zufall ist, dass alle ständig auf den Friedhof gehen: Daniel Kramer, Sofia, die Frau mit den kurzen roten Haaren. Apropos: Das wollte ich noch fragen. Hat einer von euch bei den verschiedenen Zeugenbefragungen mit einer Frau mit kurzen roten Haaren gesprochen? Lennart Brakel und Larissa haben unabhängig voneinander ausgesagt, dass sie Sofia mit einer Frau zusammen gesehen haben, auf die diese Beschreibung passt.«

Heidi blickte in die Runde. Esther schüttelte den Kopf, Lars nach kurzer Überlegung ebenfalls. Nur Marcel dachte länger nach und sagte schließlich: »Eine von den Fahrzeughalterinnen, die ich überprüft habe, hat kurze rote Haare. Sie heißt Ferber. Willst du die Details?« Er wischte über sein Tablet. »Hier: Laura

Nina Ferber, geborene Speyer, sechsunddreißig Jahre, verheiratet, Tulpenweg siebenundzwanzig. Sie fährt einen Skoda Octavia Kombi, Kennzeichen: LS 44. Der Wagen wurde um zwei Uhr dreizehn an der Kreuzung Willy-Brandt-Allee und Adenauerstraße gefilmt. Auf der Aufnahme war nicht erkennbar, ob Laura Ferber allein im Wagen saß oder nicht. Als ich sie befragte, sagte sie, sie sei bei einer Freundin im Goethering gewesen. Mädelsabend.«

»Und danach ist sie noch Auto gefahren?«, fragte Heidi misstrauisch.

»Sie ist schwanger, sie hat nichts getrunken.«

»Hast du das überprüft?«

Marcel schüttelte verlegen den Kopf. »Bis jetzt nicht. Ihre Angaben und der Fahrtweg schienen mir plausibel, und ich habe mich auf die konzentriert, die ins Täterprofil passen. Eine Frau im sechsten Monat kam mir nicht verdächtig vor. Soll ich das nachholen?«

»Ja, bitte. Und kannst du vielleicht ein Foto der Frau besorgen?«

»Bestimmt. Willst du es Brakel und Larissa zeigen?«

Heidi nickte. Dann warf sie einen Blick auf ihre Uhr und stand auf. »Also gut, ihr wisst, was ihr zu tun habt. Vicki, du vernimmst mit mir zusammen Axel Thürmer. Er müsste in einer halben Stunde hier sein.«

3

Eva

Als ich eine halbe Stunde nach der Begegnung mit Axel meinen Wagen in unserem Carport abstelle, bin ich noch immer vollgepumpt mit Adrenalin, deswegen steige ich nicht direkt aus, sondern bleibe eine Weile sitzen, lehne mich zurück und schließe die Augen. Als ich endlich ins Haus gehe, wundere ich mich, dass die Tür zwar geschlossen, aber nicht abgesperrt ist, doch da kommt Daniel in den Flur. Sein Anblick tut mir gut. Ohne meinen Mantel auszuziehen, umarme ich ihn, in diesem Moment unendlich dankbar dafür, dass er so ganz anders ist als Axel.

»Ich habe dich vermisst«, murmelt Daniel.

»Ich dich auch.« Ich löse mich von ihm und schlüpfe aus meinem Dufflecoat. »Wie kommt es, dass du zu Hause bist?«

»Ich habe mich heute Morgen nicht gut gefühlt, ich mache Homeoffice, falls ich etwas ausbrüte.«

»Dein Wagen steht nicht draußen.«

»Er ist noch bei der Polizei.«

Erst in dem Moment fallen mir die Ereignisse des Vortages wieder ein, die Hausdurchsuchung und Daniels Geheimnis und alles andere. Die Erinnerung versetzt meiner Heimkehrstimmung einen Dämpfer. Ich hänge meinen Dufflecoat auf, dann sehen Daniel und ich uns einen Augenblick lang schweigend an. Schließlich reden wir gleichzeitig.

»Wie geht es Susanne?«, fragt Daniel.

»Ist Linus auch da?«, frage ich.

Daniel schüttelt den Kopf. »Ansgar hat ihn mit in den Kindergarten genommen.«

»Gut.«

»Und wie geht es Susanne?«

»Besser.«

»Gut.«

Wieder schweigen wir uns an. Schließlich sagt Daniel: »Sollen wir ins Wohnzimmer gehen? Möchtest du vielleicht einen Kaffee?«

»Musst du nicht arbeiten?«

»Ich würde lieber etwas Zeit mit dir verbringen. Ich finde es schwer auszuhalten, wenn die Stimmung zwischen uns so unterkühlt ist. Können wir nicht einfach zusammen auf der Couch sitzen und uns über irgendetwas Belangloses unterhalten?«

Einladend streckt Daniel mir eine Hand entgegen, doch ich ergreife sie nicht, obwohl ich den Vorschlag verlockend finde. Auch mir tut die ungewohnte Distanz zwischen uns weh.

»Heißt das, du bist immer noch nicht bereit, mir dein Geheimnis anzuvertrauen?«

Daniel schüttelt traurig den Kopf. »Ich kann nicht.«

Ärger flammt in mir auf. »Du willst nicht.«

Daniel sieht aus, als wolle er widersprechen, doch in dem Moment klingelt es an der Haustür. Draußen steht Oberkommissar Kaczmarek.

Eine Viertelstunde später hat sich mein Ärger verhundertfacht und ich bin so frustriert, dass ich Daniel anschreien möchte. Ich tue es nur deshalb nicht, weil ich niemals schreie, schon gar nicht in Gegenwart eines Beamten der Kriminalpolizei. Daniel und ich fechten unseren Streit in unterdrücktem Ton in der

Küche aus, während Oberkommissar Kaczmarek am Esstisch sitzt und uns beobachtet. Der richterliche Beschluss, der Daniel auffordert, bei einer DNA-Entnahme zu kooperieren, liegt vor ihm auf dem Tisch.

»Ich möchte erst mit Ilkay reden«, sagt Daniel leise mit nur mühsam unterdrückter Gereiztheit. »Das ist mein gutes Recht. Er ist mein Anwalt.«

»Aber Ilkay ist nicht hier, sondern in einer Besprechung«, zische ich zurück. »Du kannst nicht mit ihm reden, also was soll das? Warum verzögerst du alles? Hast du nicht zugehört? Oberkommissar Kaczmarek sagt, es ist dringend.«

»Genau das habe ich Ilkays Sekretärin mitgeteilt, weswegen er bestimmt bald zurückruft. Ich will, dass er sich den Beschluss ansieht und mich berät, bevor ich mich einverstanden erkläre.«

»Warum um alles in der Welt brauchst du Ilkay dafür? Was glaubst du denn, was er tun kann? Feststellen, dass die Polizei mit einem gefälschten Beschluss aufgetaucht ist, um an deine DNA zu kommen? Das ist doch Blödsinn! Warum gibst du nicht einfach die Speichelprobe ab? Es kann dir doch egal sein, ob du es eine Stunde früher oder später tust. Es wäre ja nicht einmal das erste Mal.«

Daniel schüttelt den Kopf. »Ich werde es gar nicht tun, wenn ich nicht dazu gezwungen bin. Vielleicht kann Ilkay den Beschluss anfechten.«

»Bitte?« Einige Sekunden lang bin ich sprachlos. Dann zwinge ich ein Lächeln auf mein Gesicht und drehe mich zu Oberkommissar Kaczmarek um. »Würden Sie uns entschuldigen?«

Ich fasse Daniel am Arm und dirigiere ihn zur Wohnzimmertür, dann durch den Flur und in unseren Hauswirtschaftsraum. Erst als zwei geschlossene Türen zwischen uns und der Polizei liegen, lasse ich ihn los.

»Verdammt, Daniel, was soll das?«, fauche ich meinen Mann an. »Wieso willst du den Beschluss anfechten?«

Daniel fährt sich erregt mit einer Hand durch die Haare. »Warum nicht? Wieso soll ich der Polizei erlauben, grundlos meine DNA zu testen? Das ist übergriffig. Ich habe mir nichts zuschulden kommen lassen. Wieso soll ich mich behandeln lassen wie einen Verbrecher?«

»Weil es hier um Sofia geht! Wen interessiert es, ob es übergriffig ist oder nicht? Wie kannst du dich weigern, Sofia zu helfen?« Ich schreie immer noch nicht, aber ich werde lauter.

Genau wie Daniel. »Das tue ich nicht, und das würde ich auch niemals tun. Meine DNA würde die Polizei bei der Suche nach ihr keinen Schritt weiterbringen.«

»Das ist nicht wahr! Der Test könnte dich ausschließen. Wenn Hauptkommissarin Westphal aufhört, dich zu verdächtigen, kann sie sich besser auf Sofia konzentrieren.«

»Das kann sie auch so.«

»Aber das tut sie nicht, verdammt noch mal, geht das nicht in deinen Kopf? Was ist dein Problem, Daniel? Hast du Angst vor dem Ergebnis? Sind das deine Haare auf Sofias Hoodie?«

Daniel starrt mich entsetzt an. »Natürlich nicht.«

»Was ist dann das Problem? Als du wegen Jennifer Mann angeschrieben wurdest, hast du auch eine Speichelprobe abgegeben. Du hast nicht gezögert, du hast sofort gesagt, du würdest es machen. Freiwillig! Was hat sich geändert?«

»Das war etwas anderes.«

»Ja, das war es. Jennifer Mann war eine Fremde, Sofia ist es nicht. Wieso bist du bereit, dir für eine Fremde mit einem Wattestäbchen im Mund herumwischen zu lassen, aber nicht für ein Mädchen, das ich liebe, als wäre es meine eigene Tochter?«

Ich funkele Daniel an, doch er senkt seinen Blick auf das Mobilteil unseres Festnetztelefons in seiner Hand, mit dem er

Ilkay angerufen hat, weil sein Handy noch bei der Polizei ist. Er umklammert es so fest, dass seine Knöchel weiß hervortreten. »Ich habe für Jennifer Mann keine Speichelprobe abgegeben«, sagt er schließlich.

»Natürlich hast du das. Als das Schreiben kam, hast du zu mir gesagt …«

»Ich weiß, was ich gesagt habe«, unterbricht Daniel, »aber ich habe es nicht getan. Es hatte sich herausgestellt, dass ich ein Alibi hatte, deswegen war die Speichelprobe nicht erforderlich.«

Ich mache vor Überraschung zwei Schritte zurück, bis ich gegen die Waschmaschine stoße. Fassungslos starre ich meinen Mann an. »Du hast mir gesagt, dass du es getan hast. Als ich von meiner Fortbildung im Oktober zurückkam, hast du gesagt, dass es erledigt sei. Du hast mit keinem Wort erwähnt, dass du statt deiner DNA ein Alibi abgegeben hast.«

»Weil ich es nicht für notwendig hielt. Der Polizei war es egal, wieso ist es dir nicht egal? Warum machst du so ein Gewese darum?«

»Gewese?«, wiederhole ich empört. »Du bist derjenige, der sich weigert, einem richterlichen Beschluss nachzukommen. Du bist derjenige, der mit seinem Gewese die Ermittlungen der Polizei behindert.«

»Das tue ich nicht.«

»Doch! Du tust es, seit Sofia verschwunden ist. Du hast der Polizei eine Lüge nach der anderen aufgetischt, und jetzt weigerst du dich schon wieder, sie zu unterstützen. Warum? Hast du Sofia etwas angetan?«

»Wie kannst du das fragen? Nein!«

»Warum behinderst du dann die Ermittlungen? Und warum hat Sofia dich in letzter Zeit gemieden? Wieso ist sie jedes Mal zusammengezuckt, wenn du in ihre Nähe gekommen bist? Wieso hat sie kaum reagiert, wenn du sie angesprochen hast?«

»Das ist nicht wahr.« Daniel klingt perplex.

»Es ist wahr. Es ist mir in den letzten Wochen mehrmals aufgefallen. Ich dachte, es sei vielleicht Sofias Reaktion darauf, dass du so gestresst bist, dass sie sich in deiner Gegenwart momentan nicht wohlfühlt, weil du dich verändert hast oder weil du dir keine Zeit mehr fürs Backgammonspielen genommen hast. Aber offenbar habe ich mich geirrt. Was ist zwischen dir und Sofia vorgefallen?«

»Nichts!«

»Warum ist dir dann egal, was mit ihr passiert? Warum bist du nicht bereit, alles zu tun, um sie zu retten?«

»Das bin ich«, beteuert Daniel.

»Dann beweise es!«, verlange ich. »Beweise es, indem du die verdammte Speichelprobe abgibst.«

Daniel schüttelt den Kopf. »Das eine hat mit dem anderen nichts zu tun, Eva.«

»Es hat alles miteinander zu tun, Daniel. Wie würdest du denn reagieren, wenn Linus verschwunden wäre und Susanne sich weigerte, mit der Polizei zu kooperieren? Nicht, dass sie das je tun würde. Susanne würde mich unterstützen, sie würde nicht nur eine beschissene Speichelprobe abgeben, sondern sich die Haut abziehen lassen, damit ich Linus zurückbekomme. Also, beweise es! Gib die verdammte Speichelprobe ab, sonst …« Ich verstumme abrupt.

»Was sonst?«, fragt Daniel.

Ich nehme all meinen Mut zusammen und unterdrücke den Schmerz, der sich mir ins Herz bohrt wie ein vergifteter Pfeil. »Sonst kehre ich heute Abend nicht allein zu Susanne ins Hotel zurück, sondern nehme Linus mit. Und ich werde erst mit ihm zurückkommen, wenn du dich wieder wie ein normaler Mensch benimmst. Wenn du mir sagst, welches Geheimnis du verbirgst und warum deine DNA dir heiliger ist als Sofias Leben.«

Daniel mustert mich erschrocken. »Das ist nicht dein Ernst.«

Der Pfeil bohrt sich noch tiefer in mein Herz. »Es ist mein blutiger Ernst.«

»Aber du kennst mich, Eva, du weißt, ich würde nie …«

Weiter lasse ich ihn nicht kommen. »Nein, ich kenne dich nicht, Daniel. Nicht mehr. So, wie du dich seit Tagen verhältst … Du bist gerade nicht du! Du bist gerade nicht der Mann, den ich liebe. Auf den ich mich verlassen kann. Der immer ehrlich zu mir ist. Der sich für mich und die Menschen, die ich liebe, zerreißen würde. Ich weiß nicht, wer du gerade bist, aber dieser Mann bist du nicht.« Ich trete einen Schritt auf Daniel zu und fasse ihn an der Wange. »Ich liebe diesen Mann, ich liebe ihn über alles. Aber du bist gerade nicht er!«

Daniel ist kreidebleich geworden. »Du würdest wirklich gehen?« Seine Stimme zittert.

»Ja.« Das kleine Wort fühlt sich in meinem Mund an wie Gift.

Dann stehen Daniel und ich beide erschöpft da, schockiert über das Ausmaß, das unser Streit plötzlich angenommen hat. Er brennt in meiner Brust und drückt mir die Luft ab, und ich weiß, dass es Daniel genauso ergeht. Er atmet merkwürdig flach, während er mit gesenktem Kopf vor mir steht.

Ich weiß nicht, wie lange wir beide so verharren. Es kommt mir vor wie eine Ewigkeit, bis Daniel endlich aufblickt.

»Du hast recht. Ich war zuletzt nicht ich selbst. Das muss ein Ende haben. Ich werde die Speichelprobe abgeben. Aber danach werde ich deinen Wagen benötigen. Leihst du ihn mir?«

4

Es war erst kurz nach zehn, als Heidi nach der Vernehmung von Axel Thürmer die Tür zu ihrem Büro aufschloss. Die Befragung des Architekten hatte nicht lang gedauert, und sie wäre noch kürzer ausgefallen, wenn Thürmers Anwalt nicht zwischendurch auf einer Unterbrechung bestanden hätte. Jürgen hatte mit seiner Vorhersage recht behalten: Thürmer hatte einen Rechtsbeistand mitgebracht. Und auch Heidis Prophezeiung hatte sich erfüllt: Mit Rechtsbeistand hatte Thürmer fast nichts gesagt. Als Heidi ihn mit Susanne Ziemiaks Aussage konfrontiert hatte, hatte er empört bestritten, jemals einer Frau Gewalt angetan zu haben. Darüber hinaus hatte er auf Anraten seines Anwalts geschwiegen.

Heidi hatte nichts anderes erwartet, dennoch war sie frustriert, als sie sich auf dem Weg zu ihrem Büro einen Kaffee besorgte. Während sie ihn trank, las sie die Nachrichten, die im Laufe des Vormittags eingetroffen waren. Die erste war von Marcel, der die DNA-Probe von Daniel Kramer besorgt und direkt ans LKA weitergeleitet hatte. Die zweite war von Lars und fasste dessen Gespräche mit Yannik Hoffmanns Freunden zusammen. Die Freunde hatten Yanniks Aussage bestätigt mit der Modifikation, dass Wotan Sträker behauptete, nicht er habe Sofias Fahrrad in den Graben geworfen, sondern ein anderer, er könne sich allerdings nicht erinnern, wer. Dennoch hatte

Lars den Jungen überreden können, seine Fingerabdrücke abzugeben, die mittlerweile auf dem Weg in die Kriminaltechnik waren, um mit denen auf Sofias Fahrrad verglichen zu werden.

Die dritte Nachricht war eine kurze Mitteilung, dass der Abschlussbericht zur Untersuchung von Daniel Kramers Golf vorlag. Heidi hatte bereits darauf gewartet. Sie schaltete ihren Laptop ein, rief den Bericht auf und las ihn aufmerksam durch, fand jedoch nicht, wonach sie suchte. Kramers Golf Kombi war acht Jahre alt und in dieser Zeit über hundertvierzigtausend Kilometer gefahren, jedoch gut in Schuss und sehr gepflegt. Sowohl der Innen- als auch der Kofferraum wiesen kaum Verschmutzungen auf. Die zuständige Kriminaltechnikerin hatte einige Flecke auf den Sitzbezügen entdeckt, doch sie waren alle älteren Ursprungs. Die meisten fanden sich im Bereich der Rückbank hinter dem Fahrersitz, wo Linus Kramers Kindersitz befestigt war. Sie rührten von Saft, Milch und Schokolade her. Auf dem Beifahrersitz fand sich ein Kaffeefleck.

Auch auf der Liste der Gegenstände, die die Kriminaltechnikerin im Wagen gefunden hatte, entdeckte Heidi nichts Auffälliges. Das Interessanteste waren die Haare, die die Beamtin sichergestellt hatte: kurze schwarze im Bereich des Fahrersitzes (vermutlich Daniel Kramers), längere, schwarze (vermutlich Sofias) und blondierte (vermutlich Eva Kramers) auf dem Beifahrersitz und kurze braune (vermutlich Linus Kramers) auf der Rückbank. Doch das, worauf Heidi nach dem Fund von Sofias Sweatjacke spekuliert hatte, war nicht gefunden worden: Blut. Es gab im ganzen Wagen keine noch so schwachen Spuren von Blut.

Heidi schloss die Datei mit dem Bericht und lehnte sich auf ihrem Bürosessel zurück, um über diesen Rückschlag nachzudenken. Sie hatte zwar nicht erwartet, dass die Kriminaltechnikerin Sofias Blut in Kramers Wagen finden würde, aber sie hatte darauf gehofft. Es wäre der erste direkte und konkrete Hinweis auf Daniel Kramers Täterschaft gewesen, denn alle bisherigen Indizien waren indirekter Natur.

Dabei war Heidi ebenso wie ihre Mitarbeiter davon überzeugt, dass Daniel Kramer für Sofias Verschwinden verantwortlich war. Der Fundort von Sofias Smartphone und seine vielen Lügen sprachen Bände, ganz zu schweigen davon, dass er die beste Gelegenheit gehabt hatte, Sofia etwas anzutun. Allerdings hatte Heidi immer noch keine Vorstellung, wie sie Daniel Kramers Täterschaft mit den neuesten Entwicklungen des Falls in Verbindung bringen sollte: mit Sofias Fahrrad, das abgeschlossen am Mühlengraben abgestellt worden war, und mit Sofias blutbefleckter, beschädigter Sweatjacke.

An diesem Punkt von Heidis Überlegungen klingelte ihr Smartphone. »Ja, Marcel, was gibt's?«

»Hallo, Chefin, ich sitze gerade in meinem Wagen. Ich parke im Goethering, vor Nummer neunundzwanzig, wo ich mit Grete Poulsen gesprochen habe. Frau Poulsen ist die Freundin, die am Samstag den Mädelsabend ausgerichtet hat, an dem Laura Ferber teilgenommen hat. Sie hat bestätigt, dass Frau Ferber dort war.«

Heidi musste kurz überlegen. »Laura Ferber? Die Frau mit den kurzen roten Haaren, deren Wagen Samstagnacht in der Willy-Brandt-Allee aufgezeichnet wurde? Das heißt, ihre Geschichte stimmt?«

»Nicht ganz«, widersprach Marcel. »Laura Ferber war zwar beim Mädelsabend, aber nach Aussage von Frau Poulsen nur bis gegen halb zwölf. Dann hat sie behauptet, sie sei müde und wolle nach Hause fahren. Das kann sie allerdings nicht getan haben, denn die Kamera in der Willy-Brandt-Allee hat sie erst um zwei Uhr dreizehn aufgezeichnet.«

»Fast drei Stunden später?«

»Genau.« Marcel räusperte sich. »Ich finde das ziemlich verdächtig. Meinst du, sie hat etwas mit Sofias Verschwinden zu tun? Vielleicht ist sie diejenige, mit der sich Sofia verabredet hat.«

Heidi dachte darüber nach. »Aber wieso hätte sie deswegen den Mädelsabend vor zwölf verlassen sollen? Sofia war bis halb zwei bei den Kramers.«

»Vielleicht wusste Frau Ferber nicht genau, wann Sofia nach Hause kommen würde. Vielleicht hat sie in der Willy-Brandt-Allee auf sie gewartet?«

Das war natürlich möglich, auch wenn es Heidi nicht sehr plausibel erschien. Heutzutage stellte sich kein Mensch mehr drei Stunden irgendwohin, um auf irgendwen zu warten. Wozu gab es Smartphones? Die Auswertung von Sofias Handy hatte zwar ergeben, dass sie Samstagnacht keine Nachrichten damit verschickt hatte, aber sie hätte es mit ihrem Laptop tun können. Andererseits hatte Marcel natürlich recht: Die Lüge von Laura Ferber war verdächtig.

»Gute Arbeit, Marcel. Wir müssen auf jeden Fall noch einmal mit Laura Ferber sprechen. Ich werde das übernehmen. Allerdings wüsste ich vorher gern, ob sie wirklich die Frau ist, die Larissa mit Sofia zusammen gesehen hat. Konntest du bereits ein Foto von ihr auftreiben?«

»Es gibt eines auf der Homepage ihres Arbeitgebers. Grete Poulsen hat mir erzählt, dass Frau Ferber Physiotherapeutin ist, sie arbeitet in der Praxis am Glockenbach.«

»Alles klar.«

Heidi griff zu ihrer Computermaus. Eine Minute später studierte sie das Foto von Laura Ferber. Die Frau besaß ein eckiges, energisches Gesicht, das nicht weiter bemerkenswert war, doch ihre Frisur, ein tomatenroter Pixie, war tatsächlich auffallend. Umso besser, dachte Heidi, während sie eine WhatsApp tippte. Daran würde Larissa sich bestimmt erinnern.

Mit dieser Prognose behielt sie recht. Sie war noch dabei, die Liste mit Laura Ferbers Weiterbildungen und Qualifikationen zu studieren, als Larissas Antwort eintraf. *Das ist die Frau aus dem Marktcafé.* Dazu das Emoji einer Tomate.

5

Eva

Nachdem Daniel die Speichelprobe abgegeben hat und mit meinem Wagen weggefahren ist, lasse ich mich aufs Sofa sinken und schließe meine Augen. Eigentlich hätte ich genug im Haushalt zu tun, doch ich kann mich weder zum Bügeln noch zum Bettenüberziehen aufraffen. Der Streit mit Daniel hallt in meinem ganzen Körper nach, ich fühle mich seltsam hohl. Habe ich wirklich vor nicht einmal einer halben Stunde meinem Mann damit gedroht, ihn zu verlassen? Noch vor einer Woche hätte ich das nie für möglich gehalten. Doch vor einer Woche war mein Leben auch noch in Ordnung. Ich hatte einen wunderbaren Mann, einen wunderbaren Sohn und meine wunderbare Sofia.

Bei dem Gedanken an Sofia schießen mir Tränen in die Augen. Ich wische sie weg, doch es fließen neue nach, und ich bin zu erschöpft, ihnen Einhalt zu gebieten, also lasse ich sie einfach laufen. Erst nach einer Weile schaffe ich es, mich vom Sofa hochzudrücken und in die Küche zu gehen, wo ich ein Blatt Papier von der Küchenrolle abreiße und meine Nase putze. Und jetzt?

Ich werfe einen Blick auf die Uhr am Herd. Es ist halb elf, Daniel ist vielleicht seit einer halben Stunde fort. Ich habe keine Ahnung, wann er zurückkommen wird. Er hat nur gesagt, dass er etwas erledigen müsse und dass er mir danach endlich alles erzählen würde. Bei dem Gedanken daran, dass Daniel mir endlich sagen wird, was ihn bedrückt, werde ich ganz kribbelig, und ich beschließe, mir eine heiße Schokolade zu kochen. Nervennahrung. Doch als ich die Tasse mit Milch und Kakaopulver in die Mikrowelle stelle, klingelt es an der Haustür.

Mein erster Impuls drängt mich, so zu tun, als sei ich nicht da, doch bestimmt hat der Besuch mich durchs Küchenfenster gesehen, also gehe ich in den Flur und öffne die Haustür. Draußen steht Thomas. Er trägt seine Lederjacke, seine grauen Haare sind zerzaust, und er wirkt gereizt.

»Ich will zu Daniel«, verlangt er anstelle einer Begrüßung.

Ich runzele irritiert meine Stirn. »Der ist nicht da.«

»Das kann nicht sein«, widerspricht Thomas. »Ich war in seinem Büro, dort sagte man mir, dass er den ganzen Tag Homeoffice macht.«

»Das hatte er vor, aber er musste etwas Dringendes erledigen.«

»Während seiner heiligen Dienstzeit?« Thomas mustert mich skeptisch. »Und was?«

»Das hat er nicht gesagt.«

Thomas' Blick wird noch skeptischer, doch dann zuckt er mit den Achseln. »Ich werde auf ihn warten.«

Es ist eine Feststellung, keine Bitte, und Ärger flammt in mir auf. »Sorry, aber das passt gerade nicht. Ich sage Daniel, dass du hier warst.«

Ich will die Tür schließen, doch Thomas stemmt eine Hand dagegen, und im nächsten Moment steht er neben mir im Flur.

»Hey, ich sagte, es passt gerade nicht.«

Thomas blickt abschätzig auf mich herunter. »Würde es dir zu einem anderen Zeitpunkt etwa besser passen? Also, wo ist Daniel? Oben oder im Wohnzimmer?«

Ich schüttele ungläubig den Kopf. »Er ist nicht da.«

Ich spreche zu Thomas' Rücken, denn er ist schon ins Wohnzimmer gegangen, wo er neben dem Esstisch stehen bleibt, auf dem Daniels Dienstlaptop liegt.

»Glaubst du mir jetzt, dass er nicht hier ist?« Ich bleibe in der Wohnzimmertür stehen und funkele meinen Schwager an. »Würdest du dann bitte gehen? Ich habe zu tun.«

»Erst, wenn ich mit Daniel gesprochen habe.« Thomas setzt sich an den Esstisch und legt seine großen Hände auf den Laptop. »Wann kommt er zurück?«

Ich mustere meinen Schwager fassungslos. Sein Benehmen mir gegenüber hat ja schon oft zu wünschen übriggelassen, aber so dreist war er noch nie. »Verdammt, Thomas, was soll das? Du kannst nicht einfach hier hereinplatzen und …«

Weiter komme ich nicht, denn Thomas springt auf. Er stützt beide Hände auf den Tisch, beugt sich vor und zischt: »Kann ich nicht? Kann ich doch, Eva, und weißt du, warum? Weil ich es satthabe, verarscht zu werden. Ich versuche seit gestern, ihn zu erreichen, aber er geht nicht an sein Handy, und du behauptest immer, nicht zu wissen, wo er ist. Schluss mit dem Bullshit!«

Thomas starrt mich so wütend an, dass ich am liebsten einen Schritt zurückweichen würde, doch ich behaupte meinen Platz. Ich werde mich in meinem eigenen Haus nicht von meinem Schwager schikanieren lassen.

Ich atme einmal tief durch. »Das ist kein Bullshit«, erkläre ich so ruhig wie möglich. »Daniel kann nicht an sein Handy gehen, weil die Polizei es beschlagnahmt hat.«

»Bitte?« Thomas' Augen werden schmal. »Wieso?«

»Weil er die Polizei angelogen hat. Nachdem er Sofia Samstagnacht abgesetzt hat, ist er nicht direkt nach Hause gefahren, sondern spazieren gegangen.«

Das Letzte füge ich in der Erwartung hinzu, dass die Information Thomas genauso irritiert, wie sie mich irritiert hat, doch das ist nicht der Fall. »Und das fand die Polizei so verdächtig, dass sie sein Handy einkassiert hat?«

»Natürlich«, entgegne ich gereizt. »Was glaubst du denn? Dass Daniel wiederholt die Polizei anlügen kann, ohne dass es Konsequenzen gibt? Er musste deswegen sogar eine DNA-Probe abgeben.«

Dieses Mal kann ich mich nicht über eine zu verhaltene Reaktion beklagen. Thomas reißt entsetzt die Augen auf. »Daniel sollte eine DNA-Probe abgeben? Aber er hat es nicht getan, oder?«

»Doch. Heute Morgen. Ein Polizist kam extra deswegen vorbei. Anschließend ist Daniel weggefahren. Alles in Ordnung?«

Das Letzte frage ich, weil Thomas kreidebleich geworden ist. Er fällt auf den Stuhl zurück, als hätte ihm jemand die Beine abgehackt. Keuchend fasst er sich an die Brust, und mein Ärger weicht Sorge.

»Geht es dir gut?«

Thomas erwiderte nichts, er schließt die Augen und sitzt weiterhin keuchend da, die Hand auf die Herzgegend gepresst. Dann schüttelt er den Kopf. »Das kann nicht sein. Das kann er mir nicht angetan haben. Er hat es mir versprochen.«

»Was hat er dir versprochen?«

Thomas erwidert nichts, schüttelt bloß immer weiter den Kopf. Es ist eine komische, abgehackte Bewegung. Schließlich blickt er mich an. »Sag, dass das nicht wahr ist!«, verlangt er. »Sag, dass das nicht wahr ist!«

Ich mustere Thomas irritiert. »Aber es ist wahr.«

»Nein!« Thomas haut mit der Faust auf den Laptop, dann springt er plötzlich auf, kommt um den Tisch herum und packt mich an den Oberarmen – so schnell, dass ich gar nicht reagieren kann. »Sag, dass das nicht wahr ist!«, brüllt er mich an. »Sag, dass Daniel das nicht getan hat. Sag, dass mein Bruder mich nicht verraten hat.« Er beginnt, mich zu schütteln. Ich versuche, mich loszureißen, doch er ist stärker.

»Verdammt, Thomas, du tust mir weh!«

Er schüttelt mich noch heftiger. Dann senkt er seinen Kopf, bis seine Augen nur noch wenige Zentimeter von meinen entfernt sind. »Sag es!«, brüllt er so laut und so nah, dass meine Ohren pfeifen.

Ich kann meinen Schwager nur anstarren, ich bin viel zu schockiert, um etwas zu erwidern. Doch vielleicht liest Thomas die Bestätigung in meinem Gesicht, denn er lässt mich abrupt los. Ich ziehe mich sofort einige Schritte in die Küche zurück und reibe meine schmerzenden Oberarme, während ich mich frage, was zum Teufel gerade passiert ist.

Währenddessen steht Thomas mit gesenktem Kopf da und murmelt vor sich hin. Obwohl er leise spricht, kann ich die Fassungslosigkeit in seiner Stimme hören. »Er hat mich verraten, er hat mich tatsächlich verraten. Dabei hat er es mir versprochen. Dabei weiß er, was das bedeutet. Er weiß, dass sie Verwandtschaftsanalysen durchführen. Er weiß, dass ich …« Thomas blickt in meine Richtung, sieht, dass ich ihn beobachte, und bricht ab.

»Dass du was?«, frage ich nach, doch Thomas antwortet nicht – was auch nicht mehr notwendig ist, denn irgendwo in einem Winkel meines Gehirns regt sich eine Erinnerung. Ich verstehe nicht viel von Biologie oder Genetik, doch bei dem Wort Verwandtschaftsanalyse fällt mir etwas ein, das Sofia mir erzählt hat, während sie zur DNA-Analyse recherchierte. Es gab eine Reihenuntersuchung, die einen Fahndungserfolg erbrachte, obwohl der Täter nicht getestet worden war. Denn bei einem der Männer, die eine Speichelprobe abgegeben hatten, wurde über den DNA-Vergleich festgestellt, dass er mit dem Täter verwandt sein musste.

Schlagartig wird mir alles klar. Deshalb wollte Daniel sich nicht testen lassen. Nicht weil die Haare, die an Sofias Hoodie gefunden worden sind, von ihm sind, sondern weil sie von Thomas sind. Weil er wusste, dass durch den Test seiner DNA sein Bruder überführt werden würde.

Entsetzen steigt in mir auf, und mir wird schwindelig. Alles dreht sich um mich. Der Boden unter meinen Füßen schwankt, und ich schwanke mit ihm. Meine Beine fühlen sich an wie Gummi, sie können jeden Augenblick nachgeben. Wenn ich nicht stürzen will, muss ich mich setzen.

Ich muss mich setzen, doch mein Körper tut etwas anderes. Ohne dass ich ihm bewusst den Befehl dafür gegeben habe, bewegt er sich auf Thomas zu. Und dann bin ich bei meinem Schwager und trommele mit meinen Fäusten auf ihn ein. »Was hast du mit Sofia gemacht?«, brülle ich. »Was hast du mit ihr gemacht? Wo ist sie? Sag es mir!«

Ich bin zwei Köpfe kleiner als Thomas und vermutlich nicht einmal halb so stark, doch meine Wut ist so groß, dass sie mehrere Treffer landet, bevor er meine Handgelenke zu fassen bekommt. Ich versuche, mich loszureißen, wobei ich immer weiter brülle, so dass es eine Weile dauert, bis ich mitbekomme, dass auch Thomas etwas sagt.

»Ich habe Sofia nichts getan, ich habe ihr kein Haar gekrümmt. Ich weiß nicht, wo sie ist.«

Ich glaube ihm nicht. Ich brülle weiter und weiter, während Thomas zurückbrüllt. Unsere Schreie sind wie zwei Raubtiere, die miteinander kämpfen. Sie gellen in meinen Ohren, bis ich es nicht mehr ertrage. Ich halte still und höre auf zu schreien. Thomas lässt meine Handgelenke los.

»Ich habe Sofia nichts getan. Ich habe sie gern«, wiederholt er.

Er ist ganz dicht vor mir, seine Augen sind nur Zentimeter von meinen entfernt, und ich kann darin lesen, dass er die

Wahrheit sagt. Doch wieso hat er dann von Verwandtschafts-analyse gesprochen? Wieso hat Daniel ihm versprochen, seine DNA nicht abzugeben? Wieso? Wieso? Wieso?

Und dann wird es mir klar. Die Erkenntnis explodiert in meinem Kopf. »Jennifer«, flüstere ich. »Du hast Jennifer Mann getötet. Du bist der Discomörder.«

Thomas antwortet nicht, aber in seinen Augen lese ich, dass auch das die Wahrheit ist.

6

Heidi nahm Vicki mit, um eine Zeugin für die Befragung von Laura Ferber zu haben. Die Tatsache, dass Larissa die Frau mit Sofia zusammen gesehen hatte, hatte sie nach ganz oben auf der Liste potenzieller Verdächtiger katapultiert. Laura Ferber hatte Sofia gekannt, sie war zum Zeitpunkt ihres Verschwindens durch die Willy-Brandt-Allee gefahren, und sie hatte gelogen, als sie zu dieser Fahrt befragt worden war. All das sprach dafür, dass sie die Person war, die Sofia und ihr Fahrrad mitgenommen hatte. Doch es sprach auch etwas dagegen: Mit Daniel Kramer hatte die Polizei bereits einen Verdächtigen, gegen den genauso viele Indizien vorlagen, und es war Heidi ein Rätsel, wie all diese Indizien zusammenpassen sollten.

Heidi und Vicki fuhren zunächst zur Physiotherapiepraxis am Glockenbach, wo ihnen mitgeteilt wurde, dass Laura Ferber donnerstags erst ab mittags arbeitete. Als Nächstes versuchten sie es daher im Tulpenweg, wo Laura Ferber mit ihrem Mann ein Reihenhaus bewohnte. Hier hatten sie Erfolg. Vickis erstes Klingeln erzeugte zwar keine Reaktion, doch nach dem zweiten Versuch wurde die Tür von einer sportlich wirkenden Frau mit athletisch breiten Schultern geöffnet. Sie trug eine Jogginghose und ein orangefarbenes Shirt, das sich Heidis Meinung nach mit dem Tomatenrot ihrer Haare biss. Unter dem Shirt zeichnete sich ein kleiner Babybauch ab.

Als die Frau die Tür öffnete, lag der Hauch eines Grinsens auf ihrem Gesicht, als hätte ihr jemand etwas Lustiges erzählt, doch das Grinsen verschwand, als Heidi sich und Vicki vorstellte und ihr Anliegen vortrug.

»Sie wollen mich sprechen?«, fragte sie mit misstrauisch zusammengeschobenen Augenbrauen. »Worum geht es denn?«

»Das würde ich Ihnen gern in Ruhe erklären. Können wir ein paar Minuten hereinkommen?«

»Jetzt?«

»Wenn es Ihnen nichts ausmacht.« Heidi lächelte freundlich.

Laura Ferber runzelte die Stirn. »Es macht mir etwas aus. Es passt gerade überhaupt nicht. Ich muss gleich zur Arbeit.«

»Tatsächlich? In Ihrer Praxis sagte man uns, Sie hätten heute Vormittag frei.«

»Das heißt nicht, dass ich nichts zu tun habe.«

»Das verstehen wir«, erklärte Heidi, »und wir möchten Sie nicht lang aufhalten. Aber es ist dringend.«

Laura Ferber dachte einen Augenblick lang nach. »Geht es wieder um den Fall von diesem vermissten Mädchen? Ich habe schon mit einem Herrn Kaczmarek gesprochen. Ich weiß nichts darüber.«

»Es haben sich neue Fragen ergeben.«

Laura Ferber gab nach. »Bitte warten Sie kurz.«

7

Eva

Thomas ist der Discomörder. Mein eigener Schwager ist der Mann, der eine unschuldige junge Frau vergewaltigt und getötet hat. Der Mann, wegen dem jahrelang eine schwelende Furcht über unserer Stadt lag. Der Mann, wegen dem die Frauen und Mädchen unserer Stadt jahrelang Angst hatten, nachts allein auszugehen. Der Mann, nach dem die Polizei mehr als fünfzehn Jahre lang gesucht hat. Der Mann, über den wir mehr als fünfzehn Jahre lang immer wieder gesprochen haben. Und wenn wir über ihn gesprochen haben, dann hat typischerweise irgendwann irgendjemand irgendetwas gesagt wie: »Solche Monster sollte man kastrieren und in eine Zelle sperren und den Schlüssel wegwerfen.«

Auch ich habe so etwas nicht nur einmal gedacht. Vergewaltiger und Mörder sind Monster. Sie sind nicht wie du und ich. Sie gehören nicht zu uns und unserem Leben. Doch dieses Monster tut genau das. Es gehört zu meinem Leben. Es gehört seit neun Jahren dazu. Es war in den vergangenen neun Jahren immer in meiner Nähe. Und nicht nur in meiner. Er war in der Nähe meiner Kinder. Es war in der Nähe von Linus und Sofia. Ich habe es mit den beiden spielen lassen, ich habe es sogar auf Linus aufpassen lassen. Ich habe das zugelassen. Und Daniel hat es zugelassen – obwohl er es gewusst hat.

Mir wird schlecht. Schweiß bricht mir aus allen Poren, mein

Magen krampft sich zusammen, und sein Inhalt schießt meine Speiseröhre hoch. Ich versuche zu schlucken, keine Chance, ich muss mich übergeben.

Ich laufe zur Spüle, und während der nächsten Minuten hänge ich über dem Becken und würge und würge, bis mein Magen sich nach außen stülpt. Dann drehe ich den Wasserhahn auf und halte meinen Mund unter den Strahl, spüle aus, spucke aus, noch einmal und noch einmal, doch das, was ich eigentlich ausspucken möchte, ist nicht in meinem Mund, es ist in meinem Kopf, in meinem Gehirn. Es ist die Erkenntnis, dass mein Schwager ein Vergewaltiger und Mörder ist – und dass ich allein mit ihm in meiner Küche bin.

Der letzte Gedanke lässt mein Herz vor Schreck stolpern, dann schlägt es weiter, doch viel zu schnell, und der rasende Pulsschlag hämmert mir eine weitere Erkenntnis ins Gehirn: Ich muss hier weg. Ich bin in Gefahr, und ich muss hier weg!

Ich stelle das Wasser ab. Als das Rauschen aufhört, ist es still in der Küche. Unnatürlich still. Bedrohlich still. Ein Kribbeln breitet sich zwischen meinen Schulterblättern aus. Beobachtet Thomas mich? Dumme Frage, natürlich tut er das. Und bestimmt überlegt er dabei, was er mit mir machen soll. Jetzt, da ich ihn durchschaut habe. Jetzt, da ich sein Geheimnis kenne. Jetzt, da ich eine Gefahr für ihn bin.

Ich muss hier weg! Doch wie?

Möglichst unauffällig sehe ich mich um und erblicke das Küchenfenster. Vielleicht kann ich auf diese Weise entkommen? Das Fenster ist nur zwei Schritte entfernt. Ich könnte es aufreißen und hindurchspringen. Zwar müsste ich dazu erst auf die Arbeitsplatte klettern, aber Linus' Hocker steht davor, es wäre nicht schwierig. Allerdings würde es mich Zeit kosten, Zeit, in der Thomas mich vermutlich dreimal erreichen könnte. Und wenn ich das Fenster nur aufreiße und um Hilfe schreie? Vielleicht habe ich Glück, und jemand hört mich. Allerdings ist die Straße gerade menschenleer. Vielleicht sollte ich warten, bis jemand draußen vorbeigeht? Doch wie viel Zeit bleibt mir noch?

Das Kribbeln in meinem Rücken wird immer stärker. Was bedeutet das? Ist Thomas zu einer Entscheidung gekommen, was er mit mir machen will, und ist kurz davor, auf mich loszugehen? Plötzlich bin ich davon überzeugt, dass es so ist, und wenn es so ist, dann werde ich es ihm nicht leichtmachen, indem ich ihm meinen Rücken zuwende. Ich werde mich wehren. Ich werde um mein Leben kämpfen.

Bereits während ich das denke, drehe ich mich um, alle Muskeln angespannt, um den erwarteten Angriff abzuwehren. Doch er kommt nicht. Thomas steht noch immer in der Nähe des Esstisches, vielleicht drei Meter von mir entfernt. Er ist aber nicht sprungbereit, er beachtet mich gar nicht, er blickt nicht einmal in meine Richtung. Er hat den Kopf gesenkt, blickt zu Boden und scheint in tiefes Nachdenken versunken zu sein. Nachdenken worüber? Egal! Das ist meine Chance zur Flucht!

Ich wäge blitzschnell meine Optionen ab. Ich könnte versuchen, durch die Wohnzimmertür in den Flur und von dort durch die Haustür zu entkommen, dazu müsste ich allerdings dicht an Thomas vorbei. Das bekäme er garantiert mit. Also das Fenster. Wenn ich so leise bin, dass ich seine Aufmerksamkeit nicht zu früh errege …

Während ich Thomas nicht aus den Augen lasse, schiebe ich mich behutsam zwei Schritte an der Arbeitsplatte entlang und stelle meinen linken Fuß auf Linus' Hocker. Dann drehe ich mich um und ziehe mich so leise wie möglich auf die Arbeitsplatte hoch, während ich gleichzeitig schon die rechte Hand zum Fenster ausstrecke. Ich packe den Griff, drehe ihn vorsichtig – und übersehe ein Glas, das auf der Fensterbank steht.

Klirrend fällt es auf die Arbeitsplatte, und im nächsten Moment nehme ich hinter mir eine Bewegung wahr.

Leise kann ich jetzt vergessen. Ich stoße das Fenster ganz auf und krabbele vorwärts, während ich gleichzeitig aus vollem Hals um Hilfe schreie. Aber ich komme nicht weit. Bei meinem dritten Schrei werde ich von hinten um die Taille gepackt und zurückgerissen. Ich klammere mich am Fensterrahmen fest, doch ein Ruck, und meine Finger müssen aufgeben. Stattdessen versuche ich es mit den Füßen. Ich trete nach hinten, während ich gleichzeitig weiter um Hilfe brülle.

Die Tritte scheinen sogar etwas zu bewirken, denn plötzlich werde ich nicht mehr nach hinten gezerrt, und im nächsten Moment spüre ich, dass sich eine Hand von meiner Taille löst. Doch bevor ich auch nur ein winziges Triumphgefühl verspüren kann, wird die Hand auf meinen Mund gepresst, und ich werde unbarmherzig nach vorn gegen die Arbeitsplatte gedrückt.

Ich habe das Gefühl, zwischen Thomas' Gewicht und der Arbeitsplatte zerquetscht zu werden. Ich bekomme keine Luft. Ich versuche, in die Hand vor meinem Mund zu beißen, doch der Druck verstärkt sich bloß. Mein rechter Arm ist eingeklemmt, also versuche ich mit der linken Hand Thomas' Hand zu lösen. Vergebens. Also wieder die Füße. Ich strample und strample, kicke nach hinten, zappele um mein Leben, während meine Luft immer knapper wird und Thomas über mir keucht und flucht. Dann flucht er plötzlich nicht mehr, sondern zischt an meinem Ohr: »Halt still, oder ich schneide dir die Gurgel durch.« Und dann sehe ich in meinem linken Augenwinkel etwas blitzen, und etwas Spitzes bohrt sich in meinen Hals.

Ich gebe sofort auf. Selbst wenn ich wollte, könnte ich mich nicht mehr wehren. Die Angst lähmt mich. Schlagartig ist da nichts mehr in mir außer Angst. Keine Wut, kein Kampfgeist, kein Überlebenswille. Nur Angst, nackte Angst – und der winzige Schmerz der Messerspitze an meinem Hals.

»Halt still! Hörst du? Halt still!«

Der Befehl ist unnötig, ich halte still.

»Halt endlich still!«

Ich weiß nicht, was Thomas meint. Er hat sich aufgerichtet, aber ich bin immer noch zwischen ihm und der Arbeitsplatte eingeklemmt. Ich halte still. Ich kann gar nicht anders, denn ich spüre meinen Körper nicht mehr. Es ist, als wäre die Verbindung zwischen ihm und meinem Gehirn gekappt. Ich kann ihn weder spüren noch ihm Befehle erteilen. Doch dann sehe ich an mir herunter, und ich erkenne, was Thomas meint. Ich zittere. Meine Hände zittern. Meine Arme zittern. Meine Beine zittern. Mein ganzer Körper schlottert vor Angst.

Ich versuche, damit aufzuhören, doch mein Körper schlottert immer stärker. Und je stärker er sich bewegt, desto stärker wird der spitze Druck an meinem Hals. Die Messerspitze kratzt an meiner Haut, ich kann spüren, wie sie die oberste Schicht durchbohrt, und mir schießt der Gedanke durch den Kopf, dass ich mich selbst aufspießen werde. Du wirst dich durch dein Zittern selbst aufspießen, Eva! Du wirst dich zu Tode zittern!

Der Gedanke ist nicht lustig, er ist es ganz und gar nicht, dennoch fange ich an zu lachen. Ein hysterisches, meckerndes Lachen, wie ich es noch nie von mir gehört habe. Ich möchte es stoppen, doch ich lache weiter und weiter, bis Thomas mich herumreißt und mir eine schallende Ohrfeige verpasst.

Der Schlag ist so heftig, dass mein Kopf zur Seite fliegt. Meine Wange brennt, aber das Lachen hört auf, ebenso wie das Zittern.

Thomas scheint darüber genauso verblüfft zu sein wie ich. Einen Augenblick lang starren wir einander an.

»Hast du Klebeband?«, herrscht er mich dann an.

Ich bin nicht mehr hysterisch, aber das bedeutet nicht, dass mein Gehirn wieder funktioniert. Klebeband? Ich schüttle den Kopf.

»Paketschnur?«

Jetzt wird mir klar, was Thomas vorhat, doch das muss ich verhindern. Wenn er mich fesselt, dann … In dem Moment hebt Thomas das Messer, und ich nicke hastig.

»Wo?«

Ich bringe keinen Ton heraus, also blicke ich zu der Schublade, in der ich alles aufbewahre, was ich benötige, wenn ich Pakete verschicken möchte. Ohne mich aus den Augen zu lassen, macht Thomas einen Schritt zur Seite und reißt die Schublade auf.

8

Nachdem Laura Ferber im Haus verschwunden war, dauerte es fünf Minuten, bis sie zurückkam und die Polizistinnen hereinbat. »Ich musste zur Toilette«, erklärte sie, als sie die Haustür schloss. »Einer der Nachteile von …« Sie strich über ihren Babybauch. »Hier entlang.«

Sie standen in einem Windfang, von dem drei geschlossene Türen abgingen. Hinter der rechten vermutete Heidi das Gäste-WC, geradeaus das Treppenhaus. Laura Ferber führte sie jedoch durch die Tür zur Linken in eine Küche und von dort in ein kleines, gemütliches Wohn-Ess-Zimmer, wo sie sie bat, an einem massiven Buchenholztisch Platz zu nehmen. Sie selbst setzte sich ebenfalls und zog für einen halben Schneidersitz ein Bein auf den Stuhl.

»Was möchten Sie wissen?«

Heidi hatte mit Vicki ausgemacht, dass sie die Gesprächsleitung übernehmen würde. »Nun, Frau Ferber, wie Sie schon vermutet haben, ermitteln wir im Fall der verschwundenen fünfzehnjährigen Sofia Ziemiak, und wie Ihnen mein Kollege, Oberkommissar Kaczmarek, bereits erklärt hat, interessieren wir uns in dem Zusammenhang für alle Personen, die in der Nacht von Samstag auf Sonntag durch die Willy-Brandt-Allee gefahren sind. Ihr Wagen wurde um zwei Uhr dreizehn an der Kreuzung Willy-Brandt-Allee und Adenauerstraße von der städtischen Verkehrsüberwachung aufgezeichnet. Erinnern Sie sich?«

Laura Ferber lächelte etwas spöttisch. »Ob ich mich erinnere, dass mein Wagen von einer Kamera aufgezeichnet wurde? Natürlich nicht. Bis Ihr Kollege es mir erzählt hat, wusste ich nicht einmal, dass es an der Kreuzung Verkehrskameras gibt.«

Heidi überging diesen Anfall von Spitzfindigkeit. »Aber Sie erinnern sich daran, dass Sie Samstagnacht mit Ihrem Skoda Octavia Kombi, Kennzeichen LS 44, durch die Willy-Brandt-Allee gefahren sind?«

»Natürlich. Es ist ja erst ein paar Tage her. Wie ich Ihrem Kollegen bereits erklärt habe, war ich auf dem Heimweg von einer Freundin.«

»Grete Poulsen, Goethestraße neunzehn? Wissen Sie noch, wann Sie bei Frau Poulsen weggefahren sind?«

»Nicht genau, nein. Ist es wichtig?«

»Eine ungefähre Zeitangabe würde uns genügen.«

Laura Ferber zuckte mit den Achseln. »Na ja, wenn ich um zwei Uhr dreizehn an der Kreuzung war, dann muss ich ein paar Minuten vorher bei Grete losgefahren sein. Vermutlich habe ich mich also gegen fünf nach zwei verabschiedet.«

»Sie sind also direkt von Frau Poulsen nach Hause gefahren? Wissen Sie noch, wann Sie hier angekommen sind?«

»Auch nicht genau, aber es muss so gegen halb drei gewesen sein. Warum interessiert Sie das?«

Heidi beantwortete die Frage nicht. »Kann das jemand bestätigen? Vielleicht Ihr Mann? Sie leben doch mit Ihrem Mann hier, oder?«

»Er ist zurzeit auf Geschäftsreise.«

»Das heißt, Sie waren am Wochenende allein zu Hause?«

»Ja.«

»Und Sie sind direkt von Frau Poulsen nach Hause gefahren?«

»Das sagte ich bereits.«

»Und wieso hat Frau Poulsen dann ausgesagt, Sie seien schon um halb zwölf aufgebrochen?«

Laura Ferber hatte sich bis jetzt lässig auf ihrem Stuhl zurückgelehnt und den hochgezogenen Fußknöchel massiert, doch jetzt saß sie einen Augenblick lang ganz still. »Sie haben meine Aussage überprüft?«, fragte sie schließlich.

»Selbstverständlich. Was haben Sie denn erwartet?«

Laura Ferber musterte Heidi mit einem Blick, den diese nicht deuten konnte. »Nichts«, sagte sie dann. »Von der Polizei habe ich nichts erwartet.«

Heidi fand die Antwort einigermaßen kryptisch, doch sie ging nicht darauf ein. Zeugen mit Vorurteilen gegenüber der Polizei besaßen nun wirklich keinen Seltenheitswert. »Verraten Sie uns, warum Sie gelogen haben?«

Laura Ferber schüttelte den Kopf. »Das habe ich nicht. Grete hat sich vertan.«

»Um zweieinhalb Stunden?«

»Offensichtlich. Vielleicht hat sie mich mit einer anderen Freundin verwechselt. Es waren mehrere da, eine ist schon früher weg.«

»Welche?«

»Warten Sie mal, das war … Tut mir leid, ich weiß es nicht mehr. Schwangerschaftsdemenz.« Laura Ferber schenkte Heidi ein halb entschuldigendes, halb spöttisches Lächeln.

»Kein Problem. Wenn Sie uns einfach die Namen aller Freundinnen geben, die dort waren, erinnert sich bestimmt eine von ihnen. Vielleicht können Sie sie für mich aufschreiben?«

Heidi blätterte in ihrem Notizbuch eine Seite um und schob es zusammen mit ihrem Kugelschreiber über den Tisch. Laura Ferber nahm den Stift und setzte an, etwas aufzuschreiben, doch dann blickte sie auf.

»Ach nein, jetzt fällt es mir ein«, sagte sie. »Ich bin tatsächlich etwas früher gegangen, obwohl ich nicht gedacht hätte, dass es so früh war. Ich war müde und wollte dringend ins Bett. Aber als ich mich in den Wagen setzte, merkte ich, dass ich so nicht Auto fahren sollte, also schloss ich kurz die Augen. Ich bin dann eingenickt und erst losgefahren, nachdem ich wieder aufgewacht bin. Ich weiß nicht, wann das war, ich habe nicht auf die Uhr geschaut, aber ich muss wohl länger geschlafen haben als gedacht. Das passiert mir zurzeit ständig. Die Hormone.« Die letzten Worte begleitete sie wieder mit dem halb spöttischen Lächeln.

Heidi musterte sie verärgert. »Frau Ferber, erwarten Sie wirklich, dass ich Ihnen das abnehme? Dass Sie über zweieinhalb Stunden in Ihrem Auto geschlafen haben?«

Sie zuckte mit den Achseln. »Es muss so sein.«

»Haben Sie sich in der Zeit mit jemandem getroffen?«

»Nein.«

»Haben Sie sich in der Zeit mit Sofia Ziemiak verabredet?«

»Mit dem vermissten Mädchen?« Laura Ferber schüttelte den Kopf. »Ich kenne sie ja gar nicht.«

»Ach nein? Da liegen uns andere Informationen vor. Wir haben mit mehreren Zeugen gesprochen, die Sie mit Sofia Ziemiak zusammen gesehen haben. Einmal im Marktcafé, ein anderes Mal am Südfriedhof.«

Heidi meinte, Erschrecken in Laura Ferbers Augen aufflackern zu sehen, doch es verschwand so schnell wieder, dass sie nicht sicher war.

»Die Zeugen müssen sich irren.«

»Ich denke nicht, dass sie das tun.«

Laura Ferber erwiderte nichts, zuckte lediglich mit den Achseln. Es war eine Geste, die Gelassenheit ausdrücken sollte, und zu Heidis Irritation schien es die Frau tatsächlich nicht zu bekümmern, dass ihre Aussagen so wenig überzeugend waren. Zeit, eine härtere Gangart einzulegen, doch in dem Moment klingelte ihr Smartphone.

Die Unterbrechung war Heidi durchaus recht. »Entschuldigen Sie mich einen Augenblick. Macht es Ihnen etwas aus, wenn ich den Anruf in der Küche annehme?« Heidi stand auf, ging in die Küche und schloss die Tür hinter sich. »Ja, Marcel, was gibt's?«

»Hallo, Chefin, ich hoffe, ich störe nicht. Bist du schon bei Laura Ferber?«

»Ja, mit Vicki. Wieso?«

»Ich bin wieder in der KPI und habe mir noch einmal Gedanken über die Frau gemacht. Ich sagte doch heute Morgen, dass sie mit Mädchennamen Speyer heißt. Es hat bei mir nicht sofort geklickt, doch als ich gerade noch einmal meine Notizen durchgegangen bin, fiel es mir auf: Laura Nina Ferber, geborene Speyer. Laura Speyer – so hieß die Freundin von Jennifer Mann. Diejenige, die damals im *Baumann's* die Polizei gerufen hat. Und Esther ist dazu noch etwas eingefallen: Als sie am Montag auf der Suche nach Nele bei den Klostermanns war, hat sie das Namensschild an der Praxis von Neles Vater gelesen. Er heißt Klostermann-Speyer.«

9

Eva

Ich sitze auf einem der Stühle am Esstisch. Ich sitze vorn auf der Kante, anlehnen kann ich mich nicht, weil Thomas meine Hände auf meinem Rücken gefesselt hat. Ich sitze noch nicht lange so, doch mein Rücken und meine Arme verkrampfen sich bereits, und meine Hände werden langsam taub, weil Thomas die Schnur so eng gebunden hat. Schlimmer als der Schmerz ist aber die Angst, die in meinem Magen liegt wie ein Eisblock und die langsam durch meine Adern in alle Bereiche meines Körpers kriecht.

Thomas sitzt mir gegenüber. Er hat seine Lederjacke ausgezogen und ordentlich über eine Stuhllehne drapiert, ganz so, als wäre er zu einem Freundschaftsbesuch hier. Das Messer hat er vor sich auf den Tisch gelegt. Jetzt, wo ich es nicht mehr nur aus dem Augenwinkel sehen kann, erkenne ich, dass es das Kochmesser mit der Zwanzig-Zentimeter-Klinge aus dem Messerblock von WMF ist, den Daniel und ich zur Hochzeit geschenkt bekommen haben. Normalerweise schneide ich damit Gemüse und Kräuter. Bei dem Gedanken daran, was Thomas damit vorhat, flackert Panik in mir auf.

Ich versuche, sie durch die Nase wegzuatmen, während ich gleichzeitig Thomas beobachte, möglichst unauffällig, damit er sich von mir nicht provoziert fühlt. Allerdings beachtet er mich gar nicht. Er hat sein Smartphone in der Hand und wischt darüber. Ich kann nicht erkennen, was er macht. Googelt er etwas? Liest er Nachrichten? Schmiedet er Fluchtpläne?

Bitte, lieber Gott, flehe ich in Gedanken, lass ihn Fluchtpläne schmieden! Lass ihn einsehen, dass er hier nicht bleiben kann! Lass ihn einsehen, dass das Spiel aus ist! Lass ihn einsehen, dass die Polizei ihm dank Daniels Speichelprobe auch ohne meine Hilfe auf die Schliche kommen wird! Lass ihn einsehen, dass es ihm nichts bringen würde, mich zu töten! Lass ihn einsehen, dass Linus mich braucht!

Linus! Der Gedanke an meinen Sohn schießt wie ein Stromschlag durch meinen Körper. Die Vorstellung, dass er vielleicht mutterlos aufwachsen muss, brennt wie Feuer in meiner Brust und treibt mir die Tränen in die Augen. Ich blinzele sie weg. Es laufen neue nach, doch ich zwinge mich, sie unter Kontrolle zu bringen. Ich werde nicht sterben. Ich werde überleben. Für Linus.

Schließlich scheint Thomas zu einer Entscheidung gekommen zu sein. Er schaltet das Handy aus und sieht mich an. Mit angehaltenem Atem warte ich darauf, was er sagen wird.

»Also, Eva, es läuft wie folgt: Wir werden jetzt wegfahren. Wir beide. In meinem Wagen. Wir werden zusammen rausgehen, aber du wirst nicht um Hilfe rufen und nicht auf dich aufmerksam machen, denn ich werde die ganze Zeit das hier in der Hand halten.« Thomas legt seine Hand auf den Messergriff.

»Wohin fahren wir?« Ich bin selbst überrascht, dass meine Stimme wieder funktioniert, auch wenn sie dünn und zittrig klingt.

»Das werde ich entscheiden. Irgendwohin, wo die deutsche Justiz mich nicht findet. Aber damit ich es bis dorthin schaffe, muss ich dich mitnehmen. Damit ich dich als Druckmittel einsetzen kann, wenn es nötig ist. Aber ich verspreche dir: Wenn es nicht nötig ist, werde ich dir nichts tun. Wenn du genau das machst, was ich sage, werde ich dich freilassen, sobald ich in Sicherheit bin. Okay?« Thomas sieht mich bei der Frage an, als ginge es ihm wirklich darum, dass ich mein Einverständnis erkläre.

Ich nicke.

»Dann steh auf!«

Ich tue, was Thomas verlangt, und stehe auf zitternden Beinen da, während er sein Handy in die Gesäßtasche seiner Jeans schiebt und in die Lederjacke schlüpft. Dann greift er zum Messer, packt meinen Arm und schiebt mich zur Tür, die in den Flur führt. Doch als er sie öffnet, hören wir ein Geräusch an der Haustür.

Blitzschnell zieht Thomas mich in die Küche zurück. Den rechten Arm schlingt er um mich und drückt mir die Hand auf den Mund, mit der linken hält er mir das Messer an den Hals. »Wer ist das?«, zischt er an meinem Ohr.

Auch ohne seine Hand auf meinem Mund könnte ich die Frage nicht beantworten. Die Uhr am Herd zeigt fast elf. Daniel ist seit einer knappen Stunde weg. Ist er zurück? Oder ist es der Postbote, der heute noch nicht da war?

Lieber Gott, bitte lass es Daniel sein!, bete ich stumm. Bitte lass es Daniel sein! Dabei lausche ich angestrengt auf die Türklingel oder das Klappern des Briefkastens. Doch es klingelt und klappert nicht, stattdessen höre ich ein leises Klicken und dann einen Ruf: »Eva, ich bin wieder zu Hause.«

Vor Erleichterung werde ich ganz schlaff, während Thomas' Hand sich noch fester auf meinen Mund presst und die Messerspitze an meiner Haut kratzt. Dann stehen wir beide bewegungslos da und lauschen auf das Klappern der Bügel im Flur, das anzeigt, dass Daniel seine Jacke in die Garderobe hängt. Im nächsten Moment öffnet er die Wohnzimmertür.

10

Heidi stand noch immer in der Küche. Sie hatte das Gespräch mit Marcel längst beendet, trotzdem war sie noch nicht bereit, ins Wohnzimmer zurückzukehren. Sie musste erst die neuen Erkenntnisse sortieren: Laura Ferber war nicht nur die beste Freundin von Jennifer Mann gewesen, sondern auch eine Verwandte von Nele Klostermann. Heidi wusste, dass sie streng genommen ein »möglicherweise« vor beide Aussagen setzen musste, doch das sparte sie sich. Sie war überzeugt, dass es so war. Es erklärte so viel.

Es erklärte zum Beispiel, wieso Nele Klostermann sich so für den Discomord interessiert hatte. Es erklärte, wieso sie so einen emotionalen Text geschrieben hatte. Es erklärte, woher sie die Informationen zu Jennifer Manns Clique gehabt hatte. Es erklärte auch die Verbindung zwischen Laura Ferber und Sofia Ziemiak. Bestimmt hatten die beiden sich über Nele kennengelernt.

Allerdings erklärten die neuen Fakten nicht, wieso Laura Ferber und Sofia sich mehrfach getroffen hatten. Oder wieso Laura Ferber Sofia Sonntagfrüh um kurz nach zwei Uhr in der Willy-Brandt-Allee abgeholt hatte. Dass es so war, daran hegte Heidi keinen Zweifel mehr. Aber was steckte dahinter? Zu welchem Zweck hatten die beiden sich mitten in der Nacht verabredet? Und was war während ihres Treffens passiert? Hatten die beiden sich gestritten? War Laura Ferber deshalb mit einem Messer auf Sofia losgegangen? Hatte die im sechsten Monat schwangere Physiotherapeutin mit den tomatenroten Haaren und der Mir-doch-egal-ob-die-Polizei-mir-glaubt-Attitüde wirklich eine Fünfzehnjährige getötet?

11

Eva

Daniel macht erst einige Schritte ins Wohnzimmer hinein, bevor er in unsere Richtung blickt und erstarrt. Seine braunen Augen weiten sich im Schock. »Um Himmels willen, was ist hier los?«

Mit schnellen Schritten kommt er auf uns zu, doch Thomas stößt seine linke Hand vor und richtet das Messer auf Daniel.

»Keinen Schritt weiter!«

Daniel wird langsamer, bleibt aber nicht stehen. »Um Himmels willen, Thomas, lass Eva los!«

»Keinen Schritt weiter! Sonst …« Mit einer blitzschnellen Bewegung zieht Thomas seine Hand aus meinem Sichtfeld zurück und drückt die Messerklinge frontal an meinen Hals. Als die scharfe Schneide meine Haut berührt, stoße ich voller Angst ein Quietschen aus.

Daniel gehorcht sofort. Mitten in der Vorwärtsbewegung setzt er den Fuß wieder ab.

»Zurück!«, verlangt Thomas.

»In Ordnung. Sofort. Verstanden.«

Ich kann die Angst in Daniels Stimme hören. Er geht zwei Schritte zurück, dann hält er an und sucht für den Bruchteil einer Sekunde meinen Blick, bevor er sich wieder auf seinen Bruder konzentriert und beschwichtigend beide Hände hebt, Handflächen voraus.

»Okay, Thomas, ich bleibe hier stehen, einverstanden? Hier am Tisch. Wenn du möchtest, setze ich mich auch, aber bitte nimm das Messer von Evas Hals. Und sag mir, was los ist!«

Während Daniel sich mit langsamen Bewegungen einen Stuhl heranzieht, lässt Thomas tatsächlich das Messer ein wenig sinken. Ich japse nach Luft.

»Du möchtest wissen, was los ist?«, fragt Thomas scharf. »Kannst du's dir nicht denken?«

»Nein, das kann ich nicht«, erwidert Daniel möglichst ruhig. »Wie auch? Ich komme nach Hause, und mein Bruder, den ich liebe und dem ich vertraue, bedroht meine Frau. Was ist passiert? Warum tust du das?«

»Weil du mich verraten hast, darum! Du hast mir versprochen, bei der Polizei keine DNA-Probe abzugeben. Aber rate mal, was deine Frau mir erzählt hat, als ich vorhin auf der Suche nach dir vorbeikam! Na, Eva, möchtest du's ihm selbst sagen, oder soll ich es tun?«

Bei der Nennung meines Namens schüttelt Thomas mich. Ich versuche zu antworten, doch die Angst klebt meine Zunge an meinem Gaumen fest. Ich kann bloß schlucken und Daniel anstarren. Der ist zusammengezuckt, als Thomas mich geschüttelt hat, doch er hält weiterhin seinen Blick konzentriert auf seinen Bruder geheftet.

»Ich weiß nicht, was Eva dir erzählt hat, Thomas, aber es stimmt. Ich habe heute eine Speichelprobe abgegeben – ich habe es allerdings nur getan, weil ich keine Wahl hatte. Die Polizei hatte einen richterlichen Beschluss. Ich habe versucht, mich zu wehren, ich habe sogar Ilkay angerufen, aber auch er konnte nichts machen. Ich musste die Probe abgeben. Doch danach bin ich sofort zu dir gefahren, um dir Bescheid zu sagen.«

»Ach, und das soll ich glauben? Wolltest du mir etwa Gelegenheit zur Flucht geben?«

»Genau das wollte ich.«

Thomas lacht höhnisch, so nah an meinem Ohr, dass es dröhnt.

»Das glaube ich dir nicht. Du wolltest bloß wieder, dass ich ein Geständnis ablege. Nur, dass du dieses Mal ein Druckmittel gehabt hättest.«

Ich sehe Daniel an, dass Thomas' Worte ins Schwarze treffen, doch er schüttelt den Kopf. »Ich wollte dir die Wahl lassen. Aber in einem Punkt hast du recht: Ich glaube, dass ein Geständnis das Beste für dich wäre – auch jetzt noch. Die Staatsanwaltschaft würde es zu deinen Gunsten berücksichtigen. Solange die Kriminalpolizei meinen DNA-Test nicht ausgewertet hat, hast du noch Zeit, dich freiwillig zu stellen.«

Thomas schüttelt den Kopf. Ich spüre, wie sein Kinn sich über meine Haare bewegt. »Bullshit! Du weißt so gut wie ich, dass es kein Zugunsten von Mördern gibt. Auf Mord steht lebenslang, das sind mindestens fünfzehn Jahre. Fünfzehn Jahre für einen Fehler! Für einen einzigen Fehler! Glaubst du, ich bin verrückt?«

»Nein, das bist du nicht«, beschwichtigt Daniel sofort.

»Und es würde niemandem helfen, wenn ich in den Knast ginge«, fährt Thomas erregt fort. »Es würde nichts ändern. Sie käme nicht zurück. Ihre Eltern und Freundinnen bekämen sie nicht zurück. Sie wäre immer noch tot. Aber mein Leben wäre vorbei. Mein Leben wäre vorbei!«

Daniel hebt erneut besänftigend eine Hand. »Das verstehe ich doch.«

»Nein, das verstehst du nicht«, blafft Thomas an meinem Ohr. »Du hast es nie verstanden, sonst hättest du mich nicht immer wieder gedrängt, ein Geständnis abzulegen. Dabei war es auch deine Schuld. Wenn du nicht gewesen wärst … Deinetwegen habe ich nach Vaters und Mutters Tod mein Studium in München geschmissen und an der Fernuni weitergemacht. Deinetwegen habe ich mit meiner Freundin Schluss gemacht und bin wieder nach Hause gezogen. Ich habe gearbeitet und geschuftet und nebenher studiert und den Haushalt geschmissen und mich um dich gekümmert, damit du eine schöne Jugend hast. Ich habe nie an mich gedacht, alle meine Bedürfnisse beiseitegeschoben. Ich habe jahrelang gelebt wie ein Mönch. Und dann, als ich einmal Spaß haben wollte … als ich einmal an mich denken wollte … Ich war ein guter Mensch, verdammt! Ich war ein guter Mensch!«

Thomas' Stimme wird immer lauter, sie dröhnt direkt über meinem Kopf, und ich kann die Vibration seines Brustkorbs spüren.

»Aber das weiß ich doch«, erwidert Daniel leise. »Du warst ein guter Mensch. Du warst immer für mich da. Und ich bin dir dankbar dafür.«

Thomas schüttelt erneut den Kopf. »Wenn du das wärst, dann würdest du nicht verlangen, dass ich ins Gefängnis gehe. Ich war ein guter Mensch – sie war eine Schlampe. *Sie* hat *mich* angesprochen. *Sie* hat *mich* angemacht. *Sie* wollte ihren Freundinnen zeigen, dass sie auch ohne sie Spaß haben kann. *Sie* hat die ganzen Drinks bestellt, die ich bezahlt habe. *Sie* hat vorgeschlagen rauszugehen. *Sie* hat mit der Knutscherei angefangen. Und dann hat sie mich abblitzen lassen! Sie hat mich erst heiß gemacht, dann wollte sie es nicht durchziehen. Und ich soll deswegen ein Vergewaltiger sein?«

Thomas' rechter Arm schließt sich noch enger um mich. Daniel öffnet den Mund, um etwas zu sagen, doch Thomas wischt mit dem Messer durch die Luft und redet weiter.

»Ich bin kein Vergewaltiger. Ich habe nur beendet, was sie angefangen hat. Und ich hatte es verdient, endlich auch mal zum Zug zu kommen, ich hatte es verdient! Und trotzdem wollte sie mich dafür anzeigen. Sie wollte alles kaputt machen, wofür ich die Jahre zuvor so hart geschuftet hatte. Was hätte ich denn tun sollen?«

Die letzten Worte brüllt Thomas so dicht an meinem Kopf, dass mein Ohr summt, doch dann geht ein Zucken durch seinen Körper, sein Arm entspannt sich und lockert seinen Griff. Zitternd hole ich Luft.

Eine Weile herrscht Stille im Wohnzimmer, bis auf das Summen in meinem Ohr, und ich schließe für einen Moment die Augen. Als ich sie wieder öffne, ist Daniels Blick auf mich gerichtet. Liebe und Angst liegen darin, aber auch noch etwas anderes. Ich habe das Gefühl, dass Daniel mir eine Botschaft übermitteln möchte. Doch welche?

Schließlich heftet Daniel seinen Blick wieder auf Thomas und sagt leise: »Ich weiß, dass du Jennifer nicht töten wolltest, und ich weiß, dass du ein guter Mensch warst. Du bist es immer noch. Und deshalb bitte ich dich aus tiefstem Herzen: Lass Eva los!«

Thomas' Griff wird wieder fester. »Nein!«

»Wovor hast du Angst? Dass sie die Polizei ruft? Das wird sie nicht tun, nicht wahr, Eva?«

»Nein, werde ich nicht.« Ich bringe nur ein Flüstern zustande.

Thomas schnaubt bloß.

»Was auch immer du vorhast«, fährt Daniel fort, »du brauchst Eva nicht. Ich kann dir viel besser helfen. Und ich werde dir helfen. Ich tue alles, was du willst, wenn du Eva gehen lässt.«

Thomas schnaubt erneut. »Ich glaube, du tust eher, was ich will, wenn ich sie nicht gehen lasse. Abgesehen davon brauche ich dich nicht. Eva genügt mir völlig. Sie wird mich begleiten.«

Daniels Augen weiten sich vor Entsetzen. »Wo willst du hin?«

»Weg von hier. Und deshalb möchte ich, dass du jetzt aufstehst und dich aufs Sofa setzt.«

Thomas untermalt die Forderung, indem er mit dem Messer in die Richtung unserer Couch zeigt, doch Daniel bleibt auf dem Stuhl sitzen.

»Ich kann nicht zulassen, dass du Eva mitnimmst. Nimm mich stattdessen!«

Thomas lacht, kurz und hart. »Und wer sollte glauben, dass ich meinem eigenen Bruder etwas antun würde? Ich nehme Eva.«

»Aber das kannst du nicht machen, Thomas! Denk doch mal an Linus! Du hast ihn gern. Willst du, dass er ohne seine Mutter aufwächst?«

»Wenn Eva tut, was ich sage, muss er das nicht. Also, Daniel, bei drei. Eins … zwei … drei!«

Bei eins holt Thomas mit dem Messer aus.

Bei zwei sehe ich die Klinge auf meine nackte Kehle zusausen und stoße ein entsetztes Quietschen aus, das jedoch in Daniels Entsetzensschrei untergeht.

Bei drei sitzt Daniel auf der Couch neben der Terrassentür.

Thomas lässt seine Hand sinken, ich japse nach Luft und schlottere am ganzen Körper. Doch nicht nur ich. Ich bin sicher, dass auch Thomas zittert.

»Gut«, sagt er, »es läuft wie folgt. Du bleibst dort sitzen, bis wir weg sind. Was du danach machst, ist deine Entscheidung, aber ich sage dir eins: Ich schätze, dass die Polizei etwa vierundzwanzig Stunden benötigt, um deine DNA-Probe auszuwerten und herauszufinden, dass dein Bruder der Discomörder ist. Vierundzwanzig Stunden genügen mir. Bis dahin bin ich irgendwo in Sicherheit, und sobald das der Fall ist, lasse ich Eva gehen. Versprochen. Sollte mich aber die Polizei vorher finden, dann ist es mir egal, ob sie mich für einen Mord einsperren oder für zwei. Verstanden?«

Daniel kann nur nicken. Er ist kreidebleich.

»Dann vorwärts!«

Thomas hebt die Messerklinge wieder an meinen Hals und schiebt mich Schritt für Schritt Richtung Tür zum Flur. Ich kann fühlen, wie angespannt er ist, seine Muskeln drücken hart gegen meinen Körper, als fürchtete er, dass Daniel aufspringen und auf ihn losgehen könnte. Als wir die Tür erreichen, greift Thomas mit der Messerhand zur Klinke, führt die Klinge jedoch sofort wieder an meine Kehle. Dabei blickt er die ganze Zeit in Daniels Richtung.

Ich tue dasselbe. Ich sehe meinen Mann an, und in dem Moment bin ich überzeugt, dass es das letzte Mal ist, dass ich das tue. Dass ich ihn nie wiedersehen werde. Genauso wenig wie Linus. Ich möchte etwas sagen, doch der Kloß in meinem Hals verhindert, dass ich Wörter bilden kann.

Dafür spricht Daniel. »Es wird alles gut, Eva! Tu einfach, was Thomas sagt, dann geschieht dir nichts. Alles wird gut. Okay?«

Daniel sieht mich so liebevoll an, dass mir erneut die Tränen kommen. Ich beiße meine Zähne zusammen und nicke.

Daniel wendet sich an Thomas. »Gib ihr wenigstens eine Jacke. Draußen ist es kalt.«

Thomas erwidert nichts. Rückwärts geht er durch die Tür, wobei er mich mitzieht und Daniel die ganze Zeit im Auge behält. Als wir endlich hindurch sind, zieht er die Tür blitzschnell zu und schließt sie ab.

»Damit Daniel mir nicht in den Rücken fällt«, erklärt er, und ich kann die Erleichterung in seiner Stimme hören. Dann schiebt er mich weiter, doch als wir an der Garderobe vorbeigehen, hält er an. »Das mit der Jacke ist gar nicht so dumm, dann sieht niemand deine gefesselten Hände. Also: welche?«

Ich lasse meinen Blick über die Jacken gleiten, ohne etwas zu erwidern.

»Welche?«, wiederholt Thomas ungeduldig.

Ich antworte nicht. Mein Blick klebt an Linus' dickem Wintermantel, den ich ihm für lange Spaziergänge anziehe, und ich kriege plötzlich keine Luft mehr, als ich an den letzten Spaziergang denken muss, den wir gemeinsam mit Sofia unternommen haben. Wir hatten so viel Spaß. Wir haben in einem kleinen Waldstück Verstecken gespielt. Ich habe Linus und Sofia gesucht, und damals habe ich sie gefunden.

Erst als Thomas mich an der Schulter packt und ein drittes Mal anschnauzt, werde ich aus meiner Lähmung gerissen.

»Den Dufflecoat.«

Thomas nimmt den Dufflecoat vom Bügel, legt ihn über meine Schultern und schließt den obersten Knopf unter meinem Kinn, so dass der Mantel nicht herabrutschen kann. Dann schiebt er mich zur Haustür, doch als er die Hand auf die Klinke legt, hält er inne und blickt mich an. Zum ersten Mal, seit dieser Alptraum begonnen hat, erwidere ich seinen Blick, und mir wird etwas klar, was ich bisher nicht erkennen konnte: Thomas hat auch Angst. Er hat genauso viel Angst wie ich.

»Also, Eva, keinen Mucks. Wir gehen ganz normal nebeneinander zu meinem Wagen. Wenn du jemanden siehst, den du kennst, nickst du ihm zu, mehr nicht. Du sagst nichts, du rufst auch nicht um Hilfe, du machst niemanden auf uns aufmerksam. Wie schnell auch immer er oder sie bei dir ist – ich bin schneller. Vertrau mir: Sobald ich in Sicherheit bin, bist du es auch. Doch bis dahin gilt: Wir leben zusammen, wir sterben zusammen. Verstanden?«

Ich nicke.

Thomas holt noch einmal tief Luft, dann öffnet er die Haustür einen Spalt, späht hinaus, öffnet sie weit und zerrt mich hindurch, bevor er sie wieder schließt.

»In normalem Tempo«, dirigiert er, während er die Hand mit dem Messer unter meinen Mantel schiebt und in meinen Rücken legt. »Tu so, als sei alles in bester Ordnung.«

Ich bezweifle, dass irgendjemand, der uns beide sieht, denken könnte, dass alles in bester Ordnung ist, doch die Annahme wird nicht geprüft, denn die Straße ist menschenleer.

Thomas' Wagen, ein älterer Mercedes mit Stufenheck, steht am Straßenrand, direkt neben der Auffahrt zu unserem Carport. Wir haben die wenigen Meter schnell überbrückt, und als wir an der Beifahrerseite stehen bleiben, atmet Thomas erleichtert auf. Dann scheint er jedoch ein Problem zu entdecken. Sein Blick wandert von der Beifahrertür über die hintere Tür zum Kofferraumdeckel.

Bitte nicht in den Kofferraum!, bete ich im Stillen. Thomas hingegen scheint den Kofferraum für eine gute Wahl zu halten. Er will mich schon in die Richtung schieben, da biegt ein Radfahrer in unsere Straße ein. Er ist noch ein Stück entfernt, doch Thomas reagiert sofort.

»Auf die Rückbank!«

Er reißt die hintere Tür auf, drückt meinen Kopf nach unten und schubst mich vorwärts. Ich kann mich gerade noch drehen, so dass ich auf einer Seite lande statt auf meinem Gesicht. Dann schiebt Thomas meine Beine hinterher und schlägt bereits wieder die Tür zu.

Das war's also, denke ich, jetzt bin ich auf mich allein gestellt. Jetzt kann ich mich nur noch darauf verlassen, dass Thomas sein Wort hält.

Doch in dem Moment höre ich einen Schrei, und dann höre ich ein Geräusch, das klingt wie … Ich weiß nicht, wie es klingt. Und ich weiß nicht, was es ist. Ich verrenke meinen Kopf und spähe durch das Fondfenster auf der Beifahrerseite, hinter dem plötzlich Bewegung zu sehen ist, viel Bewegung. Ich höre weitere Schreie, dann sehe ich etwas durch die Luft sausen, und dann spritzt es rot gegen die Fensterscheibe.

12

Als Heidi ins Wohnzimmer zurückkehrte, war sie entschlossen, Antworten auf ihre Fragen zu bekommen. »Also, wo waren wir?«, fragte sie, nachdem sie sich gesetzt hatte. »Ach ja, Sie wollten mir gerade erzählen, wieso Sie sich regelmäßig mit Sofia Ziemiak getroffen haben.«

Heidi fixierte Laura Ferber über den Tisch hinweg, doch die Frau schüttelte den Kopf.

»Wie ich schon sagte: Das habe ich nicht. Wieso hätte ich mich mit einer Fünfzehnjährigen verabreden sollen?«

»Da könnte ich mir einiges denken«, entgegnete Heidi, »ein gemeinsames Interesse wäre naheliegend. Wie wäre es zum Beispiel mit dem sogenannten Discomord? Sofia hat sich sehr für den Fall interessiert, und immerhin waren Sie die beste Freundin von Jennifer Mann. Ihr Geburtsname ist Speyer. Sie sind doch die Laura Speyer, die damals im *Baumann's* die Polizei rief, oder nicht?«

Obwohl Heidi sich auf Laura Ferber konzentrierte, entging ihr nicht, dass Vicki ihr einen überraschten Seitenblick zuwarf. Frau Ferber hingegen wirkte nicht überrascht, sondern ertappt. Ihre Zungenspitze fuhr über ihre Oberlippe, und ihr Blick huschte von Heidi zu Vicki und zurück. Schließlich öffnete sie den Mund, doch bevor sie etwas erwidern konnte, klingelte Heidis Handy erneut. Heidi unterdrückte einen Fluch, bevor sie das Gerät an Vicki weiterreichte, die damit in der Küche verschwand.

»Also?«, wandte Heidi sich an Laura Ferber.

Die hatte sich mittlerweile wieder gefasst. Sie lehnte sich auf ihrem Stuhl zurück und verschränkte die Arme vor der Brust. »Stimmt, ich war Jennifers beste Freundin. Na und? Was hat das mit Sofia zu tun?«

»Sie hat sich stark für Jennifer Mann interessiert.«

Laura Ferber zuckte mit den Achseln. »Das tun viele Leute.«

»Aber die meisten Leute haben keinen Artikel für die Schulzeitung darüber geschrieben. Für die *Curieosity*, um genau zu sein, die Schulzeitung, deren Chefredakteurin Nele Klostermann ist. Die Ihnen ja ebenfalls gut bekannt ist – oder wollen Sie Ihre Verwandtschaft mit Nele genauso leugnen wie Ihre Bekanntschaft mit Sofia?«

Der Schuss traf ins Schwarze. Laura Ferber sog kurz und scharf die Luft ein. Dann saß sie eine Minute lang schweigend da und starrte auf die Tischplatte. Schließlich blickte sie auf und fixierte Heidi mit ihren blauen Augen, die Heidi jetzt, da sie um die Verwandtschaft wusste, an jene von Nele Klostermann erinnerten.

»Ich denke, ich habe genug Fragen beantwortet«, erklärte sie.

»Ich denke, wir fangen gerade erst an«, entgegnete Heidi.

Laura Ferber schüttelte den Kopf. »Das tun wir nicht. Ich bin nicht verpflichtet, Ihre Fragen zu beantworten. Das Gespräch ist vorbei. Ich möchte, dass Sie gehen.« Sie stand auf.

Heidi musterte die Frau einen Augenblick lang, dann erhob sie sich ebenfalls. »Wenn Sie möchten, dass ich gehe, dann tue ich das, allerdings nehme ich Sie dann mit, und wir setzen unser Gespräch in der Kriminalpolizeiinspektion fort.«

»Bitte?« Laura Ferber lachte ungläubig auf. »Ich werde nirgendwo mit Ihnen hingehen.«

»In dem Fall muss ich Sie zwingen. Frau Ferber, Sie sind vorläufig festgenommen. Ich mache Sie darauf aufmerksam, dass Sie von nun an als Beschuldigte in der Strafsache Sofia Ziemiak betrachtet werden. Ihnen wird zur Last gelegt, dass Sie am Sonntag, den neunzehnten Januar, zwischen zwei und halb drei Uhr morgens die fünfzehnjährige Sofia Ziemiak entführt und getötet haben. Sie haben das Recht, sich zu diesem Tatverdacht zu äußern oder dazu zu schweigen. Sie haben ebenfalls das Recht auf einen Anwalt. Haben Sie das verstanden?«

Laura Ferber erwiderte nichts. Sie starrte Heidi aus weit aufgerissenen Augen an, ihre Hände umklammerten ihren Babybauch. »Ich soll Sofia getötet haben? Sind Sie wahnsinnig?«

»Haben Sie das verstanden?«

»Sie sind ja völlig irre«, zischte Laura Ferber. »Kein Wunder, dass Sie Jennifers Mörder nicht fassen, wenn Sie es nicht einmal bei einem banalen Vermisstenfall schaffen, das Offensichtliche zu ermitteln. Warum einfach, wenn's auch kompliziert geht – lernen Sie das in der Polizeischule?«

»Frau Ferber, ich frage Sie noch ein letztes Mal: Haben Sie Ihre Rechte verstanden?«

Die Frau lachte höhnisch auf. »Was für Rechte? Das Recht von einer irren Polizistin verhaftet zu werden, die wahllos Leute verdächtigt? Die lieber eine Frau verhaftet, die nur zufällig in der Nähe war, als den Mann, gegen den haufenweise Indizien vorliegen? Nur zu, legen Sie mir Handschellen an.«

Mit Verachtung im Blick streckte Laura Ferber Heidi ihre Hände entgegen. Doch die verzichtete darauf, ihre Handschellen aus ihrer Umhängetasche zu kramen.

»Was meinen Sie mit dem Mann, gegen den haufenweise Indizien vorliegen?«

Laura Ferber erwiderte nichts, sie schüttelte bloß den Kopf.

In dem Moment erschien Vicki in der Küchentür und wedelte mit Heidis Smartphone.

»Nicht jetzt«, entgegnete Heidi, doch Vicki kam ins Zimmer und streckte ihr das Smartphone entgegen.

»Doch jetzt. Es ist Jürgen, es ist dringend.«

Heidis Herzschlag setzte für eine Sekunde aus. »Frau Ferber ist verhaftet«, erklärte sie, während sie Vicki das Smartphone aus der Hand nahm. »Sorg dafür, dass sie ihre Rechte versteht!« Dann zog Heidi die Küchentür hinter sich zu. »Ja? Ist etwas mit den Mädchen?«

»Nein, natürlich nicht. Es geht um Daniel Kramer.«

Heidi atmete scharf aus. »Verdammt, Jürgen, wie kannst du mich so erschrecken? Was ist mit Kramer? Hat das nicht Zeit bis später?«

»Das hängt davon ab, wie dringend du wissen möchtest, dass sein Bruder der Mörder von Jennifer Mann ist.«

Heidi ließ beinahe ihr Smartphone fallen. »Willst du mich auf den Arm nehmen?«

»Heute ausnahmsweise nicht. Vor zehn Minuten kam ein Notruf von Daniel Kramer rein. Die Jungs in der Zentrale meinen, er habe sehr verstört gewirkt, möglicherweise stand er unter Schock. Er hat behauptet, sein Bruder habe seine Frau mit einem Messer bedroht. Deshalb habe er den Bruder mit einem Spaten erschlagen.«

»Bitte?« Heidi blinzelte. »Ist Thomas Kramer tot?«

»Das wusste Daniel Kramer nicht, er sagte, dass er einen Rettungswagen gerufen habe. Und er sagte, der Grund für die Bedrohung sei gewesen, dass er heute Morgen eine Speichelprobe abgegeben habe. Als sein Bruder davon erfuhr, sei er ausgerastet, weil er fürchtete, dadurch als der Mörder von Jennifer Mann enttarnt zu werden. Die Frage ist: Kannst du hinfahren?«

»Wohin?«

»In den Fuchsbau. Daniel Kramer und seine Frau sind dort. Ich habe Kaczmarek schon losgeschickt, aber mir wäre es lieber, du wärst dabei.«

»Natürlich. Das heißt, ich …« Heidi ließ die Hand mit dem Smartphone sinken, während sie einmal tief durchatmete. »Eigentlich kann ich hier gerade nicht weg. Ich habe gerade eine Verhaftung im Fall Ziemiak vorgenommen. Laura Ferber, geborene Speyer. Sie war die beste Freundin von Jennifer Mann, und ich bin überzeugt, dass sie Samstagnacht Sofia in der Willy-Brandt-Allee abgeholt hat.«

Heidi fasste so kurz wie möglich ihre Erkenntnisse zusammen.

Jürgen atmete hörbar aus. »Soll das heißen, deine neue Verdächtige im Fall Ziemiak war die beste Freundin von Jennifer Mann, und gleichzeitig ist dein bisheriger Verdächtiger der Bruder ihres Mörders? Das ist doch nicht möglich, das wäre doch ein zu irrer Zufall.«

Heidi nickte. Jürgen hatte recht. Das Ganze war irre – aber es war garantiert kein Zufall. Es musste eine plausible Erklärung dafür geben. Doch wie zum Teufel sah die aus?

In der Hoffnung auf irgendeinen Funken Inspiration blickte Heidi sich in der Küche um, aber die einzige Erkenntnis, die sich ihr bot, war, dass Laura Ferber nicht nur bei ihrer Frisur eine Vorliebe für knallige Farben besaß. Die Küche war leuchtend grün gestrichen, der Fliesenspiegel bunt, auf der Abtropffläche der Spüle standen eine rot-grüne und eine blau-gelbe Tasse.

»Aber wieso hätte Laura Ferber Sofia töten sollen?«, fragte Jürgen. »Aus Rache? Weil der Bruder eines Mannes, zu dem Sofia eine enge Verbindung hat, ihre beste Freundin getötet hat? Das ergibt doch keinen Sinn. Abgesehen davon: Woher hätte Laura Ferber wissen sollen, dass Thomas Kramer Jennifer

Mann getötet hat – wenn es überhaupt stimmt. Bis jetzt haben wir nur Daniel Kramers Notruf.«

Das war ein guter Punkt, dachte Heidi. Woher hätte Laura Ferber das wissen sollen? Oder hatte Sofia es gewusst? Sie hatte Thomas Kramer gekannt, und sie hatte sich für den Discomord interessiert. Vielleicht hatte sie irgendwie herausgefunden, dass er der Täter war, und es Laura Ferber erzählt? Doch das war Unsinn. Wenn Sofia gewusst hätte, dass Thomas Kramer der Mörder von Jennifer Mann war, dann hätte sie es jemandem erzählt, nicht nur Laura Ferber, sondern auch ihrer Mutter, Eva Kramer, der Polizei, irgendwem. Sie war eine Gerechtigkeitsfanatikerin, sie hätte den Mann niemals gedeckt.

Ja, das war Unsinn, und dennoch hatte Heidi das starke Gefühl, dass sie mit diesem Gedanken auf der richtigen Spur war. Sofia hatte etwas gewusst. Sie hatte etwas gewusst und dieses Wissen Laura Ferber anvertraut – oder sie hatte es Nele anvertraut, die es wiederum an Laura Ferber weitergegeben hatte. Und dann hatten die beiden Frauen sich für Samstagnacht verabredet und dann …

Was zum Teufel war dann passiert? Hatte Laura Ferber Sofia getötet? Es musste so sein, schließlich hatten sie Sofias Hoodie gefunden, mit den Schnitten, dem Blut, den Haaren. Allerdings nicht mit roten Haaren, sondern mit kurzen, schwarzen, die aussahen wie die von Daniel Kramer. Mit Haaren, die dazu geführt hatten, dass Daniel Kramer eine Speichelprobe abgeben musste. Die wiederum dazu geführt hatte, dass sein Bruder auf seine Frau losgegangen war, weil er sich vor Enttarnung fürchtete.

Enttarnung.

Irgendwo in Heidis Hinterkopf fiel ein Dominostein um. Ein Dominostein der Erkenntnis. Der Stein tippte einen weiteren an, der wiederum einen weiteren antippte. Eine Kaskade der

Erkenntnis. Und dann fiel Heidis Blick erneut auf die beiden bunten Tassen. Zwei Tassen. Zwei. Hatte Laura Ferber nicht gesagt, ihr Mann sei auf Geschäftsreise? Wieso dann zwei Tassen? Für zwei verschiedene Getränke? Nun, das war eine Möglichkeit, die andere …

Während sie ihr Smartphone weiterhin ans Ohr gedrückt hielt, öffnete Heidi die Küchentür zum Windfang und dann die Tür zu ihrer Linken. Wie vermutet führte sie zu einem Treppenhaus. Schnell huschte Heidi die Treppe hoch. Im ersten Stock gab es drei weiß lackierte Türen. Heidi öffnete die erste: das Badezimmer. Sie öffnete die zweite: das Schlafzimmer. Sie öffnete die dritte: das Kinderzimmer. Zumindest das Kinderzimmer in spe. Der Raum war hellgelb gestrichen, es gab bereits eine Kommode und eine Babywiege. Und einen Schaukelstuhl, in dem Laura Ferber in drei Monaten wohl ihrem Kind die Brust oder ein Fläschchen geben würde. Doch jetzt saß dort Sofia Ziemiak und tippte in ihrem Laptop. Bei Heidis Eintreten sah sie stirnrunzelnd hoch.

13

Aussage des Zeugen Daniel Michael Kramer, am 23. Januar 2025
Anwesend: KHK Heidrun Westphal, KOK Marcel Kaczmarek, Daniel Kramer, Rechtsanwalt Ilkay Demiray

Mein Name ist Daniel Michael Kramer. Ich mache diese Aussage freiwillig, nachdem ich mich mit meinem Anwalt, Ilkay Demiray, beraten habe.

Ich wurde 1990 geboren und habe 2009 am Marie-Curie-Gymnasium mein Abitur gemacht. Aufgrund dieser Tatsache wurde ich im Oktober vergangenen Jahres durch ein Schreiben der Kriminalpolizei aufgefordert, an der DNA-Reihenuntersuchung im Mordfall Jennifer Mann teilzunehmen und mich in der Kriminalpolizeiinspektion zur Abgabe einer Speichelprobe vorzustellen. Ich entschied sofort, dieser Bitte nachzukommen. Ich war in meiner Jugend einige Male im *Baumann's* gewesen, und die entsetzliche Tat hatte mich natürlich schockiert.

Zwei Tage vor dem geplanten Termin besuchte mich mein Bruder Thomas. Meine Frau war damals auf einer Fortbildung, mein Sohn Linus lag bereits im Bett. Thomas und ich unterhielten uns, und im Verlaufe des Gesprächs erzählte ich ihm von dem geplanten Termin. Zu meiner Überraschung reagierte Thomas ausgesprochen heftig auf diese Ankündigung. Es stellte sich heraus, dass er ein strikter Gegner solcher DNA-Reihenuntersuchungen war, und er versuchte, mich davon zu überzeugen, meine Teilnahme abzusagen. Dabei benutzte er zunächst die üblichen Argumente, die gegen solche Massentests ins Feld geführt werden, doch im Laufe unserer Diskussion wurden seine Aussagen immer extremer, und schließlich verstieg er sich in regelrechte Verschwörungstheorien, indem er behauptete, die Kriminalpolizei werde meine DNA-Informationen niemals löschen und ich daher mein Leben lang »in einer Datei mit Sexualstraftätern stehen«.

Thomas regte sich so auf, dass es zu einem Streit zwischen uns kam. Während ich darauf beharrte, dass die Teilnahme meine Entscheidung sei, beharrte Thomas darauf, dass ich unter gar keinen Umständen eine DNA-Probe abgeben dürfe. Ich versuchte, die Diskussion zu beenden, doch Thomas weigerte sich zu gehen, und mir wurde klar, dass hinter seinen Bedenken mehr stecken musste. Als ich ihn danach fragte, bestritt er dies zunächst, erst als ihm klar wurde, dass dies seine einzige Chance war, gestand er mir die Wahrheit: dass er Jennifer Mann vergewaltigt und getötet hatte und dass er fürchtete, dies käme bei der Analyse meiner DNA ans Licht.

Das Geständnis schockierte mich zutiefst. Ich hatte immer ein sehr enges Verhältnis zu Thomas, weil er sich nach dem Tod unserer Eltern liebevoll um mich gekümmert hatte. Er ist mir immer ein großartiger Bruder gewesen, und ich stehe tief in seiner Schuld. Aus diesem Grund versprach ich ihm, meine Teilnahme an der Reihenuntersuchung abzusagen. Als ich meinen Freund und Anwalt Ilkay Demiray dazu um Rat fragte – jedoch ohne ihm von Thomas' Geständnis zu erzählen –, erinnerte dieser mich daran, dass wir während des Tatzeitraums gemeinsam auf Abiturfahrt in Antalya gewesen waren. Ich besaß noch Unterlagen aus dieser Zeit, die ich bei der Kriminalpolizei entsprechend vorlegte.

Nachdem mein Bruder mir die schreckliche Tat gestanden hatte, verschlechterte sich unsere Beziehung. Zwar hatte ich ihm versprochen, sein Geheimnis zu wahren, doch das bedeutet nicht, dass ich diese Tat auch nur ansatzweise entschuldbar finde. Das Geheimnis hat mich in den letzten Monaten sehr belastet. Ich möchte auch betonen, dass ich mich intensiv bemüht habe, meinen Bruder zu einem Geständnis zu überreden, was immer wieder zu heftigen Streitereien zwischen uns geführt hat. Ich habe versucht, Thomas davon zu überzeugen, dass sein Geständnis dazu beitragen würde, Jennifer Manns Familie ein wenig Frieden zu geben. Der Gedanke an sie hat mich so stark belastet, dass ich wiederholt Jennifers Grab aufgesucht habe. Doch Thomas war nicht bereit, für »einen einzigen Fehler«, wie er es nannte, ins Gefängnis zu gehen. Obwohl ich diese Einstellung falsch fand, habe ich meinem Bruder geglaubt, dass er die Tat bereue und dass sie ein einmaliges Ereignis gewesen sei. Ich hielt meinen Bruder zu keinem Zeitpunkt für eine Gefahr für andere Frauen. Ich hätte es nie für möglich gehalten, dass er Eva angreifen würde …

Auf Nachfrage erkläre ich, dass ich keine Details zu Thomas' Tat kenne, weder zur Vergewaltigung und Tötung von Jennifer Mann noch zu den Vorgängen danach. Thomas hat mir von sich aus keine Details anvertraut, und ich habe nicht nachgefragt. Ich kann daher nicht sagen, ob Thomas mit seinem eigenen Wagen zum *Baumann's* gefahren ist, ich gehe allerdings davon aus. Er fuhr damals einen Opel Astra Kombi. Ja, auch ich durfte diesen Wagen nutzen. Ja, ich habe einen Abi-2009-Sticker an die Heckscheibe geklebt.

Ich komme nun zu den Ereignissen des heutigen Tages: Nachdem ich heute Morgen meine Speichelprobe abgegeben hatte, fuhr ich direkt zu meinem Bruder, um ihn darüber zu informieren und ihm die Möglichkeit zu geben, noch im letzten Moment freiwillig ein Geständnis abzulegen. Ich traf ihn jedoch nicht an, deswegen fuhr ich wieder nach Hause. Als ich unser Wohnzimmer betrat, bot sich mir ein entsetzlicher Anblick: Thomas hatte meine Frau in seine Gewalt gebracht und bedrohte sie mit einem unserer Küchenmesser. Er war während meiner Abwesenheit eingetroffen und hatte durch Eva von der von mir abgegebenen Speichelprobe erfahren. Deswegen wollte er ins Ausland fliehen und Eva als Geisel mitnehmen.

Ich versuchte, meinen Bruder davon abzuhalten, doch er war zu seinem Plan entschlossen, und indem er Evas Leben bedrohte, zwang er mich, mich seinen Anweisungen zu fügen. Als er schließlich mit Eva das Wohnzimmer verlassen wollte, verlangte er, dass ich mich auf unser Sofa setzte, um Abstand von ihm zu halten. Dort kam mir die Idee, dass ich – während Thomas mit Eva in unserem Hausflur war – durch die Terrassentür fliehen und vor Thomas und Eva draußen sein könnte. Ich hoffte, mich irgendwo verstecken und Thomas in einem geeigneten Moment angreifen zu können. Mir war bewusst, dass das Vorhaben riskant war, aber ich wollte unbedingt verhindern, dass Thomas mit Eva wegfuhr.

Es gelang mir, diesen Plan durchzuführen. Als Thomas mit Eva im Flur war und die Wohnzimmertür hinter sich schloss, öffnete ich die Terrassentür und rannte so schnell wie möglich um unser Haus herum nach vorn. Als ich in den Carport kam, erblickte ich meinen Spaten, den ich dort mit anderen Gartengeräten aufbewahre. Ich nahm ihn an mich und versteckte mich damit hinter der Hausecke. Von dort hörte ich, wie Thomas die Haustür öffnete, und konnte beobachten, wie er mit Eva zum Auto ging, das nur wenige Meter von mir entfernt am Straßenrand parkte. Als

Thomas mit Eva am Wagen ankam, zögerte er kurz, bevor er die hintere Tür aufriss und Eva auf die Rückbank stieß. Als er die Wagentür schloss, lief ich auf ihn zu und schlug von hinten mit dem Spaten auf ihn ein.

Ich habe mehrmals mit dem Spaten auf Thomas eingeschlagen. Ich habe dabei auf seinen Kopf gezielt, jedoch auch andere Körperteile getroffen. Ich erinnere mich nicht, wie oft ich zugeschlagen oder getroffen habe. Ich wollte meinen Bruder nicht töten, sondern nur außer Gefecht setzen, um meine Frau zu retten. Ich war überzeugt, dass sie in Lebensgefahr schwebte.

Daniel Kramer

14

Als Heidi in den Tulpenweg zurückkehrte, brach die Dämmerung bereits an. Es waren fast vier Stunden vergangen, seit Heidi Sofia Ziemiak in Laura Ferbers Kinderzimmer gefunden hatte. Sie war so erleichtert gewesen, das Mädchen wohlbehalten anzutreffen, dass sie es am liebsten in ihre Arme geschlossen hätte. Ihr zweiter Impuls war, Sofia einmal so richtig durchzuschütteln, weil sie ihre Mutter in Todesangst versetzt hatte. Stattdessen gab Heidi ihrem dritten Impuls nach und rief Susanne Ziemiak an, die sich sofort in ihr Auto setzte und losraste. Während Mutter und Tochter Wiedersehen feierten, führte Heidi ein kurzes Gespräch mit Laura Ferber, die endlich mit der Wahrheit herausrückte. Dann ließ sie die Frau mit Vicki im Tulpenweg zurück und fuhr in den Fuchsbau, wo sie mit Marcel zusammen Eva und Daniel Kramer befragte.

Als Heidi schließlich das Haus der Kramers verließ, nahm sie Eva Kramer mit, die sich mittlerweile etwas von den Erlebnissen des Vormittags erholt hatte. Als Heidi in den Fuchsbau gekommen war, hatte die Frau zutiefst verstört unter einer Decke auf der Couch gekauert, doch der Schock hatte sich in geradezu hysterische Freude verwandelt, als Heidi ihr mitteilte, dass Sofia wohlauf war. Heidi hatte Eva Kramer nur mit Mühe überreden können, nicht sofort loszufahren. Doch als sie nun gemeinsam das Wohnzimmer von Laura Ferber betraten, gab es kein Halten mehr. Sofia, die mit ihrer Mutter zusammen auf dem Sofa saß, hatte nicht einmal Zeit aufzustehen, als Eva Kramer schon auf sie zuflog und sie in einer Umarmung begrub, aus der es kein Entkommen gab – aus der das Mädchen aber offenbar auch gar nicht entkommen wollte. Einige Minuten lang war nur Eva Kramers ersticktes Schluchzen zu hören, während Heidi sich kurz und außerhalb der Hörweite von Laura Ferber und Nele Klostermann, die zwischenzeitlich ebenfalls eingetroffen war, mit Vicki austauschte.

Schließlich richtete Eva Kramer sich wieder auf und umfasste Sofias Gesicht mit beiden Händen. »Geht es dir wirklich gut? Wirklich? Gott, Liebes, wir hatten solche Angst um dich. Was ist denn passiert? Wo warst du?«

Sofia beantwortete die Frage nicht. Sie sah auf einmal ungemein verlegen aus und starrte angestrengt an Eva Kramer vorbei.

Eva Kramer ihrerseits wischte sich die Tränen ab und blickte sich zum ersten Mal im Wohnzimmer um. Als sie die anderen Frauen bemerkte, stutzte sie, bevor sie sich an Heidi wandte. »Ich verstehe das alles nicht. Wo sind wir hier?«

»Wir sind hier in dem Haus, in dem Sofia sich seit Sonntag versteckt gehalten hat«, erklärte Heidi. »Es gehört Frau Ferber.« Sie machte die Frauen miteinander bekannt.

Eva Kramer nickte Laura Ferber und Nele verunsichert zu. »Was soll das heißen: versteckt gehalten? Liebes, warst du freiwillig hier?«

Sofia schaffte es nicht, die Frau, die vor ihr stand, anzusehen. Mit abgewandtem Blick nickte sie.

»Aber warum?«

»Ich …« Sofia brach ab und schniefte. »Ich musste etwas erledigen«, nuschelte sie dann.

»Und was?«

Sofia wurde knallrot und warf einen hilfesuchenden Blick zu ihrer Mutter, die aufstand und einen Arm um ihre Freundin legte. »Vielleicht können wir unter vier Augen darüber reden, Eva. Vielleicht in der Küche?« Sie sah zu Laura Ferber hin, die mit betretener Miene nickte.

Doch Heidi verhinderte, dass die kleine Versammlung sich auflöste. »Ich denke, wir sollten das hier besprechen.«

»Aber …«, setzte Susanne Ziemiak an, wurde jedoch unterbrochen.

»Sofia musste dafür sorgen, dass Ihr Mann zur Rechenschaft gezogen wird, Frau Kramer. Für das, was er Jennifer angetan hat.« Die klare Stimme, die den Raum durchschnitt und keinerlei Verlegenheit erkennen ließ, gehörte Nele.

»Bitte?« Eva Kramer drehte sich zu der Schülerin um.

Die zuckte mit den Achseln. »Es tut mir leid, es ist bestimmt unangenehm für Sie, aber es ist die Wahrheit. Ihr Mann hat Jennifer Mann vergewaltigt und getötet.«

»Aber das ist doch Unsinn.« Eva Kramer musterte Nele irritiert, bevor sie zu Heidi hinübersah. »Ist das ein Scherz?«

Heidi schüttelte den Kopf. »Es ist kein Scherz, Frau Kramer. Sofia und ihre beiden Mitstreiterinnen hier sind davon überzeugt, dass Ihr Mann der sogenannte Discomörder ist. Deshalb haben sie einen Plan ausgeheckt, um ihn zu überführen. Sie haben Sofias Verschwinden auf eine Weise inszeniert, dass Ihr Mann unter Verdacht geraten musste. Das alles in der Hoffnung, dass wir ihn zur Abgabe einer DNA-Probe würden zwingen können.«

Eva Kramer stand da wie vom Donner gerührt – was Heidi nachvollziehbar fand. Es war ihr genauso ergangen, als ihr der wahre Grund für Sofias Verschwinden klar geworden war. »Aber das ist doch Unsinn«, wiederholte Eva Kramer schließlich. »Sie wissen, dass Thomas …«

Heidi schnitt ihr schnell das Wort ab. »Ich weiß, was Sie sagen möchten, Frau Kramer, aber gedulden Sie sich bitte einen Augenblick lang. Bevor Sie Ihre Geschichte erzählen, müssen wir klären, wieso Sofia denkt, was sie denkt. Also?«

Das Mädchen nagte nervös an seiner Unterlippe. »Kann es nicht jemand anders erklären? Ich habe es Nele erzählt.«

Sie sah hoffnungsvoll zu der jungen Frau hin, die den Eindruck machte, als würde sie die Geschichte nur zu gern persönlich erzählen, doch Heidi verhinderte das.

»Sofia, ich muss es von dir hören. Wie bist du darauf gekommen, dass der Ehemann von Frau Kramer ein Vergewaltiger und Mörder ist?«

Bei den Worten »Vergewaltiger und Mörder« zuckte Sofia zusammen. Eine Zeit lang starrte sie auf den Boden, ihr kinnlanges Haar schwang nach vorn und verbarg ihr Gesicht. Dann jedoch hob sie den Kopf, nahm die Schultern zurück und sah Eva Kramer an. »Ich habe gehört, wie Daniel es gesagt hat«, erklärte sie laut und deutlich. »Er hat gesagt, dass er nicht zu der DNA-Reihenuntersuchung gehen will, um nicht lebenslang ins Gefängnis zu müssen.«

»Bitte? Aber …« Eva Kramer setzte erneut zu Protest an, doch Heidi brachte sie mit einem Blick zum Schweigen.

»Kannst du das genauer erzählen?«, fragte sie Sofia.

»Reicht das nicht?«

Heidi schüttelte den Kopf. »Wenn du möchtest, dass ich dir glaube, benötige ich Details. Wann und wo hast du es gehört, mit wem hat Herr Kramer geredet, was hat er wörtlich gesagt?«

Sofia sah sich unsicher im Raum um, doch dann holte sie tief Luft und begann zu erzählen. »Es war im Oktober, in der Woche, in der du nicht da warst, Eva. Ich hatte nachmittags auf Linus aufgepasst, und beim Abendessen kam Thomas vorbei. Er wollte allein mit Daniel reden, deswegen fragte Daniel mich, ob ich Linus ins Bett bringe. Als ich wieder runterkam, hörte ich, wie Daniel und Thomas im Wohnzimmer stritten. Ich konnte sie nicht genau verstehen, es ging um irgendeinen Test, den Daniel nicht machen sollte, und um die Polizei. Ich wollte die beiden nicht stören, deshalb habe ich im Flur gewartet, bis Thomas aus dem Wohnzimmer kam. Als er mich sah, guckte er ganz komisch und wollte wissen, ob ich gelauscht habe. Ich sagte: Natürlich nicht, und ob Daniel in Schwierigkeiten sei. Thomas sagte Nein.« Sofia machte eine Pause und zog geräuschvoll ihre Nase hoch.

»Und was dachtest du da?«, fragte Heidi nach.

Sofia zuckte mit den Achseln. »Na ja, erst mal nix, weil ich gar nicht verstanden hatte, um was für einen Test es ging. Dann las ich Neles Artikel über Jennifer. Ich wusste, dass Daniel 2009 bei uns am Gymmi Abi gemacht hatte, er musste also zu den Männern gehören, die ihre DNA testen lassen sollten. Ich dachte, dass er darüber mit Thomas geredet hatte, aber ich verstand nicht, was das Problem war. Ich meine, ich konnte mir nicht vorstellen, dass Daniel Jennifer etwas angetan hatte.«

»Und wieso hast du deine Meinung geändert?«

»Weil ich Daniel noch einmal belauscht habe, mit Absicht.« Sofia errötete und sah Eva Kramer an. »Es war an dem Sonntag, nachdem wir mit Linus im Zoo waren. Wir beide waren mit Linus oben, aber dann ging ich runter, weil Daniel versprochen hatte, mich Lateinvokabeln abzufragen. Als ich die Wohnzimmertür öffnete, hörte ich, wie er telefonierte. Es ging wieder um den Test, deswegen blieb ich stehen und war ganz leise. Ich konnte nicht alles genau verstehen, aber Daniel hat ein paarmal Jennifers Namen gesagt, und dass er sich ihretwegen schlecht fühlt. Und dann sagte er etwas laut und deutlich: ›Ich weiß, dass auf Mord lebenslang steht – das ist der Grund, warum ich den Test nicht gemacht habe.‹ Das hat er wortwörtlich gesagt.«

Bei den letzten Worten sah Sofia Heidi herausfordernd an. Heidi erwiderte nichts, und für eine Weile herrschte Schweigen. Eva Kramer stand da wie in Trance.

»Und deshalb glaubst du, dass Daniel ein Mörder ist?«, fragte sie schließlich. »Und du hast es seit November geglaubt? Warum hast du nichts gesagt?«

»Das habe ich. Als wir einmal über den Discomord geredet haben. Ich habe dich gefragt, ob Daniel von der Polizei angeschrieben wurde, und du hast gesagt, dass er bei dem Test war. Du hast mich angelogen.«

Sofia sah vorwurfsvoll zu Eva Kramer hoch, die ihre Stirn runzelte. Doch dann erinnerte sie sich. »Stimmt, das habe ich gesagt. Daniel hatte es mir so erzählt.«

Sofias Augen wurden groß. »Heißt das, du hast es nicht gewusst?«

Eva Kramer schüttelte den Kopf.

»Oh, und ich dachte ...« Sofia biss sich auf die Unterlippe.

»Was dachtest du?«

»Na ja ... dass du gelogen hast, weil du nicht möchtest, dass Daniel ins Gefängnis kommt.«

»Und warum hast du es mir nicht erzählt?«, mischte Susanne Ziemiak sich ein.

Sofias Augen wurden schmal, als sie auf ihre Mutter hinabblickte. »Weil du mir sowieso nicht geglaubt hättest. Du glaubst doch nur noch, was *er* sagt.«

Sie schaffte es, mit dem Personalpronomen zusammen einen Würgelaut zu produzieren, der mehr als deutlich machte, was sie von *ihm* hielt. Ihre Mutter setzte zu einer Erwiderung an, doch erneut kam Nele ihr zuvor.

»Es ist jawohl völlig egal, warum Sofia es Ihnen nicht erzählt hat, oder wer was geglaubt hätte«, sagte sie ungeduldig. »Sie hat es schließlich mir erzählt, ich habe es Laura erzählt, und wir haben etwas unternommen. Und wir haben geschafft, was Sie mehr als fünfzehn Jahre lang nicht hingekriegt haben. Frau Nielsen hat uns gesagt, dass Sie unseretwegen Herrn Kramer zwingen konnten, eine Speichelprobe abzugeben. Sie sollten uns dankbar sein, statt Sofia in die Mangel zu nehmen. Wenn morgen der DNA-Vergleich vorliegt, werden Sie das hoffentlich einsehen!« Sie funkelte Heidi an.

Heidi erwiderte den Blick gelassen. »Das heißt, Sie haben ebenfalls keinen Zweifel daran, dass Daniel Kramer der sogenannte Discomörder ist?«

»Natürlich nicht.« Neles Augen wurden schmal. »Glauben Sie etwa, dass Sofia lügt?«

»Nein – nur, dass ihre Schlussfolgerung falsch ist. Herr Daniel Kramer kann Jennifer Mann nicht getötet haben, weil er zum Tatzeitpunkt nachweislich im Ausland war.« Heidi seufzte. »Aber das zu erklären wird länger dauern. Vielleicht können wir uns dazu setzen?«

15

Ihr hättet die Gesichter der drei sehen müssen«, erzählte Heidi am nächsten Abend, »als ich sagte, dass Daniel Kramer nicht Jennifers Mörder sein könne. Sie waren so schockiert, als hätte ich ihnen eröffnet, nach neuesten wissenschaftlichen Erkenntnissen sei die Erde doch eine Scheibe. Sie weigerten sich rundheraus, mir zu glauben – bis Eva Kramer von Thomas Kramer erzählte. Das versetzte sogar Neles Überheblichkeit einen kleinen Dämpfer – wenn auch nicht für lang.«

Es war Freitagabend. Heidi, Jürgen, Doro und ihre Frau Krista hatten sich zu viert im Taj Mahal getroffen, um den Doppelerfolg zu feiern: die Lösung des Vermisstenfalles Sofia Ziemiak und die Aufklärung des Discomords. Am Freitagmittag war das Ergebnis der Analyse von Daniel Kramers DNA-Probe übermittelt worden und hatte die letzten Zweifel beseitigt: Thomas Kramer war der Vergewaltiger und Mörder von Jennifer Mann – und er würde dafür lebenslang ins Gefängnis gehen. Denn noch eine Nachricht hatte die Kriminalbeamten erreicht: Thomas Kramer hatte den Angriff seines Bruders überlebt und würde trotz seines schweren Schädel-Hirn-Traumas keine dauerhaften Schäden davontragen. Nachdem er am Donnerstagabend noch notoperiert worden war, war er am Freitagmorgen aus dem Koma erwacht.

»Hatten die drei denn überhaupt keinen Zweifel daran, dass

Daniel Kramer der Mörder ist?«, fragte Doro, während sie sich einen Nachschlag vom Lamm Bhuna Masala nahm.

Heidi schüttelte den Kopf. »Nicht den geringsten – was ich im Grunde verstehen kann: Hätte ich gehört, was Sofia gehört hat, hätte ich denselben Schluss gezogen. Allerdings nicht bezüglich meiner Vorgehensweise«, setzte sie grimmig hinzu. »Der Plan der drei war wirklich völlig idiotisch. Sie haben Susanne Ziemiak durch die Hölle geschickt. Wenn Larissa das mit mir machen würde, würde ich sie zum Mond schießen und dort versauern lassen, bis sie achtzehn und eigenverantwortlich ist.«

»Und wie sah der Plan der drei genau aus?« wollte Krista wissen. »Oder darfst du keine Details verraten?«

Heidi trank einen Schluck von ihrem Bier. »Die Details werden ohnehin bald in allen Zeitungen stehen. Nele hat bereits angekündigt, einen langen Artikel über ihre vermeintliche Heldentat zu schreiben.« Heidi überlegte, wo sie anfangen sollte. »Wie gesagt, Sofia, Nele und Frau Ferber wollten Daniel Kramer überführen, indem sie ihm ein Verbrechen anhängten, so dass im Verlauf der Ermittlungen seine DNA überprüft werden würde. Sie haben wohl mit verschiedenen Ideen gespielt, aber als Eva Kramer Sofia bat, während Ilkay Demirays Geburtstagsfeier auf Linus aufzupassen, erkannten sie, dass dies die ideale Gelegenheit wäre. Sofia wusste, dass Frau Kramer bei Partys gern Wein trinkt, es war also absehbar, dass Daniel Kramer sie nach Hause fahren würde. Wenn sie dann nicht in die Wohnung gehen, sondern verschwinden würde, würde Kramer automatisch zum Kreis der Verdächtigen gehören. Ihre einzige Sorge war, dass ihre Mutter zu Hause auf sie warten und noch in der Nacht Alarm schlagen könnte, deshalb erzählte sie ihr, dass sie bei den Kramers übernachten würde. So schuf sie sich ein Zeitfenster, in dem sie verschwinden und in dem Daniel Kramer ihr theoretisch etwas hätte antun können.«

»Und wie ist Sofia konkret verschwunden?«, fragte Doro zwischen zwei Bissen Lamm. »Ich nehme an, Frau Ferber hat sie und ihr Fahrrad in der Willy-Brandt-Allee abgeholt?«

Heidi nickte. »Nele hat noch keinen Führerschein, außerdem hatte sie an dem Samstagabend schon etwas vor: Ihre Schwester feierte ihren zweiundzwanzigsten Geburtstag, und es wäre aufgefallen, wenn sie nicht hingegangen wäre. Laura Ferber hatte für den Abend auch schon eine Einladung, doch sie verließ den Mädelsabend gegen halb zwölf und fuhr in den Fuchsbau, wo sie wartete, bis die Kramers nach Hause kamen. Als Daniel Kramer mit Sofia aufbrach, fuhr Laura Ferber hinterher und sammelte Sofia in der Willy-Brandt-Allee ein. Dass sie nicht dort auf sie wartete, hat natürlich damit zu tun, dass sie Daniel Kramer für einen Vergewaltiger und Mörder hielt. Sie wollte Sofia auf keinen Fall allein mit ihm lassen. Hey, lass mir auch noch Hühnchen übrig.«

Das Letzte galt Jürgen, der sich ungeniert bediente, während Heidi durchs Erzählen am Essen gehindert wurde. Heidi schaufelte sich eine Portion Chicken Tikka Masala auf ihren Teller und nahm einen Bissen, bevor sie fortfuhr.

»Das war sozusagen Phase eins ihres Plans. Für Phase zwei fuhr Laura Ferber mit Sofia zurück zur Mühlenstraße, wo sie Sofias Fahrrad abstellten und ihre Sweatjacke präparierten. Laura Kramer hatte sich vorher von einer befreundeten Krankenschwester, der sie irgendein Märchen aufgetischt hat, zeigen lassen, wie man Blut abnimmt. Das tat sie dann bei Sofia und verteilte das Blut auf dem Hoodie. Außerdem stach sie mit einem Küchenmesser mehrmals in den Stoff. Es sollte so aussehen, als sei Sofia Opfer einer Messerattacke geworden. Doch das Wichtigste waren die Haare. Nachdem Linus am Samstagabend eingeschlafen war, hatte Sofia aus Daniel Kramers Bürste mehrere Haare genommen, die sie am Reißverschluss des Hoodies befestigte. Die Idee dahinter war natürlich, dass wir angesichts des offensichtlich verübten Verbrechens eine vollständige kriminaltechnische Untersuchung des Hoodies durchführen, dabei die Haare finden und ein DNA-Profil erstellen lassen würden. Beim Abgleich mit der DNA-Analyse-Datei sollten wir dann feststellen, dass es mit dem des Discomörders übereinstimmt.«

»Damit wäre Daniel Kramer aber noch nicht überführt worden«, warf Krista ein.

»Aber so gut wie. Die drei nahmen an, dass wir seine DNA allein deswegen überprüfen würden, weil er als Letzter mit Sofia zusammen war. Außerdem hat Sofia extra ihr Smartphone in seinem Wagen zurückgelassen. Als Kramer in der Willi-Brandt-Allee ausstieg, um ihr mit dem Fahrrad zu helfen, warf sie es unbemerkt in den Fußraum der Rückbank hinter dem Beifahrersitz. Es sollte ein weiteres Indiz gegen Kramer sein. Die Idee dazu stammt übrigens von Nele – wie die meisten Ideen.« Heidi schüttelte den Kopf. »Das Mädchen hat eindeutig zu viel Phantasie, die sie in die falsche Richtung kanalisiert.«

»Aber wie ist sie denn überhaupt auf diese Richtung gekommen?«, fragte Doro. »Ich verstehe ja, dass Sofia nicht auf den Gedanken gekommen ist oder vielleicht Hemmungen hatte, zur Polizei zu gehen. Das Mädchen ist erst fünfzehn, und in dem Alter trifft man notorisch schlechte Entscheidungen. Aber Nele ist achtzehn, Laura Ferber sogar sechsunddreißig. Wieso haben sie Sofia nicht überredet, zu uns zu kommen? Zumal Laura Ferber mich kennt.« Auf Jürgens fragenden Blick hin ergänzte Doro: »Als wir die DNA-Reihenuntersuchung planten, habe ich Laura Ferber aufgesucht – damals hieß sie noch Speyer – und überzeugt, dem *Boten* ein Interview zu geben, in dem sie zur Teilnahme an der Untersuchung aufrief.«

»Und dabei warst du wohl etwas zu überzeugend«, erklärte Heidi.

Doro runzelte ihre Stirn. »Das musst du mir erklären.«

Heidi legte ihre Gabel weg. »Frau Ferber hat mir von dem Gespräch erzählt. Sie meinte, du hättest damals mehrmals betont, wie wichtig es sei, dass die angeschriebenen Männer sich freiwillig testen ließen, weil die Polizei nur bei Vorliegen starker Indizien die Möglichkeit hätte, sie dazu zu zwingen. Das ist bei ihr hängen geblieben. Sie war davon überzeugt, dass das von Sofia belauschte Gespräch nicht genügen würde, um Kramer zur Abgabe einer Speichelprobe zu zwingen – womit sie wohl sogar richtiglag. Deshalb haben sie und Nele nach einem Weg gesucht, uns Kramers DNA quasi auf dem Silbertablett zu präsentieren. Wobei, wenn ich sage sie und Nele, dann meine ich hauptsächlich Nele. Sie war die treibende Kraft hinter dem Plan. Und ich glaube, es ging ihr nicht nur darum, Jennifer Manns Mörder zur Rechenschaft zu ziehen. Nele hält nicht viel von der Polizei, sie wollte demonstrieren, dass sie uns überlegen ist.«

»Na ja, in gewisser Weise ist ihr das durchaus gelungen«, bemerkte Krista, was ihr drei empörte Blicke eintrug. Dann fügte sie nachdenklich hinzu: »Sie scheint ein sehr interessanter Mensch zu sein. So viel Energie, Mut, Kreativität.«

»Dann lass uns hoffen, dass sie ihre Energie demnächst in vernünftige Bahnen lenkt«, bemerkte Jürgen. Er wandte sich an Heidi. »Hattest du sie eigentlich je im Verdacht? Ich kann mich nicht erinnern, dass du es erwähnt hättest.«

Heidi trank noch einen Schluck Bier. »Zuerst nicht, allerdings kam es mir irgendwann verdächtig vor, dass sie ständig behauptete, Sofia kaum zu kennen, obwohl es jede Menge Hinweise gab, dass sie eine wichtige Rolle in deren Leben spielte. Übrigens nicht nur in Sofias, Larissa ist auch ein großer Fan von ihr.« Heidi grinste über Jürgens entsetztes Gesicht, dann wurde sie wieder ernst. »Nele ist wirklich eine charismatische junge Frau. Ich glaube übrigens, dass das der Hauptgrund ist, warum Sofia sich ihr anvertraut hat statt ihrer Mutter. Sie wusste, wie wichtig Nele der Discomord war, und wollte sie beeindrucken.«

»Hat sie deshalb auch dem ganzen Plan zugestimmt?«, fragte Jürgen. »Sie muss doch gewusst haben, was sie ihrer Mutter damit antut.«

Heidi wackelte mit dem Kopf. »Ich glaube auf jeden Fall, dass es für eine drei Jahre jüngere Schülerin schwer wäre, Nele einen Wunsch abzuschlagen. Aber ich könnte mir auch vorstellen, dass Sofia es sogar als positiv empfand, dass ihre Mutter sich um sie Sorgen machen würde. Ihrer Ansicht nach war die zuletzt viel zu sehr auf ihren Partner fixiert. Ihr hättet mal sehen sollen, wie Sofia reagiert hat, als Frau Ziemiak ihr sagte, dass sie bei Axel Thürmer ausgezogen ist. Sie war ganz aus dem Häuschen.«

Heidi trank einen Schluck Bier, während sie sich das Bild vor ihr inneres Auge rief, wie Sofia stürmisch ihre Mutter umarmte. »Allerdings muss ich zu Sofias Ehrenrettung – und zu der von Nele und Frau Ferber – sagen, dass die drei wohl nicht damit gerechnet haben, dass sich die Sache so lang hinziehen würde. Laura Ferber und Sofia haben Sofias Fahrrad und Sweatjacke extra an einer Stelle deponiert, an der beides schnell gefunden würde. Hätte Yannik Hoffmann die Jacke nicht mitgenommen und hätte sein Kumpel Wotan das Rad nicht in den Graben geworfen, hätten wir beides am Sonntag entdeckt und das Ergebnis des DNA-Tests am Montag oder spätestens Dienstag erhalten.«

Heidi seufzte. »An der Stelle habe ich übrigens auch nicht geglänzt. Sofias Fahrrad war abgeschlossen, da hätten bei mir gleich die Alarmsirenen schrillen müssen, dass sie möglicherweise ihr Verschwinden selbst inszeniert hat. Wer sonst hätte sich die Mühe gemacht? Ein potenzieller Mörder bestimmt nicht – der hätte das Rad einfach nur loswerden wollen. Aber Sofia hängt so sehr an dem Rad, dass sie auf keinen Fall riskieren wollte, dass es jemand klaut. Darauf bezog sich übrigens auch eine ihrer ersten Fragen: wo ihr Fahrrad sei. Als ihre Mutter ihr erzählt hat, dass einige Jungs es in den Graben geworfen haben, hat sie fast geweint. Sollten wir demnächst die Leiche von Wotan Sträker im Mühlengraben finden, müssen wir nicht lange nach der Täterin suchen. Sofia hat definitiv einen Hang zur Selbstjustiz.«

»Apropos Justiz«, bemerkte Krista. »Wird die Staatsanwaltschaft etwas in der Sache unternehmen? Wird sie gegen die drei wegen Vortäuschens einer Straftat ermitteln?«

Heidi nickte. »Ich habe heute mit dem zuständigen Staatsanwalt gesprochen, er hat zumindest Ermittlungen eingeleitet. Aber ob er es wirklich zur Anklage kommen lassen wird … Er befürchtet schlechte Presse, und die bekäme er wohl auch, denn wie Nele nicht müde wurde zu betonen: Ohne ihren Plan hätten wir den Discomord nicht aufgeklärt.«

Doro runzelte die Stirn. »Ich bin sicher, das hätten wir. Früher oder später.«

»Eher später«, meinte ihre Frau. »Vermutlich wärst du noch immer Lennart Brakel auf den Fersen.«

Doro setzte zu Protest an, doch dann zuckte sie mit den Achseln. »Ja, vermutlich schon.«

Krista lächelte ihre Frau an und hob ihr Glas. »Also, auf Nele und ihre Pläne?«

Kopfschüttelnd stieß Doro mit ihr an. »Darauf, dass der Discomörder den Rest seines Lebens hinter Gittern verbringen wird!«

»Dem schließe ich mich an«, sagte Jürgen.

Heidi hob ebenfalls ihr Glas. »Darauf, dass Sofia wohlbehalten wieder da ist.«

Epilog

Eva

Es ist Februar. Das nasstrübe Januarwetter ist endlich vorbei, seit einer Woche herrschen Sonnenschein und klirrende Kälte. Richtig schönes Winterwetter. Wetter, bei dem man erst einen langen Spaziergang macht, um sich anschließend an einer Tasse heißer Schokolade mit Sahne aufzuwärmen. Genau das haben Susanne, Sofia, Linus und ich nach dem Mittagessen heute getan.

Doch mittlerweile ist die Sonne verschwunden, es ist kurz vor fünf. Susanne ist zu dem Termin aufgebrochen, vor dem sie seit Tagen einen solchen Bammel hat. Auch ich habe einen Termin, der mir wie ein Stein im Magen liegt. Dabei ist es bereits der vierte dieser Art. An jedem der vergangenen drei Freitage hat Daniel um Punkt fünf Uhr geklingelt, um Linus für das Wochenende abzuholen. So auch heute.

»Ich gehe schon«, rufe ich die Treppe hinauf. »Wie lange braucht ihr noch?«

»Fünf Minuten«, schallt es von oben zurück.

Ich öffne die Haustür und begrüße Daniel. Er sieht aus wie immer. Nur sein Haar ist etwas kürzer. Er war am Dienstag beim Friseur, was ich weiß, weil der Termin noch im Kalender in der Küche steht. Doch abgesehen davon sieht er aus wie immer. Er trägt seine dunkelblaue Winterjacke, die wir im Herbst gemeinsam gekauft haben, weil ich fand, er benötige eine schickere für den neuen Job. Auf seinen Wangen liegt bereits wieder ein Hauch von Bartschatten, obwohl er sich morgens nass rasiert hat. Seine Augen sind braun und sanft wie immer. So vieles ist wie immer – und dabei hat sich doch alles verändert. Dass Daniel klingelt, wenn er nach Hause kommt, ist neu. Dass wir uns zur Begrüßung weder umarmen noch küssen, ist neu. Dass wir einander traurig ansehen und anschweigen, ist neu.

»Ist Linus schon fertig?«, fragt Daniel schließlich.

»In fünf Minuten. Sofia hilft ihm beim Packen. Tut mir leid, dass wir nicht pünktlich fertig sind.«

»Das macht nichts. Ich kann warten.«

»Ja.«

Wieder ein verlegenes Schweigen und ein verlegenes Anstarren. Die Situation ist so traurig, dass es mich fröstelt. Dann merke ich, dass es nicht nur der Situation geschuldet ist, sondern der offenen Haustür.

»Möchtest du vielleicht drinnen warten?«

»Gern.«

Daniel streift seine ohnehin sauberen Schuhe an der Fußmatte ab und blickt sich im Flur um. Als sein Blick auf die dicht hängenden Jacken in der Garderobe fällt, sagt er: »Sofia und Susanne wohnen also immer noch hier?«

Ich nicke. »Es tut Linus gut. Und mir auch.«

»Ich habe Susannes Wagen gar nicht gesehen. Arbeitet sie noch?«

»Sie hat sich heute frei genommen. Sie hat einen Termin.« Ich räuspere mich. »Bei der Rechtsanwältin, die Frau Westphal ihr empfohlen hat. Sie hat sich entschlossen, Axel doch anzuzeigen.«

»Oh, gut.«

»Nicht wahr? Man darf Männer nicht damit durchkommen

lassen, wenn sie Frauen Gewalt antun.« Ich bereue die Worte, sobald sie aus meinem Mund sind.

Daniel senkt kurz den Blick. »Du hast recht«, sagt er dann, »das darf man nicht.« Er schweigt kurz, bevor er hinzufügt: »Und ich würde wirklich alles dafür geben, dass ich das früher kapiert hätte. Ich würde alles dafür geben, ungeschehen zu machen, was passiert ist.«

Bei den letzten Worten fährt meine Hand unwillkürlich an meinen Hals, dorthin, wo ich die Messerspitze jetzt noch manchmal spüren kann. Auch Thomas' Arm um meinen Brustkorb, seinen Atem in meinem Nacken kann ich noch spüren. »Das weiß ich«, erwidere ich hastig, um das Thema abzuräumen. Ich wünschte, ich hätte es nicht angesprochen. Bei den letzten Treffen haben wir beide es sorgsam vermieden.

»Weißt du das wirklich?«

Daniel klingt so bitter, dass ich ihn überrascht mustere. »Natürlich.«

»Und wieso handelst du nicht danach?«

Ich runzele die Stirn. »Was soll das heißen?«

Daniel streckt eine Hand aus, lässt sie jedoch wieder sinken, als ich sie nicht ergreife. »Du sagst, dass du weißt, wie sehr ich bereue, was passiert ist. Wie sehr ich mir wünsche, es ungeschehen zu machen. Wie sehr ich mir wünsche, dass ich Thomas nicht geschützt hätte. Dass ich dir erzählt hätte, was er getan hat. Dass ich es der Polizei erzählt hätte. Dennoch bist du nicht bereit, mir die Chance zu geben, es wiedergutzumachen.«

»Weil du das nicht kannst«, entgegne ich. »Du kannst nicht ungeschehen machen, was passiert ist.«

»Ich könnte dir helfen, darüber hinwegzukommen – wenn du mich lässt.«

Ich schüttele den Kopf. »Das geht nicht – und das weißt du.«

Daniel seufzt leise. »Weil es meine Schuld war? Aber genau

deswegen möchte ich dir helfen. Ich möchte meinen Fehler wiedergutmachen. Warum gibst du mir nicht die Chance dazu?«

Ich bin auf einmal unglaublich müde – und gleichzeitig steigt Ärger in mir auf. »Weil es nicht nur ein einmaliger Fehler war, Daniel. Du hast dich nicht nur einmal entschieden, Thomas zu schützen und mir nichts zu sagen. Du hast es monatelang jeden Tag aufs Neue getan. Jeden Tag aufs Neue hast du entschieden, mich anzulügen. Jeden Tag aufs Neue hast du entschieden, dass dir Thomas' Wohlergehen wichtiger ist als meine Sicherheit oder als die von Linus und Sofia. Nur deshalb konnte es passieren, weil du es zugelassen hast. Nur deshalb habe ich jede Nacht Alpträume. Nur deshalb bricht mir jedes Mal der Schweiß aus, wenn ich ein Messer sehe. Nur deshalb habe ich Angst, wenn es an der Tür klingelt. Nur deshalb …« Ich merke, dass ich immer schneller spreche, breche ab und holt tief Luft. Das führt zu nichts. »Bitte, Daniel, ich möchte jetzt nicht darüber reden. Ich habe dir gesagt, dass ich Zeit brauche. Kannst du sie mir bitte geben?«

Daniel nickt traurig. »Natürlich. Du hast ja recht. Es ist nur … du fehlst mir. Du fehlst mir so unglaublich. Jeden Abend, wenn ich ins Bett gehe, jeden Morgen, wenn ich aufstehe, tagsüber …«

Daniel beendet den Satz nicht, doch ich verstehe ihn auch so. Mir geht es genauso. Ich vermisse meinen Mann. Abends, morgens, tagsüber. Ich vermisse es, ihn zu küssen. Ich vermisse es, jederzeit die kleinen Dinge des Alltags mit ihm besprechen zu können. Ich vermisse seine kleinen zarten Gesten, das Kakaoherz auf meinem Milchkaffee zum Frühstück, dass er abends beim Netflixen seinen Arm um mich legt, dass ich in seinem Arm aufwache. Dass wir Linus beim Spazierengehen in die Mitte nehmen und »Engelchen, flieg« mit ihm spielen. Aber ich vermisse auch das Gefühl, meinem Mann grenzenlos vertrauen zu können. Ich vermisse das Gefühl der Sicherheit und Geborgenheit, das ich früher in diesem Haus empfunden habe. Ich habe es verloren. Und das liegt nicht daran, dass Daniel nicht mehr hier ist. Es liegt an den Erinnerungen, die jetzt mit diesem Ort verbunden sind. Und ich weiß nicht, wie lang ich benötigen werde, sie durch frischere, bessere Erinnerungen zu ersetzen. Oder ob es mir überhaupt gelingt.

In dem Moment wird oben eine Tür geöffnet, und dann kommen Sofia und Linus die Treppe heruntergepoltert. Daniel öffnet seine Arme, und Linus springt von der dritten Treppenstufe hinein.

»Papa!«, plappert er los und erzählt Daniel sofort, was er heute Morgen im Kindergarten erlebt hat.

Die Szene macht mich glücklich. So kompliziert meine Gefühle Daniel gegenüber sind, so unkompliziert sind die von Linus. Er ist glücklich, wenn er Daniel sieht, und er ist auch zufrieden mit der derzeitigen Wohnsituation. Wir haben lange überlegt, was wir ihm erzählen sollen, und uns schließlich für die halbe Wahrheit entschieden: dass sein Onkel ins Gefängnis muss, weil er etwas Böses getan hat, und dass sein Papa deshalb für eine Weile in sein Elternhaus zieht, um dort nach dem Rechten zu sehen. Und dass Susanne und Sofia eine Weile bei uns wohnen, um uns Gesellschaft zu leisten. Aus Linus' Sicht ist das ein Gewinn. Zwar sieht er seinen Vater nicht täglich, dafür jedoch Sofia.

»Können wir los?«, fragt Daniel.

Linus nickt begeistert.

Ich gebe meinem Sohn zum Abschied ein Kuss, dann sehe ich den beiden hinterher, wie sie zu Daniels Wagen gehen. Kleiner dunkler Haarschopf auf halber Höhe des großen dunklen Haarschopfs. Linus' kleine Hand in Daniels großer Hand. Sie sind sich so ähnlich, dass sich mein Herz zusammenzieht, und einen Augenblick lang drängt mich alles in mir, ihnen hinterherzulaufen, sie beide in die Arme zu schließen und Daniel zu sagen, dass alles gut wird, dass er heute noch wieder hier einziehen soll. Doch dann spüre ich wieder die Messerspitze an meinem Hals.